OLGA A. KROUK
Im Visier des Todes

1

»Zeig mir, dass du noch leidest.«

Der Sucher des Fotoapparats ist wie ein Schlüsselloch. Deinen Körper rekelst du davor. Wie Marionettenfäden zerren an dir die Anweisungen: Sei glücklich, du schönes Ding, das stets für andere lacht. Strafe sie mit deinen Blicken. Schenke ihnen deine Gnade.

»Zeig mir mehr Ausdruck, Céline. Zeig mir, was du spürst.«

Jede Drehung des Kopfes, jede Regung deiner Züge ist wie eine Offenbarung. Man muss dich bewundern, begehren.

»So ist es gut. Wunderbar. Ja. Ja …«

Unbequem ist der Hocker, hölzern und starr deine Position. Kälte kriecht aus jedem Stein des Gewölbes und verhöhnt deinen nackten Körper. Noch ist es nicht das Ende, keine Erholung ist dir vergönnt. Der Zeitdruck ist unerträglich. Doch für diese Bilder wirst du alles tun, das Unerträgliche ertragen, das Unvorstellbare verstehen, denn du weißt, dass es danach nichts mehr geben kann.

Mach, mach weiter. Verschließe deine Augen nicht vor dem Licht der Strahler. Verstecke nicht ihre Tiefen. Verführe die Sünder, ermahne die Achtlosen, und sie alle werden dir zu Füßen liegen.

Niemanden lässt du in deine Nähe. Wer es gewagt hat, ist in deinen Armen erfroren, noch bevor sein heißer Atem dein Herz erreichen konnte. Nur die Kamera darf dich lieben. Vorsichtig erfasst sie deine Wange und den weißen Flaum auf deiner Haut, jedes Härchen und jede Pore.

Du reißt deine Augen auf, anklagend ist dein Ausdruck.

Zu nah. Eindeutig zu nah. Recht hast du. Diese Unprofessionalität ist deiner nicht würdig.

»Entschuldige.«

Der Fokus erfasst deine Lippen. Blass sind sie und ein klein wenig aufgesprungen. Noch ein paar Schritte zurück. Oh, Céline, warum bist du nur so unersättlich? Warum lässt du keinen Frieden walten? Siehst du nicht, wie verzweifelt …

Schluss jetzt, kein Wort, kein Hinterfragen!

»Wunderbar. Das machst du absolut toll. Es werden hervorragende Fotos sein, genau das, was wir brauchen. Die besten deines Lebens.«

Sanft senkt sich dein Wimpernkranz. Schon wieder verbirgst du die Augen, zu müde, in die Welt zu blicken. Deine Augen! Die von Abgründen der menschlichen Seele erzählen. Wer könnte behaupten, sie richtig abbilden zu können?

»Céline, ich weiß, du bist müde. Aber ich brauche noch ein paar Bilder. Dafür würde ich gern eine Kleinigkeit korrigieren. In Ordnung?«

Damit jeder den Atem anhält. Damit jeder dein Leid spürt. Durchdrungen von der Ohnmacht der Bilder.

Erschöpft nickst du, ergeben, erobert.

»Ich glaube, es macht wenig Sinn, auf eine Visagistin zu warten. Meinst du, ich bekomme das hin?«

Die Kamera – beiseitegelegt.

»Es dauert nicht mehr lange.«

Wie kalt ist das Skalpell, wie hart das Metall! Ein Fremdkörper in der eigenen Hand.

Du reißt den Mund auf, deine dunkle, feuchte Höhle. Doch wer wird deinen Schrei erhören?

»Sei ein braves Mädchen, Céline. Sei jetzt ganz still. Ich möchte dich nicht unnötig verletzen.«

Vergebens um Einsicht beschworen. Umsonst zur Vernunft gemahnt! Wie ein Fisch zappelst du in deinen Fesseln. Sag, woher diese plötzliche Kraft? Was nährt diesen sinnlosen Widerstand?

»Nein, nein, so kommen wir nicht weiter.«

Wer nicht hören kann, dem sei es gezeigt. Wer nicht begreifen will, der möge es spüren. Nun sieh, was du angestellt hast! Dein Kopf wird fixiert, mit einem Strick das Bild verdorben.

Die Hand hat das Skalpell angewärmt. In einem roten Meer werden deine roten Augen schwimmen. Die Schuldigen werden blutige Tränen weinen. Welch ein Zusammenspiel von Farbe und Kontrast! Die Kamera wird es lieben.

Große, sinnliche Augen. Schutzlos und nackt.

Es ist vollbracht.

Schlaff baumelt dein Kopf zur Seite.

Was ist nur, Céline? Du wirst doch nicht schlappmachen, so kurz vor dem Ende?

»Zeig mir, dass du noch atmest!«

Der Blick folgt dem Blutstropfen, der über die schneeweiße Wange läuft, den Hals herunter, an der goldenen Kette entlang, um über dem Zwillingszeichen-Anhänger zu verharren.

Warum … warum nur das Zwillingszeichen?

2

»Danke, dass du gekommen bist.« Leah spreizte ihre Finger und strich den Rock über den Knien glatt. Das Stimmengewirr der Trauergäste schien in jeder Diele des Hauses zu vibrieren, als säße sie nicht auf den Treppenstufen, sondern in einem Bienenstock.

Beharrlich starrte Poul auf ihre Hände. Einer ihrer Nägel war abgebrochen. Leider hatte sie noch nicht die Zeit gefunden, ihn in Form zu bringen. Andere Maniküre-Unfälle dürfte sie heute aber erfolgreich gemieden haben.

»Danke, dass du gekommen bist. Ich glaube, du bist so ziemlich der Einzige, der nicht fragt, wie ich mich fühle.« Ruhelos, haltlos – selbst nur ein Schall unter fremden Stimmen, bloß ein Nachruf, der in dieser Welt zurückgeblieben war. Ihre Finger bedeckten den Zwillingszeichen-Anhänger. Sie senkte die Hand, schaute zu Poul. Er müsste es verstehen, würde keine Worte brauchen.

Aber vielleicht waren es nur die Schäferwölkchen in ihren Nägeln, die ihn so bannten.

Sie zwang sich zu einem Lächeln, schloss die Hand und betrachtete ihre Fingernägel. »Angeblich kleine Luftbläschen in der Struktur. An Kalzium- oder Magnesiummangel liegt es nicht. Aber womöglich bringt dein Röntgenblick eine innovative Wendung in die Geschichte.«

Röte zerfloss über seine Wangen. Er steckte sich ein Plättchen Minzschokolade in den Mund und knackte mit den Knöcheln, einen nach dem anderen.

Fest schloss sie die Finger um seine unruhigen Hände. »Poul, was ist los? Was musstest du mir so dringend sagen?«

Die enge Treppe bot wenig Platz, aber genug Ruhe für sie beide. Er rutschte neben ihr hin und her, sein Oberschenkel streifte den ihren, und die Röte wurde eine Spur dunkler. Das flatterige Grübchenlächeln, das die Frauenwelt um ihn herum normalerweise ausnahmslos schwach werden ließ, vermochte kaum davon abzulenken.

Sie hatte ihn schon immer süß gefunden, besonders in den Momenten, wenn Céline sich an ihn schmiegte, um ihr dann einen verstohlenen, kecken Blick zuzuwerfen: *Ist es nicht schön, Schwesterherz?*

»Céline … Céline und ich …« Seine Stimme klang älter, beinahe gereift. Das Quieken der Pubertät musste er schon Jahre hinter sich gelassen haben, obwohl seine Männlichkeit noch immer *Bravo*-konform ausfiel. »Céline und ich waren …« Er verstummte wieder.

»Es ist in Ordnung, wenn du nicht über sie reden kannst. Ich kann es manchmal auch nicht.«

»Ich muss. Ich muss, verstehst du?«

»Du weißt, dass ich für dich da bin.«

Sein Blick flatterte. Wie jenes Lächeln, das sich nicht auf seinen Lippen hielt. Wie die Worte, die er nur stockend hervorbrachte.

»Céline.« Langsam wiederholte Leah ihren Namen, hielt ihn in sich lebendig, warm. Wie den Erdbeergeschmack der Lollis, nach denen ihre Schwester auch mit zwanzig Jahren noch so verrückt gewesen war. »Erinnerst du dich daran, wie Céline gestrahlt hat, als du sie ins Kino eingeladen hast? Zumindest, bis meine Mutter darauf bestanden hat, dass ich mitgehe, um auf euch aufzupassen. Ihr beide, Céline und du …«

»Nein.« Er vergrub das Gesicht in den Händen. »Nein.«

Früher hätte sie ihn gedrückt. Aber seine Stimme – ja, sie klang älter, gereift, und die neun Jahre Unterschied zwischen ihnen erlaubten es ihr schon lange nicht mehr, seine Tränen zu sehen.

»Leah!« Die Mutter.

Sie drückte die Schläfe gegen das Treppengeländer, schloss die Lider. »Nicht jetzt. Bitte.«

»Leah!« Der Ruf wurde ein paar Dezibel lauter, eindringlicher, alarmierter. Er vibrierte über all die anderen Stimmen hinweg, riss sie entzwei, fort von Céline.

Sie erhob sich, zog ihren Rock zurecht und musste nicht lange auf den nächsten Ruf warten, der näher und näher anzurollen schien.

»Ich bin gleich wieder da.«

»Leah, warte. Bitte.«

»Es dauert nicht lange.«

Hoffentlich nicht. Sie stieg die Stufen hinunter und hörte, wie Poul hinter ihr geräuschvoll Luft holte, wie er auf die Füße sprang. »Weißt du … Weißt du noch, wie du einmal gesagt hast, du würdest mich umbringen, sollte ich Céline je wehtun?«

Ihr Fuß knickte um.

»Leah! Wo bist du, mein Mädchen?«

Die Mutter. Pouls Blick.

Sie wich zurück. Er sah nicht mehr süß aus, nicht nach dem Jungen, für den Céline bereits mit dreizehn das Küssen an einem Pfirsich geübt und dabei Leah zu ihrem Personal Trainer auserkoren hatte. »Wehtun«, »umbringen« – etwas Beunruhigendes flackerte in seinen Augen auf, erlosch, und Reue entstellte seine Züge.

Sie drehte sich um und eilte aus dem Flur, durch das Wohnzimmer, durch die Menge der schwarz gekleideten Trauergäste mit ihren Beileidsbekundungen. Hinter einem Vorhang verborgen, kippte sie ein Fenster und nahm ein paar tiefe Atemzüge, bis ihr Herz aufgehört hatte zu rasen. Lächerlich, so überzureagieren, von zwei unbedacht geäußerten Wörtern verschreckt.

Der Vorhang wurde beiseitegezerrt. Beinahe gewaltsam schabten die Metallringe über die Gardinenstange. Leah zuckte zusammen. Aber es war nicht Poul.

»Leah, Kleines, da bist du ja.«

Nachthyazinthe, Vanille, Palmarosa und ein Tick Mandarine. Dazu der Geruch von Gänsepastete, die zu lange im warmen Zimmer gestanden hatte.

»Iss etwas.« Ihre Mutter erschien in fließenden Gewändern: einer weit geschnittenen Hose, die ihre Kurven luftig umspielte, und einem knöchellangen schwarzen Kaftankleid mit goldener Stickerei. »Das Zeug muss weg, ich brauche die Platte. Oder magst du keine Pastete? Ach, schau hier, überbackene Pflaumen!«

Sie lehnte die Stirn gegen das kalte Glas. Überreagiert. Mehr nicht. Poul würde es verstehen.

Die frische Luft tat ihr gut.

Hinter dem Fenster schlenderte ein Obdachloser die Allee entlang, seinen Einkaufswagen, mit unzähligen Tüten bepackt, vor sich herschiebend. Er blieb vor dem Gartentor stehen und wühlte in seinen Habseligkeiten.

»Ach, was ist denn los, mein Mädchen? Geht's dir nicht gut? Hier, Pflaumen. Wann hast du überhaupt zum letzten Mal gegessen?«

Der Obdachlose zog weiter.

»Dienstagmittag.« Ihr Atem beschlug die Scheibe. »Es gab etwas in einer Soße, was du als Hühnerfrikassee bezeichnet hast.«

»Das ist doch schon Ewigkeiten her!«

»Ja.« Aber an mehr erinnerte sie sich nicht. Nur an die geblümte Wachstuchdecke, die penetrant roch, an den Gabelslalom auf dem Teller und das Läuten des Telefons. Kurze Zeit später war die Mutter zurückgekommen, das Gesicht grau und irgendwie klumpig, fast wie die Frikasseesoße. *Sie haben sie gefunden.*

Sie.

Die Leiche.

Nicht mehr Céline, nie wieder Céline.

Sie klammerte sich an den Zwillingszeichen-Anhänger. Mit einem Finger malte sie ein »C« in ihren Atemhauch auf dem Glas. Viele sagten, dass ihre Handschriften sich ähnelten, obwohl sie keine Zwillinge waren.

»Jetzt nimm endlich was davon.« Die Mutter hielt ihr die Platte mit der Gänsepastete unter die Nase. »Du musst jetzt ein bisschen essen, Leah.«

Sie schnappte nach frischer Luft, doch es war nur der Essensdunst, der ihren Mund erfüllte.

»Entschuldige.« Eine Hand gegen die Lippen gepresst, drängte sie sich durch das Gewirr der schwarzen Roben. Im Flur schnellte ihr Blick zur Treppe hoch, doch Poul war nicht mehr da. *Weißt du noch, wie du einmal … sollte ich Céline je wehtun …* Ihr Herz raste wieder. Nein, er könnte niemandem wehtun. *Das Poul-Hörnchen*, wie Céline ihn stets genannt hatte, wenn sie von ihm sprach. Und lachte, lachte gelöst, laut – glücklich?

Er war auch nicht im Vorgarten, in dem ein paar Gäste ihren Zigarettenrauch in den Herbsthimmel bliesen, sein Porsche zierte nicht mehr die gegenüberliegende Straßenseite. Jemand kam mit einem »Mein herzliches Beileid, wie geht es Ihnen?« auf sie zu, und sie beeilte sich, hinter der Hausecke zu verschwinden.

Der Wind fuhr kalt über ihre schweißnasse Haut. Mit einer Hand stützte sie sich am Zaun ab, fühlte das feuchte, morsche Holz, das unter ihren Fingern zu zerbröckeln drohte wie ihre sorgfältig aufgebaute Fassade der Selbstbeherrschung. Sie hatte sich im Griff, während der Totenmesse, unter den gesichtslosen Gästen, beim Anblick des Grabsteins von der Größe einer Butterdose. Sogar, als die Mutter ihn wie ein Baby im Arm zum Grab getragen hatte.

Die Schaukel an dem Baum, der unzählige Attentate ihrer Mutter auf sein Leben überdauert hatte, wiegte sich sanft im Wind. Die Zeit hatte eines der Seile ausgefranst, irgendwann wurde auch das blanke Sitzbrett zu schwer, und nun schabte die Kante über die Erde. Ihr Stiefpapa hätte sie längst repariert, wäre er noch am Leben gewesen. Nun war auch Céline nicht mehr da, die sich darüber hätte freuen können.

Hoch mit dem Wind …

Hoch mit dem Wind! Céline jauchzt und wirft die Hände in die Höhe. Leah stößt die Schaukel an. Die Party bei Mandy wird ohne sie steigen müssen. Dabei war sie nur nach Hause gekommen, um ihre Sachen abzulegen. Doch die Mutter war nicht da, und Céline, ihr kleines, hässliches Entlein, spielte allein im Laufstall in dem stillen, wie ausgestorbenen Haus.

Mehr! Mehr! Mehr! Noch ein Stoß, dann läuft Leah auf den Hügel hinter dem Klettergerüst. Von hier aus kann sie die Lichter in Mandys Haus sehen. Ob Tom schon auf der Party ist? Ob er gerade eine andere anlächelt?

Leah, mehr!

Sie stieß das Sitzbrett an. »Hoch mit dem Wind, mein hässliches Entlein. Flieg hoch mit dem Wind.« Das Brett schwang ein paarmal hin und her, dann bremste die Erde es ab und lehrte Bodenständigkeit.

»Gute Reise, Eismädchen«, erklang eine Stimme über ihr.

Sie zuckte zusammen, packte das Seil und ließ ihren Blick die knorrige Rinde entlangwandern. Zwischen den Zweigen verbarg sich eine Gestalt, ein Mann. Der Unbekannte hatte einen Fuß gegen den Ast gestemmt, auf dem er saß. Mit dem Rücken lehnte er am Stamm, der andere Fuß hing lässig herab. In seinem dunklen Mantel verschmolz er beinahe mit den ihn umgebenden Zweigen.

Die rauen Fasern des Seils kratzten an ihrer Haut, als sie die Wange dagegenlehnte und erneut zu dem Mann aufschaute. *Eismädchen* … Sie hatte oft Céline an sich gedrückt, ihr die Tränen aus den Augen getupft und auf sie eingeredet, dass die anderen einfach keine Ahnung hatten. Dass Schönheit auch eigenwillig sein konnte: das Haar, vom Leuchten des Mondes erfüllt; die Haut, wie vom Winter angehaucht; die Wimpern, wie aus Schneeflocken geformt. *Zombie, sagen sie*, hatte ihr hässliches Entlein geschluchzt. *Nein*, hatte Leah stets erwidert. »Eismädchen. Wie treffend.«

»Leider nicht meinem Scharfsinn geschuldet. So wurde sie von vielen in der Branche genannt.«

»Zum Glück nicht ›eine zweite Connie Chiu‹. Zweite zu sein – das hätte sie nicht ertragen. Kannten Sie Céline? Bei der Mehrheit der Leute im Haus bin ich mir heute nicht sicher.« Sie ließ sich etwas mehr von dem Seil der Schaukel tragen, und der Ast, an den es gebunden war, seufzte über ihr. »Und wenn Sie mir jetzt mit ›Herzliches Beileid!‹ kommen, schüttle ich Sie von dort oben herunter.«

»Ist es nicht reichlich spät für die Ernte?«

»Da werden Sie sich noch wundern. Zumal – wie ein Landwirt sehen Sie nicht gerade aus.«

»Sondern?« Mit einem Schwung ließ er sich vom Baum gleiten. Sie wollte ihn stützen, stattdessen brachte sie ihn aus dem Gleichgewicht, und er strauchelte, bis er an dem Baumstamm Halt fand.

Fast hätte sie gelacht. »*It's raining men*. Und das noch mir vor die Füße.«

»Nun, bevor Sie mich runterschütteln …« Er hob eine Augenbraue und ließ seinen Blick ihren Körper entlangwandern.

Zögernd schaute sie an sich herab. Eine schlichte Bluse – check. Ein eleganter Rock – check. Pumps – eine wackelige Angelegenheit, aber check. So viel, dass es diesen intensiven Blick gerechtfertigt hätte, konnte sie gar nicht falsch gemacht haben.

»Céline.« Er sah sie immer noch an, diesmal ihr direkt in die Augen. »Ja, sie war … ehrgeizig.«

Leah ertappte sich dabei, dass sie ihn nicht weniger eingehend betrachtete als er sie. Blau, Grün, ein Hauch von Grau, das Meer, die Wogen der Tiefe, Schwermut, das Unergründliche – und all das nur seine Augen.

»Sie hatte durchaus Potenzial für große Aufträge, war ausdauernd, pünktlich und diszipliniert. Die wichtigsten Eigenschaften eines Models. Wenn sie lachte, kräuselte sie ihre Oberlippe, und manchmal sah es aus wie …«

»Bei einem Pony.« Sie wollte mit Poul über Céline reden, ihre kleine Schwester in der Zweisamkeit mit ihm spüren, ihr nahe sein. Nur Poul konnte sie doch wirklich verstehen, ihr Verlust war schließlich auch der seine. Doch stattdessen redete sie mit einem Fremden. Und spürte mehr, als sie ertragen konnte. »Aber ihr Lachen klang immer ehrlich, als würde es direkt aus ihrem Herzen kommen.«

Sie befühlte die warme Nässe auf ihren Wangen. Tränen, ausgerechnet jetzt. Dabei hatte sie sich doch so wacker geschlagen die ganze Zeit. Rasch wandte sie sich ab. Bloß keine Beileidsbekundungen hören, keine Mutmaßungen, wie es ihr denn ginge – kein Wort. Es war ihre Totenstille. Die sie nur mit Céline teilte.

Sie hörte, wie er näher an sie herantrat, diesen einen Schritt zu ihr machte, und ähnlich wie sie innehielt. Er stand da, in ihrer Stille, und sie ließ es zu.

Leah wusste nicht, wie lange sie so nebeneinander verharrten, bis die Tränen ihren Blick nicht mehr verschleierten. Vor anderen zu weinen, das war ihr zuletzt im Schulalter passiert. Und zwar vor ihrer Mutter. Das letzte Mal. Danach nie wieder. Sie war diejenige, die sich im Griff hatte, immer und überall. »Sie kannten Céline also wirklich.«

»Ich kannte das Eismädchen, ja. Aber *Céline* kannte ich kaum.«

Sie hob ihr Gesicht zu ihm. »Dafür bekam *ich* selten eine Gelegenheit, das Eismädchen kennenzulernen. Und was war Ihr Grund, in den Hinterhof zu flüchten?«

»Ich denke, ich bin unfähig, angemessen nach den gesellschaftlichen Regeln zu trauern. Und Ihrer?«

Seine Stimme erinnerte sie an den Klang eines Cellos, der sie berührte und etwas in ihrem Inneren zum Vibrieren brachte. Und genau den Frust der Unerreichbarkeit weckte, der sie einst dazu gebracht hatte, den Cellounterricht aufzugeben. Als die Lehrerin ihr den Unterschied zwischen Streichen und Sägen genauer erklärt hatte.

»Gänsepastete.«

»Leah? Leah!« Der Wind fiel über sie her. Er brachte die Stimme der Mutter mit sich und ein schlechtes Gewissen. Sie hatte sich vor langer Zeit versprochen, ihre Mutter nicht alleinzulassen. Und ausgerechnet heute wich sie ihr aus und flüchtete in die Geborgenheit, die ihr ein Fremder schenkte. Den Rücken gegen die Rinde gedrückt, holte sie tief Luft und schaute zu den Zweigen auf. »Ich wollte es so oft wie Céline: einfach abhauen und mit beiden Händen nach Träumen greifen.«

Der Mann lehnte sich mit einer Schulter gegen den Baum und neigte den Kopf zum Stamm. »Was hat Sie davon abgehalten?«

Sie sah eine kastanienbraune Haarsträhne, die wie ein Schatten auf seine blasse Schläfe fiel, feine Fältchen, die wie eine ferne Erinnerung an sein Lachen um seine Augen lagen, betrachtete den Schwung der Lippen, den geöffneten Knopf seines Hemdkragens, die Mulde zwischen dem Schlüsselbein und dem Hals …

»Leah! Hörst du mich?«

... viel tiefer sollte ihr Blick jetzt lieber nicht wandern ...

Ihre Wangen erglühten. Ganz klasse. Ein wenig von seinem Timbre, sein Gesicht nur wenige Zentimeter von ihrem entfernt – und schon machte das Weibchen in ihr Männchen. Ausgerechnet auf der Trauerfeier ihrer Schwester – die allerdings schon immer dafür plädiert hatte, jede Gelegenheit beim Schopf zu packen. Besonders, wenn es um attraktive Männer ging. Wer hätte gedacht, dass diese Lektion auf fruchtbaren Boden fallen würde. Und das bei ihr, der absoluten Flirt-Allergikerin, die ihren letzten festen Freund noch zu Unizeiten vergrault hatte.

»Es war gar nicht so unbequem auf dem Baum.« Sie hörte ein Lächeln in seiner Stimme.

»Leah!«

»Das Laub ist noch dicht genug, um Sie vor den anderen zu verstecken.«

»Leah, wo bist du?«

Unmöglich noch bei ihrem Verstand, im Hier und Jetzt. Rasch schaute sie weg, während sie nach wie vor den Blick des Fremden wie den Hauch einer Berührung spürte.

»Ich sollte lieber gehen.« Es klang fast mit der gleichen Begeisterung, wie sie »Sozialversicherungsfachangestellte« über die Lippen brachte, wenn jemand sie nach ihrem Beruf fragte. Hierzubleiben war viel zu verlockend. »Ich fürchte, selbst dieser Baum bietet zu wenig Schutz vor meiner Mutter.«

Die Absätze ihrer Pumps blieben fast bei jedem Schritt im Rasen stecken, als sie fortlief. Großartig. Jetzt brauchte sie nur noch einen Schuh zu verlieren. Cinderella Flip-Flop.

»Leah, bist du hier?« Gleich würde die Mutter um die Ecke kommen, ihr Parfüm hatte sie schon einmal vorausgeschickt. Leah beeilte sich, der Stimme entgegenzukommen, ließ den

Fremden und die Gedanken an ihn zurück wie ein kleines Geheimnis, das nur ihr gehörte.

»Kleines, da bist du endlich. Du kannst doch nicht verschwinden und mich mit all dem alleinlassen. Die Leute da drin …« Die Mutter machte eine schwache Geste zum Hauseingang, als gerade eine junge Frau auf sie beide zukommen wollte und doch noch unter dem Vordach stehen blieb. »Was hast du hier draußen nur gemacht? Ach, du meine Güte! Du warst mit Poul im Hinterhof? Ich … Dummerchen, ich wollte euch natürlich nicht stören. Tut mir leid. Tut mir leid, geh doch zu ihm, ich bin gleich auch schon wieder weg.«

»Ich war nicht mit ihm dort.«

Etwas quietschte und klapperte die Allee entlang. Hinter der Hecke der Nachbarn tauchte wieder der Obdachlose auf, in speckiger Steppjacke und Shorts. Die dürren Beine steckten in ausgelatschten Boots, mit denen er über den Asphalt schlurfte.

»Hab euch auf der Treppe gesehen. Er braucht dich. Und du ihn bestimmt auch. Geh, Liebes, geh, ich schaffe es schon allein, wie ich immer und immer alles hier …«

»Mutter! Ich war nicht mit Poul da.«

Die prallen Tüten an der Seite des Einkaufswagens schabten an den dicht geparkten Fahrzeugen entlang. Hinter der Hecke wütete der Nachbarshund. Ein Pärchen wich dem Einkaufswagen aus. Mit einer Faust drohte der Obdachlose den beiden hinterher. »Ja, trollt euch, trollt euch«, krächzte er. »Klick-klack, schönes Flittchen. Klick-klack, dein letztes Blitzlicht, hier. Er hat sie alle.«

Der nächste Windstoß presste beinahe die ganze Luft aus ihr. Das Herz verkrampfte. Im Takt des krächzenden, hämischen »Klick-klack«, das die Straße entlanghallte. Mutters warme, feuchte Hand hielt Leah am Gelenk zurück. »Mit wem dann?«

»Mit … niemandem.«

Der Obdachlose war hinter der nächsten Hecke verschwunden. Der Drang, ihm nachzulaufen, flaute ab, ohne ihre Beklemmung fortzuspülen. Aus welchem Mülleimer hatte er die Zeitung mit dem Nachruf auf Céline gezogen? Was hatte den Mann hierher geführt?

Klick-klack. Er hat sie alle.

Aber vielleicht schrieb sie dem Gebrabbel eines anscheinend verstörten Mannes mehr Gewicht zu, als es vernünftig gewesen wäre. Vielleicht lag das auch nur an Célines Abschiedsworten bei ihrem letzten, viel zu kurzen Wiedersehen, undeutlich unter den schneeweißen Strähnen hervorgemurmelt: »Ich glaube, ich bin da in etwas Großes reingeraten. Es macht mir Angst.«

Leah schluckte. Sie hätte nachhaken müssen, es nicht mit einem unbedachten »Das schaffst du schon« abtun dürfen.

»Ach herrje, habe ich die Herdplatte vielleicht nicht ausgeschaltet? Das hätte gerade noch gefehlt. Weißt du, wie viele Hausbrände dadurch jährlich entstehen?«

Leah befreite ihren Arm aus dem Griff der dicklichen, verschwitzten Finger und stützte ihre Mutter am Ellbogen. »Ja, Poul könnte ein Lied davon singen. Geh schon einmal ins Haus und schau nach, ob die Platte noch an ist, okay?«

»Ja, natürlich. Natürlich. Hast du schon etwas von den Pflaumen gegessen?«

»Ich brauche noch eine Minute. Dann komme ich rein und nehme mir etwas.« Sanft schob Leah ihre Mutter zum Hauseingang. Mit einem Mal fiel ihr auf, wie alt sie aussah. Der einst rabenschwarze Zopf war von silbernen Strähnen durchzogen. Der dunkle, südländisch anmutende Teint von Leberflecken gezeichnet.

»Ja«, – die Mutter nickte –, »ich verstehe schon.«

Kurz darauf schnappte die Eingangstür zu, und die Duftwolke aus Palmarosa entschwand in den Herbstnachmittag.

Leah legte den Kopf in den Nacken. Die grauen Wolken flossen vorbei, so tief, dass sie zu spüren glaubte, wie die nebligen Schwaden ihr Gesicht streiften und Stück für Stück niedersanken.

Dein letztes Blitzlicht. Er hat sie alle.

Nein, sie durfte die Sache nicht einfach auf sich beruhen lassen. Vielleicht würde sie den Obdachlosen noch einholen.

»Es ist so furchtbar, was Céli widerfahren ist!«

Leah zuckte zusammen. Die junge Frau mit dem kupferroten Pixie-Schnitt, die vorhin vom Hauseingang herübergeschaut hatte, tauchte vor ihr auf. »Ich kann mir kaum vorstellen, wie Sie sich gerade fühlen müssen.«

»Oh, das ist nicht schwer. Ich bekomme Wadenkrämpfe in diesen Schuhen. Was ist mit Ihnen?« Leah wandte sich ab. Der Kies knirschte unangenehm laut unter ihren Sohlen, als sie zur Gartenpforte eilte und die Straße hinunterspähte. Ein UPS-Wagen fuhr auf der Allee vorbei, die zwischen den Häusern entlangführte. Einige Meter weiter hielt er in zweiter Reihe an.

Keine Spur von dem Obdachlosen.

Ein Mann mittleren Alters sprang aus der Fahrerkabine und eilte zu ihr. In seinen Händen ein gepolsterter Umschlag. »Wohnen Sie hier?«, rief er schon von Weitem und warf einen schnellen Blick auf seinen Wagen, der die Straße blockierte.

»Ja. Leah …« Sie schaute an dem Postboten vorbei, dann blickte sie zum Haus, in dem die Mutter mit den Pflaumen auf sie wartete. Der Fremde aus dem Hinterhof kam gerade um die Ecke. »Ähm. Leah. Leah Winter.«

Der Zusteller drückte ihr die Sendung in die Hand und hielt ihr das MDE-Gerät entgegen. »Bitte unterschreiben!«

Ohne hinzusehen, krakelte sie ihre Unterschrift auf den Bildschirm. Der Postbote entzog ihr das Gerät und spurtete zu seinem Wagen zurück. Sie drehte den Umschlag und betrachtete den Absender. Fotostudio »Dream Impressions«, die Silhouette eines Raben, mit einem Kugelschreiber gezeichnet.

An Céline Winter.

Den Namen ihrer Schwester so lebendig auf dem Kuvert zu sehen, brachte das Gefühl von Ohnmacht mit sich. Ihre Nägel bohrten sich durch das Papier und die Luftpolsterfolie.

Erst als sie die Hülle bei ihren ungelenken Versuchen, sie aufzureißen, fast zerfetzt hatte, gelangte deren Inhalt in ihre Hände.

Fotos.

Die Realität wich zurück. Etwas rauschte, aber kein Wind, und es erlaubte keinem anderen Geräusch, zu ihr durchzudringen. Immer lauter rauschte es, bis es beinahe alles verschluckte. Ein kalter Schweißfilm bedeckte ihr Gesicht.

Fotos. Von Céline.

Ihre Füße versanken in einem seltsam pelzigen Gefühl, das ihre Beine emporkroch und ihren Körper eroberte. Die Gliedmaßen wurden schwer.

Fotos. Von Céline. Ein stummer Schrei um Hilfe.

Klick-klack, dein letztes Blitzlicht.

Leah ließ alles fallen. Sie besaß keine Kraft mehr, die Bilder festzuhalten. Weder in den Händen noch in ihrem Kopf. Sie ließ die Welt los, und ihr Körper erschlaffte.

Sie wusste noch, dass sie fiel.

Dass fremde Arme sie auffingen.

3

Noch einen Augenblick verharrte seine Handfläche auf der dunklen Rinde, fühlte sich in jede Furche, in jede Hervorhebung ein. Ein zum Winterschlaf verspäteter Käfer krabbelte wie ein Miniatur-Landrover über die Borke, streifte seinen Daumen mit einem Fühler und schlug die entgegengesetzte Richtung ein. Seine Hand … und ihr Profil, nur wenige Zentimeter von ihm entfernt, ihr Haar, von seinem Atem bewegt, die Rinde des Baumstamms im Hintergrund …

Jetzt – nur noch seine Hand. Einsam und allein.

Er fragte sich, warum er ausgerechnet jetzt über die Einsamkeit nachdachte. Es waren nicht die ersten Tränen, die er auf einem hübschen Gesicht gesehen hatte. Aber sie waren so still. Fast, als hätte sie gar nicht geweint, und er hatte es trotzdem gesehen.

Die Terrassentür öffnete sich mit einem Geräusch, als wäre ein Vogel gegen die Scheibe geflogen und hätte sich dabei das Genick gebrochen. Zwischen den mit Planen abgedeckten Gartenmöbeln stöckelte eine Frau hervor und wühlte in ihrer Handtasche.

Kay ließ den Arm sinken.

Sie hatte ihn wahrgenommen und nickte ihm zu, angelte sich eine Zigarette aus der Packung und suchte weiter nach dem Feuerzeug.

Dann hatte sie ihn erkannt.

Der komplette Enthusiasmus ihrer jungen Jahre entlud sich in einem einzigen Wort: »Kay!«

Mit wahrer Hingabe schob sie ihm ihre Idealmaße entgegen. »Kay! Kay Gordon!« Sätze mit seinem Namen endeten oft in einem Ausrufezeichen-Schluckauf. »Dass ich dich ausgerechnet hier treffe! Unglaublich!«

Beerdigungen versprachen Frieden, gaben einem die Kraft, über die Schuld, selbst noch am Leben zu sein, hinwegzukommen. Nur ihm nicht. Denn ausgerechnet die Beerdigung, die ihm Frieden hätte bringen sollen, die hatte es nie gegeben.

Als die junge Frau noch einen Schritt auf ihn zu machte, wich er dem ankommenden Bussi-Bussi aus. »Ich wollte gehen.«

»Wusste gar nicht, dass du Céline kanntest!«

Er kannte das Eismädchen. Durch den Sucher seines Fotoapparates, ihre Posen, nach seinen Vorstellungen geformt. Er kannte den Nachruf. Nicht das trockene »Wir trauern um unsere Tochter und Schwester …«, sondern die wenigen Zeilen, die ihm plötzlich so viel bedeuteten.

Du hast den Geruch von frischem Schnee geliebt. Du hast die Schneeflocken auf deine Hände herabsinken lassen. Du hast mir gesagt, dass ich dir den Frühling geschenkt habe. Verzeih mir, dass ich dich vor dessen Gewittern nicht schützen konnte. Leah.

Als hätte er die Schuld, am Leben zu sein, mit jemandem geteilt. Mit Leah.

Die junge Frau kicherte, zündete sich die Zigarette an und blies ihm den Rauch entgegen. »Ich habe mir das Haar blond gefärbt. Früher war es braun. Jetzt erinnerst du dich an mich?«

»Nein. Wie ich schon sagte: Ich wollte gehen.«

»Aber das Maisfeld! Du hast gesagt, ich wäre gut, passte aber nicht zur Kulisse … Na ja …« – sie kräuselte die Lippen und fuhr sich durch die Strähnen –, »wie gefällt dir nun das Platinblond? Sei ehrlich!«

»Ich sehe keinen Mais hier.« Er suchte nach dem Autoschlüssel. In seiner Hand häuften sich Visitenkarten, Kassenbons und – ein Rollfilm aus einer Analogkamera.

Die nie entwickelten Bilder schrien ihn an.

Ruhe in Frieden …

»Was ist drauf?« Der platinblonde Schopf deutete auf seine verkrampfte Faust.

Er steckte den Rollfilm zurück in die Manteltasche. »Naomi Campbell beim Zähneputzen.«

Der Zigarettenrauch folgte ihm, auch dann, als er um die Ecke gebogen war. Er blieb stehen, schaute auf.

Leah.

Die Wimpern gesenkt, hatte sie den Blick auf einen Luftpolsterumschlag in ihren Händen gerichtet. Die sanften Schatten der Buche der Nachbarn huschten über ihr Gesicht. Er hätte die Schatten gern zum Stillhalten gebracht, um ihre Wangenknochen zu betonen, die Augenpartie und vor allem die Lippen.

Ihr musste kalt sein. In der strengen Hemdbluse, dem Rock mit den Volant-Reihen, schwarz-rot und so bauschig, als hätte sie dafür einer Flamenco-Tänzerin zu eindrucksvoll gezeigt, wo die Kastagnetten hängen, und den Pumps. Er schmunzelte. Für die besonders viel Mut nötig war. Bei diesem … Blau.

Er schmunzelte noch immer, während er ihre zerwühlte Hochsteckfrisur betrachtete, die schwarzen Strähnen, die befreit herumfliegen würden, sollte sie dem Temperament ihres Rockes nachgeben und ihm mit ihren sherryfarbenen Augen einen Olé!-Blick zuwerfen; schmunzelte, als ihre Stimme in ihm nachklang, so angenehm ruhig und Ausrufezeichen-fern.

Sie zitterte leicht. Der Mantel lag schwer auf seinen Schultern. Er hätte gern die ihren mit ihm bedeckt.

Einer ihrer Absätze hatte sich tief in den Kiesweg gegraben, den anderen Fuß hielt sie leicht schräg. Mit fahrigen Bewegungen zerrte sie etwas aus dem Kuvert, anscheinend Fotos. Die ersten zwei oder drei sah sie noch durch, dann rauschten die Bilder auf den Gartenweg. Sie schwankte. Ihre Beine knickten ein.

Er wusste gar nicht, wie er ihren Sturz abgefangen hatte, wie ihr Körper in seine Arme gelangt war. Er stand einfach da und hielt sie fest, eine gemütliche Weiblichkeit in Konfektionsgröße 38. Das ungeschminkte Gesicht zeichnete sie mädchenhaft. Das Haar floss über seinen Arm.

Er umfasste sie fester, ging in die Hocke und raffte die Bilder zusammen. Unbesehen stopfte er alles samt Umschlag in seine Manteltasche und kam hoch. Das platinblonde Mädchen aus dem Hinterhof stand rauchend an der Hausecke, beobachtete ihn und ließ die Asche achtlos auf ihre High Heels fallen.

Im Flur schwängerten Essensdunst, Parfüm und Schweiß vieler Menschenkörper die Luft, links führte eine steile Treppe hoch und versprach Zuflucht. Besser.

Der erste Raum, den er oben erwischte, entpuppte sich als ein Schlafzimmer, das ihn mit konsequenter Geschmacklosigkeit begrüßte. Moosgrüne Tapete, eine violette Mosaik-Lampe aus Buntglas, die Gardinen wild gesprenkelt, als wären mehrere Farbtöpfe explodiert.

»Ich wüsste gern den Namen des Innenarchitekten«, hauchte er dem blassen Gesicht entgegen, das so friedlich an seiner Brust ruhte. Er erinnerte sich daran, wie er zu seinem wichtigsten Shooting – damals mit Kate Moss – mit einer Wegwerfkamera aufgetaucht war. Sie hatte ihn verdutzt angeschaut und gefragt: »Ernsthaft?« – »Ernsthaft«, hatte er erwidert und die ersten Bilder geknipst. Jetzt, inmitten dieses künstlerischen Mutes, der ihn umgab, dachte er darüber nach, wann er zum letzten Mal selbst so unverschämt rebellisch, so frei gewesen war.

Er ließ sie auf das Bett sinken und rollte die Decke zusammen, um ihre Beine hochzulegen. Sie hatte einen Schuh verloren – unter anderen Umständen hätte er die Empfehlung ausgesprochen, beide einzuäschern. Aber der Rebell in ihm fing an, in diesem intensiven Blau den freien Fall zum Himmel hinauf zu fühlen, allen Gesetzen der Realität entgegen.

Ihre Brust hob und senkte sich etwas schneller. Der Spalt der Bluse ließ ein goldenes Kettchen mit einem Zwillingsanhänger aufblitzen, der in der Tiefe ihres Dekolletés versank.

Unter einer Vase zog er einen gehäkelten Untersetzer hervor, machte ihn im Bad nass und setzte sich an ihr Bett. Leah. Zu nah, der Name, zu nah an seinem Abgrund, der jede Nähe irgendwann taub machte.

Er wischte ihr den Schweißfilm von der Stirn.

Ihr würde mulmig sein.

Vielleicht nicht direkt übel, es würde ihr bloß schwerfallen, klar zu denken. Oder es würde sich alles wie auf einem Karussell drehen, von dem man nicht abspringen kann, egal, wie sehr man es möchte. Er wusste noch, wie es war …

»Ruhe in Frieden«, beschwor er und ballte die Hände. In der rechten – schon wieder der Rollfilm.

Menschen, weite Räume und Flure, Stimmen, helles Licht. So hell, dass alles darin ohne Halt zu schweben schien. Bis die Geräusche zu verstummen und die Räume sich zu entfernen begannen, bis Leah merkte, wie sie davonglitt – zu einem Mann. Das Gesicht kam ihr fremd vor, gleichzeitig jedoch ein wenig vertraut, und womöglich lag es an diesem Hauch von Vertrautheit, dass sie sich so behaglich fühlte. Er neigte den Kopf tiefer zu ihr. Ein paar kastanienbraune Haarsträhnen fielen ihm in die hohe Stirn. Die blauen Augen – blaugrün wie das Meer, das Céline so gemocht hatte – schauten auf sie herab, zwischen die Brauen hatte sich eine Sorgenfalte gegraben.

Sie musste aufwachen. Eindeutig. Bevor sie noch anfing, bei diesem Traum von einem Traummann zu hecheln.

Doch als sie die Lider endgültig aufschlug und die Umgebung nicht mehr vor ihrem Blick zurückwich, war er immer noch da. Ihre Hände glitten über die Biberbettwäsche, während ihr

Verstand weitere Details registrierte: den farbenfroh bemalten Schrank, die gusseisernen Blumenranken am Fußende des Betts, die dunkelviolette Deckenlampe mit dem Rosenmosaik. Sie war zu Hause. In ihrem Schlafzimmer. Mit einem Mann.

»Sie lösen sich also nicht in Luft auf«, murmelte sie, während sich in ihrem Kopf die helle Weite, durch die sie kurz zuvor zu schweben glaubte, erneut ausdehnte. Der Raum schien wieder ungreifbar, fern, wie auch der Mann, der an ihrem Bett saß.

»Sollte ich das?« Er tupfte ihr das Gesicht ab. Neben der nassen Kühle des Tuchs spürte sie die Wärme seiner Finger, die ihr Ohrläppchen streiften.

Sie blinzelte. Kantige Gesichtszüge, kräftige Brauen, geschwungene Lippen.

Und, Schwesterherz, wie fällt dein Urteil aus? »Musst du haben« oder »Um Gottes willen!«?

Eher »Oh mein Gott«.

»Wunschvorstellungen von Männern Ihres Schlages tun das bedauerlicherweise nur zu gern. Oder sie zieren die Cover von Hochglanzmagazinen. Manchmal auch die Poster an den Wänden von Mädchenschlafzimmern, aber aus dem Alter bin ich raus.«

Sie hielt inne. Da er definitiv keine Wunschvorstellung war, hätte sie vielleicht lieber die Schnauze halten sollen, wie Céline es immer so zärtlich ausgedrückt hatte. *Irgendeinen Weg, die männliche Zunft zu vergraulen, findest du immer, große Schwester.* Aber allein zu sein war einfach verlässlicher.

Er zog eine Augenbraue hoch. »Da muss ich Sie enttäuschen, ich komme eher von der anderen Seite der … Cover-Produktion. Aber es freut mich, dass es Ihnen besser geht.«

Sie stemmte sich mit den Ellbogen hoch, doch ein Schwindelanfall zwang sie zurück auf die Matratze. »Was ist … was ist eigentlich passiert?«

»Sie sind vor dem Haus ohnmächtig geworden. Ich habe Sie hierher gebracht.«

Ohnmächtig? Die Erinnerung an etwas Bedrohliches zog verschwommen dahin. Ihr Herz schlug heftig gegen die Rippen. »Céline … Was ist mit Céline?« Sie versuchte es noch einmal, die Ellbogen in die Matratze graben, sich mit den zittrigen Armen hochstemmen – und der Schwerkraft nachgeben.

Ihre Schwester war tot, ihr Lächeln, ihre Stimme, alles tot. Zurückgeblieben war nur sie. Ganz allein. Und ihre Mutter.

Der Mann beugte sich zu ihr, und sie nahm einen Hauch von seinem Aftershave wahr, einen frisch-herben, von der Haut warmen Duft. »Ich bringe Ihnen etwas zu trinken. Soll ich vielleicht jemanden zu Ihnen rufen?«

Ihr Kopfschütteln fiel heftiger aus, als sie es schwindelfrei vertragen konnte.

»Ich bin gleich wieder zurück«, versprach er. Mit einem leisen Klicken verschluckte die Tür seine Gestalt. Sie lauschte dem Stimmengewirr von unten. Als wären es Mäuse, die unter den Dielen wuselten. Eine unruhige Schar pelziger Leiber.

Ihr rechter Schuh fehlte. Ihr Strumpf hatte eine Laufmasche. Sie fragte sich, welchen Fauxpas Céline ihr weniger verzeihen würde. Mit etwas Glück zählte die filmreife Ohnmacht mit der Punktlandung in den starken Armen eines Retters mehr als ihre Ungeschicke.

Sie seufzte und streifte sich den verbliebenen Schuh gerade vom Fuß, als die Tür geöffnet wurde und ihr Retter zurückkam, mit einem Silbertablett in den Händen.

Sein Blick blieb an dem Schuh hängen. »Eine interessante Farbe. Kobaltblau?«

»Unter dem richtigen Licht ist es fast schwarz.«

Er stellte einen Teller mit Obst auf die Kommode und reichte ihr den Tee. »Verstehe. Bei Nacht?«

Sie griff nach der Tasse, um nicht antworten zu müssen, und nippte an der rubinroten Flüssigkeit. Früchtetee. Nur mit Mühe gelang es ihr, ihre entgleisende Miene in ein schiefes Lächeln umzuwandeln. »Danke.«

»Auch etwas Obst?« Er reichte ihr den Teller mit Weintrauben, schmalen Streifen Honigmelone, Apfel- und Mandarinenstückchen, an denen etwas Sahne klebte. »Ich habe die Käsespieße und Sahneschnittchen geplündert.«

»Nicht zu übersehen.« Ein winziger Klecks Sahne haftete an seinem Mantel. »Die armen Schnittchen haben sich anscheinend gewehrt.«

»Die Honigmelonen- und Apfelstücke können Sie vorbehaltlos genießen, die haben sich mir auf einem Obstteller widerstandslos ergeben.«

»Er kam, sah und siegte.« Sie wischte den Klecks von seinem Revers ab. Doch als sie die Hand senken wollte, verharrten ihre Finger über seiner Manteltasche, aus der die Ecken des Fotopapiers ragten.

Die Bilder. Die Tasse in ihrer Hand kippte. Der Früchtetee ergoss sich über die weiße Matratze wie verdünntes Blut.

Sie drückte sich gegen das Kissen. Was die Ohnmacht gnädigerweise ausgeblendet hatte, war wieder da.

Er sah auf seine Manteltasche. »Entschuldigung. Die gehören natürlich Ihnen. Ich dachte, sie sollten nicht auf dem Gehweg liegen bleiben. Es war nicht meine Absicht, sie zu behalten.«

Er griff nach den Aufnahmen.

»Nein!« Die Wände um sie herum begannen zu fließen.

Er hielt die Bilder in der Hand, erstarrte. Etwas Dunkles überschattete seine Augen. Abscheu, kalter Groll, dann Entsetzen … Zu schnell wandte er seinen Blick ab, als dass sie sich hätte sicher sein können, darin das Aufflackern von Schmerz gesehen zu haben.

»*Die Enthüllung*«, flüsterte er kaum hörbar. Unendlich langsam legte er das obere Foto nieder. Es zeigte Célines kahl rasierten Schädel und ein schmales Blutrinnsal, das sich auf der Stirn zu einem dicken Tropfen sammelte.

Immer schneller bewegte er seine Lippen. Sie konnte nur raten, welche Worte er formte. *Der Schrei*. Célines aufgerissener Mund mit einem Zungenstummel. *Die Verblendung*. Célines Augen mit abgeschnittenen Lidern. *Die Grabesstille. Die Verderbnis. Schmetterlinge im Bauch. Der Herzschmerz.*

Die Fotos glitten aus seiner Hand zu Boden. »*Hate me.*«

»Was … was wissen Sie darüber?« Das Haus war voller Menschen, die binnen Sekunden dieses Zimmer stürmen würden, sollte sie schreien. Und trotzdem war die Angst da. Nichts hatte sie im Griff, anders, als sie es sich die ganze Zeit eingeredet hatte. Nicht einmal ihren eigenen Körper, der unkontrolliert zitterte.

Seine Kiefermuskeln spannten sich an. Seine rechte Hand tauchte aus der Manteltasche auf, er hielt etwas umklammert, so fest, dass die Knöchel und Sehnen hervortraten. Einen Moment glaubte sie, er wollte ihr etwas geben. »Was ist das?«

Als er den Kopf hob, zeigte sein Gesicht eine unerschütterliche Kraft und eine Mauer, an der die ganze Welt abzuprallen schien. Die Augen dunkel, das Meer darin – gewittrig.

Sie hielt seinem Blick stand. »Was?«, wiederholte sie mit Nachdruck. »Was ist darauf?«

Die Hand verschwand in der Tasche. »Aufnahmen von sterbenden Galaxien.« Seine Stimme klang abweisend. Er deutete auf die verstreuten Bilder. »Bringen Sie die Fotos zur Polizei!«

Schon war er an der Tür. Groß, breitschultrig, fremd.

»Warten Sie!« Sie stand auf, klammerte sich mit feuchten Händen an das kalte Bettgestell. »Sie wissen doch etwas über die Bilder, oder?«

»Ich kann Ihnen nicht helfen.« Er griff sich an den Hemdkragen. Der oberste Knopf stand offen. Er löste den nächsten. »Ich … kann nicht.«

Die Tür fiel nicht ins Schloss, so starrte Leah in den dunklen, leeren Flur. Ihre bestrumpften Füße suchten sich einen Weg zwischen den Fotos.

Sie hob den Umschlag auf. Célines Name auf dem Kuvert, dazu die Adresse dieses Hauses, das ihre kleine Schwester schon vor langer Zeit verlassen hatte. Und der Absender: *»Dream Impressions.«*

Das Wort schmeckte vertraut auf ihrer Zunge.

»Impressions.«

Ein wenig nach Früchtetee.

Es wird mein Durchbruch sein, Leah, mein Durchbruch. Paris, New York – ich komme!

Und ein Wiedersehen später: *Ich bin da in etwas Großes reingeraten. Es macht mir Angst.* Dazu Célines gehetzter Blick nach allen Seiten, als würde sie verfolgt.

Leah raffte die Fotos zusammen und stopfte sie in den Umschlag. Der Brief war nicht an Célines Wohnung gegangen, weil er nicht für ihre kleine Schwester bestimmt war. Sondern für sie. Es war eine Warnung. Weil der Mörder wusste, wie nah sie ihrer Schwester stand? Weil er sie beide beobachtet hatte? Weil … er glaubte, dass sie etwas erfahren haben müsste?

»Ich bin stark.«

Vor ihr lag der dunkle, leere Flur.

Sie würde herausfinden, wer der Mörder war. Um das Leben wieder in den Griff zu bekommen. Um nicht mit dem Gefühl weiterzuleben, all die Andeutungen nicht beachtet zu haben. Um dem Mörder in die Augen zu schauen und darin zu lesen, dass nicht sie am Tod ihrer Schwester schuld war, sondern er.

»Ja. Ich bin stark. Ich schaffe es schon.«

4

Celine Winter. Ein Vor- und Nachname neben dem Klingelknopf. Zwölf schwarze Buchstaben auf einem weißen Streifen Papier in diesem Treppenhaus, das längst eine Sanierung herbeiklagte. Das Licht erlosch. Leah betätigte den Schalter. Erneut begann die Lampe über ihrem Kopf zu flackern, als wäre diese sich unsicher, ob sie gleich den Geist aufgeben oder den elektrischen Schluckauf noch ein Weilchen beibehalten sollte.

Celine Winter. Kein Akzent auf dem E. »Warum nicht, kleine Schwester?« Behutsam fuhr sie mit den Fingerkuppen über das Schild. »Hat unsere Mutter dich doch noch nach ihren Vorstellungen geformt?« Nein, dich nicht. Unmöglich.

Leah fühlte ein verlorenes Lächeln auf ihren Lippen, erinnerte sich an das Schweigen, in das hinein Céline die Entscheidung, ausziehen zu wollen, damals hatte verkünden müssen. Am nächsten Tag waren die Schlösser ausgetauscht, und als Céline heimkehrte, warteten auf dem Fußabtreter drei Kartons mit ihren persönlichen Sachen auf sie. Auf Leahs Widerspruch hatte die Mutter nur ein beiläufiges »Ich hätte deinem Stiefvater nie erlauben sollen, ihr einen von diesen neumodischen Namen mit diesem bescheuerten *Accent* zu geben« parat gehabt.

Celine Winter. Die Mutter hatte den Traum vom Jetset-Leben eines Models nie gebilligt. *Und ich habe ihn unterstützt. Bis zu deinem Tod.*

Das heimlich zugesteckte Geld für Profifotos, Umarmungen und Zuspruch nach Agenturabsagen, unzählige Folgen von *Next Top-Model* bis spät in die Nacht …

Das alles hat dich dem sicheren Heim entrissen. Dich in die Hände deines Mörders gestoßen.

Mit einem Fingernagel deutete sie den Strich auf dem zerkratzten Plastik des Klingelschildes an. »Dein ganzes Leben bestand aus Akzenten, mein hässliches Entlein. Ich werde einen Weg finden, denjenigen ausfindig zu machen, der es ausgelöscht hat. Wie ich immer einen Weg gefunden habe, damit du deinen Träumen folgen konntest.«

Es war nicht schwer, die Tür aufzusperren. Schwer war es, über die Schwelle zu treten und zum ersten Mal diese Wohnung zu sehen. Cafés und Spaziergänge im Park bildeten seit Langem die Kulisse für ihre Treffen.

Stopp. Du hast studiert. Da könnte man erwarten, dass du die Zeitformen beherrschst. Na also.

Hatten gebildet.

Abgeschlossene Vergangenheit.

Aus.

Sie schaltete das Licht im Flur ein und fand sich auf einem Laufsteg wieder. Ihre Turnschuhe quietschten auf den schwarz glänzenden Fliesen. Wenn sie lange genug zum Ende des Korridors starrte, sah sie, wie Céline in High Heels über diesen Boden glitt und einen letzten Blick in den mannshohen, wellenförmig geschnittenen Spiegel warf, um zu überprüfen, ob ihre Kleidung perfekt saß.

Die Falten ihres eigenen Pullovers saßen nach der Übernachtung im Trockner jedenfalls perfekt, stellte Leah fest. Für Selbstbewusste hieß »nicht gebügelt« in Modisch »Crash-Stoff«, und einen größeren Faltencrash dürfte sich kaum ein Designer vorstellen.

Selbstbewusst genug, um ihre Turnschuhe nicht bei jedem Schritt zu verfluchen, quietschte sie sich bis zum Wohnzimmer vor, in dem Céline Unordnung in die Einrichtung aus runden, fließenden Formen geschnitten hatte. Kippen füllten einen Aschenbecher, daneben lag ein Paar hautfarbener, zusammengeknüllter Füßlinge. Ein Glas Orangensaft mit einem verschmierten Lippenstiftabdruck stand neben einem Tischbein, über der Sofalehne hing eine Strickjacke, die auf links gezogen war.

»Chaoskind!« Leah schmunzelte und nahm die Jacke vom Sofa. Die weiche Wolle unter ihren Fingern verströmte den Geruch von kalter Zigarettenasche. Jäh glühte das Schmunzeln aus. »Ich wusste nicht, dass du rauchst. Du hättest es mir doch sagen können, ich bin nicht die Mutter, ich …«

Das Geräusch nackter Fußsohlen auf dem Linoleum schreckte sie auf. Langes weißes Haar huschte am Rande ihres Blickfeldes vorbei.

»Céline!« Sie fuhr herum, die Jacke fest an die Brust gepresst.

Es war nicht Céline.

Bloß ihre Haarfarbe.

Die Fremde neben der Stehlampe trug ein hellblaues Hemd, das nur durch einen Knopf über ihrem Bauch zusammengehalten wurde. Darunter ein Spitzenhöschen. »Wer sind *Sie* denn?«

Warst du hübsch, mein hässliches Entlein? Hübscher als andere Models? Wenn Céline bei ihr war, gab es niemand anderen.

Die junge Frau war hübsch. Schlank. Mit straffen, glatten Beinen, die überhaupt nicht zu enden schienen, leicht gebräunt waren und seidig schimmerten. Ihre Gestalt erinnerte an eine Fee, ein ätherisches Wesen der Lüfte, das von keiner sterblichen Hand berührt werden durfte. »Ich habe gefragt, was Sie hier tun!« In den grauen Augen klirrte Eis.

Du warst nicht hübsch, Céline. Du warst etwas Besonderes. Ob der Mörder dieses Besondere auch gesehen, ob ausgerechnet der Gedanke, es durch den Sucher des Fotoapparats zu betrachten, ihn angelockt hatte?

»So, ich rufe jetzt die Polizei.«

»Nein.« Sie stolperte fast über eine Fleecedecke, die neben einem der Sessel lag, und musste sich an dessen Lehne festhalten. »Entschuldigung. Leah. Leah Winter. Ich bin Célines Schwester.«

Die junge Frau stemmte eine Hand in die Hüfte, als würde sie sich am Ende eines Laufstegs in Pose werfen. »Nathalie. Tut mir leid, du – ich kann doch du sagen, richtig? –, du hast mich überrascht.«

»Das erklärt nicht, was du in der Wohnung meiner Schwester machst.«

»Hier wohnen natürlich. Du hast echt keine Vorstellung, wie hoch die Mieten sind. Céline war meine Freundin. Wir haben praktisch alles geteilt.«

»Sie hat nie von dir gesprochen.«

»Na, dich hat sie auch nicht gerade oft erwähnt.« Im Gegensatz zu der grazilen Figur klang ihre Stimme kratzig wie ein Filzstift, der auf Pappe schrieb. »Du willst bestimmt Célines Sachen abholen. Das trifft sich gut, ich habe nämlich schon alles gepackt.«

Leah vergrub das Kinn in der Wolle der Strickjacke, atmete den Zigarettengeruch ein. »Sehr tüchtig von dir.«

Nathalie kniff die Augen zusammen, trat zu ihr und zog ihr das Jäckchen aus den Armen. »Das ist meine.« Das Kleidungsstück flog auf die Couch. »Los, ich zeige dir, wo die Kartons stehen.«

»Ich würde mich hier gern ein bisschen umschauen. Du hast doch nichts dagegen? Wenn ich mich nicht irre, war es Céline, die die Miete bezahlt hat.« Schließlich hatte sie ihrer Schwester monatlich Geld überwiesen, um sie vor finanziellen Sorgen zu bewahren.

Das Feenwunder schnaubte. »Himmel, dann eben das.«

Viel gab es allerdings nicht zu sehen. Nach dem ellenlangen Flur und dem riesigen Wohnzimmer verlor die Wohnung sehr schnell ihren Beletage-Flair. Es existierten noch drei weitere, sehr viel kleinere Zimmer, ein enges Bad und eine Küchennische ohne Fenster. Langsam dämmerte es Leah, warum Céline sie nie hierher gebeten hatte. Die Aufnahmen von *Next Top-Model* hatten ihnen beiden ganz andere Wohnverhältnisse vorgegaukelt. *Du hättest dich nicht zu schämen brauchen, kleine Schwester. Vor mir doch nicht.*

Die frostige Höflichkeit in Nathalies Blick näherte sich langsam dem Gefrierpunkt. Leah versuchte ein versöhnliches Lächeln. »Als beste Freundin weißt du bestimmt, ob Céline mit irgendjemandem Schwierigkeiten hatte. Das Modegeschäft ist kein einfaches Pflaster. Nehme ich an. Kannst du dir vorstellen, dass sie Feinde hatte?«

»Na hör mal! Sie wäre über Leichen gegangen, um sich einen Auftrag unter die Nägel zu reißen. Damit macht man sich nicht unbedingt Freunde, was?«

»Céline?« Sie schnappte nach Luft. »Nein. So war sie nicht.«

»Oh, wow, nur ruhig Blut.« Nathalies Mundwinkel zuckten. »Ich kann doch nicht wissen, welche Antworten dir gefallen. Frag halt nicht.«

»Okay, warte. Warte. Tut mir leid. Ist in der letzten Zeit irgendetwas vorgefallen? Hat sie mit jemandem Streit gehabt?«

»Du meinst, außer mit Gott und der Welt? Wenn du es genau wissen willst: Ein- oder zweimal hat sie ihren Freund erwähnt. Wie hieß er noch mal …?«

»Poul. Er heißt Poul. Was ist mit ihm?«

»Hmm. Poul. Nein, so bestimmt nicht. Egal. Ist auch nicht so wichtig. Jedenfalls ging es bei denen drunter und drüber. – Sag mal, was gedenkst du eigentlich mit den ganzen Möbeln anzufangen?« Mit der Fußspitze stieß Nathalie an die Tür zu Célines Schlafzimmer. »Es sind sehr schöne Sachen. Céline hatte ein Händchen dafür, billiges Zeug zu finden, das nach mehr aussah.«

»Ich habe mir noch keine Gedanken darüber gemacht. Und ihr Freund hieß wirklich Poul. Sie ist … war … seit der Schulzeit mit ihm zusammen.«

»Poul hin, Poul her. Große Güte, bist du eine Nervensäge! Nenn ihn, wie du willst. Jedenfalls ist er Fotograf und hat ihr zu einem Shooting verholfen. Sie hat unglaublich geheimnisvoll getan, nur erwähnt, sie würde bald zusammen mit solchen Größen wie Chloe Memisevic arbeiten.«

»Dem Mager-Model?«

»Oha!« Nathalies Blick wanderte Leahs Körper herab. Der Crash-Stoff des Pullovers schien die junge Frau wenig zu beeindrucken. »Die kennst sogar du.«

»Was war das für ein Shooting?«

»Zuerst nur ein paar Probeaufnahmen. Einmal kam sie etwas angetrunken nach Hause, meinte, es würde endlich losgehen, sie wäre dabei. Müsste sich aber den Schädel kahl rasieren. ›Enthüllung‹, so hat sie es genannt. Und dann hat sie mich gefragt, ob ich schon einmal aus den Augen geblutet habe, und hat gekichert. Echt krank, wenn du mich fragst.«

Mit einer Hand suchte Leah Halt. Der Türrahmen gab ihr welchen. Wenn sie schon ihrem Körper nicht trauen konnte, der sich fremd und taub anfühlte. »Der Name … Wie war der Name dieses Fotografen … oder Freundes … oder was auch immer …«

»Rede ich Polnisch oder was? Keine Ahnung. Ich glaube, sie durfte nicht darüber sprechen.«

»Sagt dir ›Dream Impressions‹ etwas?«

»Aber hallo! Ein sehr renommiertes Fotostudio.«

»Könnte dieser Fotograf jemand von dort sein?«

Etwas Überraschtes huschte über Nathalies Gesicht. Eine kurze Erkenntnis. Ein Hauch von Neid.

»Meine Güte! Ich habe keinen blassen Schimmer.« Beinahe selbstzerstörerisch kaute die junge Frau an der Unterlippe. Leah wartete, beobachtete jede ihrer Regungen. Nathalie schien es gemerkt zu haben, schnaufte, warf ihr Haar zurück und lächelte bemüht. »Übrigens wollte sie mir die Möbel überlassen, wenn sie nach Paris umzieht. Meinst du, das geht von deiner Seite aus klar?«

»Sie wollte nach Paris?«

Leah spürte, wie Nathalies Blick abermals über sie hinwegglitt. Die junge Frau rümpfte die Nase. »Na, das hier ist nicht gerade die Stadt der Mode, was?«

»Und seit wann hatte sie diese Pläne?«

»Einmal, nach einem Termin mit diesem Fotografen, ist sie völlig aufgedreht nach Hause gekommen. Hat erzählt – jetzt halt dich fest –, da wäre jemand von Chanel dabei gewesen, der sie gesehen hätte und von ihr angeblich völlig begeistert war. Ich glaube, sie hat sich schon als das neue Gesicht der nächsten Chanel-Kampagne gesehen. Pah! Als würde das ein einziger Mensch entscheiden. Aber ... tja. Céline halt. Mit dem Temperament einer Wunderkerze.«

»Meinst du, er hätte sie mit seinen Versprechungen bezüglich Chanel und Chloe Memisevic dazu gebracht, bei irgendeiner zwielichtigen Sache mitzumachen?«

»Was weiß ich! Wenn tatsächlich Dream Impressions dahintersteht, dann war es eine große Chance für sie.«

»Aha! Dann war dieses dubiose Projekt also gar nicht so krank?«

»Ich habe gesagt ›wenn tatsächlich‹ ... Ganz ehrlich, ich glaube nicht daran. Leute solchen Kalibers interessieren sich selten für unsereins. Glaub mir, ich habe bereits versucht, dort zu landen.« Wieder dieser Anflug von Neid auf dem hübschen, feenhaften Gesicht, die schlecht verborgene Sehnsucht einer, die ewig eine zweite Wahl bleiben würde.

»Okay. Danke.« Jetzt war Leah es, die Nathalie mit einem herausfordernden Blick maß, nicht ohne eine leichte Befriedigung zu verspüren. »Eine nette Haarfarbe übrigens.« Sie schob sich an der jungen Frau vorbei ins Zimmer und blieb zwischen den Kartons stehen. Wie hässliche Ungetüme stapelten sich die Kisten in der pastellangehauchten Welt. Die fliederfarbenen Vorhänge zeichneten das Zimmer luftig leicht, die Schuhsohlen versanken im flauschigen Teppich.

Sie wollte es mögen, so, wie Céline diese Einrichtung gemocht hatte, und mochte trotzig nur die klobige Kommode in der Ecke, die dem Interieur mit ihrer teils abgewetzten grünen Farbe etwas Eigenwilliges, Unpassendes verlieh. Ein wenig »Leah-Touch« im gestylten Leben eines angehenden Models.

»Hau von hier ab, Leah. Komm mit mir. Du hast schon so viel für mich getan – jetzt will ich etwas für dich tun. Dich aus diesem Haus retten. Es erdrückt dich doch …«

Im Türrahmen steht die Mutter – eine gespenstisch blasse Erscheinung, unerwartet heimgekehrt. Céline verstummt, zwängt sich an der Mutter vorbei und geht; es ist das letzte Mal, dass ihre Schwester die einst heimischen vier Wände betreten hat. In der Nacht klagt die Mutter über Atemnot und Schmerzen in der Herzgegend. Der Notarzt kommt. Noch tagelang hat Leah das Stammeln in den Ohren: »Deutlicher hättest du mir nicht zeigen können, wo mein Platz in diesem Haus ist. Einst war es meins. Einst konnte ich bestimmen, wen ich unter diesem Dach dulden wollte.«

Komm mit mir.

Nach Paris?

Sie beide frei, alle Träume zum Greifen nah?

Die pastellfarbene Welt tauchte hinter einen verwaschenen Schleier. Leah blinzelte. Zu dankbar ließ sie sich von einen gerahmten Poster über dem Bett ablenken. In schwarz-grauen Tönen gehalten, zeigte es den Rücken eines Mannes, der am Strand lag. Das dunkle, etwas feuchte Haar kräuselte sich in seinem Nacken. Das Sonnenlicht schimmerte auf seiner Haut und brachte die perlenden Wassertropfen zum Funkeln. Fast atmete Leah den Geruch des Meeres ein, den Duft der warmen Sonnenschutzmilch auf dem sommererhitzten Körper … Ihr Blick folgte der Linie des Rückgrats. Die ausgeprägten Muskeln ergaben mit den Schulterblättern eine Landschaft aus Licht und Schatten. Der Po hingegen erhob sich nur mit einer undeutlichen Sichel aus dem Dunkel.

Sie stellte sich vor, wie ein maßgeschneiderter Mantel sich bei jeder Bewegung um seinen Körper spannte und manchmal diese Muskeln erahnen ließ. Sie dachte an seine Hände und die kräftigen Arme. Wie sie in ihnen gelegen haben musste, als er sie ins Schlafzimmer trug.

Verdammt, nein! Sie durfte nicht an ihn denken. Nicht, bevor sie herausgefunden hatte, was er über die Fotos wusste.

Geräuschvoll sog Leah die Luft ein. Es war schon bedenklich, was so eine Darstellung irgendeines nackten Körpers in ihr auslöste. Sie sollte dringend etwas gegen ihren Östrogenspiegel tun. Vielleicht würde es helfen, ihre Hassliebe zum Joggen aufzufrischen.

»He, träumst du? Ich habe alles beschriftet. Willst du sie heute noch mitnehmen?«

Richtig, die Kartons. Mit den Fingerspitzen strich sie über die staubig riechende Pappe. »Persönliches Zeug«, war auf den obersten Karton gekritzelt. Hoffentlich passte das alles in Mutters alten Fiat. »Hilfst du mir, sie ins Auto zu tragen?«

»Ich muss mich anziehen. Na gut. Warte kurz.« Das blonde Feenwunder entschwand in die Tiefen der Wohnung.

Irgendwo klingelte das Telefon.

Kurz darauf lugte Nathalie ins Schlafzimmer, den Hörer mit einer Hand verdeckt. »Entschuldige, das ist wichtig. Schaffst du das mit den Kartons allein? Die sind nicht schwer.«

»Ja. Natürlich.« Wer es geschafft hatte, seine Schwester zu begraben, würde nicht unter dem *persönlichen Zeug* zusammenbrechen.

Mit dem überdimensionierten Pappkarton zwängte sie sich durch die Eingangstür, schaltete mit dem Ellbogen das flackernde Licht an und tastete mit der Fußspitze nach den Stufen. Auf dem nächsten Treppenabsatz rempelte sie eine Frau an, die den aus ihren Armen kippenden Karton geschickt auffing.

»Entschuldigung.« Leah reckte den Hals, um an der Kiste vorbeizublicken.

»Nichts passiert. Oh! Sie räumen Célis Sachen weg?«

»Sie kennen Céline?« Erst jetzt registrierte sie den kupferfarbenen Pixie-Schnitt und wäre am liebsten gleich hinter dem Karton verschwunden. Man sah sich immer zweimal im Leben.

»Wir wohnen – ich meine, wir haben zusammengewohnt«, erwiderte die junge Frau. Vielleicht flackerte das Licht zu sehr, dass sie Leah nicht erkannte. Vielleicht war sie auch zu höflich, um den Vorfall auf der Trauerfeier anzusprechen.

Leahs Wunsch, hinter dem Karton zu verschwinden, verwandelte sich in den Drang, gänzlich in den Karton zu klettern. Mit einem Postaufkleber: nach Grönland, in die tiefste Eiswüste. Wo sie sich dann nur vor Robben in Grund und Boden schämen müsste.

»Ich nehme an, Nathalie haben Sie schon kennengelernt. Ich bin Thessa, die Dritte im Bunde.« Umständlich reichte die junge Frau ihr eine Hand. Der Karton kippte erneut, und Thessa senkte rasch den Arm, um ihn zu stützen.

»Ihr habt zu dritt zusammengewohnt?« Leah versuchte, das Gewicht zu verlagern. »Das ist etwas verwirrend. Ich habe nur Célines Namen auf dem Klingelknopf gesehen.«

»Céline!« Thessa lachte leise und mit einer Wärme, in der sogar das klamme Treppenhaus etwas gemütlicher erschien. »In ihrer Gegenwart konnten wir, die anderen, nur c/o sein. Warten Sie, ich helfe Ihnen beim Tragen.«

»Nein, nein, das ist wirklich nicht nötig.« Doch Thessa übernahm bereits die Führung. Zusammen schleppten sie die Sachen auf die Straße, der Fiat ächzte, als sie den Karton in den Kofferraum hievten.

»Vielen Dank! Ich bin übrigens Leah, Célines Schwester.« Nun konnte sie Thessas Hand schütteln. Der Druck der langen, gepflegten Finger war überraschend kräftig. Das freundliche Gesicht bestach vor allem durch seine Natürlichkeit, es hatte etwas von der stillen Schönheit einer Margerite. Ein hübsches Mädchen. Eins von tausend anderen.

Leah merkte, dass sie Thessas Hand bereits zu lange hielt, und ließ sie los. »Entschuldigung! Ähm. Ich meine: Ich muss mich noch bei Ihnen entschuldigen.«

»Wofür?«

»Auf der Trauerfeier habe ich mich unmöglich aufgeführt. An dem Tag war alles einfach zu viel für mich. Ich glaube, ich wäre in dem Moment auf jeden losgegangen. Nun ja, wenigstens beiße ich noch nicht.«

»Keine Sorge, das verstehe ich. Ich habe mir die ganze Zeit überlegt, wie ich mein Beileid ausdrücken sollte, und bekam schließlich doch nichts zustande außer ein paar Floskeln.« Ihr Gesicht trübte sich, sogar der Pixie-Schnitt sah nicht mehr frech gestylt aus, sondern aufgewühlt. »Céli war …« Geräuschvoll atmete sie die Luft ein. »*War*. Nein. Ich … ich verstehe das nicht. Es will mir immer noch nicht in den Sinn, wer zu so etwas fähig ist. Ein Menschenleben auszulöschen.«

»Das verstehe ich ebenso wenig.« Leah stützte sich an der Kante des Kofferraums ab, dankbar dafür, Halt finden zu können. Wenn sie an die Fotos dachte, wünschte sie sich gleich wieder in eine Ohnmacht zu flüchten. Aber so einfach würde es dem

Mörder nicht gelingen, sie einzuschüchtern. Sie würde Fragen stellen. Die Wahrheit erfahren. »Thessa?«

»Hm?«

»Hat Céline je einen Freund erwähnt? Einen Fotografen?«

Auch Thessa lehnte sich gegen das Auto, senkte den Kopf und starrte auf ihre Hände, die krampfhaft die Schlaufen eines Shoppers kneteten. Nicht das Minitäschchen von der Trauerfeier, das im früheren Leben höchstens eine Puderdose gewesen war. So ein Shopper weckte Vertrauen. Besonders mit diesem Muster eines geblümten Wandteppichs.

»Thessa? Es ging um irgendein seltsames Fotoshooting. Wissen Sie etwas davon? War er jemand von Dream Impressions?«

Die Hände, weiße Flecken in der Dunkelheit, verkrampften sich ein bisschen mehr. »Er war nicht ihr Freund.«

»Nathalie meinte …«

»Er war nicht ihr Freund!« Thessa stieß sich vom Auto ab und torkelte ein paar Schritte über den Bürgersteig. Die Pfennigabsätze ihrer Schuhe stempelten eine Hasenfährte in die vom Regen aufgeweichte McDonald's-Pappe, mit der jemand den Mülleimer verfehlt hatte. »Du kanntest sie nicht. Niemand kannte sie so wie ich! Euch hätte sie es sowieso niemals gesagt.«

»Uns?«

»Der Familie.«

»Was hätte sie uns nicht gesagt?«

»Dass wir zusammen waren. Céli und ich haben uns geliebt. So. Jetzt ist es raus, jawohl.«

»Du meinst … Nein, warte. Das ist doch …«

»Siehst du, und sie hatte recht, hatte recht! Ihr versteht das nicht! Wir haben uns geliebt, wir waren ein Paar. Und du stehst da und guckst wie … wie … eine Kuh, wenn's donnert.« Thessa fuhr sich über die Lippen und wandte das Gesicht ab.

»Was?« Langsam ließ sie die angehaltene Luft entweichen.

»Puh! Rinderwahnsinn lässt grüßen. Ich glaube, ich brauche einen Moment.«

Den brauchte sie tatsächlich. Ihre kleine Schwester ... Sie hatte doch ihre kleine Schwester gekannt! Die abendlichen Treffen mit Poul, die verstohlenen Küsschen unter dem Vordach, solange die Mutter nicht hinschaute. Zugegeben, das war noch während der Schulzeit gewesen.

Thessa schluckte. »Entschuldige. So meinte ich das nicht. Es ist nur so furchtbar schwer. Nein. Es war. Es war furchtbar schwer, für uns beide.«

»Aber welche Rolle hat dann dieser Fotograf gespielt? Meinst du, sie hat ihm nur etwas vorgemacht?«

Und Poul? Dem sanften Poul, der früher Tag für Tag zu ihnen nach Hause pilgerte, um unter dem Tisch Célines Hand zu halten mit den vor Aufregung feuchten Fingern, die manchmal ihr Ziel verfehlten und bei Leah landeten.

»Was ist mit diesem Fotografen? Wollte sie durch ihn also nur an dieses Shooting rankommen?«

»Sie hatte Angst vor ihm!« Thessa kramte in der Tasche, holte ein Handy hervor und begann die Tasten mit dem Daumen zu traktieren. Dann verharrte sie mit weit ausgestrecktem Arm.

»*Scheißdreck!*«

Leah zuckte zusammen, als sie Célines Stimme in der menschenleeren Straße hörte.

»*Thess, warum gehst du nicht dran? Oder hast du wieder vergessen, den Akku zu laden? Ich muss mit dir reden. Unbedingt!*« Angespannte Stille. »*Ach, verdammt! Ich will nicht deine Kack-Mailbox volllabern. Er bringt mich um. Bitte, nimm ab! Okay. Sieh einfach zu, dass du mich zurückrufst, sobald du kannst. Hast du verstanden?*«

Thessas Hand zitterte, das Licht der Straßenlaterne schimmerte auf dem bläulichen Display.

»Oh Gott!« Leah schlug sich die Arme um den Körper. Diese alles verschlingende Angst. Die Hilflosigkeit.

Célines Stimme zitterte in ihr.

»Ich war bei einem Casting.« Umständlich verstaute Thessa das Handy in den Tiefen des Shoppers. »Ich habe ihren Anruf weggedrückt. Sie hat es erneut versucht, und ich habe das Telefon abgeschaltet. Die Mailbox habe ich erst Tage später abgehört. Ich bin so ein Schussel, was das angeht. Aber da war Céli schon verschwunden. Wenn ich nur rangegangen wäre! Vielleicht hätte ich alles verhindern können.«

»Nein, hättest du nicht. Ich hatte geschworen, auf sie aufzupassen, und habe es auch nicht geschafft.« Ihr Magen zog sich zusammen. Ob sie es schaffen würde, den Mörder zu finden? Sie traute sich nicht, es ihrer kleinen Schwester zu versprechen, ballte die Fäuste und starrte auf die Tür zum Treppenhaus, auf die jemand mit einer Spraydose »Fuck« geschrieben hatte.

»Sie fehlt mir so!« Thessa presste eine Hand auf den Mund und stürzte zum Hauseingang, eine helle Gestalt, wie ein Irrlicht auf der abendumhüllten Straße.

»Mir auch.« Die angespannten Muskeln taten ihr weh. Sie lockerte die Finger, tastete nach der Heckklappe. Die übrigen Kartons würde sie ein andermal holen. Sie hievte den Umzugskarton auf den Beifahrersitz und setzte sich hinters Steuer.

Der Nieselregen hatte die Windschutzscheibe bestäubt. Sie bemerkte ihn erst, als sie die Straße nicht mehr klar sehen konnte. Die Scheibenwischer quietschten tüchtig, doch die Sicht besserte sich nicht. Noch einmal schaute sie zur Wohnung hoch und legte erst dann den Gang ein.

Das Auto kroch über die nächtlichen Straßen, glitt durch das Licht der Straßenlaternen, zielsicher, bis zum Haus der Mutter. Im Strahl der Scheinwerfer tauchte die Einfahrt auf. Leah hielt an, schaltete den Blinker ein und drehte am Lenkrad, doch ihr Fuß ging nicht von der Bremse.

In der Küche brannte die Lampe. Die Mutter war wach, ihre gebeugte Gestalt zeichnete sich hinter der Tüllgardine ab.

Leahs Hand glitt herab und schaltete den Blinker aus. Erst am Kreisel merkte sie, dass sie weitergefahren war, am Gartentor vorbei. Sie wendete das Auto und parkte auf der anderen Straßenseite vor dem Haus.

Die Silhouette am Fenster – unbeweglich wie ein Schattenriss. Alles im Haus unbeweglich, schattenhaft, starr. Sie selbst flüchtete morgens zur Arbeit, kam spät heim, funktionierte. Musste funktionieren. Welten entfernt von allem, was Leben war.

Während sie darauf wartete, dass die Lichter im Haus erloschen, holte sie ihr Handy, überflog die drei verpassten Anrufe von der Mutter und wählte den Festnetzanschluss ihrer Schwester. Der Anrufbeantworter ging an. Einen Moment schwieg sie, bis der Piepston ihr das Feld überließ. »Thessa … hier ist Leah, Célines Schwester. Ich wollte dir nur danken, dass du mit mir gesprochen hast. Wenn dir noch etwas einfällt oder … du jemanden brauchst … um …« Ja, was? Sie starrte durch die Windschutzscheibe. Der Regen hatte schon lange aufgehört, doch die Scheibenwischer quietschten immer noch vor ihren Augen hin und her. »… ach, ich weiß auch nicht … Hier ist jedenfalls meine Nummer. Es war schön, mit dir zu reden. Wirklich.« Sie legte auf.

Die Straßenlaterne beleuchtete den Karton neben ihr. Mit einer Hand öffnete sie ihn und spähte hinein, dann stopfte sie das Handy in die Jeanstasche und beugte sich über die Öffnung. Einen nach dem anderen holte sie die Gegenstände heraus und ließ sie auf den Boden des Autos fallen. Ein Handytäschchen. Ein paar CDs. Eine Damenuhr und eine Haarbürste.

Das Licht im Küchenfenster erlosch.

Irgendwelche Zettel, Notizen. Kosmetika und Einzelteile eines Maniküre-Sets. Eine Packung Taschentücher. Ein vertrockneter Deoroller ohne Kappe.

Sie wollte es finden, das Glücksschweinchen, das sie ihrer Schwester zum ersten Casting geschenkt hatte. Oder den Zwillingszeichen-Anhänger, den sie beide hatten tragen wollen, obwohl sie keine Zwillinge waren.

Stattdessen umklammerten ihre Hände einen Terminkalender.

14. Mai: Leahs Geburtstag.

»Du hast mich nicht angerufen.«

Töricht, sich ausgerechnet jetzt deswegen zu grämen, wo sie doch damals selbst nicht daran gedacht hatte, bis die Mutter neunundzwanzig Muffins mit Kerzen vor sie gestellt hatte. Sie blätterte weiter.

16. August: Dream Impressions.

Eingekreist, unterstrichen und mit drei Ausrufezeichen versehen. Der Druck auf den Stift stark genug, um Spuren bis zum Ende des Jahres zu hinterlassen.

Dream Impressions. Sie schmeckte den Früchtetee auf der Zunge.

Angenommen, es handelte sich um das renommierte Studio, wie von Nathalie behauptet. Angenommen, Célines angeblicher Freund hatte sie für das Projekt, welches es auch immer war, als Model durchgesetzt. Um kurze Zeit später zu erfahren, dass sie ihn nur ausgenutzt und in Wirklichkeit eine Beziehung zu ihrer lesbischen Mitbewohnerin gepflegt hatte.

Die Scheibenwischer schabten über das Glas. Sie schaltete sie aus und versank in der Stille.

Angenommen, er wollte sich rächen und hatte das Projekt für seine morbiden Fantasien benutzt.

Doch das waren reine Spekulationen. Ihr fehlten die Beweise.

»Die Polizei hat das Studio sicherlich schon überprüft.« Nachdem sie den Beamten die Fotos samt Umschlag ausgehändigt hatte. Sie hatten ihr nur nichts gesagt. Außer dass sie taten, was sie konnten.

Das würde sie auch. Alles tun, um den Mörder zu finden.

Die Beleuchtung am Carport des Nachbarn schaltete sich ein. Leah schaute auf. Nein, keiner zu sehen.

Sie zwang ihren Blick auf den Kalender.

»Wie stellst du es dir vor? Willst du hingehen und fragen, ob nicht jemand zufällig deine Schwester umgebracht hat?«

Lächerlich. Unvernünftig. Als wäre ihr Name einer von denen, die einen *Accent* trugen. Ihre Hand ballte sich über der Seite, riss das Blatt heraus.

Sie musste sich ins Studio einschleichen. Als Model? Sie schaute an sich herunter. Träum weiter! Aber ihr würde schon etwas einfallen. Und sie musste den Fremden von der Beerdigung finden. Er hatte die Motive erkannt. Ganz bestimmt wusste er etwas über das Projekt.

Sie stopfte das Blatt in die Tasche ihrer Jeans und stieg aus dem Auto. Die herbstkalte Luft belebte ihre Sinne. Rasch blickte sie nach rechts und links, obwohl die menschenleere Allee eher die Kulisse für einen Streifen wie *A Nightmare on Elm Street* als für *Death Race* darstellte, und lief über die Fahrbahn.

Am Gartentor blickte sie erneut umher. Vielleicht hätte sie nicht an die Elm Street denken sollen, denn jetzt kam es ihr tatsächlich vor, als beobachtete jemand das Haus.

Sie beschleunigte ihre Schritte, lief fast, bis sie unter das Vordach kam und endlich aufsperrte.

Im heimischen Flur lehnte sie sich mit dem Rücken gegen die Tür, das Schloss schnappte zu. Fast hätte sie aufgelacht. Sie war weder gestolpert, noch hatte sie die Schlüssel verloren oder dem wahnsinnigen Killer die Maske vom Kopf gerissen und hollywoodreif aufgekreischt. Eine reife Leistung für eine angehende Ermittlerin.

Kopfschüttelnd streifte sie die Turnschuhe von den Füßen und schlich zur Treppe.

»Leah, bist du es? Wo warst du denn so lange, Kleines?«

»Mutter?« Sie tastete nach dem Schalter. Das Licht aus dem Flur drang in die Küche, beleuchtete den Raum jedoch nur spärlich. »Mutter, was tust du da im Dunkeln? Warum bist du nicht im Bett?«

»Ich würde mich doch eh nur hin und her wälzen. Im Kühlschrank ist noch etwas Hühnerfrikassee übrig. Mach es dir warm.« Die Mutter saß auf dem Stuhl, den Rücken durchgedrückt, den Blick aus dem Fenster gerichtet.

»Hast du deine Tablette genommen?«

Aus dem Schatten kam ein Schnauben. »Was bringt die mir?«

»Mutter …« *Du musst doch ein bisschen schlafen.*

»Leah …« *Du musst doch etwas essen.*

Wortlos holte Leah die Tabletten aus dem Medizinschrank und dazu ein Glas Leitungswasser. »Hier. Das wird dir helfen einzuschlafen.«

Endlich löste sich die Mutter aus der Starre. Leah beobachtete, wie die weiße Tablette auf der Zunge klebte und schließlich im Mund verschwand. Die Mutter schluckte das Medikament hinunter und spülte erst dann mit Wasser nach. »Poul hat mehrfach angerufen. Er wollte dich sprechen. Er ist ein guter Junge, weißt du?«

Leah beugte sich zu ihr und legte die Hände auf die fleischigen Schultern der Mutter. Seltsam, wie wenig die Haut nach müder Palmarosa roch und wie sehr nach einer alten Frau.

»Du magst ihn doch, Kleines?«

»Komm. Ich bringe dich auf dein Zimmer. Wenn du möchtest, bleibe ich noch ein wenig bei dir.«

»Nun hör schon auf! Ich bin kein Kind mehr.« Sie erhob sich so ruckartig, dass die Stuhlbeine über die Dielen schabten, stampfte aus der Küche und schnaufte den Flur entlang.

»Gute Nacht.« Leah seufzte, goss den Rest des Wassers aus dem Glas und spülte es ab. Einsam stand es auf dem Abtropfgestell.

Der Nachbarshund bellte. Sie spähte zwischen den Tüllgardinen auf die nächtliche Allee. Natürlich würde sie niemanden sehen, keinen …

Schatten.

Sie fröstelte. Es war einfach nur ein Schatten. Mehr nicht. Vielleicht nicht einmal eine menschliche Silhouette.

Der Hund bellte immer noch.

5

Von einem renommierten Fotostudio hatte Leah etwas anderes erwartet als ein karges vierstöckiges Gebäude im Industriegebiet der Stadt. Etwas mit eindeutig mehr Glamour. Der nicht gerade vom Außenputz abpellte. Allein ein Schild an der Wand erklärte die Treppe, die zum Keller führte, für den Weg zu den Wünschen und Hoffnungen naiver Models: »Dream Impressions«. Über dem Schriftzug der Umriss eines Raben, der sich im Sinkflug auf das große I zu stürzen schien.

Prima. Und niemand weiß, wo du bist.

Die nächtlichen Minusgrade kündigten bereits seit Wochen den Ausklang des Herbstes an, und sie fror in ihrem Trenchcoat erbärmlich. In ihrem Schlafzimmer, bei zwanzig Grad plus, war ihr die Idee, den Kuschelpullover und die Jeans gegen das kleine Schwarze einzutauschen, noch sehr vernünftig erschienen. Jetzt fegte der Wind unter das kurze Kleid, das laut Céline zu jeder Gelegenheit passen sollte und in dem sie alles, absolut alles, machen könnte. Außer frei atmen, wie sie leider feststellen musste.

Sie stieg die Treppe hinunter. Die nackten Ziegelsteinmauern umgaben sie wie Brunnenwände. Wenn sie den Kopf in den Nacken legte, sah sie den grauen Himmel, aus dem es auf ihr Gesicht nieselte. Aus ihrer Plastiktüte holte sie die Ballerinas hervor, die sie passend zum Kleid eingepackt hatte, und verstaute dann die Turnschuhe und die Wollsocken, die sie unterwegs getragen hatte. Mit klammen Fingern drückte sie auf den Klingelknopf und lauschte, hörte jedoch nur eine Bahn, die irgendwo in der Nähe über die Schienen ratterte. Vor Kälte tänzelte sie auf der Stelle, als die Metalltür sich mit einem Ruck öffnete. Sofort schoss ihr das Bild durch den Kopf, das ihr Gegenüber vor sich sehen müsste: eine junge Frau, die dringend ein Klo brauchte. Oder nostalgisch *Satellite* performte.

»Ach, Sie sind bestimmt Le…«

»Leah Winter. Wir haben telefoniert, wenn ich mich nicht irre«, brachte sie mit klappernden Zähnen hervor. Allein die frohe Erscheinung auf der Schwelle des Studios hinderte sie daran, für den Posten eines Eiszapfens zu kandidieren. Elinor Martin, die Managerin von Dream Impressions, war wie ein frisch aus der Pfanne gezogenes Quarkbällchen. Sogar ihre Haut besaß diese typische goldbraune Farbe des Gebäcks, und die platinfarbenen Haare, glatt an den Kopf gegelt, setzten dem Bild ein Zuckerguss-Krönchen auf.

»Mein Gott, Kindchen, Sie sind ja völlig durchgefroren! Kommen Sie schnell rein.« Sie zog Leah ins Innere des Gebäudes und kugelte flott den Korridor entlang, der trotz einer gewissen Gemütlichkeit wenig von dem unscheinbaren Flair der Fassade wettzumachen vermochte. »Nennen Sie mich ruhig Elinor, ich werde Ihnen hier erst einmal alles zeigen.« Sie sprach mit einem süßen Akzent, den Leah nicht zu identifizieren vermochte.

Eine helle Holzdecke mit Halogenlichtern kaschierte höchstwahrscheinlich die darunter verlaufenden Kellerrohre. An den weißen Wänden hingen Fotos, die nicht von den Qualitäten eines Modefotografen kündeten, sondern ganz Alltägliches in Großaufnahme zeigten: eine vom Rost angehauchte schmiedeeiserne Türklinke; Roggenhalme, die sich zum Gewitterhimmel reckten; einen Teil eines verblichenen Globusses, von dem sich die Weltozeane und Kontinente lösten.

»Eigentlich suchen wir keine Reinigungskraft«, trällerte Elinor weiter, »aber das ist wirklich keine schlechte Idee, dieser Laden kann ein paar für Sauberkeit sorgende Hände gut gebrauchen, was auch unseren Praktikanten äußerst erfreuen dürfte, falls Sie verstehen, was ich meine.«

Leah beeilte sich, das Schmunzeln zu verbergen. Ja, sie hatte nicht Célines Talent, auch nach einer schlaflosen Nacht fotogen auszusehen. Dafür war sie mit einer Überzeugungskraft gesegnet, die sie nach ihrem BWL-Studium in die Vertragsabteilung einer großen Krankenkasse gebracht hatte. Ein Hoch auf die Redekunst, denn sonst hätte sie kaum eine andere Möglichkeit gewusst, sich hier unauffällig umzusehen.

»Links haben wir den Empfangsraum, in dem die Kunden beraten und die Einzelheiten eines bevorstehenden Shootings besprochen werden, wie es sich gehört, damit alle Seiten eine produktive und angenehme Zusammenarbeit genießen können.« Mit schwingenden Armen malte Elinor ihre Hingabe in die Luft. »Sie glauben gar nicht, wie wichtig das ist, die Details genau abzustimmen.«

»Doch, doch. Ich denke ... schon.« Die einzigen Akzente im Raum setzten zwei schwarze Ledersessel, die einander zugewandt standen, als würden sie ein Zwiegespräch führen. Das Interieur vollendeten ein gläserner Tisch, eine Minibar und schmale Regale, die an den Wänden verliefen und mehr dem Raumeindruck als dem eigentlichen Zweck dienten. »Wobei ich zugeben muss, ich habe etwas ... Haute-Couture-mäßigeres erwartet.«

»Das glauben viele, dabei finden die meisten Fotosessions eh an anderen Locations statt. Heute haben wir jedoch einen Termin im Studio, das Mädchen wird gerade gestylt, daher kann ich Ihnen den Visagistenraum leider nicht zeigen. Ach, wie unaufmerksam von mir, geben Sie mir doch Ihre Sachen her, Sie können alles erst einmal hierlassen.« Eifrig nahm Elinor Leah die Plastiktüte ab und half ihr, sich aus dem Trenchcoat zu schälen. Auf dem Kleiderbügel strich die Managerin das Kleidungsstück glatt und fuhr dabei mit der Hand über einen Fleck an der rechten Tasche. Leah unterdrückte ein Stöhnen. Die Mutter hatte ihr am Morgen ein Butterbrot zugesteckt, das sie ganz vergessen hatte und das sich jetzt anscheinend für die Geringschätzung rächte, indem es durchfettete.

»Nun kommen Sie mit, kommen Sie! Ich zeige Ihnen den Rest.« Elinor stand bereits im Flur, ihr Blick huschte immer wieder zu Leahs kleinem Schwarzen. *Overdressed*, übersetzte Leah die skeptisch gerunzelte Stirn und beeilte sich, die Managerin einzuholen. Also wieder danebengegriffen.

»Vorsicht!« Mit einem Ruck wurde sie zur Seite gezogen, als ein junger Mann eine Kleiderstange an ihr vorbeirollte. Sie taumelte gegen die Wand und suchte nach Halt – aber es gab nur Fotos – und stammelte dem Mann eine Entschuldigung hinterher. Doch der Wink seines Hinterns unterrichtete sie darüber, wie beschäftigt er war. Die nächste Entschuldigung murmelte sie zu Elinor und richtete den Rahmen gerade. Das Foto zeigte eine alte Kommodenschublade mit abgescheuerter grüner Farbe, unter der die natürliche Holzmaserung durchschimmerte. Ein matter Messinggriff ließ die vielen Finger erahnen, die ihn bereits berührt haben mussten. Sogar die Sonne vermochte ihm bloß einen müden Glanz zu entlocken.

Auf dem Glas des Bilderrahmens prangte der Abdruck ihrer Hand.

Wunderbar. Und das verfluchte Kleid verfügte nur über Dreiviertelärmel, mit denen sie ihn zu ihrer Schmach kaum abwischen konnte. So viel zum Thema »Outfit für alle Gelegenheiten«.

»Oh ja, eine sehr schöne Aufnahme«, stimmte Elinor ein mit dem Blick zum Foto, »ich glaube, es ist zurzeit das Lieblingsbild des Chefs, es hängt hier schon seit einer Weile, genau genommen seit vier Monaten, und das ganz zu Recht – finden Sie nicht auch?«

Das Lieblingsfoto des Chefs auch noch. Ähm … wunderbar? Nein. *Das* Fettnäpfchen fiel bereits in die Kategorie »Na großartig!«.

»Der Chef wechselt die Bilder fast täglich, nur dieses eben nicht. Jedes Mal, wenn ich zur Arbeit fahre, rätsele ich, was mich erwarten wird. In einem Studio wie diesem ist es manchmal hektisch, aber ich nehme mir die Zeit, ab und zu vor einem der Fotos anzuhalten und richtig durchzuatmen.« Wie zur Bekräftigung atmete Elinor tief ein. »Er fotografiert den Schmerz. Sehen Sie es auch? *Die Pein*, so heißt dieses Bild.«

Die Pein. Ihr Handabdruck auf dem Bild schimmerte wie ein Mahnmal, wie Célines Grabstein auf der aufgewühlten Erde, wie das blutrote Rinnsal auf dem kahl rasierten Kopf. Konnte der Chef der geheimnisvolle Freund sein? Jemand, der keine Abweisungen duldete. Der Célines Schmerz fotografieren wollte.

»Elinor, meinen Sie … ich werde heute eine Gelegenheit bekommen, Ihren Boss persönlich kennenzulernen?«

»Er ist ziemlich beschäftigt, meine Liebe.« Ein weiteres Einatmen, ein neues Lächeln. »Ach, da ist schon der Shootingraum, lassen Sie uns doch einen Blick hineinwerfen, solange er noch nicht belegt ist, was sagen Sie? Na los, nicht so schüchtern, kommen Sie mit!«

Leah seufzte und trottete hinterher. Nur Geduld. Dass sie nicht alles an einem Tag erfahren würde, war ihr klar.

Der Saal zeichnete sich durch seine triste Geräumigkeit aus. Ein Assistent installierte die Technik, steckte emsig die Kabelanschlüsse in den Laptop auf dem Tisch und die Stecker in die Steckdosen. Eine Frau kümmerte sich um den Hintergrund, vor dem das Shooting anscheinend stattfinden sollte. Ein niedriger Tisch wurde aufgestellt und darauf ein cremefarbenes Stück Tüll drapiert. Ein paar Rosenblätter rieselten herab. Etwas weiter unterhielten sich zwei Männer. Der eine in Oberhemd und Bügelfaltenhose, der andere in einer schwarzen Lederjacke, die seine breiten Schultern umspannte.

Wer von all diesen Leuten gehörte wohl tatsächlich zur Belegschaft des Studios? Wer von ihnen wusste von dem seltsamen Projekt?

Die Studiostrahler gingen an und tauchten die Szenerie in weiches Licht. Ein zerbrechlicher Augenblick der Vollkommenheit.

Céline. Den Tüll auf der blanken Haut fühlen, der bei jeder Regung des Körpers leicht kratzt. Den Fokus der Kamera spüren, die Klick um Klick den Po umspielt und die Beine entlangfährt. Die Anweisungen befolgen, mal das Becken heben, mal die Schenkel ein kleines bisschen öffnen, um die Spitze des Designerhöschens aufblitzen zu lassen. Fühlen, wie die Rosenblätter auf der warmen Haut welken.

Sie hielt den Atem an. *Hat es dir gefallen, kleine Schwester, dich vor mehreren Augenpaaren so zu rekeln?*

Die Vorstellung erfüllte sie mit einem unruhigen Kribbeln – Gänsehaut wie ein Flüstern –, sogar tief in ihr drin. Daran zu denken, sich in heißen Dessous auf diesem Tisch zu biegen, war … wie ein Aufwachen aus einem viel zu langen Schlaf.

Der Mann in der Lederjacke deutete zur Szenerie im Strahlerlicht, und Leahs Verstand erfasste sein Profil, die kräftige Statur und das dichte kastanienbraune Haar, das ihm in den Nacken fiel. *»Musst du haben« oder »Um Gottes willen!«?*

»Oh mein Gott!« Da stand er, der Mann ihrer Ohnmachtsträume.

Er trug eine legere Jeans und ein Oberteil mit einem vielleicht einen Tick zu gewagten V-Ausschnitt, der von einem schmalen Strickschal verdeckt wurde. Die schwarze Lederjacke verlieh ihm das Flair eines Typen, der auf seinem Bike durch die Freiheit raste und keine Grenzen kannte. Der eine selbstbewusste, moderne Frau im kleinen Schwarzen und Ballerinas dazu verleitete, sich an seinen breiten Rücken zu lehnen und dem Wind zu erlauben, in wilder Fahrt das Leben durcheinanderzuwirbeln.

Er war immer noch in das Gespräch mit seinem Gegenüber vertieft, er sah sie nicht, wusste vielleicht schon längst nicht mehr, dass sie existierte. Aber es kam ihr vor, als gäbe es zwischen ihm und ihr keine Luft mehr.

Eine sanfte Berührung an ihrer Schulter ließ sie zusammenfahren.

»Ach, ich vergesse immer wieder, wie spannend so ein Set für Außenstehende sein kann – wenn man etwas zu oft beobachtet, geht einem das Gefühl fürs Besondere vollkommen ab.«

»Ja. Verzeihung. Normalerweise bin ich nicht so …« Wie in seiner Nähe? Bereit zu vergessen, dass er etwas wusste und es vor ihr verheimlichte? Sie räusperte sich vor Verlegenheit, und ihre Stimme bebte nur noch ein kleines bisschen, als sie endlich fragte: »Der Mann da hinten – gehört er auch zum Studio?«

Elinor seufzte. »Wir haben eine neue Assistentenstelle ausgeschrieben, und heute ist der Probetag eines der Bewerber – Sie glauben ja nicht, wie schwer es ist, einen guten Kandidaten für diesen Job zu finden. Manchmal wünschte ich mir, Nick wäre … nicht gegangen worden. Wenn Sie verstehen, was ich meine.«

»Ihm wurde gekündigt?«

»Andererseits glaube ich, er hat diese Laufbahn nur beschritten, um hoffnungsvolle Models um den Finger zu wickeln, ließ keine Modelparty aus, egal wie fragwürdig die war, und die zwielichtigen Typen, mit denen er dort herumhing – herrje, und dann dieser Abgang!«

»Aber er war ein Fotograf, richtig?«

»Könnte man so sagen, ja.«

»Warum musste er gehen?«

Die Augen der Managerin wurden schmal. »Das war eine Sache allein zwischen ihm und dem Chef.«

»Wann ist das passiert?«

»Sie stellen viele Fragen.«

Leah verstummte. Nick – das war zumindest schon einmal ein Name. Für ihren ersten Tag hatte sie doch erstaunlich viel herausgefunden. Es gab einen Chef, der seltsame Titel für seine Motive aussuchte und angeblich den Schmerz fotografierte. Einen Assistenten, der verdächtige Kontakte pflegte. Und schließlich … sie betrachtete ihren Fremden in der Lederjacke … einen Bewerber auf die frei gewordene Stelle, der mehr wusste, als er zugab.

»Dann hoffe ich«, flüsterte sie, »dass Sie mit dem neuen Assistenten Glück haben werden.«

»Verstehe, somit drücken Sie ihm die Daumen?«

Sie hatte tatsächlich ihre Hände zu Fäusten geballt, senkte rasch die Arme und zuckte möglichst beiläufig die Schultern. »Seiner Jacke nach zu urteilen, kann er den Job gut gebrauchen.«

»Oh – Sie sprechen von Kay Gordon.«

»Ist er gut?«

Einen Moment lang starrte Elinor sie an. Dann lachte sie los, und die Heiterkeit quoll aus ihr heraus wie Wassertropfen aus heißem Fett. »Schätzchen, er ist nicht gut, er ist fantastisch, meine Güte, ihm gehört doch der Laden hier!«

Für einen Moment setzte ihr Herz aus. Mit einem Mal kam ihr das Studio so still vor und sie sich selbst – so nackt, all den Blicken ausgeliefert. Ihre Gedanken wirbelten durcheinander, haltlos, rauschend. Sie stieß sich vom Türrahmen ab, stolperte über eine Metallstange, die gegen ihre Waden schlug, und fiel rücklings durch wirbelnde Stoffe. Der Boden kam viel zu schnell und viel zu hart.

»Haben Sie überhaupt eine Ahnung, was diese Outfits kosten?«, brauste der Typ auf, der sich mit seinem ganzen Wesen an die Kleiderstange zu klammern schien, bereit, die daran hängenden Dessous mit dem eigenen Leib zu verteidigen.

»Nein«, hauchte sie kleinlaut. Eigentlich wusste sie nicht einmal, wie viel die Klamotten im nächsten Discounter kosteten, aber allem Anschein nach war der Kerl nicht für Gleichberechtigung aufgelegt. Er bekam ein so rotes Gesicht, dass sie sich fragte, ob sein Herzinfarkt sie beide von seinem Groll erlösen würde.

Neben ihm erklang eine leise Stimme. Nur ein Wort, und der Typ duckte sich aus ihrem Sichtfeld.

Sie atmete auf, doch zu früh.

An seiner Stelle erschien Kay Gordon.

Panik schnürte ihr die Kehle zu. Sie sahen einander an. Er mit schräg gelegtem Kopf und einem Lächeln, das nur um seine Mundwinkel spielte. Sie mit gespreizten Beinen über dieser Metallstange des Kleiderständers.

Die Begegnungen mit ihm wurden immer mehr von ihrer horizontalen Lage dominiert, wie es ihr schien.

Sein Blick verweilte auf ihren Ballerinas, und ihr fiel auf, dass die Schleifen über und über mit bunten Glitzersteinchen bedeckt waren, während in der Mitte ein Krönchen prangte. Sie stellte die Füße von der Metallstange auf den Boden. Vielleicht bemerkte er das ganze Bling-Bling nicht. Oder sie könnten auch als – hoffentlich noch immer populäre – Swarovski-Kristalle durchgehen. Oder als sonst welcher Ausdruck ihrer Persönlichkeit.

Sein Schatten glitt über ihren Körper wie eine Berührung. Sanft und dennoch kräftig umschlossen seine Hände ihre Taille. Mit einem Schwung stellte er sie auf die Beine. Sie fühlte seinen Körper, dicht an dem ihren, seinen Herzschlag, den Atem, der ihr Ohr streifte: »Ich nehme an, im richtigen Licht ist es fast Glööckler-pompöös.«

Beängstigend, dieses Gefühl in seinen Armen, die Schwerelosigkeit, die Verwirrung, die seine Nähe in ihr auslöste. »Ich …«

Unvermittelt ließ er von ihr ab. Mit schwachen Knien und pochendem Herzen blieb sie zurück, ohne ganz zu begreifen, was mit ihr geschah.

»Elinor, wärst du so lieb, der Dame etwas zu trinken zu bringen? Nur keinen Früchtetee, damit wirst du bei ihr nicht punkten.« Den Typen, der bei der Kleiderstange herumlümmelte, winkte er im Vorbeigehen zu sich. »Auf ein Wort.«

»Die ist mir doch selbst vor die Füße gerannt!« Der junge Mann sank auf die Knie und hob eines der abgerissenen Dessous vom Boden auf. Seine Finger glitten über die feine Spitze eines Höschens.

»*Die* heißt Leah Winter. Und unter diesem Dach ist kein Kleidungsstück wichtiger als gebrochene Beine.«

Leah löste sich aus der Starre. Der arme Mann tat ihr leid. Immerhin war sie es, die das ganze Durcheinander verursacht hatte. Sie hockte sich neben den Unglückseligen und hob das zum Höschen passende Oberteil auf, ein luftiges Nichts mit Spaghettiträgern. »Aber einige Worte fallen unter diesem Dach anscheinend umso harscher aus, ohne Rücksicht auf gebrochene Herzen?«

Der Typ mit den Dessous schnaufte und lief rot an.

Kay Gordon blieb stehen. Langsam drehte er sich um. Kurz musterte er das Oberteil, das sie vor sich hielt, bis seine Aufmerksamkeit ihren Kurven galt. Eine Augenbraue zuckte hoch. »Wenn ich mir Sorgen um gebrochene Herzen machen würde, dürfte ich Sie gar nicht erst einstellen.«

Sein Blick fiel auf den Typen. »Mitkommen!«

Dieser raffte das Höschen und das Oberteil zusammen und sprang auf. Die beiden gingen fort.

»Immerhin«, sagte jemand. »Er kennt ihren Namen.«

Mit einem Mal taten alle furchtbar beschäftigt, der Flur leerte sich, als wäre der Vorfall schon vergessen oder hätte sich nie ereignet. Unsicher blickte Leah umher, vom Drang ergriffen, auch etwas Sinnvolles zu tun. Beispielsweise »Glööckler« zu googeln, statt dumm in der Gegend zu hocken. Schreckte jedoch vor Elinors Wachhund-scharfem Blick zurück. Ein Dobermann, mindestens. Gekreuzt mit einem Zerberus.

»Die von Ihnen erwähnte Schwester – das war Céline Winter?«

So viel zum Thema »Undercover«. »Ja, das war sie. Kannten Sie sie?«

»Mehr oder weniger.«

»Hatte Ihr Chef sie als Model für ein Projekt engagiert? Stimmt das?«

»Nick hat sie protegiert.«

»Nick? Der entlassene Assistent? Er hatte Interesse an ihr?«

»Er hatte Interesse an allen halbwegs attraktiven Mädchen, die Model-Ambitionen pflegten. Céline hatte zumindest Potenzial.«

»Um was für ein Shooting ging es dabei genau?«

»So viele Fragen …« Elinor seufzte auf, faltete die Hände und lächelte in ihrer lieblichsten Manier, von der man fast einen Zuckerschock bekam. »Keinen Früchtetee also. Einen Kaffee vielleicht? Kommen Sie, wir haben einen wunderbaren brasilianischen Kaffee hier – eine wahre Hymne auf alle koffeinhaltigen Getränke.« Schon wirbelte die Studiomanagerin herum und tippelte den Korridor entlang.

Der Kaffee war rasch getrunken. Auf dem Weg nach draußen betrachtete Leah die Fotos im Flur. So schön wie die Motive dieser Bildergalerie wollten ihre Gedanken sich nicht aneinanderreihen. War bei dem seltsamen Shooting etwas schiefgelaufen, was die Eingeweihten jetzt zu vertuschen versuchten? Sie blieb vor dem Foto mit der Kommodenschublade stehen. Irgendjemand hatte ihren Handabdruck fortgewischt.

Ein interessantes Bild. Ein ungewöhnlicher Blickwinkel. Das Möbelstück schien einen eigenen Charakter zu zeigen, etwas, das sich weigerte, sich jeder Einrichtung zu beugen.

Dann sah sie es.

»Céline!«

Die klobige Kommode im Schlafzimmer ihrer Schwester. Dieselbe grüne Farbe, an mehreren Stellen von unzähligen Berührungen abgerieben. Also doch – Kay Gordon, der Fotograf, der mysteriöse Freund.

Leah wurde flau im Magen. Was führte er jetzt im Schilde? Was … was hatte er mit ihr vor? Er wusste, wer sie war, vermutlich auch, was sie vorhatte, und wollte sie trotzdem in seinem Studio einstellen.

Sie raffte ihre Sachen zusammen, stolperte nach draußen, schluckte die graue Luft und den Regen, bis sie vor Kälte nichts mehr fühlte, nicht einmal ihren eigenen Körper. Sie musste diesen Nick finden. Irgendetwas wusste er und war vielleicht gerade deswegen entlassen worden.

Die U-Bahn ratterte über ihre verschlungenen Wege, die feierabendmüden Menschen drängten sich in die Waggons. Erst zum Stadtrand hin lichteten sich die Mengen, doch auch dann schaffte Leah es noch, mit jemandem zusammenzustoßen, als sie aus dem Bahnhof zur Bushaltestelle lief. Für ihr verspätetes »'tschuldigung!« fand sie kein Gehör. Wen auch immer sie angerempelt hatte, war schon in den Tiefen der Station verschwunden.

Der Bus brachte sie so nah wie möglich an ihr Zuhause, den Rest ging sie zu Fuß. Es war inzwischen dunkel; zu dieser Jahreszeit raubte die Dämmerung schon früh die Munterkeit des Tages. Der schläfrige Frieden der Siedlung, die beleuchteten Fenster der Einfamilienhäuser und die Einwohner, die hier und da bereits am Esstisch saßen, schenkten ihr jedoch ein Gefühl des Wohlbehagens. Nein, an diesem Ort passierte nie etwas Schlimmes. Das Schlimme gehörte in die Welt, die mit ihrem Schein von Schönheit und Ruhm naive Mädchen fortlockte, hinter Türen, die jemand mit »Fuck« besprühte.

Nach der nächsten Hecke wartete schon die heimische Gartenpforte.

Leah löste die um ihren Körper verkrampften Arme, zwang sich, an den heutigen Bürotag und die vielen Telefonate zu denken, an das Plauderkäffchen mit dem Chef, ihre Kollegin, die ausgerechnet in dem Augenblick vorbeigekommen war und sich anscheinend sonst was ausgemalt hatte. Bloß nicht an den Besuch des Fotostudios. Die Mutter saß bestimmt wie jeden Abend in der Küche, heute sicherlich mit der bangen Frage: Wo warst du, Leah? – Nur etwas länger gearbeitet, mach dir keine Sorgen. – Es ist schon so spät. Im Kühlschrank ist noch etwas Essen, mach es dir warm. – Ja, Mutter.

Rechts von ihr eine Bewegung. Leah fuhr herum.

Eine Gestalt löste sich von einem Baum und kam auf sie zu, in eine Jacke gehüllt, die Kapuze tief ins Gesicht gezogen. Sie sah die feinen Atemwölkchen, die sich in der Dunkelheit auflösten, hörte ihren Namen. »Leah. Leah!«

Ihre Hand tastete nach dem Torriegel, sie zerrte daran, rüttelte an dem Griff.

»Leah. Ich bin's.«

Mitten in der Bewegung hielt sie inne. »Poul!«, keuchte sie.

»Sorry. Wollte dich nicht erschrecken.« Er öffnete die Arme, drückte sie an sich und rieb ihr mit beiden Händen den Rücken warm. Sie schloss die Augen und nahm einen Hauch von Minzschokolade wahr. Es tat gut, in dieser Umarmung zu sein, trotz des Unausgesprochenen, das sie seit Tagen umtrieb. Und gegen jede Vernunft fühlte sie eine ganze andere Umarmung – die von Kay Gordon. Die Angst vor ihm und gleichzeitig die Faszination. Brauchte sie wirklich diesen Nervenkitzel, um sich lebendig zu fühlen? Fern von ihrem Routinedasein, fern von einem monotonen »Im Kühlschrank ist noch etwas zu essen, Leah« … Das war doch verrückt. Absolut gestört.

Pouls Hand glitt herab und fuhr über die Taille zu ihrer Hüfte.

»Vorsicht!« Leah schob ihn von sich. »In der Tasche ist Mutters halb zerdrücktes Butterbrot. Glaub mir, du willst jetzt nicht seine Konsistenz testen. Was machst du eigentlich hier?«

»Deine Mutter hat mich angerufen. Sie macht sich Sorgen. Meinte halt, du hättest längst zu Hause sein sollen. Ich wollte nach ihr sehen. Sie hat sich überhaupt nicht gut angehört. Total panisch.«

»Sie hat ein wenig überreagiert, mehr nicht. Ich musste nur ein paar Überstunden machen.«

»Nach allem, was passiert ist, kann ich sie verstehen. Sie hat eben Angst um dich. Es ist halt nicht einfach für sie.«

»Ja.«

»Ist wirklich alles okay bei dir?«

»Ja.«

»Du bist so nervös.« Er nahm ihre Hände. Ihre Finger zitterten.

»Alles bestens.«

»Deine Mutter sagt, jemand würde um das Haus schleichen. Stimmt es, dass bei euch eingebrochen wurde, als sie beim Einkaufen war? Ein paar Sachen sind verschwunden, sagt sie.« Der Druck seiner Hände wurde stärker.

Leah seufzte. »Lass mich raten. Die Mikrowellenabdeckhaube und die Klobürste aus dem Gäste-WC? Ich weiß, dass sie im Moment ziemlich durcheinander ist. Aber das schaffen wir schon.«

»Bist du dir sicher?«

»Ja. Tut mir leid, dass du umsonst hierherkommen musstest.« Sie versuchte, ihre Finger aus seinem Griff zu lösen, doch er hielt sie fest, zog sie näher an sich heran, sodass sie ihm fast auf die Füße trat.

»Nein, Leah, nein. Umsonst war es nicht.« Fieberhaft reihte er die Silben aneinander. Fieberhaft – die Augen, die im Schein der Straßenlaterne unter der Kapuze hervorblitzten. »Weißt du noch, wie Céline, du und ich …«

»Du und Céline, ja.« Sie keuchte, versuchte abermals, sich ihm zu entwinden. »War es das, was du mir auf der Trauerfeier sagen wolltest? Dass du uns die ganze Zeit nur etwas vorgespielt hast? Wie lange wart ihr nicht mehr zusammen? Wart ihr überhaupt zusammen?«

Er packte sie an den Handgelenken. »Ich mag dich, Leah. Ich habe dich schon immer gemocht, du weißt gar nicht, wie sehr.«

»Du tust mir weh.« Der Geruch der Minzschokolade in seinem Atem verursachte ihr plötzlich Übelkeit. Sie taumelte zurück, doch er brachte sie mit einem Ruck näher zu sich.

»Ich mag dich sehr«, flüsterte er, drückte und quetschte ihre Handgelenke. »Für Céline war es nur ein Spiel. Wie schnell kriege ich den kleinen Poul halt rum. Aber ich war für jede Möglichkeit dankbar, euch zu besuchen, dich zu sehen, verstehst du?«

»Poul … Bitte … Lass mich los!«

»Ich habe Céline nie gewollt. Sie hat sich einfach zwischen uns gedrängt. Du kennst sie ja. Ihr war halt egal, was ich für dich empfinde.«

»Poul, du tust mir weh!« Sie riss sich los, stolperte gegen den Zaun und merkte erst jetzt, wie gehetzt ihr Atem ging. Ihre Hände fühlten sich taub an. Noch immer spürte sie den Druck seiner Finger.

Er trat auf sie zu, streckte ihr seine Arme entgegen. »Denkst du, mir ist unser Altersunterschied nicht klar? Aber was ist schon dabei? Es gibt so viele Stars und Sternchen, die deutlich jüngere Lover haben. Oder hatten. Demi Moore, J.Lo, Madonna …«

»Ich bin aber nicht Madonna. Und du … nicht irgendein Lover.« Sie schlüpfte durch das Tor.

»Leah!«, brüllte er ihr hinterher. »Bleib sofort stehen! Lass mich doch ausreden!«

Sie lief los, war froh, als die Haustür hinter ihr ins Schloss fiel.

War froh, dass die Mutter nicht in der Küche saß.

In ihrem Kopf lachte Céline. *Ach, das Poul-Hörnchen. Ich glaube, er steht auf reifere Frauen. Niedlich, was?* Seine Berührungen, die manchmal danebengingen, sein … Kuss, damals, vor Ewigkeiten. Sie rieb sich über die Lippen. Vor Übelkeit war ihr ganz schwindelig.

Auf dem Teller, der auf dem Küchentisch stand, schwamm Hühnerfrikassee. Sie schabte das Essen in den Mülleimer. Das Butterbrot aus der Manteltasche beförderte sie hinterher.

Etwas segelte zu Boden. Sie hob es auf. Es war ein Foto mit einem Fettfleck von ihrem Butterbrot – sie und Thessa am Fiat vor Célines Wohnung, das Handy in der verkrampften Hand. Sie drehte das Bild um und starrte den mit Kugelschreiber gekritzelten Raben an. »Brave Mädchen stellen keine Fragen« prangte es ihr entgegen.

Sie schluckte krampfhaft, tastete nach der Stuhllehne und ließ sich auf die Sitzfläche niedersinken. Jeder hätte es ihr zustecken können, absolut jeder. Wie viele Leute waren an ihrem Trenchcoat im Studio vorbeigelaufen, wie viele hatten sie in der U-Bahn angerempelt?

Durch den Spalt zwischen den Gardinen schaute sie auf die dunkle Allee. Häuser, Bäume. Ein Schatten.

Poul, der vom Gartentor zu ihr herübersah.

6

Meistens war es Elinor, die ihr öffnete und Leah zum abendlichen Putzgang hineinließ. Die Metalltür des Studios ging auf, und Leah trat aus der Herbstnacht in das helle, warme Licht des Korridors. Elinor lächelte, fragte, ob sie nicht zuerst den brasilianischen Kaffee trinken wollten, und noch bevor Leah sich versah, saßen sie im Büro mit zwei dampfenden Tassen in den Händen. Der Kaffee war gut. Die Bemühungen, etwas mehr zu erfahren, dagegen völlig vergeblich. Sobald die Namen Nick oder Céline fielen, stieß Leah auf eine Mauer des Schweigens. Danach folgten die obligatorische Herzlichkeit und sonstiges belangloses Gerede. Genauso wenig gelang es ihr, etwas über Kay Gordon in Erfahrung zu bringen. Die Einsätze eines CIA-Agenten hätten keiner geringeren Geheimhaltung unterliegen können als das Privatleben des Studiochefs.

Leah schloss die Hände um die Tasse und nippte an dem Kaffee. Elinor redete wieder einmal ohne Punkt und Komma, bis sie mitten im Satz innehielt, sich vorbeugte und ihre voluminösen Brüste auf dem Tisch drapierte. »Und jetzt tun Sie mir den Gefallen, und sagen Sie endlich, warum Sie wirklich hier sind. Sie haben es doch gar nicht nötig zu putzen.«

Sie waren allein. Die geflüsterten Worte der Managerin, die so plötzlich in das Halbdunkel des Büros schnitten, jagten Leah einen Schauer über den Rücken. »Wir kommen mit meinem Gehalt nicht aus, einen Zweitjob kann ich gut gebrauchen.«

Eine lauwarme Wahrheit. Elinor wartete auf mehr, mit einem

fordernden Glanz in den Augen, der sich nicht mit einer schwachen Behauptung zufriedengab.

»Mein Stiefpapa war selbstständig, Alleinverdiener. Nach seinem Schlaganfall standen wir bald vor dem Nichts.« Sie schaute an Elinor vorbei. Es war schwer, darüber zu reden. All die Jahre hatte sie es zu gut in ihrem Innern verschlossen, und niemand fragte danach, denn abgesehen von Poul hatten sich die früheren Kontakte nach und nach gelöst. Als wäre Trauer etwas Ansteckendes.

»Meine Mutter hat uns alle zusammengehalten. Sie verzichtete darauf zu arbeiten, um meinen Stiefpapa zu pflegen, kümmerte sich um meine Schwester und beteuerte immer wieder, dass ich weiterstudieren und so wenig wie möglich an die Probleme zu Hause denken solle. Damals wusste ich nicht, wie hoch sie sich dafür verschulden musste.«

Eine schwere, feuchtwarme Hand legte sich auf ihre. »Das tut mir leid für Sie. Wie geht es Ihrem Stiefvater jetzt?«

»Er ist gestorben.«

Drei leere Worte. Leer wie sein Zimmer, als sie nach dem Abschluss heimgekehrt war. Im ersten Moment hatte sie es nicht einmal begriffen. Sie stand im Flur, stand im Nichts, gefangen in der eigenen Atemlosigkeit.

Wir wollten dich damit nicht belasten, rang sich die Mutter zu einer Erklärung durch – damals noch eine dünne Gestalt wie eine ausgedörrte Birke. Er ist in Frieden von uns gegangen. Dabei hatte ich gerade eben sein Zimmer neu gestrichen, maigrün wie die Hoffnung, wie Harmonie und Verjüngung, wie das Leben selbst.

In Frieden?, hatte Céline aufgequiekt. In Frieden? Er hasste alles hier. Er hasste dein Froschfotzengrün. Er hasste dich!

Leah schluckte. Die Kehle tat ihr weh. »Ich weiß nur, dass es ihm plötzlich immer schlechter ging und letztendlich … Ich denke, er wollte einfach nicht mehr.« Elinors Finger, die auf ihrem Handgelenk lagen, schienen Pfunde zu wiegen. Sie hatte nicht einmal die Kraft, ihren Arm zurückzuziehen und diese Last abzustreifen.

»Ein schwerer Schlag für Ihre Familie.« Elinor spannte die Lippen, die sich wie zwei blutrot schimmernde Striche in ihr Gesicht schnitten, und nickte. »Ich habe meine Katze sterben sehen. Blasenkrebs. Eine OP, dann die Chemotherapie, unterstützend Homöopathie – ich habe alles versucht. Aber sie hat es trotzdem nicht geschafft. Seitdem ertrage ich kein Tier in meiner Nähe. Ich kann nicht einmal einen Hund streicheln, ohne an meine Soley zu denken.« Elinor senkte die Lider und lehnte sich zurück. Trauer lag auf ihrem Gesicht, ein so tiefer, erschreckender Schmerz, dass er kaum bloß einer Katze gelten konnte. »Ach, was erzähle ich da. Vermutlich lachen Sie nur darüber.«

»Nein, keineswegs. Wir hatten früher einen Hund. Rocky. Einen Miniaturbullterrier. Stiefpapa war ganz vernarrt in ihn. Aber der Kleine ist nur fünf Jahre alt geworden; er muss Rattengift vom Nachbargrundstück gefressen haben. Hat sich noch zu Stiefpapa ins Schlafzimmer geschleppt und ist dort verendet.«

»Schrecklich. Aber einen Menschen zu verlieren, der einem nahe steht – das würde mich zerbrechen.«

»Das hat es meine Mutter auch. Sie konnte es nicht begreifen, dass er einfach aufgehört hatte zu essen, machte sich stets Vorwürfe, was sie falsch gemacht hat. Ich glaube, sie hat es ein wenig als Verrat empfunden, dass er beschlossen hat zu gehen, nachdem sie ihn so lange rund um die Uhr gepflegt hatte. Sie war vollkommen am Ende. Es hat mir richtig Angst eingejagt. Ich musste wieder bei ihr einziehen. Erst in der letzten Zeit ging es ihr besser. Ich dachte, ich könnte vielleicht wieder ein eigenes Leben beginnen … Aber dann …« Sie nahm einen Schluck Kaffee, dann noch einen und noch einen, aber kaum etwas davon wollte durch ihre verengte Kehle passen. Nur mit Mühe würgte sie das bittere Gebräu hinunter.

»Aber dann wurde Ihre Schwester ermordet.«

Leah schlug sich die Hand vor den Mund. Ihr Magen rebellierte. Gegen den Kaffeegeschmack, sogar gegen den Duft von Elinors Puder, mit dem die Managerin ihrem Gesicht den bräunlichen Teint verlieh. »Jetzt liegt es an mir, uns beide über die Runden zu bringen.«

Die Studiomanagerin tätschelte ihre Hand. »Bringen Sie sich dabei bloß nicht um, meine Liebe! Diesen Verlust würden wir alle doch sehr bedauern.«

Leah hob den Blick. Ein kalter Schauer überlief sie. Diese Augen gegenüber erinnerten sie an Rosinen. Etwas Mattes, Verschrumpeltes lag darin. Eine versteckte Warnung in einem gut gemeinten Rat?

Die Frage beschäftigte sie noch länger. Im Büro ließ Elinor sie nie ohne Aufsicht, und auch sonst schien die Präsenz der Managerin sie auf Schritt und Tritt zu begleiten. Manchmal glaubte Leah, die Frau lebte in diesem Studio, ernährte sich ausschließlich von brasilianischem Kaffee und ginge nie aufs Klo. Was zumindest die Wassereinlagerungen in den Beinen erklärt hätte.

Den Ordnern in den Regalen konnte Leah nur verstohlene Blicke zuwerfen, und es sah nicht danach aus, als bekäme sie je eine Gelegenheit, die Adresse dieses Nick ausfindig zu machen – oder überhaupt irgendeine Spur aufzunehmen, die zu ihm und seiner Verbindung zu Céline führte. Da konnte sie sich cinderellamäßig totputzen, ohne jegliche Aussicht auf eine gute Fee oder helfende Eichhörnchen und Täubchen. Vielleicht lag es daran, dass sie nicht singen konnte. Beziehungsweise nur in Begleitung eines Staubsaugers.

Vermehrt hielt Leah nach Plätzen Ausschau, wo sie unentdeckt bleiben würde, bis alle gegangen waren. Nur bestand Elinor stets darauf, sie zu verabschieden und zu warten, bis sie die Treppe hinaufgestiegen war, um dann die Tür zuschnappen zu lassen. Manchmal begleitete die Managerin sie bis zur U-Bahn. Daher glaubte Leah nicht wirklich an einen Erfolg, als sie eines Abends die Schlossfalle mit einem Klebeband fixiert hatte und am Ende ihrer Runde von der Managerin in die Nacht gelächelt wurde: »Bis zum nächsten Mal.«

»Schönen Abend noch, Elinor.« Sie zählte die Stufen und achtete darauf, weder zu schnell noch zu langsam zu laufen und vor allem nicht zu stolpern. Oben angelangt sah sie zu, wie die Studiomanagerin ihr noch einmal zuwinkte und die Tür hinter sich zuzog. Die Schritte entfernten sich. Einen Spalt, nur ein Haar breit, blieb die Tür geöffnet. Ein verheißungsvoller Start für eine kriminelle Karriere.

Leah beschloss, ein Weilchen abzuwarten und solange einen Spaziergang zu machen. Im Dunkeln schien der Kies unter ihren Füßen zu lärmen, jeder Schritt ein Verrat. Sie steckte die Hände tiefer in die Manteltaschen und schöpfte ein wenig von ihrer eigenen Wärme. Die Silhouetten der umliegenden Gebäude wirkten wie Bauklötze, die jemand achtlos hingeworfen hatte. Ein Maschendrahtzaun versperrte ihr den Weg. Sie drehte sich um, schlenderte durch die Höfe und Gassen, an den vielen Abfallcontainern vorbei.

Ihr Handy sandte einen munteren Signalton in die Nacht. Im Keller hatte sie stets einen schlechten Empfang, weswegen alle Nachrichten sie erst später erreichten. Hastig zog sie das Telefon aus der Seitentasche, schaltete es stumm und warf einen Blick auf die SMS. »Wo bleibst du? Das Essen wird kalt. Ich glaube, jemand war wieder am Haus. Komm schnell zurück!«

»Bin mit ein paar Kollegen aus«, tippte sie rasch zur Antwort. Na wunderbar! Was für eine kreative Abwechslung gegenüber *Muss heute länger arbeiten*. »Warte nicht auf mich, iss ruhig.

Und denk an deine Tablette. Alles wird gut. Ich beeile mich.« Ihr Daumen verharrte kurz über der Tastatur. »Tochterkuss. Leah.«

Sie seufzte, steckte das Handy ein und setzte ihren Weg fort.

»Ja, troll dich, troll dich!«, knarzte eine Stimme aus der Schwärze eines Durchgangs. Leah schrie auf und taumelte zur Seite. Einen Moment lang glaubte sie, nackte Beine in ausgetretenen Boots zu erkennen. Der Obdachlose von der Trauerfeier! Seine Worte kamen ihr in den Sinn, das krächzende »Klickklack« und »Er hat sie alle«. Ihr Wunsch, ihm nachzulaufen, ihn auszufragen. Und jetzt traf sie ihn hier, in der Nähe von Kay Gordons Studio.

»Hallo?« Vorsichtig näherte sie sich der Gasse. Es raschelte. Sie holte tief Luft, lauschte angestrengt. »Hallo? Ich glaube, ich habe Sie bei der Trauerfeier meiner Schwester gesehen. Céline Winter. Kennen Sie sie? Ich möchte Ihnen ein paar Fragen stellen.«

»Troll dich, troll dich!«, ächzte es aus der Dunkelheit.

Sie ging einen Schritt weiter. Vage nahm sie die Umrisse eines menschlichen Körpers wahr, der sich an einen Hausvorsprung drängte. »Nur ein paar Fragen, bitte.« Sie kam näher, wühlte in ihrer Handtasche nach dem Portemonnaie und fand es schließlich in der Tasche ihres Trenchcoats. »Ich gebe Ihnen auch Geld. Céline Winter. Was wissen Sie über meine Schwester?«

Der Obdachlose schnellte hoch. Seine Hände krallten sich in ihre Schultern. »Alles Flittchen!« Mit aller Gewalt rammte er sie gegen die Hauswand.

Die Handtasche und das Portemonnaie fielen zu Boden. Ihre Finger krampften sich um die Geldscheine, die sie noch herausgeholt hatte. »Lassen Sie mich los! Ich möchte Ihnen doch nur ein paar Fragen stellen.«

»Alles Flittchen. Du bist doch auch so eine, nicht wahr?« Wieder stieß er sie gegen die Wand, ihr Kopf prallte hart gegen den

Putz. Sein säuerlicher Atem schlug ihr ins Gesicht. Er schüttelte sie, eine Naht des Trenchcoats platzte auf. »Ja, du bist so eine, das sehe ich doch. Halte dich fern von ihm!«

»Kay?«, hauchte sie. »Meinen Sie Kay Gordon?«

Der Obdachlose riss ihr die Geldscheine aus der Hand und stieß sie zu Boden. »Mörder«, murmelte er, während er davontorkelte und hinter der nächsten Hausecke verschwand. »Monster.«

Eine Weile hockte Leah da, unfähig, sich zu bewegen. Die Haut an ihrem Wangenknochen brannte. Vorsichtig ertastete sie mit den Fingerkuppen die Schürfwunde und zuckte mit der Hand zurück. Es war so viel Zorn in diesem Menschen. Auf wen? Auf Kay Gordon? Die Models? Sie dachte an den gezeichneten Raben. Sollte tatsächlich Kay Gordon hinter dem Mord stecken, würde er wohl kaum mittels des nachgeahmten Logos den Verdacht auf sein Studio lenken. Viel eher klang das nach jemandem, der einen unstillbaren Hass auf ihn hegte. Vielleicht auch auf die Models oder die Branche allgemein. Sie schüttelte den Kopf. Oder vielleicht gerade deswegen das Logo, damit man den Chef des Studios nicht weiter verdächtigte, sondern eher den entlassenen Assistenten oder womöglich sogar den Obdachlosen ins Visier nahm?

Leah rappelte sich auf, sammelte ihre Sachen auf und beeilte sich, zum Studio zu kommen. Die Tür ließ sich öffnen. Widerstandslos, einladend. Sie brauchte einen Moment, um durchzuatmen, das Klebeband abzukratzen und ihre Turnschuhe abzulegen. Auf Socken schlich sie den Korridor entlang.

Aus dem Büro drang Elinors Stimme: »… leichtfertig, ich traue ihr sowieso nicht, denn man muss kein großer Menschenkenner sein, um zu merken, dass sie etwas im Schilde führt, und wenn man bedenkt …«

»Hast du sie danach gefragt?«

Kay. Sie hatte ihn seit ihrer Akrobatik an der Kleiderstange nicht mehr gesehen, und jetzt war er da. Als hätte er abgewartet, bis sie gegangen war, um selbst hier aufzutauchen.

Er mied sie. Ahnte er vielleicht von ihrem Verdacht? Auf Zehenspitzen trat sie näher, bis sie durch den Spalt einen Blick ins Innere des Büros erhaschen konnte. Unvernünftig, *leichtfertig*, so zu riskieren, entdeckt zu werden.

Sich Elinors pikiertem Ton auszuliefern.

»Sie hat mir diese herzzerreißende Story über ihren verstorbenen Stiefvater aufgetischt, ich bin mir nicht sicher, kam so etwas Ähnliches nicht bei *Desperate Housewives* vor? Aber vielleicht verwechsle ich da einiges mit …«

»Du schaust zu oft fern.«

Sie sah nicht viel von ihm. Den kräftigen Oberschenkel, der sich deutlich unter dem Jeansstoff abzeichnete, den Fuß, den er um das Tischbein geschlungen hatte, seine feingliedrige Hand, die auf dem Knie ruhte. Viel zu gut wusste sie, wie diese Hand zupacken und ihren Körper herumwirbeln konnte. Noch immer fühlte sie den Druck jedes einzelnen Fingers um ihre Taille.

Jetzt hielt er etwas anderes darin, einen kleinen, zylindrischen Gegenstand. Einen Rollfilm.

»Magst du sie etwa?«, fragte Elinor spitz. »Ganz ehrlich, ich verstehe nicht, was man an ihr finden kann.«

»Sie hat die Courage, sich dem Diktat der Mode zu widersetzen. Sie bringt einen dazu, sich zu fragen, wann man selbst diese Courage verloren hat.«

»Ach! Die Ballerinas zum Etuikleid?«

»Hat schon Audrey Hepburn getragen.«

»Allerdings ohne das ganze billige Glitzerzeug, von dem man fast blind wird. Kay, mal ehrlich, du bist zu erfolgreich, um an deiner Courage zu zweifeln, du bist erwachsen geworden, einfach erfahrener.«

»Und feige.«

»Aha! Daher also deine Outfit-Experimente in der letzten Zeit? Gut, mag sein, dass sie dir das Gefühl gibt, deinen Mut wiederentdeckt zu haben, aber ich traue der Frau nicht.« Elinor ging an dem Türspalt vorbei durch den Raum. »Ja, ihre Schwester wurde getötet, und das ist absolut furchtbar, aber glaubst du sie wirklich, diese Geschichte von dem pflegebedürftigen Stiefvater und dem armen verstorbenen Hund? Mal ehrlich, so sehr braucht man nun wirklich nicht auf die Tränendrüse zu drücken. Ich habe echt darauf gewartet, dass sie erzählt, wie sie von der Mutter misshandelt wird. Findest du nicht auch, dass das zu viele Schicksalsschläge für eine Familie sind, als dass es noch glaubwürdig wirken könnte?«

Seine Hand verkrampfte sich um den Rollfilm, als wollte er ihn vernichten. Schon wieder fühlte Leah seine Finger auf ihrem Körper, die zudrückten und zudrückten. Diese Kraft, die das Leben aus ihr herauspressen könnte.

»Kay.« Scharf sog Elinor die Luft ein. »Entschuldige. Es sind wohl nur meine Stimmungsschwankungen, die ganze verkorkste …«

»Rede nie wieder mit mir über Leah Winter!«

»Kay, ich verstehe einfach nicht, warum du sie hierhaben wolltest, das geht mir schlichtweg nicht in …«

»Ich sagte: nie wieder.«

»Gut. Wenn du meinst.« Eine Weile ertönten aus dem Büro nur ein geschäftiges Blättern, ein gelegentliches Klicken und Schleifgeräusche, als würde Elinor Ordner in den Regalen hin- und herschieben. »Ich habe gehört, dass die Polizei mit dir geredet hat. Was wird jetzt aus *Hate me*? Wenn die Presse Wind davon bekommt …«

»Es wird kein *Hate me* mehr geben.«

»Aber du hast dafür gelebt!« Etwas Schweres schlug auf die

Tischplatte. »Es hätte ein Zeichen gesetzt, den Menschen ihre wahre Natur vor Augen geführt; es hätte schockiert, aufgewühlt, aber man hätte nicht mehr darüber hinwegsehen können.«

»Es ist vorbei, Elinor.«

»Na wunderbar! Und jetzt?«, stieß die Managerin gepresst hervor.

»Und jetzt gute Nacht, Elinor.« Er rutschte von der Tischkante und drehte sich zur Tür.

Leah wich zur Seite, eilte zu einem Abstellraum und kauerte sich zwischen Stativen und anderem Zubehör zusammen. Durch den Spalt unter der Tür schimmerte das Flurlicht. Sie wartete. Elinors Pfennigabsätze hackten auf den Boden ein, vom Ende des Korridors ertönten undeutliche Stimmen, dann ging das Licht aus, das Schloss lärmte, und es wurde still.

»*Hate me*«, pochte es in ihren Schläfen. Die Gedanken daran, dass er sie hierhaben wollte und von der Studiomanagerin anscheinend aushorchen ließ … Die Umarmung …

Sie rieb sich über die Beine. Schon wieder weiche Knie. Ihr Körper reagierte auf ihn entschieden anders als ihr Verstand. Vielleicht sollte sie über einen Kinoabend zur Weiterbildung nachdenken. *Basic Instinct* – for Dummies.

Verärgert über sich selbst, zog sie die Schuhe an. Erst als sie glaubte, dass keiner der beiden zurückkehren würde, verließ sie ihr Versteck. Vorsichtig tastete sie sich durch die Dunkelheit zum Büro vor und schaltete die Tischlampe ein. Zwar besaß der Keller sehr wenige Fenster, überflüssiges Licht wollte sie dennoch nicht riskieren. In der obersten Schublade lagen Ersatzschlüssel. Mit etwas Glück würde sie den Schlüsselbund morgen zurück an seinen Platz schmuggeln, bevor jemand etwas merkte.

Ohne Zeit zu verlieren, griff sie zum erstbesten Ordner, schlug ihn auf und sah ihn durch. Rechnungen. Der nächste enthielt Verträge. Noch einer – tja, das würde eine lange Nacht werden.

Sie war in ihre Suche vertieft, als sie stockte und über die Schulter schaute. Sie hatte nichts gehört, es war allein dieses Gefühl, beobachtet zu werden. Der Raum kam ihr zu still vor, die Dunkelheit hinter ihr – wie aus fremden Schatten gewoben.

Sie holte einen weiteren Ordner, studierte die ersten Seiten und blickte wieder zum Flur.

Niemand war da, absolut niemand.

Den Schlüsselbund fest umschlossen, stand sie auf und ging durch das Studio. Ab und zu roch sie Elinors Parfüm, die luftig leichte Frische, die in den Räumen schwebte. Manchmal hielt sie inne und glaubte, Kays Duft wahrgenommen zu haben, den warmen Geruch seiner Haut, so nah, dass sie seine Gegenwart spürte und eine Gänsehaut bekam.

Langsam drehte sie sich um die eigene Achse.

Die Treppe am Ende des Flurs, die Tür mit dem milchigen Ornamentglas, das wie fließendes Wasser aussah – ein Schatten dahinter. Auf unsicheren Beinen stieg sie die Stufen hoch. Der Schatten war verschwunden. Vielleicht hatte auch das Ornament sie getäuscht. Elinor hatte ihr nie erzählt, was dahinterlag. Sie probierte die Schlüssel aus, doch keiner passte, drückte schließlich ein Ohr an das kühle Glas.

Atem.

Ihr eigener.

»Überzeugt?« Sie richtete sich auf. »Es ist niemand da. Also mach endlich weiter, umso schneller bist du hier raus.«

Okay. Eine Tasse Kaffee könnte sie sich gönnen.

Sie mahlte die Bohnen per Hand, wie Elinor es immer tat, und schaltete die Maschine ein. Solange es röchelte und blubberte, ging sie ins Büro und setzte sich an die Arbeit. Noch immer hatte sie keine Unterlagen über die Mitarbeiter entdeckt, und langsam beschlich sie der Verdacht, dass diese Informationen im Computer gespeichert waren. Bei dem sie mit ihren spontanen

Hackerfertigkeiten nicht einmal an dem Passwortschutz vorbeikommen würde.

Nach einer Weile kehrte sie zur Kaffeemaschine zurück. Eigentlich war sie davon überzeugt gewesen, eine doppelte Menge zubereitet zu haben, doch als sie ihren Becher füllte, blieb in der Kanne ein kläglicher Rest, der kaum den Boden bedeckte.

Sie stöberte weiter in den Studiounterlagen und nippte ab und zu an dem Kaffee, der ihr half, die Lider offen zu halten. Als sie endlich auf das Gesuchte stieß, hätte sie es trotz des Muntermachers beinahe übersehen.

Kein Nick, aber ein Nicholas Milla.

Sie tastete nach Zettel und Stift und kritzelte die Adresse nieder. Geschafft. Den Ordner zuschlagen, in das Regal zurückstellen – pflichtbewusst sah sie über die Schulter, zum letzten Mal, bevor sie …

Im dunklen Flur zeichnete sich eine Silhouette ab.

Der Ordner polterte auf den Boden. Sie fuhr herum. Vor ihr ragte ein Mann auf, der sich bedrohlich langsam auf sie zubewegte. Panisch drückte sie sich gegen den Tisch. Hinter ihr befanden sich Regale, die Wand, keine Möglichkeit zu entkommen.

Und vor ihr – Kay Gordon.

»Was machen Sie hier?«, hauchte sie, den Bleistift wie eine Waffe erhoben – der neuste wunderbare Einfall des Tages. Sie sah auch schon die Schlagzeile vor sich: Attraktiver Modefotograf mit Bleistift totgepikst.

»Was ich hier mache? In meinem eigenen Studio?« Er kam noch näher, während das Licht und die Schatten sein Gesicht mal erbarmungslos hart zeichneten, mal seine Züge so vertraut formten. »Ich wohne direkt hier drüber. Habe Geräusche gehört und bin runtergekommen. Anscheinend rechtzeitig, um einen Einbrecher zu stellen. Oder …« Er beugte sich zu ihr, sodass seine

Wange fast die ihre berührte. »Ich bin neugierig. Im richtigen Licht ist Ihr Treiben hier – was bitte schön?«

Sein Atem an ihrem Hals. Sie hörte, wie der Bleistift zu Boden fiel und davonrollte.

»Aber danke für den Kaffee.« Er stellte den Becher auf dem Tisch ab. Jetzt keilten seine Arme ihre Hüften ein und raubten ihr das letzte bisschen Freiheit.

»Sie werden mich nicht einschüchtern!« Sie bog ihren Oberkörper zurück, so weit es ging, bis ihr Becken unwillkürlich gegen seinen Unterleib stieß und sie mehr als deutlich seine Männlichkeit spürte.

Doch er wich keinen Millimeter von ihr.

»Sicher nicht?«

Sie sah ihm in die Augen. Das Licht der Tischlampe brannte ihr im Nacken. Angst durchfuhr sie wie ein zuckender Strom, bis in ihren Schoß. Alles in ihr zog sich zusammen, der Magen, das Herz, die Brustwarzen, die beinahe schmerzten, wenn sie gegen den Stoff ihres Shirts rieben.

»Ich warte immer noch auf eine Erklärung. Und geben Sie sich bitte etwas Mühe.«

Sie musste weg. Sofort.

Irgendwie.

»Meine Schwester …« Sie klammerte sich an die Tischkante, spürte den sanften Druck seines Unterleibs, den *sanften* … »Ich will doch nichts anderes als …«

»Denjenigen finden, der ihr das angetan hat.«

»Sie haben die Fotos gesehen.«

Und den Umschlag, die Anschrift seines Studios als Absender. Gesehen und kein Wort darüber verloren.

»Ja.« Er neigte den Kopf. Über seine Augen legte sich ein Schatten, das Licht dagegen schimmerte auf seinen Lippen und betonte den Schwung ihrer Konturen.

Sie schluckte schwer.

Weg. Nur weg von hier.

Solange sie überhaupt noch so etwas Ähnliches wie *basic instinct* hatte.

»L-lassen Sie mich gehen! Bitte!«

»Nein. Nicht, bevor ich mir sicher sein kann, dass ich mir keine Sorgen um Sie machen muss.« Seine Finger fuhren über ihre Wange unterhalb der Schürfwunde.

Sorgen? Um sie? Noch einmal versuchte Leah, sich gegen ihn zu stemmen, schob ihr Becken hin und her, fühlte seinen Gegendruck an ihrem Schoß.

Er räusperte sich. »Was auch immer Sie da unten treiben – an Ihrer Stelle würde ich das bald lieber sein lassen.«

»Sie geben mich sofort frei, oder …«

»Oder was?«

»Ich … weiß es nicht.«

In ihrem Kopf drehte sich alles. Sie griff in seinen Nacken, grub ihre Finger tief in sein Haar. Es war doch verrückt, absolut geistesgestört, daran zu denken, ausgerechnet diesen Mann … zu küssen.

Sein überraschtes Stöhnen entlud sich in ihren Mund. Sie schmiegte sich noch fester an ihn, ballte die Hand in seinem Haar und drang mit der Zunge zwischen seine Lippen, tastete nach seiner … Erwiderung?

Leah. Leah! *Er hält dich doch gar nicht mehr fest.*

Er stöhnte lauter, seine Hand glitt über ihre Hüfte. Leah …

Sie keuchte. Orientierungslos, verwirrt von seiner Zärtlichkeit.

Sie küssten sich nicht mehr.

Er sah sie an, ohne sie zu berühren.

»Oh Gott!« Sie stieß ihn beiseite und stürzte aus dem Büro, während alle Gedanken, alle Gefühle sie durchdrangen wie Weltallteilchen nach einem Urknall. »Oh Gott! Oh mein Gott!«

In der Tasche ihrer Jeans ertastete sie den Schlüsselbund. Die Eingangstür ging überraschend leicht auf, sie stolperte die Treppenstufen hoch, lief weiter, doch nicht einmal die kalte Herbstluft vermochte ihre Haut zu kühlen. In der linken Hand – der Zettel mit der Adresse, sie hatte es geschafft …

… einen wildfremden Mann zu küssen.

Kay Gordon zu küssen.

Sie rannte immer schneller, trug die wohlige Erschöpfung, die Atemlosigkeit, den Geschmack seines Kusses auf den Lippen davon.

7

»Zeig mir, dass du noch hoffst!«

Denn hoffnungsvoll ist der, der sich wie ein junger Trieb zum Licht kämpft. Seine Stärke wird im Leid geprüft, sein Wille durch den Hohn der Feinde gestärkt. Wir sind diejenigen, die aus dem Staub auferstehen, die erhobenen Hauptes dem Ende entgegenblicken werden. Glaubst du nicht? Wo der Glaube doch das Einzige ist, was uns bleibt?

Sieh, sieh hin!

Der Spiegel gibt nur unsere Hülle wieder, prägt die vertrauten Züge in unser Hirn ein und schreit: So bist du! Doch lügt er. Wie kann das schwache Fleisch auch das Ebenbild eines Selbst sein? Alles daran ist linkisch, verkehrt. Sieh hin! Warum wendest du deinen Blick ab? Sieh! Und du wirst verstehen.

»Gut so. Ist doch gar nicht schlimm. Ich will dir nichts Böses.«

Lass uns ein wenig klagen und nach dem Verlorenen schreien, lass uns die Tränen sammeln und trinken, sie bis zum letzten Tropfen mit der Seele aufsaugen. Denn rar sind sie, und nur dort ist es ihnen bestimmt, auf fruchtbaren Boden zu fallen. Weinen werden wir und frohlocken, zerbrechen und triumphieren!

Schöne Tränen hast du. Schmale, glänzende Bäche auf der müden Haut. Dein Körper welkt, aber die Tränen funkeln wie der Liebreiz der Jugend. Das Leben entgleitet unseren Händen. Doch noch ist es nicht zu spät, fester zuzupacken, es zu berühren, die Hand zu ballen und die wütende Hilflosigkeit aus dem Leib zu prügeln. Wie das erste Licht wird die neue Freude erstrahlen, wie der erste Quell wird die Hoffnung sprudeln.

Schrei nicht. Der Schmerz ist vergänglich. Scht, scht. Wer sich dem Neuen verschließt, wird in sein Verderben laufen.

Schrei nicht!

Gott, schrei doch nicht so!

Wer sich dem Neuen verschließt … wird wie ein Wurm im Dreck kriechen. Seine Feinde werden ihn mit Füßen treten, und niemand mehr wird sein Flehen erhören.

Hörst du? Steh auf! Komm, wir wollen uns jetzt befreien; begrüßenswert sind unsere Schmerzen. Sie sind die Geißel für den schwachen Leib, doch die Rettung für unsere Seele. Zerbrechen müssen wir den Trug, mit blanken Fäusten den Spiegel zerschmettern. Der klirrende Regen ist die Erlösung. Kalt sind die Scherben und gieren nach Blut. Winden soll sich das Fleisch, platzen und mit klaffenden Wunden klagen.

»Ruhig, ruhig, hab keine Angst. Bald ist es vorbei.«

Die Erlösung ist nah. So gilt es, die Zähne zusammenzubeißen, das Wimmern hinunterzuschlucken. Bald, sehr bald sind wir erlöst.

»Zeig mir, dass du es magst!«

Buchstabe um Buchstabe ritzt die Scherbe in die lebendige Haut ein, Finger verreiben das fließende Blut und genießen die klebrige Wärme.

8

Die U-Bahn fuhr schon lange nicht mehr. Aus dem Fahrplan der Nachtbusse stückelte Leah eine Strecke zusammen, die an einer Haltestelle endete, von der aus sie für den Heimweg zumindest keinen Proviant mehr brauchen würde. Sechsmal Umsteigen bildete einen neuen Rekord. Sie bereute es, den Fiat der Mutter nicht genommen zu haben, doch da sie stets behauptete, bloß länger im Büro zu sein, hätte das nur unnötige Fragen provoziert. Auf die hin sie womöglich noch ihr kriminelles Doppelleben hätte beichten müssen.

Kriminell ... Kay Gordon zu küssen war es auf jeden Fall. Sie wusste immer noch nicht, was sie sich dabei gedacht hatte. Außer dass es schön war. Am besten, sie vergaß es sofort. Mit einer Hand fuhr sie sich über die Lippen. Nur langsam kühlte der Kuss ab.

Auf der letzten Etappe ihrer Nachtreise schlief sie ein. Der Busfahrer weckte sie an der Endhaltestelle.

»Schönen Abend noch«, wünschte sie ihm, bevor sie ausstieg.

»Gleichfalls«, murmelte er ihr hinterher. Mit einem lauten Seufzen glitten die Türen zu. Die Lichter erloschen, außer in dem Bereich, wo der Mann seine Boulevardzeitung auseinanderfaltete, die ihn bereitwillig darüber informierte, wer diese Woche bei einem Busenblitzer erwischt worden war.

Die Nacht zeichnete alle Konturen weich, die Stille – besonders still. Vertraute Häuser und Hecken lagen wie im Dornröschenschlaf gefangen, nur dass die Sträucher sorgsam frisiert waren und man kein Schwert brauchte, um sich zu den Pforten durchzukämpfen.

Eigentlich hätte sie sich fragen sollen, wie es nun weiterging. Immerhin war sie dabei erwischt worden, wie sie vertrauliche Informationen gestohlen hatte. Doch das Einzige, was ihren Kopf nicht überforderte, war die Vorstellung, wie ihr schwerer Körper ins Bett fiel. Zu dieser Vorstellung gehörte auch Kay, aber das war eindeutig etwas, was jeglichen Realitätssinn sprengte.

Sie erklomm die Treppe zum Vordach und wühlte in der Handtasche nach ihrem Schlüssel, ohne zu registrieren, dass die Eingangstür einen Spalt offen stand. Erst als sie nach dem Schloss stocherte, bemerkte sie, dass die Tür nachgab.

Sie trat in den Flur. Die klaffende Handtasche baumelte an einer Schlaufe an ihrem Ellbogen, den Schlüsselbund hielt sie fest in der Faust. Es war kurz vor zwei, reichlich spät, um laut »Ich bin wieder da« zu rufen und auf eine Antwort zu lauschen.

Sie tat es trotzdem. Auch wenn ihr das Herz bis zum Hals schlug und sie die Worte herauspressen musste.

Die Möbel, diese klobigen Moloche in der Dunkelheit, schluckten ihren Ruf. Sie machte noch einen Schritt und stolperte über den alten Läufer, der sich auf dem Boden wie abgestreifte Schlangenhaut klumpte. Die Tasche rutschte ihr vom Arm und fiel schwer auf die Dielen. Sie tastete nach der Kommode und legte den Schlüsselbund ab.

»Ich bin da!«, versuchte sie es erneut, mit einem stummen Gebet, es möge nichts Schlimmes passiert sein. Doch die Zeilen aus der SMS der Mutter legten sich wie dunkle, schwere Schatten auf ihr Gemüt. Jemand war um das Haus herumgeschlichen, schon wieder. Jemand hatte sie beobachtet.

Diesmal war es nicht Stille, die ihr antwortete, sondern ein Wimmern, das von irgendwo oben kam.

»Mutter?« Sie griff nach dem Treppengeländer und setzte den Fuß auf die unterste Stufe, als wäre diese zu hoch für sie. Das Holz knarzte. Das Wummern ihres Herzens brachte ihren ganzen Körper zum Beben. Sie wusste nicht, wie sie es schaffte, bis nach oben zu steigen. Die Umgebung zog an ihr vorbei wie in einem trägen Schlaf. Unter ihren Sohlen knirschte etwas Hartes, Kantiges. Scherben. Der große Spiegel, der im gusseisernen Rahmen den Flur geziert hatte, war zerschlagen.

»Mutter?«

Das Wimmern kam aus ihrem Schlafzimmer, fast übertönt von dem hässlichen Knirschen unter ihren Füßen. Die Dunkelheit schnürte sie ein. Nur ein schmaler Streifen Licht traute sich aus dem Türspalt und lockte sie zu sich.

Sie gab der Klinke einen Stoß und zog die Hand sogleich zurück. Geräuschlos schwang die Tür auf, und plötzlich wusste Leah nicht, wohin sie schauen sollte.

Auf das Bettzeug? Ausgeweidet wie ein erlegtes Tier.

Auf die Bilder, denen ihr Stiefpapa so leidenschaftlich mit seiner Kamera hinterhergejagt war? Von den Wänden gerissen und auf dem Boden zerschlagen.

Auf die Möbel? Bedeckt mit wütenden Linien, Buchstaben, die zu zwei Wörtern verflossen, die sie von überall her anklagten. *Lass es. Lass es. Lass es. Lass es …*

Auf ihre Mutter. Die zusammengekauert in einer Ecke hinter einem umgekippten Rattansessel hockte, der sich wie ein Schutzwall vor ihr aufbaute. Ihre Bluse war aufgerissen, der eine Ärmel, an dem sie unter halb ersticken Schluchzern zupfte, klaffte an der Naht auf. Ihr Haar hatte sich aus dem Zopf gelöst.

Leah konnte kaum etwas anderes erkennen als dieses wirre Haar, das ihrer Mutter strähnig ins Gesicht hing und unter ihren Atemstößen leicht zitterte.

Leah stolperte über die verknäulte Bettwäsche zu ihr, warf den Rattansessel beiseite und ließ sich nieder. »Was ist passiert? Was ist hier passiert?« Sie spürte, wie sich der Rücken der Mutter unter ihrer Handfläche anspannte. Die Bluse war durchgeschwitzt, keine Duftwolke aus Nachthyazinthen und Palmarosa umnebelte sie, sondern bloß der Geruch einer verängstigten Frau. Ihr Wimmern und Schluchzen vermischten sich zu einem dumpfen Heulen.

»Mutter, bitte, sag doch etwas! Was ist geschehen?« Sie strich das Haar beiseite, umschloss die schlaffen Wangen mit beiden Händen und hob das Gesicht leicht an.

Tränen weichten das angetrocknete Blut auf und liefen in schmutzigen Bächen herunter. Kein Gesicht – eine einzige Maske des Entsetzens.

Ihr wurde schwindelig von diesem Anblick. Sie musste sich zwingen, hinzusehen, zu trösten, ihre eigene Panik herunterzuschlucken.

Mit gespreizten Fingern tastete ihre Mutter umher. »Du bist da …«, kam es zwischen den aufgeplatzten Lippen hervor. »Ich hatte solche Angst. Ich hatte solche Angst, dass sie auch dir etwas Schlimmes antun!« Die Mutter vergrub das klebrig nasse Gesicht an Leahs Hals. »Du bist da … du bist da …«

Hände kneteten ihre Schultern und Oberarme, gruben sich in ihren Rücken und drückten sie. Drückten fast die ganze Luft aus ihr heraus.

Leah keuchte. »Sie? Wer war das? Wer hat dir das angetan?«

Die Mutter schüttelte den Kopf. Die zerschlagenen Lippen kratzten an Leahs Ohr. »Ich … ich weiß es nicht. Es hat geklingelt, ich habe die Tür aufgemacht und wurde gestoßen, zu Boden geschlagen. Getreten, immer wieder. Er sagte, ich soll es mögen.«

»Er. Es war ein Mann?«

»Ja. Nein. Ich … ich weiß es nicht mehr.« Die Mutter drückte sich wieder in die Ecke, zupfte mit fahrigen Händen an ihrer Bluse. »Ich kann mich nicht erinnern. Es ist so … durcheinander hier …« Ihr Blick irrte durch das verwüstete Zimmer, bis er an Leahs Gesicht hängen blieb. »Hast du dich geschminkt?« Sie benetzte die Finger mit Spucke, die durch das Blut rostig wirkte, und hob den Arm. »Ach, Kleines, das hast du doch nicht nötig, du hast so schöne …«

Leah fing die Hand ab, bevor sie über ihre Augenlider reiben konnte. »Ich rufe jetzt einen Notarzt, okay?«

»Nein!« Der Schrei der Mutter fuhr schneidend durch ihr Inneres. »Nein, nein! Keinen Notarzt. Keine Polizei. Leah, bitte! Sonst kommen sie zurück und bringen uns um.«

»Sie? Also waren es doch mehrere … Angreifer?«

»Er. Sie. Jemand war hier. Ja, hier. So ein Durcheinander ist hier, so ein Durcheinander!« Sie tastete nach der Wand und stand auf. »Ich räume alles auf, das verspreche ich dir. Es ist nichts passiert. Wir … wir schaffen das schon. Nichts passiert.« Sie taumelte ein paar Schritte vorwärts und begann die Fetzen der Bettwäsche zusammenzuraffen.

»Hör auf!« Leah kam auf die Beine und griff nach ihrem Ellbogen. Das Bündel, das sich in den Armen ihrer Mutter bereits aufgehäuft hatte, fiel zu Boden. Die Bluse ihrer Mutter verrutschte.

Lass es.

Zwei Worte, sechs Buchstaben, eingeritzt ins Fleisch, quer über die Brust. Leah schnappte nach Luft. Ihr wurde schwindelig. *Bloß nicht in Ohnmacht fallen, die Mutter, deine Mutter braucht dich …*

»Keine Polizei. Bitte, keine Polizei. Alles wird gut. Nur keine Polizei.«

»Mama …« Alles schien wegzugleiten, die Wände entfernten sich, ihre Mutter, das Chaos. Leah spürte, wie sie an einen verschwitzten, weichen Körper gedrückt wurde, wie das Gewicht ihrer Mutter sie nach unten zog. Ihre Beine gaben nach, und sie ließ sich zu Boden sinken, halb erstickt in Mutters Umarmung.

Eine Hand streichelte ihren Kopf. Warmer, feuchter Atem

hauchte sie an. Ein Lächeln lag in der zittrigen Stimme: »Du hast mich schon so lange nicht mehr ›Mama‹ genannt.«

Sie bekam keine Luft. Ihre Augen brannten, unfähig, vor ihrer Mutter Tränen zu vergießen. Sie kniff die Lider noch fester zusammen. Sie war stark. Sie hatte alles im Griff, musste es im Griff haben, damit ihre Mutter in einer liebenswerten Verrücktheit leben konnte.

»Alles wird gut, Leah. Mein Mädchen.«

»Ja, Mama«, stammelte sie und kauerte sich zusammen, während die Handflächen der Mutter über ihre Wangen fuhren, »alles wird gut.«

9

Grau war eine schöne Farbe, entschied Leah. Passend zu ihrem Kostüm, das sie im Büro tragen musste, und der Wettervorhersage. Wie oft kam es schon vor, dass ihr Gemüt und die diesige Welt da draußen im Partnerlook auftraten? Der Bürotag klapperte dahin. Die Sitzung der Verhandlungskommission am Vormittag hatte nicht zugelassen, dass sie einfach zu Hause blieb und ihre Mutter pflegte. Jetzt bearbeitete Leah den Papierkram und schaute immer wieder zur Uhr, um abzuschätzen, wann sie gehen konnte. Zwischendurch rief sie regelmäßig bei der Nachbarin an, um über die kreischenden Stimmen zweier Rabauken und eines Babys hinweg zu hören: »Gut, gut. Du keine Sorgen.« Wie ein Kind hatte sie ihre Mutter heute früh bei Milena abgegeben und versprochen, sie nach der Arbeit wieder abzuholen. Es traf sich gut, dass Milena grundsätzlich keine Fragen stellte. Oder zumindest keine, die Leah in dem holprigen Deutsch verstehen könnte.

Nach jedem dieser Kontrollgespräche kam sie nicht umhin, die Liste der verpassten Anrufe durchzusehen. Zweimal zeigte das Display die Nummer des Fotostudios, einmal eine ihr nicht bekannte Handynummer. Die des Anwalts vermutlich. Irgendwann würde sie sich ihm stellen müssen, auch wenn sie über *das* Problem nur müde lächeln konnte. Ja, Grau war tatsächlich eine hervorragende Farbe. Sie zeichnete alles unwirklich.

Leah holte tief Luft, wie heute schon so oft, doch diesmal fand sie tatsächlich den Mut, das Studio anzurufen. Beinahe atemlos wartete sie, dass am anderen Ende abgenommen wurde.

»Elinor Martin, die Managerin von ›Dream Impressions‹, am Apparat, was kann ich für Sie tun?«

Die schwungvolle Freude und die wohlige Wärme in dieser Stimme ertrug sie nur mit Mühe. Nach dem belauschten Gespräch schmeckte die Herzlichkeit der Quarkbällchen-und-jedermanns-beste-Freundin-Elinor wie ranziges Öl.

»Dream Impressions, Elinor Martin hier, hallo?«

»Könnte – ich – bitte – Kay – Gordon – sprechen?«, presste sie durch die Zähne hervor. Die Kollegin am Tisch gegenüber, die das verräterische Zittern ihrer Stimme bemerkt haben musste, reckte neugierig den Hals. Leah schickte ihr ein dünnes Lächeln, das sie dazu veranlasste, wieder hinter dem Monitor zu verschwinden.

»Leah Winter, scheint mir?«

»Ja, könnte ich …«

»Nein, können Sie nicht.«

Patsch! Sie hätte schwören können, dass Elinor in diesem Moment die Erfindung der schnurlosen Telefone verfluchte, die es ihr versagten, den Hörer auf die Gabel zu knallen. Störrisch drückte Leah auf Wahlwiederholung. Wenn sie sich schon dazu durchgerungen hatte, dann wollte sie die Sache gleich klären. Allerdings mit dem Chef persönlich, nicht mit seinem Anstandswauwau. Diesmal zitterte ihre Stimme kaum, wohl wissend, dass sie nicht sofort Kay am anderen Ende hören würde, nicht gleich an den Kuss denken müsste, der jetzt noch ihr ganzes Wesen durcheinanderbrachte, bis sie nicht mehr wusste, was richtig und was falsch war.

»Elinor Martin, Managerin von Dream Impressions …«

»Geben Sie mir Kay Gordon«, flüsterte sie. »Ich muss ihn sprechen.«

»Nur keine Eile, der Nächste, den Sie sprechen werden, ist unser Anwalt, und bis dahin einen schönen Tag, meine Liebe.«

Ihr Akzent war stärker geworden. Die »ch«-Laute klangen hart, die Vokale zog sie ein wenig länger als nötig, sodass es sich stets nach einem hämischen »dahien« und »iest« anhörte.

Der Fortschritt verhinderte zwar, dass sie den Hörer aufs Telefon knallte, aber das Gespräch mit Hohn wegzudrücken war immer noch drin. Leah biss sich auf die Unterlippe. Etwas Gemeines lag ihr auf der Zunge.

»Na, das hörte sich nicht gerade nach dem *optimalsten* Gesprächsverlauf an«, flötete die Kollegin vom Arbeitstisch gegenüber.

Egal. Von ihr aus hätte die ganze Belegschaft der Krankenkasse mithören können, klein beizugeben war heute nicht drin. Sie brauchte Klarheit. Vor allem in ihren Gefühlen. Vielleicht würde sie dann die letzte Begegnung mit ihm endlich vergessen und es schaffen, ohne Herzklopfen und weiche Knie an ihn zu denken. Falls er irgendetwas mit dem Mord an ihrer Schwester zu tun hatte.

Wahlwiederholung. »Hören Sie, Elinor, ich will mit Ihrem Chef reden. Und solange Sie mich daran hindern, werde ich dafür sorgen, dass der Begriff ›Telefonterror‹ in Ihren Vorstellungen ganz neue Dimensionen erreicht. Was meinen Sie, schaffen Sie es, Kay …«

»Guten Tag, Leah!«

»Kay!« Zwanzig Sekunden Pseudoschwerelosigkeit, einmal Ewigkeit und zurück. Zurück mit einem verkrampften Magen und einem Herzen, das sich bis zu ihrer Kehle vorgeklopft hatte. »Kay … ich … ich glaube, ich muss Ihnen so einiges erklären …« Sie senkte die Lider und presste die Lippen aufeinander, um nicht schon wieder den Hauch seiner Erwiderung zu fühlen. Einatmen. *Es tut mir gar nicht leid wegen des Kusses.* Sicherlich die falsche Einleitung für ein Gespräch, das ihr eine Anzeige ersparen sollte. Wieder einatmen. *Von dir überrascht zu werden war das Aufregendste, was mir je passiert ist.* Auch nicht wesentlich besser. *Wir, allein, im halbdunklen Studio …* »Kay?«

»Ich bin da.«

Sie presste den Hörer fester ans Ohr. Sie wollte ihm doch alles erklären, von ihm dasselbe verlangen, und fand plötzlich keine Worte mehr. Stattdessen spürte sie seine Finger an ihrer Wange, hörte den Kummer in seiner Stimme: Nicht, bevor ich mir sicher sein kann, dass ich mir keine Sorgen um Sie machen muss.

»Ich möchte doch nur wissen, was meiner Schwester tatsächlich widerfahren ist. Mit wem sie …«

Die Bürotür schabte energisch über den Teppichboden, die Stimme ihres Vorgesetzten polterte herein, bevor ihr der ganze Mann folgte: »Ich will doch sehr hoffen, dass der Blick auf den Kalender mich heute getäuscht hat!«

Leah schreckte auf, als eine Hand neben ihrer Tastatur einschlug und wie eine Vogelklaue die Notizen niederdrückte. Irritiert blickte sie in das Gesicht ihres Chefs. »Ich fürchte, ich verstehe nicht ganz, was Sie meinen.«

»Dann berichten Sie mir doch über den Stand der Verhandlungen im Fall des St.-Marien-Krankenhauses.« Die Brauen waren wie zwei fette, haarige Raupen zur Nasenwurzel gekrochen.

Sie tastete nach der Tischplatte und schob den Telefonhörer von sich, da sein Arm ihr den Zugriff auf die Ladestation verwehrte. St.-Marien-Krankenhaus. Sie brauchte nicht lange im Gedächtnis zu kramen. »Wie Sie mit Sicherheit wissen, konnten wir uns mit dem Krankenhaus nicht bezüglich des Budgets einigen.« Unauffällig klickte sie ihren Kalender auf dem Desktop an und überflog die anstehenden Termine. Alles im grünen Bereich. »Die Schiedsstelle hat das Ergebnis zu unserem Nachteil festgelegt. Die Klage gegen die Entscheidung habe ich bereits vorbereitet.« Sie rollte mit ihrem Bürostuhl zum Regal und holte den entsprechenden Ordner.

»Und eingereicht?« Falten furchten die hohe Stirn. Über den Schläfen zeigten sich Ansätze von Haarausfall, obwohl der schwarze Schopf sonst mit Dichte und Glanz beeindruckte. Nur wenige Strähnen waren mit feinem Silbergrau durchzogen, wie modisch meliert. Im Büro trug er den Spitznamen Mr Big, da einige Kolleginnen hartnäckig behaupteten, er würde aussehen, als wäre er der Serie *Sex and the City* entsprungen. Aber Leah hatte sich noch nie hinreichend vollaufen lassen, um das bestätigen zu können.

»Mache ich in den nächsten Tagen.«

»In den nächsten Tagen. In den nächsten Tagen! Die Klagefrist ist seit einer Woche abgelaufen!«

Das mulmige Gefühl in ihrem Bauch verfing sich zu einem Knäuel, das langsam immer höher wanderte. »Die Frist ist am fünfzehnten Dezember. Zugegeben, in der letzten Zeit war ich etwas …« Jetzt nur nicht die Nerven verlieren. Nachschauen, feststellen … dass sie die Frist durch einen falschen Eintrag im Kalender tatsächlich versäumt hatte.

Ihr Verstand arbeitete an einer Lösung, die es nicht gab. Versäumt war versäumt. Prima Leistung, ausgerechnet jetzt. Aus dem Augenwinkel registrierte sie das gespannte Gesicht ihrer Kollegin mit einem dicken Anstrich von Make-up und Schadenfreude. Abteilungsleiterin war Adrianna Vicedo zwar nicht geworden, befand sich seitdem jedoch auf dem besten Weg, die *optimalste* Carrie Bradshaw für ihren Mr Big zu werden. Seither betrachtete sie alles, was gleichzeitig mit ihr die Luft einatmete, als Konkurrenz.

»Können Sie sich vorstellen, was für einen finanziellen Schaden Sie mit Ihrer Schlampigkeit verursacht haben?«

Das konnte sie.

Und es war allein ihre Schuld. Nach Célines Tod hätte sie sich freinehmen sollen, statt zu versuchen, sich mit der Arbeit abzulenken. Zeile um Zeile für die Dokumente zusammenzuklauben und Terminen nachzuhetzen, während ihr Verstand zwischen polizeilichen Befragungen und den Vorbereitungen für die Beerdigung hin und her gezerrt wurde.

»Wollen Sie denn gar nichts zu dem Vorfall sagen?« Seine Entrüstung vibrierte noch irgendwo unter der Decke, da beeilte sich Adrianna, in seinem Solo mitzuwirken: »Sie kann es doch nicht mehr ändern. Wollen wir doch versuchen, das *Positivste* zu sehen: Bestimmt wird es ihr nicht noch einmal passieren.«

»Nun, ändern kann sie daran in der Tat nichts mehr. Ihr Verhalten ist in der letzten Zeit einfach unzumutbar. Sie versäumt wichtige Termine, ist unkonzentriert und nachlässig.«

Leah schlug den Ordner zu, der den Druck ihrer Hand mit einem leisen Klicken quittierte. Ein unvorsichtiges Geräusch, das Mr Big dazu brachte, ihr seinen ungeteilten Zorn zu widmen: »Ihrer persönlichen Umstände wegen habe ich bis jetzt bereitwillig ein Auge zugedrückt, aber so kann es unmöglich weitergehen. Sehen Sie zu, dass Sie sich endlich zusammenreißen und Ihre Arbeit vernünftig erledigen.«

»Das werde ich.«

»Das will ich sehr hoffen.« Seine Kiefer mahlten. »Die Sitzung der Verhandlungskommission zum Fall des Uniklinikums wurde auf den vierten Dezember verschoben. Ich kann Ihnen nur raten, bis dahin mit den Unterlagen fertig zu sein. Vielleicht kann der Termindruck Sie dazu veranlassen, wieder unter uns zu weilen.«

Der Teppich pufferte seine Schritte ab, doch Leah hatte das Gefühl, jeder Tritt seiner polierten Schuhe würde mit einem dumpfen Schmerz in ihrem Kopf widerhallen. Sie drückte die Finger gegen die Schläfen.

»Ist das nicht die *bestmöglichste* Gelegenheit, dein Arbeitsstundendefizit auszugleichen?«, blies Adrianna zum Fortissimo ihrer eigenen Komposition. »Du hast bestimmt schon Gerüchte über die Fusion gehört. Es werden *sicherlichst* einige Arbeitsplätze verloren gehen. An deiner Stelle würde ich nicht mit Patzern glänzen wollen.«

»Danke für die Erinnerung.« Sie wandte sich ihrem Computer zu, als ihr der Hörer auf dem Tisch auffiel. Hatte sie das Gespräch weggedrückt? Oder nur das Telefon aus der Hand gelegt? Verdammt! Sie griff nach dem Apparat, presste den Hörer ans Ohr und hauchte ein verstörtes »Kay?« in die Stille.

Einige Herzschläge lang kam nichts. Natürlich hatte er schon längst aufgelegt …

»Ich bin da.«

Seine Stimme. Worte wie mit Aquarellfarbe gemalt, fließend, zart, mit weichen Übergängen zwischen den einzelnen Tönen. War es das, was sie dazu verleitete, alles zu vergessen? Sich selbst freizulassen?

»Können wir uns sehen?« Die Frage erschreckte sie selbst. »Ich muss Ihnen wirklich alles erklären.«

Eine Pause.

»Nicht nötig. Ich meine … kümmere dich ruhig um deine Unterlagen für die … Dingskommission. Alles Gute!«

Aufgelegt. Leah ließ das Telefon in ihren Schoß sinken. »Sie werden von meinem Anwalt hören«, beendete sie es für ihn. »Dummerchen. Was hast du auch anderes erwartet?«

10

Kay stellte fest, dass es nur drei Dinge gab, vor denen er sich fürchtete: Frauen auf Sky-Heels, Elinors Weihnachtsgeschenke und seine Empfindungen für Leah Winter. Die Existenz der ersten beiden hatte wohl etwas mit der Komplexität des Universums und Einstein zu tun. Das dritte konnte er sich nicht erklären. Diese Gefühle. Die sich nicht mit seiner Spiegelreflexkamera einfrieren ließen, um später den letzten Schliff im Photoshop zu erhalten. Er wusste nicht einmal genau, was sie in ihm auslösten, diese …

Toll, du hast tatsächlich »Gefühle« gesagt und es auch so gemeint.

Klares Denken war das nicht unbedingt. Jedenfalls nicht, sobald in seinem Kopf der Name *Leah* aufflackerte. Sonst hätte er den Wagen gewendet, ihr Haus im Rückspiegel hinter sich gelassen und sich weiterhin damit zufriedengegeben, dass sein Vertrauen für die paar Stunden eines One-Night-Stands ausreichte, und für mehr war er einfach nicht gemacht.

Er sollte nicht mehr an sie denken. Sie verdiente mehr als beiläufigen Sex, aber ihm machte dieses Mehr Angst, denn es ließ sich nicht in Bilder bannen und an Wände nageln. Das Mehr bedeutete, sie an seine Wunden heranzulassen. Aber ihr Mitleid brauchte er nicht. Nie wieder wollte er Mitleid in fremden Blicken entdecken.

Seine Hände ballten sich, die Finger durften nicht zittern. »Komm schon, Kay. Es ist schon lange her.«

Immer wieder musste er es sich sagen.

Dass aus dem obdachlosen Jungen, der auf der Straße fror und vor Kälte zusammenbrach, ein erfolgreicher Mann wurde, dem alle Türen offen standen. Und dieser Mann untersagte es sich, eine Vergangenheit zu haben.

Er ließ sich in den Autositz zurückfallen. *Können wir uns sehen? Sollten wir das?*

Er senkte den Blick auf seine Hand, deren ruhelose Finger den Rollfilm herumdrehten. Seine Schatten durften sie nicht berühren. Denn er wusste nicht, ob er stark genug war, sich ihnen zu stellen.

Trotzdem war er jetzt da. Um zu reden, wenn sie es denn noch wollte. Obwohl gerade das nicht unbedingt zu seinen Königsdisziplinen zählte. Oder um sie nach einem beschissenen Arbeitstag einfach im Arm zu halten, wenn er es durfte. Er … hatte eindeutig zu oft darüber nachgedacht.

Es dämmerte bereits, als sie die Straße entlangkam. Ihr langer Pferdeschwanz wippte bei jedem Schritt, die gelösten Strähnen, die sich nicht bändigen ließen, betonten die Kontur ihres Gesichts: das Zarte, das Wilde, das, was sein erfolgreiches, routiniertes Leben aus den Angeln hob. Der Mann, der es sich untersagte, eine Vergangenheit zu haben, war auch der Mann, auf den keine Zukunft wartete. Er hatte es bloß nie bemerkt. Bis jetzt. Bis etwas an ihr ihm seine Starre vor Augen führte.

Sie ging an seinem Wagen vorbei und klingelte bei den Nachbarn. Die Frau, die ihr öffnete, brach in Erklärungen aus, wofür sie Hände, Füße und zwei miteinander raufende Jungs benötigte. Leah nickte und wandte sich schließlich ab.

Kay stieg aus, schaffte es, den Rollfilm in der Manteltasche zu versenken, und kam ihr entgegen. Sie verlangsamte ihre Schritte, versteifte sich. Rasch blickte sie zurück zum Nachbarhaus, und erst als er unter eine der Laternen trat, löste sich ihre Anspannung etwas.

»Hallo«, sagte er leise und legte eine Handfläche auf den Zaun, der bereitwillig nach und nach seine Wärme in sich aufnahm. Leblosen Dingen Wärme schenken, das konnte er gut. Menschen zu berühren gelang ihm hingegen nur durch sein Objektiv. Bis zu dem Abend im Büro, als er ihr Gesicht unter seiner Handfläche gespürt hatte. Plötzlich fragte er sich, warum sein Herz so raste. Er war sich immer so fremd, aber ihr, hier und jetzt, so erschreckend nah.

Sie sagte nichts, also redete er weiter: »Ich glaube, ich bin es, der dir einiges erklären muss.«

Etwas an ihrem Gesichtsausdruck verstörte ihn. Als würde er in seine eigene Seele eintauchen, den gleichen Schmerz in ihr fühlen. Und er begriff, dass sie seine Wunden längst berührte und es nichts mehr zu verbergen gab. Das hätte er schon bei ihrer ersten Begegnung unter dem Baum spüren sollen, als seine Flucht vor der Welt bei ihr ein Ende fand.

Noch nie hatte sich die Hilflosigkeit greifbarer gefühlt. Denn er war der Letzte, der ihr den Schmerz nehmen könnte, hatte er doch bei seinem eigenen versagt. »Ist etwas passiert?«, fragte er nur.

»Nein. Alles in Ordnung. Ich hatte meine Mutter heute bei der Nachbarin abgegeben. Aber anscheinend war sie irgendwann zu müde und ist nach Hause gegangen.«

»Abgegeben?«

»Wie bei einem Kleinkind, ja, ich weiß, wie das klingt. Aber sie sollte jetzt lieber nicht allein sein. Willst du … willst du reinkommen? Ich muss kurz nach ihr sehen.« Hastig schaute sie sich um. »Es wäre mir lieber, wenn wir uns drinnen unterhalten würden.«

»Gern.«

Er folgte ihr und wartete im Flur an der Treppe, bis sie zurückkam, die Arme eng um den Körper geschlungen. Er kannte es, dieses Gefühl, auch im Warmen zu frieren.

»Und, geht es ihr gut?«

»Sie schläft. Hat anscheinend ihre Tabletten genommen. Sie muss sich erholen.« Geräuschlos ging sie an ihm vorbei ins Wohnzimmer, und es kam ihm vor, als würde sie gleiten. Wie ein Geist ihres Selbst. In weißen Wollsocken mit schwarz-rotem Elchmuster, das einen interessanten Kontrast zu ihrem grauen Kostüm bildete. Von der Schwelle aus beobachtete er, wie sie das Licht anmachte – alles, was einen Schalter besaß, von der Vitrinenbeleuchtung des Wandschranks bis zu dem Leselämpchen, das an einem aufgeschlagenen Buch klemmte.

Er räusperte sich. »Ich möchte dir endlich erklären, warum ich dich im Studio haben wollte. Warum ich Elinor gebeten habe … auf dich aufzupassen. Nachdem du dich so voller Elan in deine Ermittlungsarbeit gestürzt hast, hatte ich Angst um dich.«

»Hat Elinor mich beobachtet? Auch außerhalb des Studios?«

»Ich habe sie nur gebeten, dich zur U-Bahn zu begleiten. An den Abenden, wenn ich glaubte … es wäre nicht verkehrt.« Ganz besonders, wenn er selbst das Gefühl hatte, beobachtet zu werden, sobald er einen Schritt über die Schwelle setzte.

Leah prüfte die Griffe an den Fenstern und der Terrassentür, und als es nichts mehr zu prüfen gab, blieb sie stehen und sank in sich zusammen. Er trat hinter sie, wollte die Arme um sie legen und traute sich doch nicht. Sie war keines seiner Motive, das er festhalten konnte. »Was ist los?«

Sie zuckte zusammen. Ihr Blick flog zu ihm herauf. »Meine Mutter wurde gestern überfallen. Als ich im Studio war.«

Für einen Moment spürte er Erleichterung. Sie war bei ihm, und ihr war nichts geschehen. Also hatte sein spontaner Impuls doch noch etwas gebracht. »Wie ist das passiert?«

»Sie hat nicht viel erzählt. Man hat mein Zimmer verwüstet. Sie wurde geschlagen.« Sie machte ein paar unsichere Schritte durch den Raum, der ihr selbst fremd zu sein schien. »Misshandelt.«

Er schluckte krampfhaft. Seine Hand suchte nach dem Rollfilm, doch dieser steckte in der Tasche seines Mantels, den er im Flur abgelegt hatte.

Sie fasste sich an die Stirn. »Ich hätte ihre SMS ernst nehmen sollen und sofort zu ihr fahren müssen.«

»Was sagt die Polizei?«

»Ich habe keine Polizei gerufen. Meine Mutter meinte, sie wäre gewarnt worden, das nicht zu tun, sonst … sonst …« Sie lief an ihm vorbei in den Flur.

Erst nach einigen Minuten kehrte sie zurück. »Ich habe ihre Verletzungen und die Zerstörung mit dem Handy fotografiert. Dabei habe ich das hier gefunden.«

Sie reichte ihm ein Bild.

Er wollte nicht hinsehen. Sich nicht schon wieder schutzlos und ausgeliefert fühlen. Aber was er dann sah, war harmlos.

Trotzdem zitterten seine Hände, während er den Schnappschuss hielt: Leah, wie sie im Gehen den Kopf drehte und der Wind ihre Haare erfasste. Die Umgebung war leicht verschwommen, als würde alles um sie herum fließen, als wäre sie das einzig Greifbare in der rastlosen Welt. Und dennoch erkannte er die Gegend – sein Fotostudio, das mit ein paar Akzenten eindeutig hervorgehoben worden war. Er drehte das Bild um. »Lass es!«, stand auf der Rückseite mit einem spitzen Gegenstand eingeritzt.

»Kannst du mir sagen, ob dieses Foto derselbe Mensch gemacht hat wie die von Céline?«

Ihr Schmerz machte den seinen wieder wund. *Ich kann dir nicht helfen … Ich nicht.*

Er holte Luft. Diesmal würde er nicht davonlaufen. »Schwer zu sagen. Es wurde im RAW-Format aufgenommen und schließlich nachbearbeitet. Das jedoch mit kleinen Fehlern. Schau hier, dein Gesicht: Es sieht nicht natürlich aus, sondern wie aus Marmor. Ich glaube, die … anderen Fotos hatten ähnliche Fehler. Bin mir aber nicht sicher.«

Sie ließ sich auf das Sofa sinken. »Aber höchstwahrscheinlich war das der Mörder, ja?«

»Es ist nicht undenkbar.« Er setzte sich neben sie. Ihr Haar duftete nach Jasmin, ihrer Unruhe und seiner eigenen Befangenheit. Er spürte all das Konfuse zwischen ihnen, die ungestellten Fragen, seine Angst um sie, den Abschied, der irgendwann unweigerlich kommen würde. »Wenn du magst, schicke mir die Fotos von deinem Handy. Ich kenne jemanden, der eventuell mehr darin entdecken kann. Aber versprich mir, dass du dich nicht mehr in Gefahr bringst.«

Sie lehnte den Kopf gegen seine Schulter. Ihre Berührung fühlte sich seltsam vertraut an. Wie eine Erinnerung an etwas Helles und Gutes, wie verblasste Bilder eines anderen Lebens – des Lebens eines anderen.

»Seit wann sind wir eigentlich per Du?«, flüsterte sie.

»Ich weiß es nicht. Womöglich seit immer.«

Sie sah zu ihm auf, und plötzlich war ihr Mund nur noch wenige Zentimeter von seinem entfernt. Ihre Lippen erschienen ihm dunkler und voller als sonst. Genauso dunkel und voll wie im Büro des Fotostudios, kurz bevor sie ihn geküsst hatte.

Diesmal war er nicht überrumpelt oder erschrocken, sondern vielmehr ein wenig erleichtert, weil sich nicht die Frage stellte, wer von ihnen den ersten Schritt machen würde und wie dieser Schritt aussehen sollte.

Es stellte sich auch nicht die Frage, wie weit er gehen durfte. Es kam so natürlich über ihn wie das Wunder des längst Bekannten, wie der Frühlingsbeginn oder ein Sonnenaufgang.

Ihre Fingerspitzen strichen seinen Hals entlang. Die Berührung einzelner Schneeflocken – und schon bald ein ganzer Schneesturm. Kühl und prickelnd, winzige Eiskristalle, die ihm unter die Haut strömten und ihn erzittern ließen.

Sie tasteten sich zueinander, näher und näher, beide unbeholfen und ein wenig steif. Wie Kinder, wie zum ersten Mal. Ihre Hände fanden in den Ausschnitt seines Pullovers, flossen zu den Schultern und zur Brust. Atemlos wandte er seinen Mund ab, hinderte ihre Finger daran, weiter zu fühlen. »Mach das Licht aus«, bat er.

Sie erstarrte in seiner Umarmung. »Ich glaube, ich habe Angst im Dunkeln.«

»Ich bin da.«

»Ja. Du bist da.« Ihr Lächeln klang nach Ruhe und Vertrauen. Sie stand auf, widerstandslos, und genauso widerstandslos glitt sie durch das lichtdurchflutete Zimmer, schaltete nach und nach die Lampen aus und ließ mit jedem *Klack* mehr und mehr von der Nacht herein.

Klack.

Es ist aus.

Er kam ihr entgegen. In der Mitte trafen sie sich. Seine Lippen fanden zu ihr, seine Hände zeichneten ihre Kurven nach. Er hatte nie einen Bleistift oder ein Stück Kohle in den Fingern gehabt, er hatte es sich immer leicht gemacht: mit einem Gerät jedes Motiv auf Papier gebannt. Aber echte Hingabe sah anders aus: Strich um Strich, Hauch um Hauch, Kuss um Kuss etwas Großes, Mitreißendes zu vollenden; ein Bild mit wahren Gefühlen zu zeichnen, statt die Gefühle in Bilder zu verbannen.

Er spürte die Schneeflocken auf seinem Gesicht und Nacken; sie rieselten seinen Hals entlang und legten sich auf seine Schultern. Die Welt wurde leiser, sogar das Ticken der Standuhr in der Ecke verstummte, als wäre alles ringsherum eingeschneit. Unter seinem Rücken der Teppich. Keine Zeit zu fragen, wann seine Beine nachgegeben hatten, um in dem Schneesturm zu versinken.

Sie zupfte an dem Saum seines Pullovers. Langsam begann der Stoff, seinen Bauch entlangzugleiten, entblößte den Nabel und die Rippen.

Sie würde es nicht sehen. Sie würde es in seiner Dunkelheit nicht sehen … Er keuchte auf. Damit sie aufhörte – auf keinen Fall? Seine Gedanken, so wirr. Unbeholfen suchte er in den Taschen nach seinem Portemonnaie und holte ein Tütchen mit einem Präservativ hervor. Alles – wie zum ersten Mal. Sogar seine Scheu, das Kondom zwischen den Fingern zu halten.

Sie hielt einen Moment inne. Ihre Hände kamen über seinen Bauch wieder herunter und fuhren an seinem Hosenbund entlang.

Die Enge der Jeans machte ihn wahnsinnig. Alles in ihm verlangte nach mehr, nach Freiheit, nach grenzenloser Hingabe, danach, sich selbst zu vergessen. Nach all dem, was ihm Angst machte.

Endlich befreite sie ihn von den Zwängen der Gürtelschnalle und des Reißverschlusses, streifte die Jeans und den Slip herunter. Wenigstens so weit, dass er aufatmen konnte.

Sie zog sich an ihm hoch. Ihre Hände versanken in seinem Haar, die Küsse wurden intensiver. Mit dem Knie drückte sie seine Beine auseinander, ihr Oberschenkel übte einen leichten Druck auf sein Glied aus. Kreisende Bewegungen, ein sanftes Gleiten – hoch und runter.

Er stöhnte auf und drehte sie auf den Rücken, begrub sie unter sich, in dem irrsinnigen Wunsch, alles von ihr in sich aufzunehmen. Die zierlichen Schultern, die unter seinen Berührungen wie Schmetterlingsflügel bebten, die weiche Haut, die nach einem Versprechen duftete, die Brüste mit den harten Brustwarzen, die sich unter seinen Küssen aufrichteten. Er fühlte ihren

Po, den sie leicht anhob, die Oberschenkel, die sich ihm öffneten, die schlanken, straffen Beine, die sein Becken umschlangen. Sein Herz schlug ihr entgegen. Das Leben glitt nicht mehr an ihm vorbei, rann ihm nicht wie so oft zwischen den Fingern hindurch. Jetzt hielt er das Leben bei sich. In seinen Armen. Das Leben, in das er hineinglitt, das ihn warm, feucht und eng empfing, das ihn noch tiefer in sich hineinzog, bevor er sich kurz darauf wieder ein Stück zurückzog.

Kommen und gehen, kommen und gehen.

Kommen und gehen …

Sie kamen beide. Eng umschlungen, leise, wie der erste, lang ersehnte Schnee.

Später war sie in seinen Armen eingeschlafen, direkt auf dem Boden. Er hatte ebenfalls die Augen geschlossen und das Gefühl genossen, wie ihr Körper schwerer und entspannter wurde.

Ihr Bein umschlang seine Hüfte, und er versuchte, nicht daran zu denken, dass er ihre enge, heiße Nähe schon wieder wollte.

Sie hatten kein Wort zueinander gesagt. Als wären alle Worte dieser Welt zu ihren Berührungen geworden – und mehr brauchten sie beide nicht.

Er lauschte ihrem Atem, und es tat ihm gut, die Wärme ihres Körpers an seiner Seite zu spüren. Seine Finger nestelten an ihren Haarsträhnen, die jetzt nicht mehr nach ihrer Unruhe und seiner Befangenheit rochen, sondern einfach ein wenig nach ihm.

Er blickte in die Dunkelheit und begann es ihr zu erzählen.

Das, was er noch nie jemandem erzählt hatte.

11

Sie wachte in Kays Umarmung auf, öffnete die Augen und lächelte dem Morgen entgegen. Das Tageslicht hatte sich durch die grapefruitfarbenen Gardinen gekämpft und weitete den Raum im orangefarbenen Schimmer fast bis zur Unendlichkeit aus. Still lag das Haus da, still wie der Ausklang ihres Traums, in dem sie mit Kay zusammen war.

Sie stützte sich auf einen Ellbogen und schaute auf ihn herab. Verwirrend, beängstigend und zugleich so belebend, dieses Gefühl, ihn zu lieben, jedem Verdacht zum Trotz.

Nein, nein, an ihr Misstrauen zuvor wollte sie nicht einmal denken. Behutsam hatte er sie durch ihre Dunkelheit geführt. Sie fühlte sich geborgen in seinen Armen. Glücklich.

Es war einfach passiert, und jetzt wusste sie nicht, wohin mit seiner Nähe. Wohin mit dem Verlust, wenn er fortging. Wie Céline oder ihr Stiefpapa. Wie all die, die bereits fortgegangen waren.

Seine eine Wange ruhte auf dem Teppich. Was sie an diesem Anblick so schmerzlich berührte, war der Frieden auf seinen Zügen. Der gleiche Frieden, den sie gestern unter seinen Berührungen verspürt hatte. Den sie nicht mit Fragen über Céline, die Fotos, *Hate me* hatte zerstören wollen. Und irgendwann hatten diese Fragen keine Rolle mehr gespielt.

Der Pullover war in seinem Nacken hochgeschoben, das Label mit dem Logo D&G lugte hervor. Dolce & Gabbana – das sagte sogar ihr etwas. Auf ihren Wäschezetteln dagegen konnte man höchstens ein verblasstes »bei 40 Grad waschen« finden.

Sie zupfte seinen Pullover zurecht. »Ich habe Angst, mich zu sehr in dich zu verlieben, Kay.« Ihre Hand lag auf seiner Wange und fühlte die Bartstoppeln. Ob die das Einzige waren, was die Nacht mit ihr bei ihm hinterließ? »Wir zwei gehören nicht zusammen. Irgendwann wird das uns beiden klar, und dann …«

Aber noch war es ihnen nicht klar. Zumindest wollte ihr Körper nicht das Geringste davon wissen. Ihr Körper, ja, der immer noch den seinen wollte.

Sie hatte sich noch nie kalt geduscht – höchste Zeit, damit anzufangen.

Das Wasser und das Duschgel spülten seinen Geruch von ihrer Haut. Ihre Hände massierten sanft durch den Schaum am Bauch, glitten ihre Hüften hoch und herunter, wanderten die Oberschenkel entlang. Ihre Hände, seine Hände … Scharf atmete sie ein. Kalt duschen, das war der Plan. Sie drehte den Wasserhahn bis zum Anschlag und quiekte auf, als der eisige Strahl sie erwischte. Wenigstens hatte sich ihr Verstand mit ihrem *basic instinct* darauf geeinigt, dass diese Nacht nichts bedeuten durfte. Sie sollte sich keine falschen Hoffnungen machen und ihre Zweifel an ihm nicht vergessen. Auch wenn sie es sich so sehr wünschte.

Die Mutter schlief noch, als sie nach ihr sah, verborgen unter einem Berg von Decken wie in einem Maulwurfbau. So bald würde sie nicht aufstehen – jede Nacht glich bei ihr einem Winterschlaf, vorausgesetzt, sie vergaß ihre Medikamente nicht. Trotzdem deckte Leah den kleinen Küchentisch für drei Personen.

Die Sonne glaubte, sich vom blauen Himmel gnadenlos freuen zu müssen. Leah wandte das Gesicht den Strahlen zu. Jetzt, bei Tag, war ihr Drang verschwunden, sich hinter den Gardinen und Rollos zu verstecken.

Sie holte eine Clementine vom Obstteller, löste die Schale ab und fächerte die Frucht auf. Die Stückchen ordnete sie auf einem Blatt Küchenkrepp, das sie auf der Fensterbank, direkt im Sonnenschein, ausgebreitet hatte. Sie nahm eine der Spalten, umschloss sie mit den Lippen und biss davon ab. Den Rest legte sie zurück, während sie den Saft auf der Zunge kostete.

Ihr Blick fiel auf den Obdachlosen, der auf der anderen Straßenseite in einer am Rand abgestellten Mülltonne wühlte. Für einen Moment unterbrach er seine Grabungen und blickte zum Haus. Ihr Körper spannte sich an. Sie wich vom Fenster zurück.

»Morgen.«

»Was?« Sie fuhr herum, verschluckte sich und blickte panisch zur Tür, als könnte der Obdachlose hier eindringen, doch es war nur Kay. Seine Kleidung war zerknittert, in die Wange hatte sich das Muster des Teppichs eingeprägt. Er sah so gemütlich aus, dass ihr das Herz schwer wurde. So viel zum Thema Beziehungsabstinenz und Pflege der berechtigten oder unberechtigten Zweifel.

»Bitte entschuldige. Ich wollte dich nicht erschrecken.«

»Nein, alles in Ordnung, ich war nur in Gedanken.«

Er kam näher. »Wie geht es deiner Mutter?«

»Sie schläft noch.« Am späten Vormittag würde ihre Mutter aufstehen und so tun, als wäre alles wie immer. Als ginge das Leben ununterbrochen weiter. Mit dem Unterschied, dass sie ab heute vielleicht die Seife mit der Zunge probieren und sich darüber aufregen würde, das Zeug schmecke gar nicht nach Milch und Honig, wie auf dem Etikett angekündigt. Oder sie würde in einem Badreiniger eine exquisite Parfümnote entdecken. »Sie war früher so anders. Als Stiefpapa noch gesund war und seine Firma gut lief, konnte sie es kaum aushalten, keine Menschen um sich herum zu haben. Sie ging zu Partys und verreiste in Länder, die ich nicht einmal in einem Atlas finden würde. Und ihre kleinen Merkwürdigkeiten nannten alle Exzentrik. ›Die Alte spinnt wohl‹, hieß es erst, als wir alles verloren hatten. Manchmal weiß ich nicht, wie ich mit ihr umgehen soll. Was tatsächlich stimmt und was nur ihren Kopf-Mahren entspringt. Manchmal … ist es sehr schwer, für sie da zu sein.«

»Vielleicht braucht sie Hilfe.«

»Sie braucht mich. Ich kann sie nicht im Stich lassen, verstehst du?« Leah wandte sich der Herbstsonne zu, die auch heute nicht vorhatte, diese Erde zu erwärmen. Der Obdachlose war verschwunden. »Sie … sie hat es nicht einfach gehabt, ihr Leben lang nicht, weißt du? Ihre Eltern sind damals aus Spanien hergekommen, eine sehr traditionsreiche Familie. Ich war der Grund, warum sie mit ihren Wurzeln brechen musste.«

»Du? Was hast du angestellt?« In seiner Stimme lag eine seltsame Traurigkeit. »Deinen Großeltern ein Küsschen verweigert?«

Sie schloss die Augen, während die Sonnenstrahlen auf ihren Lidern tanzten. »Dazu habe ich nie eine Gelegenheit bekommen. Sie ist mit mir schwanger geworden. Mein Erzeuger hat sich aus dem Staub gemacht, sobald er davon erfahren hatte. Und sie blieb allein mit mir und unverheiratet.«

»Wusste ich's doch.«

»Was?« Sie fuhr herum. »Was weißt du denn schon!«

Er fing sie ab. Leah hielt still. Seine Finger an ihren Wangen – sie fühlte sich so geborgen zwischen seinen Handflächen. Ganz klein mit ihrem heftig klopfenden Herzen.

»Manchmal kannst du jemandem nur helfen, indem du zulässt, dass jemand anders ihm hilft. ›Psychotherapeut‹ ist kein Schimpfwort, Leah.«

Im Flur raschelte es. Ihre Mutter? Sie blickte über seine Schulter. Nein, alles still. Alles nur Einbildung. Ihre eigenen Kopf-Mahre. »Lass … los«, flüsterte sie und vermied es, ihm in die Augen zu schauen.

Er senkte die Arme.

Sie wandte sich ab und nickte dankbar. Allein hätte sie sich niemals von ihm losreißen können. Ihre Finger tasteten nach der Clementine, sie biss noch ein Stück ab. Der saure Saft reizte ihren Rachen. Sie legte es zurück.

»Warte! Rühr nichts mehr an, okay?«

»Warum?«

»Ich möchte ein Bild von der Clementine machen, wenn du nichts dagegen hast. Meine Kamera liegt im Auto. Ich brauche nur eine Minute, um sie zu holen, okay? Bin gleich wieder da.«

»Gut. Ich mache uns solange Kaffee.«

Aus dem Fenster beobachtete sie, wie er zu seinem Wagen eilte, einem klapprigen Ford Mustang, den sie kaum bei einem Starfotografen vermutet hätte. Ob das Auto wie seine Bilder eine ganz eigene Geschichte erzählte?

Nach einer Weile kam er zurück und kniete sich neben die Fensterbank, drehte sanft an dem Fokussierring, drückte auf den Auslöser. Seine präzisen Bewegungen ähnelten einem Tanz.

Sie hockte sich neben ihn, um zu sehen, was er sah: Die Sonnenstrahlen, die durch das Fruchtfleisch schienen und den Saft an der angebissenen Stelle zum Funkeln brachten. »Ein schönes Motiv. Ich kann die Wärme der Sonne fühlen.«

Er schaute über die Kamera hinweg zu ihr. Die Wärme und das Leuchten waren auch in seinen Augen, ein wenig wie der Sonnenaufgang, den sie heute in seiner Umarmung verpasst hatte. »Ich fotografiere nicht die Wärme der Sonne. Ich fotografiere die Wärme deiner Lippen.«

Sie dachte an die Bilderreihe des Fotostudios, deren Exponate stets wechselten, seinen Stimmungen unterworfen. Und jetzt sie – ein weiteres Motiv im Fotoalbum seines Starlebens. Abrupt stand sie auf. »Ich mache uns Frühstück. Ich hoffe, du magst Rühreier.«

Geschäftig suchte sie im Unterschrank nach einer geeigneten Bratpfanne. Seit Célines Tod sortierte ihre Mutter die Küchenutensilien nach der Länge des Griffes, und alles, was keinen besaß, gehörte ihrer Ansicht nach nicht ins Haus. Was es Tupperdosen unmöglich machte, hier zu überleben.

Als sie die Pfanne auf den Herd setzen wollte, schlossen sich seine Finger um den Griff. Im Rücken spürte sie, wie er sich an sie lehnte. Ihr Po streifte seinen Hosenbund. Er roch nach herber Männlichkeit, ihrem Begehren und einem verblassten Hauch von Sandelholz.

»Meinst du, du kannst mir die Zubereitung anvertrauen? Obwohl Elinor behauptet, dass ich nicht einmal einen vernünftigen Kaffee hinkriege?«

Sie ließ die Pfanne los, spürte noch immer die Berührung seiner Hand an ihren Fingern. Die kaum merklich bebten. *Verdammt, Leah, ihr hattet Sex! Da sollte man doch meinen, dass so etwas dich nicht mehr aus der Fassung bringt.*

Er hob eine Augenbraue. »Hm? Hast du etwas gesagt?«

»Hoffentlich nicht.« Sie biss sich auf die Unterlippe. Ihre Wangen liefen heiß an. »Nein, alles gut. Wirklich.«

»Schön.« Er stellte die Pfanne auf den Herd und holte aus dem Kühlschrank Milch, Eier und Räucherspeck, die er allesamt akkurat vor sich aufbaute, bevor er mit der Zubereitung begann.

Während er auf der Arbeitsplatte hantierte, lenkte sie sich damit ab, den Kaffee einzuschenken. Nach all den Peinlichkeiten sonst beanspruchte es all ihre Aufmerksamkeit, ihn nicht vorbeizugießen. »Ich … ich fürchte, das wird an die brasilianische Hymne nicht herankommen.«

»Verrate es Elinor bloß nicht, aber so ganz habe ich es immer noch nicht gelernt, ihre Mühen zu schätzen.« Er lächelte ihr über die Schulter zu. Noch ein kleiner, ihr ganz persönlicher Sonnenaufgang.

Die Butter brutzelte in der Pfanne, der Duft nach gebratenem Speck kitzelte ihr in der Nase.

Er schlug das erste Ei am Rand der Pfanne auf. »Was passiert ist …«

»Hat keine Bedeutung!« Ein Glück, dass sie es gut genug einstudiert hatte. »Der Sex ändert nichts zwischen uns.«

Seine Hand mit dem aufgeschlagenen Ei verharrte über der Pfanne. Etwas Eiweiß tropfte auf die heiße Oberfläche und protestierte mit einem wütenden Zischen. »Okay.« Endlich brach er die Schale entzwei.

»Okay …?«

»Das bedeutet: Wie du meinst.«

»Ja, ich verstehe schon.« Ein schnelles Okay, eine neue Affäre. *War es bei dir auch so, kleine Schwester? Bist du immer zuerst gegangen, um nicht verlassen zu werden?*

Sie hörte das Schaben des Holzlöffels in der Pfanne. Die Rühreier machte er schweigend, als beanspruchte die Tätigkeit seine ganze Konzentration, und die Leichtigkeit schwand aus seinen Bewegungen. Erst als er an den Tisch trat und das Essen auf die Teller verteilte, sprach er wieder mit ihr: »Eigentlich meinte ich, dass du die Polizei informieren solltest, wegen dem, was deiner Mutter passiert ist.«

Sie pikste mit der Gabel ein paar Stücke auf, führte sie zum Mund und wusste schon, dass sie keinen Appetit mehr hatte. »Es ist komplizierter, als du denkst. Was den Sex angeht …«

»Habe schon verstanden. Er hat nichts zu bedeuten.« Er aß genauso schweigend, wie er das Essen zubereitet hatte. Nur das Geräusch seiner Gabel auf dem Teller unterbrach die Stille zwischen ihnen.

Der Fotoapparat, den er auf der Fensterbank abgelegt hatte, starrte sie mit seinem dunklen Objektiv an. Als sie zu Kay schaute, merkte sie, dass er sie beobachtete. Mit dem Kinn deutete er auf ihren Teller. »So schlecht? Du solltest etwas essen. Seit der Trauerfeier hast du ziemlich abgenommen.«

Sie starrte die Kamera an. »Und was war es, was du in Célines Schlafzimmer fotografiert hast?«

Er runzelte die Stirn.

»Die Kommode, Kay.«

»Ich war noch nie im Schlafzimmer deiner Schwester.«

»Das Bild, das in deinem Fotostudio hängt. Ich habe das Möbelstück erkannt.«

Er schien noch immer zu überlegen.

»*Die Pein*. So heißt es, oder?«

Langsam legte er die Gabel beiseite. »Ich habe dieses Möbelstück auf einem Flohmarkt entdeckt. Céline hat sich auch dafür interessiert. Dabei hätte sie sich gar nicht so viel Mühe geben müssen, mir aufzufallen, auch wenn sie dabei ein gewisses schauspielerisches Talent beweisen konnte. Ich weiß, dass Nick ihr den Tipp gegeben hat, mich dort zu treffen. Und ich hatte ihm eh versprochen, sie mir näher anzuschauen.«

»Wie nah?« Sie schämte sich für ihre Eifersucht. Vor allem nach dem vergangenen *Okay*. Nach allem, was ihr so sehr … nichts bedeutete.

»Meine Güte, Leah, was denkst du eigentlich von mir? Dass ich alle Models, mit denen ich arbeite, flachlege? Und ihre Schwestern noch dazu? Was gestern zwischen uns war …« Er stieß den Teller von sich, der über die Tischoberfläche schlitterte und gegen den ihren stieß. »Was es auch war, es ist anscheinend vorbei.«

»Nein, warte! Ich möchte doch nur wissen, in was genau Céline da reingeraten ist. Nick hatte sie empfohlen? Was hatte sie mit ihm zu tun? Und was war das für ein Shooting …« Sie bemerkte, wie sich sein Körper anspannte, konnte jedoch nicht mehr aufhören. »Du hast die Motive auf den Fotos erkannt, nicht wahr? *Der Schrei*. *Die Verblendung*. Bitte, sag mir …«

»Ich sollte jetzt lieber gehen.« Er stand auf und griff nach dem Fotoapparat.

»Warte, bitte!« Sie lief ihm in den Flur nach. »Ich will dir vertrauen. Ich … brauche dich.«

Endlich hielt er an. »Leah …«

Sie hatten so viel zu verlieren.

Die Wärme ihrer Lippen, den Sonnenaufgang in seinen Augen, diese Stimme, die sie zu umarmen schien.

Sie nahm seine Hand. »Bleib hier.«

»Sicher?«

»Ja.«

Ein Aufschrei brandete vom oberen Stockwerk über sie hinweg. Leah fuhr herum, ließ seine Finger los. Ihre Mutter stand in der Mitte der Treppe, klammerte sich an das Geländer, das Gesicht bis zur Unkenntlichkeit verzerrt.

»Mama? Du bist wach. Hab keine Angst, das ist nur Kay.« Sie tastete nach seiner Hand und griff ins Leere. »Er ist ein Freund. Er …«

Die Mutter schüttelte den Kopf. Ein halb ersticktes Wimmern drang aus ihrem aufgerissenen Mund. Zwei oder drei Stufen stolperte sie rückwärts, dann drehte sie sich um und lief fort.

»Mama? Mama, was ist los?«, rief Leah und eilte ihr hinterher, wobei sie fast über ihre eigenen Füße fiel in dem tollpatschigen Versuch, zwei Stufen auf einmal zu nehmen. Als sie endlich oben stand, hörte sie, wie die Schlafzimmertür ihrer Mutter zuknallte. Und hinter ihr die Eingangstür leise ins Schloss fiel.

Sie stand allein da.

Zwischen zwei zugegangenen Türen.

12

Ihre Mutter öffnete nicht. Aber aufzugeben bedeutete, die Nerven endgültig zu verlieren. Leah klopfte und rief nach ihr, appellierte an die Vernunft und forderte Erklärungen. Im Zimmer blieb es still. Irgendwann setzte sie sich auf die Treppe und wartete, lauschte ab und zu auf Lebenszeichen, doch ihre Mutter gab keinen Ton von sich. Als hätte Kays Anblick sie aus diesem Haus ausradiert, sie in einen stummen Geist verwandelt.

Viel zu spät fiel Leah ein, dass bei der Mehrheit der Leute der Donnerstag zu den Arbeitstagen zählte. Sie rief an und nahm den Tag frei, obwohl Adrianna sie *aufs Dringlichste* an die Vorbereitungen für die bevorstehenden Verhandlungen mit dem Uniklinikum erinnerte.

Es ging auf Mittag zu. Im Tiefkühlfach fand Leah eine Packung Gulasch, bereitete etwas Reis dazu und teilte alles in zwei Portionen. Sie brachte das Essen hoch, doch als sie eine Stunde später wieder nach oben kam, stand das Tablett unberührt vor dem verschlossenen Zimmer.

»Mom?« Sie versuchte erneut, auf die Tür einzureden, aber ohne Erfolg. Wenn sie durch das Schlüsselloch spähte, sah sie manchmal eine Silhouette. Ein einziges Mal hatte sich ihre Mutter direkt davorgestellt, und Leah konnte die winzigen Veilchen erkennen, mit denen der Stoff des Nachthemdes bedruckt war. »Mom? Mom, öffne mir bitte«, flüsterte sie, vor dem Schlüsselloch kniend. »Ich möchte nur mit dir reden. Was ist los? Ist es wegen Kay?«

Die Blümchen verschwanden aus ihrem Sichtfeld. Leah sackte

auf dem Boden zusammen. Was, wenn es tatsächlich Kays wegen war? Wenn er hinter dem Überfall steckte? Schließlich hatte sie ihn an dem Tag erst spätabends gesehen. Die Gedanken zerrissen sie. Zwischen seiner Zärtlichkeit und ihrer Angst. Sie musste endlich Klarheit haben. Irgendwie beweisen … dass er es nicht war. Bitte, bitte, nicht!

Einige Zeit später pilgerte Leah wieder in die Küche. Die von ihr angebissene Spalte Clementine leuchtete schon lange nicht mehr, das blank gelegte Fruchtfleisch begann anzutrocknen. Sie saß am Küchentisch, bis sich die Dämmerung herabsenkte. Bald war das Stück Clementine nicht mehr zu sehen, doch Leah machte kein Licht an. In der Dunkelheit fühlte sie Kays Berührungen, seine Umarmung, in der sie aufgehört hatte zu fallen.

Endlich stand sie auf und bereitete ihrer Mutter einen Tee. Die Packung versprach eine süße Verführung mit Kirsche und Vanille. *»Oh Happy Day«* war alle.

Die Schlafzimmertür der Mutter blieb auch am nächsten Morgen verschlossen, doch länger mit Abwesenheit im Büro zu glänzen, konnte Leah sich nicht erlauben. Nicht in diesen Zeiten, da jeder um seinen Arbeitsplatz bangte. Ohne ihr Einkommen würde sie das Haus nicht mehr halten können und ihre Mutter letztendlich aus dem vertrauten Umfeld herausreißen müssen. Außerdem mochte sie ihren Job nach wie vor, auch wenn früher, bevor Adrianna aufgetaucht war, vieles unbeschwerter gelaufen war.

Also fuhr Leah ins Büro und schaffte es irgendwie, sich durch den Tag zu schmuggeln, obwohl ihre Gedanken stets um Kay und ihre Mutter kreisten.

Der Anruf war mit dem Feierabend gekommen.

Leah ließ sich von ihrem Bürostuhl wiegen und versuchte, eine Papierkugel in den Bleistifthalter zu schnippen. Als der nächste Wurf von der Ecke ihres Monitors abprallte, fing sie die Kugel auf und schloss sie in der Faust ein.

Wenn dir noch etwas einfällt oder … du jemanden brauchst … Das waren ihre eigenen Worte gewesen, die von Herzen kamen, die sie ernst gemeint hatte. Zumindest, bevor ihre Mutter überfallen wurde.

Und ausgerechnet jetzt dieser Anruf. Ich brauche dich, hatte Thessa gesagt, als Leah ans Handy gegangen war. Ich habe schreckliche Angst, dass Nathalie etwas Dummes anstellt. Du musst mir helfen, sie zur Vernunft zu bringen. Du … du wirst mir doch helfen, oder?

Ich kann nicht, war das Erste, was sie erwidert hatte. Sie legte den Kopf in den Nacken. Vor ihrem inneren Auge sah sie, wie Kay mit ebendiesen Worten ihr Zimmer verließ, wie sich die Tür hinter ihm fast schloss, um gleich wieder einen Spaltbreit aufzugehen und den leeren, dunklen Flur dahinter zu entblößen.

Erneut zerknüllte sie den Zettel, um ihn dem Bleistifthalter entgegenzuwerfen. Die Adresse darauf hatte sie bereits auswendig gelernt. Nick Millas Adresse.

Bitte, Leah, du hast doch gesagt … wenn ich jemanden brauche … sollte Nattie etwas zustoßen …

Ich weiß, Thessa. Ich weiß, was ich gesagt habe. Aber seitdem ist so viel passiert.

Hör zu, es ist wirklich wichtig. Nattie hat in Célis Sachen gestöbert, du weißt schon, in denen, die noch bei uns liegen. Dieser angebliche Freund, vor dem deine Schwester so viel Angst hatte, heißt Nick. Er war Assistent bei Dream Impressions. Nattie hat ein paar Fotos gefunden, die … na ja … und Notizen … Sie ist zu ihm gefahren, verstehst du?

Tut mir leid.

Leah packte ihre Sachen zusammen. Sie würde nach Hause gehen und an die verschlossene Schlafzimmertür klopfen, auf sie einreden – und spät in der Nacht aufgeben. Vielleicht würde sie auch ausgerechnet heute den Mut finden, ihr verwüstetes Zimmer zu betreten. Es endlich aufräumen, um nicht mehr auf dem Gästesofa zu schlafen.

Sie konnte ihre Mutter nicht noch einmal in Gefahr bringen. Sie musste den Drang, dem Mörder selbst auf die Spur zu kommen, verstummen lassen. Alles vergessen. Abends wie ihre Mutter am Fenster sitzen und einfach nur hoffen, dass die Polizei etwas herausfand. Das dürfte doch nicht so schwer sein.

Aber Nattie ist so ein Hitzkopf! Sie will doch tatsächlich …

Leah stand am Gleis und sah zu, wie die U-Bahn, die sie hätte nach Hause bringen sollen, wegfuhr. Die zweite inzwischen. In ihrem Verstand schwebten Kays »Ich kann nicht«, Thessas Verzweiflung und das damalige Versprechen: *Wenn du etwas brauchst …*

Nick Milla wohnte in einem Altbau, vor dessen Eingangstür der Wind die dort abgelegten Bündel von Wochenblättchen zerfledderte. Die Fassade erstrahlte in einem Kükengelb und verhöhnte die unsanierten Nachbarhäuser, denen die Abgase der Millionenstadt in jede Pore gekrochen waren.

Leah harrte unter dem Halteverbotsschild aus und versuchte, nicht daran zu denken, dass sie vielleicht beobachtet wurde – von dem Hund, der sich gerade an der Hausecke erleichterte; von den seltenen Passanten, die wie Ameisen ihren Fährten nachliefen; aus den unzähligen Fenstern, hinter einem von denen sich vielleicht ein Mörder verbarg.

Nach dem dritten Latte macchiato war sie nicht nur zur Expertin für schlechten Kaffee und Rundführerin durch stille Örtchen der Gegend aufgestiegen, sondern kannte auch die Tücken der Eingangstür inzwischen zur Genüge. Einem leicht beschwipsten Heimkehrer hatte diese die Undurchdringlichkeit einer Himmelspforte gezeigt, einem mit Einkaufstüten beladenen Familienvater war sie in den Rücken gefallen, und einer Mutter verlangte sie akrobatische Hochleistungen bei dem Versuch ab, den Kinderwagen ins Treppenhaus zu manövrieren.

Von Nathalie und Thessa fehlte jede Spur.

Als das Baby im eingekeilten Kinderwagen lauthals zu plärren begann, eilte Leah über die Straße und packte mit an. Die zweite Hälfte der Tür ließ sich auch mit einem kräftigen Rütteln nicht öffnen. Erst als die Mutter das Kind herausgeholt und Leah den Wagen zusammengeklappt und gekippt hatte, gelang es ihr, das Ding ins Treppenhaus zu würgen. Die junge Mutter bedankte sich mit einem knappen »Eigentlich passt er hier durch« und wollte schon die Stufen hochsteigen, als Leah sie zurückhielt: »Einen Moment bitte! Vielleicht können Sie mir weiterhelfen.« Während sie erst in ihrem Trenchcoat und dann in der Handtasche kramte und zerknüllte Taschentücher auf den Boden rieseln ließ, wiegte die Frau das schreiende Baby auf den Armen und verdrehte die Augen, was Leah dazu veranlasste, sich noch mehr in der eigenen Handtasche zu verheddern.

Endlich erwischte sie das Portemonnaie und hielt Célines Foto hoch. Wenn sie schon einmal da war, konnte sie auch versuchen, mehr über die Beziehung zwischen ihrer Schwester und diesem Nick zu erfahren. »Haben Sie diese Frau hier schon einmal gesehen?«

»Bin ich der Hausmeister?« Die Frau wandte den Kopf ab. Das Baby zappelte in ihrem Griff und grapschte beharrlich mit seinen kleinen Händchen nach dem Ausschnitt ihrer Jacke.

»Kennen Sie Nick Milla? Er soll hier wohnen.«

»Mag sein. Keine Ahnung.«

Leah blies sich eine Strähne aus der Stirn. »Und der Hausmeister, wo finde ich den?«

»Im zweiten Stock.« Die Frau setzte einen Fuß auf die erste

Stufe. »Frank Campen. Und jetzt habe ich wirklich keine Zeit mehr. Danke noch einmal.«

Leah wartete, bis das Babygeschrei sich die Treppe hochgeschraubt hatte und schließlich hinter einer der Türen einen Dämpfer bekam, und senkte das Portemonnaie. Das Foto zeigte Célines Gesicht mit blutroten Lippen und rosafarbenem Lidschatten, filigran und von wahrer Exotik. Das erste Shootingfoto, für das ihre Schwester kein Geld hatte zahlen müssen, voller Stolz aus einer Zeitschrift ausgeschnitten.

Im zweiten Stock angelangt, drückte sie auf die Klingel neben dem Schild mit dem Namen »Campen«. Nach einer kleinen Ewigkeit öffnete ihr ein schmächtiger Mann und entließ einen verführerischen Geruch nach gebratenen Zwiebeln, Paprika und Knoblauch ins Treppenhaus, eingehüllt in die aufwühlenden Töne von *Rigoletto*. Über seinem Bauchansatz spannte sich ein fleckiges Feinrippunterhemd, die Gesamterscheinung wertete eine Bügelfaltenhose auf.

»Wollen Se?«, knarzte der Mann. Ein überdimensionierter Totenkopf an der Gürtelschnalle seiner Hose, der zwischen den Zähnen eine Rose hielt, grinste Leah an.

»Tut mir leid, Sie zu stören. Haben Sie dieses Mädchen hier gesehen?«

Er räusperte sich. »Weiß nicht.«

Sie schielte zu ihrem Portemonnaie. Beiläufig mit einem Geldschein zu wedeln fiel aus, den letzten hatte sie für den Kaffee ausgegeben. Sie könnte mit ein paar Mützen klimpern. Was in Begleitung von *Rigoletto* bestimmt eine höchst dramatische Wirkung erzielen würde.

»Das ist meine Schwester«, versuchte sie es erneut. »Soweit ich weiß, war sie eine Bekannte von Nick Milla, kennen Sie ihn?«

»Der neue Mieter, ja? Lässt seine Katze überall herumstreunen. *Ein schönes Tier* – meine Fresse! Ja. Lästig. Die anderen beschweren sich, dass sie in fremde Wohnungen hineinläuft, wenn man nicht aufpasst. Als gehörte ihr hier alles. Das Mistvieh. Zeigen Sie mir noch einmal das Foto.« Eine Weile überlegte er. »Ach ja, ja. An die erinnere ich mich. Sie war ein paarmal hier, und seine Katze konnte sie nicht ausstehen. Das letzte Mal ist es sehr laut geworden. Ich habe die beiden im Treppenhaus streiten hören.«

»Wegen der Katze?«

»Weiß der Teufel, ja! Nein.« Gemächlich strich er sich über die Totenkopf-Schnalle. »Er hat gesagt: Du hast keine Ahnung, was auf dem Spiel steht. Sie hat geschrien: Ich kann nicht mehr. Dann hat die Tür geknallt. Sie ist davongelaufen, nehme ich an. Er – hinterher, anscheinend, ja. Ich bin rausgegangen, um nach dem Rechten zu sehen. Sie war wohl gestolpert, hier auf dem Treppenabsatz.«

»Hat er sie gestoßen?«

»Wer weiß! Ja, jedenfalls hockte er bei ihr, als ich herauskam. Ich habe gefragt, ob sie Hilfe braucht. Sie meinte: Lügner. Also, zu ihm, nicht zu mir. Und: Ich habe dir vertraut. Ich bin dageblieben, ja, bis sie sich aufgerappelt hatte und davongehumpelt war. Dieser Milla ist dann schnell in seiner Wohnung verschwunden.«

Lügner? Leah schmunzelte traurig. Wann immer Céline geschimpft hatte, hatte sie sich einer anderen Ausdrucksweise bedient. »Lügner« würde beinahe zärtlich aus ihrem Mund klingen, was bedeutete … dass ihre Schwester ihn gemocht hatte. »Was ist er denn für ein Typ?«

Der Hausmeister zuckte die Schultern. »Selten da. Ab und zu habe ich ihn mit ein paar Frauen gesehen, ja. Ihre Schwester war nicht die einzige … *Freundin*. Kann man schwer sagen, wer wem nachläuft. Alles hübsche Dinger. Ja …« Die ersten Töne von *La donna è mobile* gaben sich alle Mühen, seine Worte zu untermalen. Er hörte zu, den Kopf im Takt wiegend.

Die Eingangstür des Hauses schlug zu. Kurz darauf ertönten

Schritte. Leah horchte. Jemand pirschte sich heran, nur ein paarmal ertönte ein leises Klacken von einem unvorsichtigen Schuhabsatz. Diese seltsame, vorsichtige Gangart – vielleicht hatte sie sich doch zu leichtfertig davon überzeugt, nicht beobachtet zu werden? Sie schnappte nach Luft, schluckte den scharfen Paprika-Knoblauch-Geruch. Der Gedanke an den Schatten an ihrem Gartentor und die Erinnerung an das wutverzerrte Gesicht des Obdachlosen in der Gasse schnürten ihr die Kehle zu. Sie packte den Hausmeister an den Schultern, schob ihn und sich in seine Wohnung und stieß die Tür mit der Ferse zu.

»Entschuldigung«, hauchte sie ihm ins Gesicht, während sein Bauchansatz sich bei jedem Atemzug gegen sie stemmte. Sie ließ den Mann los. »Verzeihung. Es ist kein Überfall, ich bin schon wieder weg.«

»Ja. Ich … ähm …« Seine langen Finger nestelten an der Gürtelschlaufe, sodass der Totenkopf mit der Rose unruhig hin und her rutschte. »Ja … meine … Gattin … sie flippt aus. Verschwinden Sie lieber!«

È sempre misero, strengte sich der Herzog von Mantua an, *chi a lei s'affida …*

Mitten im hohen F der Canzone entlud sich eine Frau mit dem Resonanzkörper einer Opernsängerin und der Stimmgewalt einer Brunhilde in den Flur. »Fra-ank? Deine Paaasta all'arrabbiata brennt an.« Das hohe F hielt sie selbstbewusst mit, wenn auch falsch. »Was soll ich jetzt dazugeben? Wer ist das Weibsbild?«

»Ja. Ähm. Schatz. Sie ist wegen der Wohnungsbesichtigung hier, ja. Du weißt schon. Nebenan.«

Die Frau drückte ihm eine zusammengeknüllte Schürze und den Kochlöffel in die Hände. »Ich kümmere mich darum. Mach du das Essen fertig, solange ich es noch nicht gänzlich verkorkst habe.«

Leah wich zurück, als diese Naturgewalt von Mensch auf sie zuzurollen begann. Der Mann band fast erleichtert die Schürze über die Totenkopf-Schnalle und platzierte einen Kuss auf der glänzenden Wange seiner Holden, als diese an ihm vorbeischwebte.

»Eine Wohnung also.« Das selbstbewusste falsche F schien die Grundtonlage ihres Gesangstalents auszumachen.

»Machen Sie sich keine Mühe! Die Wohnung, die kann warten. Es war auch naiv von mir, ohne Termin hier aufzutauchen. Ich komme lieber ein anderes Mal wieder.« Zwei D-Körbchen wälzten sich auf sie zu, und bevor zwischen ihr und ihnen nur Pressluft blieb, griff sie nach der Klinke und schlüpfte aus der Wohnung.

Wieder draußen atmete sie durch und hielt sogleich die Luft an. Ob derjenige, der ihr nachgestellt hatte, inzwischen gegangen war? Vielleicht hatte ihr auch die inzwischen tief verwurzelte Angst vor Verfolgern einen Streich gespielt, und in Wirklichkeit war es ein Mieter gewesen, der bloß nach Hause wollte. Mit einem Mal kam ihr ihre überstürzte Reaktion lächerlich vor. Hoffentlich bekam der Hausmeister jetzt keinen Ärger wegen des ungewollten weiblichen Besuchs.

Im Treppenhaus roch es nach einem Abschied von Pasta all'arrabbiata und erinnerte sie daran, dass ihre Mittagsmahlzeit bloß aus einer bröckeligen Stulle bestanden hatte. Darunter mischte sich ein leichter Geruch von Zigarettenasche, neben dem sich ein Hauch von Zitronenduft tapfer behauptete.

Von oben ertönte ein leises Kratzen. Es klang metallisch, unregelmäßig, brutal in seiner Zaghaftigkeit.

Merkwürdig.

Stufe um Stufe schlich sie nach oben.

Célines Haarfarbe. Auf Höhe des Schlosses vor einer der Türen.

Leah brauchte nicht lange zu grübeln, welcher Name auf dem Schild zu der Wohnung stand. Ebenso wenig musste sie rätseln, was Nathalie da machte. »Und wenn nicht ich, sondern dieser Typ dich dabei erwischt hätte?«

Die junge Frau fuhr herum. Ein Stück Draht fiel zu Boden, ein weiteres – eine aufgebogene Büroklammer – hielt sie in der Hand. Ihre weit aufgerissenen Augen machten das Gesicht lebendig in ihrer Panik, dann wurden die Züge gleichgültiger. »Leah!« Sie senkte die Stimme zu einem Wispern. »Zum Teufel, hast du mich erschreckt. Jetzt steh nicht so blöd herum. Guck lieber, ob einer kommt oder nicht. Dann bin ich mit dem verflixten Schloss im Nu fertig.«

»Wie bitte? Ich soll Schmiere stehen, während du in eine fremde Wohnung einbrichst? Bist du noch bei Sinnen? Thessa macht sich Sorgen um dich. Wie ich sehe, nicht grundlos.«

»Pst! Schrei doch nicht so. Thessa macht sich schon ins Höschen, wenn im Bad ein Silberfisch an ihr vorbeiflitzt.«

Leah senkte auch ihrerseits die Stimme und gab ihrem Flüstern mehr Nachdruck: »Ich bin hier, um dich davon abzuhalten, Dummheiten zu machen. Du kommst jetzt mit mir, oder ich rufe gleich den Hausmeister, die Polizei und ...«

»MacGyver. Der könnte mir ruhig zur Hand gehen. Hör mal, du Miss Marple in der Ausbildung« – sie fuhr sich mit der Zunge über die Lippen –, »irre ich mich, oder wolltest du dem Mörder deiner Schwester auf die Schliche kommen? Was ist, wenn ich dir sage, dass du da drin genau das findest, was du suchst?«

»Dann wäre es höchste Zeit, die Polizei zu informieren und ihr die Infos, falls du welche hast, zu geben.«

»Die Polizei!« Der Ruf hallte durch das Treppenhaus. Nathalie presste die Lippen aufeinander, horchte. Schließlich tastete sie nach dem Draht und flüsterte: »Die hat es auch weit gebracht bis jetzt, nicht wahr? Nachdem Céline diesen Nick kennengelernt hatte, war sie nicht mehr dieselbe. Sie hatte Angst. Ich will wissen, wovor.«

»Was hast du bei Céline gefunden? Thessa hat mir erzählt, dass du in den Sachen meiner Schwester herumgewühlt hast.«

»Fotos.« Hastig befeuchtete Nathalie sich erneut die Lippen. »Überwachungsfotos oder so, die sie wohl bei Nick entdeckt hatte. Es ging um ein paar Mädchen, denen er nachgestellt hatte. Was weiß ich. Deshalb bin ich ja hier.« Wieder kratzte der Draht im Schloss.

Überwachungsfotos von Mädchen? Sollte Céline diese tatsächlich entdeckt haben, dann machten die Abschiedsworte ihrer Schwester immer mehr Sinn. Ihr liebes, forsches Entlein war wohl tatsächlich in etwas sehr Großes und sehr Hässliches hineingeraten.

Leah hockte sich neben Nathalie. »Du kannst eine Tür aufbrechen?«

»Man lernt so einiges, wenn man die Schule oft genug schwänzt«, schnaufte es unter der schneeweiß-blonden Haarpracht. »Voilà!«

Erleichtert blickte Nathalie sich um, trat über die Schwelle und bedeutete Leah, ihr zu folgen. Der Spiegel reflektierte ihre schlanke Figur in einer geöffneten Fliegerjacke, die knapp unterhalb ihrer Brust endete. Die langen Absätze der mokkafarbenen Stiefeletten bohrten sich in das Laminat.

»Beweg endlich deinen Hintern rein.« Ihr Winken wurde energischer. »Und mach die Wohnungstür zu. Pass auf, was du anfasst, und leg alles genau so zurück, wie es vorher war. Kapiert?«

Leah zog die Tür hinter sich zu. »Hast du eine Ahnung, wonach wir suchen sollten?«

Erneut fuhr Nathalie sich mit der Zunge über die Lippen. »Nach allem, was verdächtig wirkt. Akten, Notizen – irgendwo wird er die Infos über die Mädchen, die er verfolgt hat, ja aufbewahren.«

Leah sah sich um, drückte gegen die Klinke rechts von ihr und spähte ins Bad. Hier sicherlich nicht. Die nächste Tür führte in die Küche. So viel zu ihrem Spürsinn. »Tust du das wirklich für Céline? War Céline tatsächlich deine Freundin?«

»Klar. Irgendwie schon. Und Thessa. Mit ihr bin ich durch dick und dünn gegangen und knapp am Jugendknast vorbei. Was ist mit dir? Hast du eine beste Freundin?« Nur allzu bereitwillig hatte Nathalie den Small Talk aufgenommen. Auch nur, um nicht an die Gefahr zu denken?

Leah zuckte die Schultern. *Was ist mit dir?* – die ewige Frage, die Céline ihr immer wieder gestellt hatte. Darauf ihr Schulterzucken: Was soll schon mit mir sein? Als sie sich mit vierzehn heulend in ihrem Zimmer verschanzt hatte, war ihre Mutter da, hatte ihr über den Rücken gestreichelt und irgendwann geseufzt: »Habe ich dir nicht gesagt, vertraue deine Tränen lieber einem Kissen an als einer Freundin?« Irgendwann war es zu spät gewesen für eine andere Freundin, und sie bekam nur noch Kommilitoninnen und Arbeitskolleginnen vom Leben serviert.

»So still plötzlich?«

»Mit Jugendknast und so kann ich nicht punkten.«

»Meinst du, ich bin stolz auf mich? Hab die Schule abgebrochen, bin von zu Hause abgehauen, schwanger geworden – und irgendwann zwischen all dem erwachsen. Was soll's, ich will diese Chance nutzen, es besser zu machen. Ich habe es mir verdient.« Mit einem Schwung drehte sich Nathalie um und defilierte ins Wohnzimmer. Sogar hier schien sie auf jede ihrer Bewegungen zu achten, als würde sie den gierigen Redakteuren irgendwelcher Modezeitschriften die neueste Winterkollektion präsentieren.

»Mit einer Modelkarriere?« Leah folgte ihr, ein wenig neidisch auf diese Grazie. Denn nicht aus jedem hässlichen Entlein wurde ein schöner Schwan, und plötzlich wurde ihr schmerzlich bewusst, dass sie mit den jungen Frauen, die Kay normalerweise umgaben, niemals konkurrieren könnte.

»Na hoffentlich mit einer Modelkarriere! Will auch nicht mein Leben lang bei McDonald's Burger über die Theke schieben. Ach, schau mal! Wir werden beobachtet.«

Die Beobachterin, weiß, schlank und athletisch, studierte die Eindringlinge. Nur die Pfoten, der Schwanz und der schmale Kopf hatten dunkelgraue Ansätze, als hätten sich Rauchzungen in das Fell gewoben. Wachsam standen die spitzen, großen Ohren von dem entstellten Kopf ab – einer längst verheilten Masse aus Haut- und Fellstücken, als hätte jemand eine Schrotflinte in das Gesicht des Tieres entladen. Sie thronte auf einem Sessel, der wie für sie aufgestellt worden war, um mit jeder müden Stofffaser seine vergangenen Blaublüter-Zeiten unter Beweis zu stellen. Die sonstige Einrichtung vermittelte eher die Gemütlichkeit von kahlen Bücherregalen Marke BILLY. Samt Plastik-Ficus vor dem Fenster.

»Ein Typ mit einer Katze. Mit einer so hässlichen Katze. Was das wohl aussagt!« Nathalie zerrte an der obersten Schublade eines Schreibtisches, als müsste sie demonstrieren, dass zwei intensiv blaue zusammengekniffene Katzenaugen sie nicht einzuschüchtern vermochten. Flink glitten ihre Finger durch die Papiere. Sie nahm sich einen Zettel und einen Stift und begann etwas abzuschreiben.

»Etwas Nützliches gefunden?«

»Seine Kontakte.«

Leah widmete sich dem Wandschrank, auch wenn sie sich angesichts Nathalies Geschäftigkeit fehl am Platz fühlte. Der Inhalt gab nicht viel her: ein paar Bücher über Fotografie, Kabelsalat in einer Schublade, Einzelteile irgendwelcher Geräte, bei denen in ihr nur ein Wunsch aufkam: Beam mich hoch, Scotty! »Wie hast du Céline eigentlich kennengelernt?«

»Bei einem Casting. Wir haben uns auf Anhieb gut verstanden, alle drei. Sie schlug uns vor, bei ihr einzuziehen. Wir wollten uns zusammen in diesem Business durchbeißen.« Nathalie kicherte, verstellte die Stimme und flötete, wobei ihre kratzigen Kehltöne auch eine Oktave höher noch ausbrachen: *»Barbie und die drei Musketiere* sozusagen. Hab ich kürzlich mit meiner Kleinen gesehen. Alles so rosarot, dass es einfach gut ausgehen musste. Aber wie es für uns ausgegangen ist, weißt du ja, und so rosarot war der Weg dorthin auch nicht. Ach, übrigens, halt mal Ausschau nach doppelten Böden!«

Pflichtbewusst klopfte Leah eines der Schrankbretter ab, das mit einem steten dumpfen Ton antwortete. Sie musste einfach etwas finden! Seit Nathalie diesen Nick und die Fotos erwähnt hatte, war die Hoffnung da, endlich mit Sicherheit zu wissen, dass nicht Kay hinter dem Mord steckte, nicht er an der plötzlichen Stummheit ihrer Mutter schuld war. »Manchmal schien mir, du warst nicht gut auf Céline zu sprechen.«

»Ach was! Céline halt. Unsere Wunderkerze. Kürzlich hatte sie doch tatsächlich einen Scout an der Angel, der interessante Mädchen für eine Fashion Week in St. Petersburg suchte. Sie meinte, sie würde uns alle drei da durchboxen, der Typ sei total angetan von uns … aber dann hat sie mit einem Mal einen Rückzieher gemacht.« Mit ganzer Kraft schob Nathalie die Schublade zu. »Dabei wusste sie genau, wie viel bei mir davon abhing! Aber nein. Wir durften dann auf dem Abstellgleis warten.«

Hinter der nächsten Schranktür fand Leah einen Fotoapparat. Keine große Überraschung bei einem ehemaligen Assistenten in einem Fotostudio. Sie schaltete das Gerät ein, das sie sogleich über die fehlende Speicherkarte informierte. »Hast du das von Thessa und Céline gewusst?« Leah drehte sich um und bemerkte, wie Nathalie sich etwas unter den Pullover schob. »Was hast du gefunden?«

»Nichts. Mein BH rutscht.« Nathalie zog eine Grimasse, die eher an eine Comicfigur als an ein Glamour-Girl erinnerte. »Was soll ich über Céline und Thessa gewusst haben?«

»Dass die beiden ein Liebespaar waren.« Leah musterte ihre Mittäterin, doch der Pullover verriet nicht, was darunter verborgen sein könnte. Außer üppigen und dennoch sehr femininen Kurven.

»Aaah!« Nathalie setzte sich an die Tischkante, den Arm lässig um den Bauch geschlungen. »Okay, wenn du es genau wissen willst: Wir haben uns auf einer Party volllaufen lassen. Keine Ahnung, wie wir heil zu Hause angekommen sind, da war mehr Glück als Verstand im Spiel. Bereits im Flur begann Thessa an Céline zu fummeln. Die beiden landeten im Bett – und das war eine Nacht, sag ich dir. An ihrem ›Ooooh!‹ und ›Jaaaah!‹ durfte sich das ganze Haus erfreuen. Am nächsten Morgen war Céline nüchtern, aber Thessa … nun ja.«

»Sie hatten also keine richtige Beziehung miteinander?« Sie inspizierte den Anrufbeantworter auf der Telefonanrichte. Der Hörer fehlte, dafür leuchtete auf dem Display die Zahl 01. Leah drückte auf den Play-Knopf. Eine männliche Stimme meldete sich: »Die Party steigt heute Abend. Deine Chance, zu zeigen, was du drauf hast. Versau es nicht!«

»Ob mit einem Männlein oder einem Weiblein – Céline war grundsätzlich kein Typ für richtige Beziehungen.«

»… November, fünfzehn Uhr zweiundzwanzig. Sechs alte Nachrichten.«

»Du glaubst gar nicht, wie Thessa ausgerastet ist, als ihr der Verdacht gekommen ist, deine Schwester hätte einen Freund. So.« Nathalie richtete sich auf und zupfte am Saum ihres Pullovers. »Lass uns abhauen.«

»Wir haben doch nichts gefunden!« Sie starrte auf den Arm, den Nathalie immer noch vor dem Bauch hielt. Nein, so einfach würde sie nicht klein beigeben. Sie streckte eine Hand aus. »Lass sehen!«

»Was?«

»Was auch immer du da hast. Raus damit!«

Die Katze fauchte.

Aus dem Flur ertönte das Klicken des Schlosses.

»Verdammte Scheiße! Ich hab doch gesagt, lass uns abhauen.« Nathalie stolperte zur Seite, machte ein paar unbeholfene Schritte, als wäre sie auf einem Laufsteg aus dem Takt gekommen.

»Sei still.« Leah packte sie am Oberarm und zog sie mit sich in den nächsten Raum. Ein Schlafzimmer. Vier Wände, ein Bett, ein schmaler Schrank, eine Kommode. Nathalie schüttelte Leahs Hand ab, stolperte wieder, dieses Mal in Richtung Fenster. Ihre Hände bebten, als sie das Fenster öffnete, ihr Täschchen auf die Fensterbank legte und sich nach draußen lehnte. »Okay. Es ist zu schaffen. Von hier aus kommen wir auf den Balkon der Nachbarn, und dann sehen wir weiter.« Nathalie zog die Stiefeletten aus, drückte sie Leah in die Hände und kletterte auf die Fensterbank.

»Du bringst dich noch um!«

»Wenn wir hierbleiben, wird *der* uns umbringen. Wie Céline.« Mit dem Kopf deutete sie hinter sich. Verräterisch schimmerte das Licht durch den Spalt unter der Tür. In ihrer Panik hatten sie es nicht geschafft, die Deckenlampe im Wohnzimmer auszumachen.

Die Schritte näherten sich.

Leah hielt den Atem an.

»Hallo, Prinzessin«, tönte es aus dem Wohnzimmer. »Hast du mich vermisst?«

Ihr eigener Herzschlag antwortete in der Stille. Er hatte eine angenehme, ruhige Stimme. Warum nur klang *Schau mir in die Augen, Kleines* so beständig in ihren Ohren? Die Katze miaute und holte sie in die Gegenwart zurück.

»Nath…« Leah sah zum Fenster, doch auf der Fensterbank lag nur noch das Handtäschchen. Sie ließ die Arme sinken. Die Stiefeletten fielen zu Boden. Von dem viel zu lauten Geräusch zuckte sie zusammen. »Verdammt, Nathalie! Mag sein, dass du mal für ein Bond-Girl gecastet wurdest, ich dagegen bin meilenweit davon entfernt.«

Etwas schlug gegen die Tür zum Schlafzimmer. *Verrückt*, pochte der Gedanke in ihre Schläfen, als sie die Stiefeletten packte und sich unter das Bett mit dem durchgelegenen Lattenrost zwängte.

Ein weiterer Schlag folgte, dumpf und weich.

Dann wurde die Klinke heruntergedrückt.

»Prinzessin …«

13

»Zeig mir, dass du verstehst.«

Das Flüstern in der Nacht, in die Leere der Gasse geschickt. Wer wird es erhören? Nicht für die Ohren der Fremden ist es bestimmt. Nur wenige laufen hier entlang, in ihren Trott versunken, blind für die Nöte der Mitmenschen. Die Klagen der Gerechten lassen sie kurz aufsehen und noch schneller davoneilen. Niemand, niemand blickt zurück, denn man ist unsichtbar in ihrer Welt. Nein, verstehen werden sie nie.

Beschützenswert ist das blühende Leben. Doch ermahnt gehört der junge Leichtsinn. Du fliehst die Straße entlang. So federleicht ist dein Gang, wenn du in dein Unglück rennst. Die Blicke, ein klein wenig verschreckt, die Neigung des Kopfes, wenn ein fremdes Geräusch dich erreicht. Angst ist dein steter Begleiter. Dabei ist nah die Erlösung, denn du bist niemals allein.

»Zeig mir, dass du mich brauchst.«

Die Stimme der Vernunft soll in deine Ohren fließen, umkehren sollst du vom falschen Wege. Was suchst du auch nach der Wahrheit, die es nicht gibt? Was geschehen ist, ist geschehen. Sag nun, sehnst du dich nicht nach Ruhe? Doch die Wahrheit wird dir keine Ruhe gönnen, noch mehr wirst du verzweifeln und unter der Schuld wie ein trockener Halm einknicken.

Nein, nein, dein Weg ist es nicht. Halt an, flieh nicht, besinne dich doch! Nur vier Worte, und es wird dir vergeben, nur ein stilles »Ich bleibe bei dir«. Oder bist du so blind wie die anderen? So verdorben vom Glitzern der Welt?

Errettet werden sollst du von all deinen Fragen, mit Furcht

wirst du deinen Frieden erkaufen. Lauf, solange du kannst, blicke umher, ohne etwas zu sehen! Deine Erlösung naht. Spürst du schon ihre Schritte? Hörst du schon ihren Atem? Dreh dich nicht um. So ist es gut. Sie ist nah. So nah.

Eine Berührung, und schon brichst du zusammen. So schmerzhaft zucken deine Muskeln, erschlaffen. Kämpfe nicht, lass die Nacht dich erobern. Ein Tuch senkt sich auf dich nieder. Die süße Schwere ist reinste Gnade, doch nicht lange wird sie dich in Träumen halten.

Wo sind die Retter in der Not? Wer kann dir helfen? Niemand sieht dich hier liegen. So lieblich ist dein Gesicht. So voller Vertrauen die blassen Züge.

»Lass uns fortgehen. Zusammen.«

Das lange Haar schwimmt im trüben Pfützenwasser, in dem der Mond sein Antlitz wäscht und das Silber des Eismädchens der schwarzen Pracht schenkt.

»Zeig mir, dass du es willst!«

14

Auf Samtpfoten schlüpfte eine Silhouette durch den Türspalt, den Schwanz mit der zuckenden Spitze aufgestellt.

»Du miese Verräterin«, stöhnte Leah und drückte die Stirn gegen die Stiefeletten, die sie vor sich hielt. Ein Fehler. Auch Models hatten Füße, die nicht immer nach Himmelhauch Nr. 5 rochen.

Die Katze steckte den Kopf unter das Bett und jagte mit einer Pfote nach den Absätzen.

»Kusch!« Leah zog die Stiefeletten näher zu sich heran. Die Katze stieß weiter unter das Bett vor, mit ausgefahrenen Krallen nach dem Reißverschluss angelnd. Sehr modebewusst, die kleine Pelzträgerin.

»Platz!«, wagte sie einen neuen Versuch. Und schließlich: »Geh weg, bitte«, als das Fell ihre Nasenspitze zu kitzeln begann. Sie kam nicht gut mit Katzen zurecht. Eigentlich kam sie auch nicht gut mit Hunden zurecht. Wenn sie daran dachte, wie Rocky die Leine um ihre Knöchel gewickelt oder ihre Handtasche vollgesabbert hatte, wie Stiefpapa dabei immer gelacht hatte. Da hatten »Kusch!« und »Platz!« genauso wenig Erfolg gebracht.

Unter dem Bett eingezwängt, gelang es ihr nur, den Kopf zu drehen, mal zur Wand, mal zur Tür, an der sie ab und zu die Gestalt eines Mannes vorbeilaufen sah. Bei jedem Atemzug spürte sie den Lattenrost im Rücken. Und die Katzenhaare in der Luft. Sie war nicht allergisch, zumindest hoffte sie das, aber bisher hatte sie es ja auch nicht von Angesicht zu Angesicht mit einem Hardcore-Perser aushalten müssen. Oder welcher Gattung dieser miauende Freddy Krueger auch angehörte.

Die Schlafzimmertür ging weiter auf.

Ihr Inneres zog sich zusammen, erstarrte zu einem einzigen Klumpen Eis.

Genauso lautlos wie die Katze kam der Mann herein und blieb vor dem Bett stehen. Er hatte sie entdeckt. Er wusste, wo sie war. Gleich würde er sie unter dem Bett hervorzerren …

Leahs Herz klopfte SOS gegen den Brustkorb, sie glaubte es durch den Boden zu hören, wenn sie ein Ohr an die Dielen drückte. Wenigstens ließ die Katze von den Stiefeletten ab und begann seine Socken und den Saum seiner Jeans zu zerfransen.

Katzenhaare. Nicht niesen!

»Nein, Prinzessin, so haben wir nicht gewettet. Dieses Paar bleibt ohne eingebaute Ventilation.« Er hob das Tier hoch. Die Katze fauchte, landete wieder auf dem Boden und schoss aus dem Zimmer. »Ach, verflixt! Es tut mir leid. Hörst du? Mensch!«

Das Telefon läutete. Einmal, zweimal …

Geh! Geh schon! Um alles in der Welt, nimm ab!

Er seufzte. Endlich drehte er sich um und verschwand im Wohnzimmer. Das Läuten brach mit seinem »Ja?« ab. Eine Weile hörte Leah nichts bis auf einige »Hm, hm«. Sie drückte eine Wange gegen den Boden und rieb sich die Nase. Nicht so sehr wegen des Himmelhauchs Nr. 5, sondern weil ihr die Luft um sie herum immer haariger erschien, obwohl die Katze das meiste von ihrem Fell mitgenommen haben müsste.

»Ja, verstehe.« Vier harsche Silben. »Ich werde mich darum kümmern. Du weißt doch, dass du auf mich zählen kannst. Nein, nein. Ohne Risiken und Nebenwirkungen, verlass dich drauf. Ja, okay.«

Sie schnaufte in ihre Handfläche, hörte, wie er das Telefon in die Basisstation steckte und es leise piepte. Zu leise, als dass sie sich ein Niesen hätte erlauben können. Wie sollte sie hier je herauskommen? Irgendwann würde er sie entdecken.

Eine Weile hantierte er im Wohnzimmer. Es raschelte, eine Schublade wurde geöffnet und wieder geschlossen. Hatte er die laienhafte Durchsuchung bemerkt? Ein Murmeln, Schritte, die Eingangstür fiel ins Schloss. Einige Minuten lang wartete sie in ihrem Versteck, dann robbte sie unter dem Bett hervor, zerrte die Stiefeletten und ihre Handtasche hinter sich her. Sie erwartete nicht wirklich, dass die Eingangstür aufgehen würde, als sie auf die Klinke drückte, und sprach sich bereits Mut für ein waghalsiges Abseilen aus dem Fenster zu. Umso überraschter registrierte sie, dass nicht abgeschlossen war. Sie trat ins Treppenhaus. Erst als sie die Straße erreichte, merkte sie, wie sehr sie zitterte. Und blöderweise nicht niesen konnte. Sie rieb sich die Nase, drückte Nathalies Schuhe fester an sich und eilte davon.

Niemand verfolgte sie. Keine männliche Gestalt irgendwo in einem der Hauseingänge oder einer der Gassen, nur ein paar ferne Passanten. Trotzdem konnte sie nicht aufhören zu laufen, bis sie an einer Bushaltestelle ankam. Niemand hier. Niemand, der ihr helfen würde. Sie ließ die Schuhe auf die Bank gleiten und studierte den Fahrplan. Der nächste Bus sollte erst in fünfzehn Minuten kommen. Einer Viertelstunde! Sie musste weiterlaufen. Nur fort von Nick Millas Haus. Mit einer Hand angelte sie nach den Schuhen und griff ins Leere.

Im nächsten Moment durchfuhr sie ein Stromschlag. Ihre Muskeln zogen sich zusammen. Sie fiel, ihr Kopf schlug gegen die Glaswand der Bushaltestelle, die ganze Welt schien in Konvulsionen zu zucken und den Schmerz durch ihre Glieder zu jagen. Ein weiterer Stromschlag folgte. Sie landete auf dem Rücken, sah das Licht der Bushaltestelle, das in ihren Augen brannte, bis ein feuchtes Tuch sich auf ihr Gesicht legte.

Ein kurzer, schneidender Gedanke: Sie hatte Nathalies Tasche auf der Fensterbank vergessen. Alles versank in einem schweren, süßlichen Geruch.

Nacht.

Die Nacht aus Rausch und Wiegen, ihr Körper, verloren im stetigen Fließen. Dahin. Irgendwohin. Ohne Grenzen und Klarheit.

Schlaf, schlaf ruhig und tief, denn müde bist du schon lange; was bringt es, sich der einzigen Güte zu erwehren, die dich erretten soll? Erwachen wirst du mit neuem Willen, zum Frieden zu kehren. Ein neues Leben wird dir geschenkt, eins, das du bereits hattest. Würdige es, und es wird dir verziehen.

Das Brummen eines Motors. Ein Rauschen von Reifen auf dem Asphalt. Ein Geruch, der an ihre Erinnerungen rührte. Ein so vertrauter Geruch, dass er beinahe Geborgenheit schenkte.

Sie stöhnte, wollte sich auf den Rücken drehen, doch es ging nicht. Ihr Mund fühlte sich staubig an, auf der Zunge schmeckte sie einen süßlichen, pelzigen Belag. Jede Kopfbewegung verursachte ihr Übelkeit. Sie hielt die Augen geschlossen, bemühte sich, die Kontrolle über ihren Körper zurückzugewinnen, vermochte jedoch weder Arme noch Beine zu bewegen. Seltsam verrenkt lag sie da – während Seile in ihre Haut schnitten. Seile. Sie war gefesselt. Panik durchflutete ihren Verstand. Mit tauben Fingern ertastete sie ihre Fersen, die mit den Stricken an ihre Hände herangezurrt waren. Sie konnte nichts sehen. Ein rauer Stoff kratzte über ihr Gesicht. Sie fühlte die Wärme ihres eigenen Atems auf ihrer Haut, der durch das Material nicht nach draußen drang, sondern zurückgehalten wurde.

Leah blinzelte, schüttelte den Kopf und registrierte erst jetzt den Sack, der ihr jegliche Sicht verwehrte. Ein Strick hielt die Öffnung an ihrem Hals zu. Sie atmete heftiger, schüttelte wieder und wieder den Kopf. Schweiß trat ihr auf die Stirn. Der Strick lag viel zu eng um ihren Hals, schien ihr jegliche Luft zu rauben. Sie würde ersticken.

Plötzlich schrie sie, warf sich herum und wand sich in ihren Fesseln, bis ihre Glieder schmerzten. Dann sammelte sie ihre

Kräfte. Noch einmal versuchte sie, gegen die Fesseln anzukämpfen, doch die Knoten zogen sich nur noch fester zusammen.

Eine Weile lag sie still da, erschöpft, mutlos, lauschte dem steten Rauschen der Reifen. Es gab kein Entkommen. Warum versuchte sie es überhaupt? Verrenkte sich die Glieder nur noch mehr, scheuerte sich mit den Seilen die Haut von den Gelenken.

Sie konzentrierte sich auf die Sinne, die ihr noch geblieben waren. Der Geruch … Da war doch ein Geruch, der ihr vertraut schien. Doch inzwischen roch sie nichts mehr, nur den Sack über ihrem Kopf, den rauen, undurchsichtigen Stoff, in dem sich der Geruch von alten Kartoffeln verfangen hatte. Es gab keine Geräusche, die ihr einen Anhaltspunkt gegeben hätten, wo sie war oder wer sie in seiner Gewalt hatte. Sie konnte nichts tun. Absolut nichts. Nur warten, bis ihr Peiniger ihre letzten Stunden der Angst und der Schmerzen auf seine Fotos gebannt hatte.

Sie biss sich in die Unterlippe, um nicht laut zu wimmern, schmeckte ihr eigenes Blut. Noch einmal tastete sie über die Fesseln, zerrte und kratzte an den Knoten. Schweiß rann ihr über das Gesicht. Sie röchelte, erstickte beinahe an den eigenen Anstrengungen. Der Sack juckte auf ihrer heißen, feuchten Haut. Es machte sie wahnsinnig. Sie zerrte noch heftiger an den Seilen, warf den Kopf mal zur einen, mal zur anderen Seite, ohne Erlösung zu finden. Ihre Kräfte schwanden.

Keuchend verharrte sie, zählte die eigenen Herzschläge, um der Angst keine Chance zu geben, sie zu bezwingen. Nein, wie ein Lamm auf der Schlachtbank würde sie sich ihrem Peiniger nicht ergeben. Er würde ihren Willen nicht brechen, niemals erleben, wie sie ihren Körper vor ihm rekelte, um seine Gnade zu erbitten, um endlich aus den Qualen entlassen zu werden. Sie schwor es sich. Jede Sekunde in seiner Gefangenschaft würde sie nur daran denken, wie sie ihm entkommen könnte, nichts unversucht lassen.

Das Auto verlangsamte das Tempo, schien abzubiegen. Es ertönte kein Rauschen von dahinschnellendem Asphalt unter den Reifen mehr. Der Wagen holperte, während er einen vermutlich schwer zugänglichen Weg entlangkroch. Mit dem nächsten Ruck wurde ihr Körper gegen die Wand des Kofferraums geworfen. Sie sammelte sich, reckte die Finger und die wund gescheuerten Gelenke, um wenigstens etwas zu ertasten. Vielleicht eine scharfe Kante, an der sie ihre Fesseln durchtrennen könnte. Fand jedoch nichts.

Fieberhaft überlegte sie sich andere Lösungen, irgendeinen Ausweg, der ihr noch blieb, bis sie begriff, dass der Wagen sich nicht mehr bewegte.

Eine Tür schlug zu. Ihr Entführer stieg aus.

Sie zählte ihre Herzschläge. Eins, zwei … Ihre Gedanken verhedderten sich zu einem wirren Knäuel. *Nein, nicht der Panik nachgeben.* Eins, zwei, drei, ein tiefer Atemzug, vier, fünf …

Der Kofferraum wurde geöffnet. Sie spürte die klamme Kälte, die zu ihr wehte, einen leichten Wind, der durch den Stoff an ihr Gesicht drang. Wie eine Ertrinkende rang sie nach Luft, bis sich ihr Atem etwas beruhigte. Ganz still lag sie da. Wo war ihr Peiniger? Was hatte er mit ihr vor? Wollte er sie zu seinem Verlies tragen? Vielleicht würde er sie selbst gehen lassen, dann könnte sie versuchen …

Grob wurde sie auf den Bauch gedreht. Eine behandschuhte Hand – Latex, es fühlte sich eindeutig an wie ein Latexhandschuh – griff nach ihrem Oberarm. Gleich darauf spürte sie einen Stich in ihre Haut. Sie biss die Zähne zusammen, knurrte, bog ihren Rücken durch.

»Scht!« Ihr Gesicht wurde gegen den Boden des Kofferraums gepresst. »Scht!« Ganz nah, an ihrem Ohr.

Sie stemmte sich gegen den Griff, kam jedoch nicht dagegen an, gab nach.

Behutsam strich ihr eine Hand über den Kopf, drückte sie nieder, sobald sie sich aufzubäumen versuchte. Zählen. Zählen gegen die Panik, gegen die Hilflosigkeit. Zählen, bis die letzte Kraft aus ihr herausgetröpfelt war und ihr Körper schwer und wie ausgehöhlt dalag. Sie merkte, wie ihre Fußfesseln durchtrennt wurden. Die Hände zerrten sie aus dem Kofferraum. Hart fiel sie auf den Boden, spürte jeden Pflasterstein, der sich in ihren Körper bohrte, jedoch keinen Schmerz.

Sie war müde. Schloss die Augen. Doch Ruhe war ihr nicht vergönnt. Sie wurde hochgezogen, stand schwankend da, bis ihre Beine ihr den Dienst versagten und sie auf die Knie aufschlug.

Kein Schmerz. Ihr Verstand drohte in ein diesiges Nichts abzugleiten. Am Rande ihrer Wahrnehmung tauchte der Gedanke auf, dass sie kämpfen wollte, doch sie ließ ihn weiterziehen. Auf einmal war ihr alles gleichgültig. Sie wollte sich bloß ausruhen, ein wenig schlafen, aus der Realität fliehen – mehr nicht.

Sie wurde geschubst und gezerrt, Schritt für Schritt vorwärtsbefördert, stolperte ein paar Stufen hoch. Anscheinend wurde sie in ein Haus gebracht, doch es war dort genauso kalt wie draußen, und sie spürte immer noch den Wind auf ihrem Gesicht. Mit einer Schulter streifte sie eine Wand, als sie erneut schwankte, und hätte fast das Gleichgewicht verloren, wenn der feste Griff um ihren Oberarm sie nicht festgehalten hätte.

Eine Tür quietschte. Die nächsten Stufen führten abwärts. Der Strick um ihren Hals wurde gelöst, der Sack von ihrem Kopf gezerrt. Sie stolperte, kippte zur Seite, doch niemand fing sie auf.

Sie fiel. Einfach ins Nichts. Ohne Schmerzen. Losgelöst von der Wirklichkeit.

Nacht, durchzuckt von einem Blitzlicht.

15

Kay drehte am Fokussierring. Die Umrisse des rostigen Hakens und des daran gebundenen Seils gewannen an Schärfe, während die Unebenheiten der Wand sich in einer verschwommenen Suppe auflösten. Neben dem Haken zeichneten sich die Linien einer Schulter ab, der Hals, das wohlgeformte Ohr, dunkle Haarsträhnen, die auf die blasse Haut einzustechen schienen.

Kay senkte den Fotoapparat und schaute auf. Er war zufrieden. Wie schon lange nicht mehr. Seine Courage, der Nervenkitzel, der Schöpfergeist – er trank davon wie zum ersten Mal, verwundert darüber, wie viel Erregung die Kamera in seinen Händen ihm schenkte.

»Leah«, flüsterte er. Ja, sie brachte ihn wieder zu sich, ließ sein Herz wieder schlagen, so stark und fordernd, dass er es endlich hörte.

Noch einmal betrachtete er die Szenerie, prüfte jedes Detail, das die Stimmung erwecken oder sie völlig ruinieren könnte. Die alte Kellertreppe führte nach unten, aus dem fast undurchdringlichen Dunkel in das schwache Licht, das nur aus der Fensterluke weit oben zu fallen schien. An den Rändern der durchgebogenen Stufen hatte sich das Laub verfangen und zerfiel bei der kleinsten Berührung. Der Anstrich der Treppe war größtenteils abgeplatzt, die Risse entblößten das darunterliegende Holz wie klaffende Wunden.

»Weiter!« Seine Stimme schien das einzig Lebendige hier zu sein. Er hob die Kamera und blickte durch den Sucher.

Sie kauerte am Ende der Treppe, die nackten Knie in die

Trümmer auf dem Boden gegraben: Steine, Teile vom Putz, der heruntergebröckelt war, ein morscher, auseinandergebrochener Balken.

Kay hockte sich hin, ließ das Objektiv ihren strammen Schenkeln, den durchtrainierten, aber noch so femininen Muskeln folgen, die sich unter der ebenmäßigen Haut abzeichneten. Kein einziges Härchen störte das Licht- und Schattenspiel an diesen langen, glatten Beinen. Nur etwas Gänsehaut. Er drückte auf den Auslöser. Klack! Ihr großer Zeh hatte sich in einem Stück Netz verfangen, das sich zwischen den spitzen Steinen wölbte. Es bedeckte auch ihre Ferse. Gefangen. Allein. Schutzlos. Klack!

Sie hielt die Arme hinter dem Rücken verschränkt, den Kopf gesenkt. Das lange Haar verdeckte eine Hälfte ihres Gesichts. Die andere lag im Dunkeln, in dem man die zarten Konturen bloß erahnen konnte. Es machte sie verletzlich, seiner Kamera vollkommen ausgeliefert. Klack!

»Gut, das ist wirklich gut«, hörte er sich sagen.

Sie stöhnte, legte den Kopf in den Nacken. Das Haar fiel zurück, doch die Schatten raubten ihr Antlitz vor neugierigen Blicken. Das weiche Licht vermochte bloß ihr Kinn und den Umriss ihrer vollen Lippen für sich zu behaupten. Klack! Klack!

Sie schob sich zur Seite, drückte sich an die Wand, als könnte diese ihr Schutz gewähren. Etwas Putz rieselte auf ihre Haut. Von jedem Partikel malte das Licht lange Schatten auf ihren entblößten Körper. Sie wandte das Gesicht der Fensterluke zu, schaute auf, als würde in ihr ein Funke Hoffnung erglimmen. Bitte!, zitterte auf ihren halb geöffneten Lippen. Lass mich gehen!

Sehr gut. Beinahe perfekt.

Er machte ein paar Schritte zurück, hob den Fotoapparat und nahm sie erneut ins Visier. Der Schutt knirschte unter seinen Sohlen. Für einen Moment verharrte sein Finger auf dem Auslöser. Wunderbar. Besser, als er erwartet hatte. Sie war faszinierend in ihrer Erschöpfung, die Beste von allen, die er in der letzten Zeit hatte.

Kla…

In der Stille des Kerkers meldete sich sein Handy mit einer SMS. Der Ton war so durchdringend, dass die Kamera in seinen Händen ruckte. Verflucht! Er angelte nach dem Telefon, um es auszumachen, und warf einen Blick auf das Display. Sogleich fühlte er, wie sich seine Züge glätteten und sein Ärger verflog. Die Nachricht kam von Leah. Endlich. Er hatte bereits so oft auf ihre Mailbox gesprochen, dass diese es inzwischen nicht mehr für nötig hielt, sich einzuschalten. Beim Abschicken der letzten SMS hatte er noch die Hoffnung, sich schriftlich besser ausdrücken zu können als in gesprochenen Worten. Um sie wissen zu lassen, dass er … an sie denken musste. Dass er hoffte, ihrer Mutter gehe es inzwischen besser und sie könnten sich bald wiedersehen. Dass er an dem Tag nach der gemeinsamen Nacht nur gegangen sei, um ihr Zeit zu geben, ihre Mutter zu beruhigen.

Vielleicht aber ging es der armen Frau nicht besser, und Leah hatte sich deswegen noch nicht gemeldet. Vielleicht lag es auch an dem zurückweisenden »Der Sex ändert nichts zwischen uns«.

Noch zögerte er, ihre Nachricht aufzurufen.

»Machen wir jetzt weiter, oder wird es doch noch eine Pause geben?« Das Model lehnte sich an die Wand, die Arme vor den nackten Brüsten verschränkt, die wie aus dem besten Push-up-BH hervorzuquellen schienen. Das Mädchen fror.

Kay öffnete die Nachricht. Ein Bild, sechs Worte.

Das Handy bebte in seiner Hand.

Völlig verstört starrte er darauf, bis das Display sich verdunkelte, bis er das Bild nur noch erahnen konnte. Doch es hatte sich bereits in seinen Verstand eingebrannt.

Leahs Körper in der Dunkelheit. Sie lag ausgestreckt auf dem Boden, die Hände waren ihr auf dem Rücken gefesselt. Er sah die angeschwollenen Finger, das Seil, das ihr ins Fleisch schnitt und ihr Blut mit seinen Fasern aufnahm.

Alles in seinem Inneren zog sich zusammen. Die Enge schmerzte in seiner Brust. Nur mit Mühe gelang es ihm, den Blick vom Display zu lösen. Die Wände des Kerkers rückten auf ihn zu. Er musste sich zwingen zu atmen. Er kannte die Angst vor Gewalt. Aber Angst um jemand anderen zu haben, das kannte er nicht. Bis jetzt.

Finde sie, wenn du es schaffst.

Sechs Wörter.

Das irritierte Gesicht des Models. »Alles in Ordnung?«

Er drehte sich um und stürmte aus dem Raum. Während des Shootings hatte er alles ausgeblendet, was hinter ihm war: die aufgebaute Technik, seine Assistenten, die Kunden. Es gab nur ihn, das Model und den Kerker. Manchmal jagte er die ganze Meute hinaus, wenn er das Gefühl hatte, diese fremde Präsenz in den Bildern zu spüren.

»Was ist los?« Die Frage drang zu ihm durch. Der Schutt knirschte beinahe gewaltsam in seinen Ohren. Die spitzen Steine bohrten sich in seine Schuhsohlen. Er spürte jeden einzelnen, als würde er mit nackten Füßen darüberlaufen, immer weiter, bloß nicht anhalten – »Wollen wir eine Pause machen?« – der neue Assistent tauchte vor ihm auf.

Kay drückte ihm den Fotoapparat in die Hände »Mach du weiter.« Er jagte die Treppe hinauf, bis er draußen stand und die kalte Luft schmerzhaft seine Lunge füllte.

Elinor kam hinter ihm her. »Was ist passiert? Kay, du kannst diesen Job doch nicht einem Neuling anvertrauen, die Kunden haben ausdrücklich nach dir verlangt, weil nur du diese Atmosphäre so eindrucksvoll rüberbringen kannst. Diese Band will dich als Fotografen für das Cover ihres Albums, nicht irgendeinen Unbekannten.«

Still verharrte er da, das Gesicht dem Himmel zugewandt. Die Enge und die Dunkelheit des Kerkers konnten ihm nichts mehr anhaben. Doch mit seinen Sinnen war er nicht hier. *Leah* … Hilflos, auf dem Boden ausgestreckt, kaum noch bei Bewusstsein.

Die Angst. Seine eigene.

Er wusste noch, wie es war …

»Kay?«

Er steuerte auf seinen Mustang zu. »Ein paar ganz passable Bilder sind schon im Kasten.«

»Ganz passabel?« Elinor tippelte neben ihm her. »Was ist bloß in dich gefahren, du kannst das unmöglich ernst meinen, du hast dich doch noch nie mit ›ganz passabel‹ zufriedengegeben …«

»Diesmal wird es reichen müssen.« Er riss die Fahrertür auf und setzte sich ans Steuer.

Elinor streckte die Hand nach dem Griff aus. »Kay!«

Der Motor sprang an. Er trat das Gaspedal durch, zog die Tür zu und schleuderte seinen Wagen durch enge Kurven, die ihn fortbrachten, ohne dass er wusste, wohin.

Sein Handy hatte er auf den Beifahrersitz geworfen. Er zuckte zusammen, sobald er glaubte, einen Ton von ihm gehört zu haben. Doch das Ding stellte sich tot. Er griff danach, wählte Leahs Nummer, bangte.

Nichts.

Noch einmal. Immer wieder.

Eine neue SMS unterbrach seine Bemühungen: »So einfach wirst du sie nicht bekommen. Denk drüber nach.«

Er warf das Telefon von sich, rauschte durch den Straßenverkehr, über durchgezogene Linien und rote Ampeln, blindlings durch das empörte Hupen von allen Seiten.

Irgendwann verlangsamte er das Tempo und ließ das Auto

ausrollen. Das Handy auf dem Beifahrersitz schwieg ihn an. Er nahm es in die Hand, schaffte es, eine weitere Nummer zu wählen. Das monotone Tuten zerrte an seinen Nerven.

›Ja … also … äh. Hier ist … Nick Milla. Jetzt können Sie gerne weiterstottern. Gleich nach dem Piepton.‹ Kay drückte die Mailbox weg, versuchte es erneut. »Nimm ab, verdammt noch mal! Hörst du?«

»Ja … also … äh. Hier ist …«

»Nimm ab. Nick! Zum Teufel, tu mir das nicht an …«

Er wählte noch einmal. »Nick. Bitte!« Seine Faust verkrampfte sich um das Handy.

»Ja … also …«

Er schleuderte das Ding gegen das Armaturenbrett. Das Telefon prallte ab und landete im Fußraum. Kay warf sich in den Sitz zurück. *Finde sie, wenn du es schaffst.* Aber er schaffte es nicht.

So einfach wirst du sie nicht bekommen.

Denk drüber nach.

»Verdammt, was willst du? Sag es mir! Sag mir, was um alles in der Welt du von mir willst!«

Kay wartete. Etwas anderes blieb ihm nicht übrig.

Das Telefon klingelte. Er zuckte zusammen, tastete herum, bis er das Handy fand, und »Kay Gordon« hineinpresste.

Eine Weile hörte er nichts. Dann vernahm er ein Keuchen, ein leises Wimmern.

»Leah?« Er lauschte angestrengt. Sein Herz hämmerte dumpf gegen seine Rippen. »Leah? Leah, wo bist du?«

Wieder Stille. Kurz darauf kamen Geräusche, die er nicht deuten konnte, ein Klacken, bis schließlich eine knarzende Stimme ertönte: »Sag ihm, wie sehr du ihn liebst!«

»Lass sie frei! Hörst du, lass sie frei!«

Er hörte ein fernes Schluchzen.

»Leah!« Sein Inneres krampfte sich zusammen.

»Sag ihm, wie sehr du ihn … brauchst!«

»Tu ihr nichts. Bitte. Ich mache alles, was du willst, aber tu ihr nicht weh!«

Die Stimme klang verzerrt, viel zu metallisch. Womöglich bloß aufgenommen. »Sag ihm, wie schnell deine Zeit verrinnt.«

16

Nacht.

Die ersten Konturen der Dunkelheit, die sich lichtet. Staub unter den Fingern. Ihre Hände sind frei. Die Arme zittern unter ihrem Gewicht; sie versucht trotzdem, sich heraufzuziehen, zu kriechen. Der Kopf schwirrt wie die Stimmen ihrer Gedanken. Verworrene Gebilde um sie herum.

Zeig mir, dass du es fühlst.

Die Stimme – wie ein Garn zu einer fernen Realität. Die Übelkeit steigt in ihr hoch; sie würgt, keucht, gibt auf. Ein Blitzlicht. Es durchzuckt sie wie ihre eigene Angst. Sie kneift die Augen zusammen, sieht es aber trotzdem. Das Helle, Blitzartige, das sie trotz der fest verschlossenen Lider wahrnimmt. Ihre Arme zittern. Sie bricht auf dem Boden zusammen.

Eine Hand packte sie beim Haar und zerrte sie hoch auf die Knie. Erschrocken schnappte Leah nach Luft. Was war passiert? Wo war sie? Sie versuchte, die Augen zu öffnen, doch eine Binde saß fest um ihren Kopf und nahm ihr die Sicht. Ihre Hände waren schon wieder hinter ihrem Rücken festgezurrt.

Die Fahrt im Auto fiel ihr ein, sie – gefesselt, hilflos. Aber noch nicht aufgegeben. Teilchen um Teilchen setzten sich die zersplitterten Erinnerungen zu einem Bild zusammen. Das Ausharren unter dem Bett, die Furcht zu niesen, überhaupt irgendein unvorsichtiges Geräusch von sich zu geben, die Flucht aus der Wohnung, die Bushaltestelle …

Die Hand verkrallte sich fester in ihrem Haar. Sie unterdrückte ein Stöhnen. Kämpfen! Die Augenbinde gab ihr Hoffnung. Ihr Entführer wollte nicht, dass sie ihn sah. Er hätte keine Vorsichtsmaßnahmen treffen müssen, wenn sie dem Tode geweiht wäre. Irgendwo hinter sich vernahm sie einen Klingelton. Es war ihr Handy. Der Anruf wurde nach wenigen Sekunden weggedrückt.

»Tz, tz, tz …«

Sie biss die Zähne zusammen, bäumte sich auf. Doch die Hand hielt ihren Kopf fest. Das kühle Gehäuse ihres Handys wurde an ihr Ohr gedrückt. Sie hörte ein halb ersticktes »Kay Gordon«, keuchte auf, als sie seine Stimme erkannte.

Grob wurde ihr der Kopf nach hinten gerissen. Sie hatte die Lippen fest aufeinandergepresst, konnte jedoch ein Wimmern nicht unterdrücken.

»Leah? Leah, wo bist du?«

Seine Stimme … Unter ihren Lidern quollen Tränen hervor. Plötzlich wurde sie losgelassen, spürte wieder den harten Boden unter ihrer Wange. Das Telefon war nicht mehr da.

Kurz darauf ertönte eine mechanische Stimme: »Sag ihm, wie sehr du ihn liebst.«

Nein! Aus ihr sollte er keinen Ton herausbekommen. Sie würde Kay nicht in eine Falle locken.

Still lag sie da, lauschte den verzerrten Befehlen: »Sag ihm …«

Sie schluchzte. *Egal, was er dir sagt, bleib ihm fern, Kay! Bitte, bleib ihm fern!* Am liebsten hätte sie es herausgeschrien. Aber Kay durfte sie nicht hören.

Ihr Peiniger trat wieder zu ihr. Sie spürte seine Finger an ihrem Oberarm, den Stich einer Nadel. *Nein. Nicht schon wieder …*

Er wartete bei ihr, blies ihr seinen Atem in den Nacken.

Ihre Lider fühlten sich schwer an, zu anstrengend, die Augen offen zu halten, und nichts zu sehen außer der Nacht; sie lag mit geschlossenen Augen da, wie unter Tonnen von Wasser, die auf ihre Brust, ihren Kopf, ihren Verstand drückten. Sie machte den Mund auf, diesen ausgedörrten Schlund. Wasser ... Es war da, um sie zu ersticken, in ihrem zersetzten Verstand. Sie würde keinen Tropfen auf die träge Zunge bekommen, die ihren Mund wie ein fleischiger Lappen auszustopfen schien.

Nur langsam floss die bleierne Schwere von ihren Gliedern ab, sie regte die Finger, mehr brachte sie nicht zustande und blieb still liegen, mit offenem Mund die staubige Luft schluckend, während die Dunkelheit mal anschwoll, mal abebbte, aber nie ganz von ihr abließ.

Ihre Hände waren nicht gefesselt. Ihre Nägel kratzten über den Beton – Aufstehen. Steh auf! –, sie wälzte sich auf die Seite; für einen Augenblick schien der Boden seine Konsistenz zu verlieren, waberte unter ihren Bemühungen, auf alle viere hochzukommen.

Sie tastete umher, kroch, Zentimeter um Zentimeter, doch es gab nichts als die Dunkelheit und diesen rauen, staubigen Boden unter ihren Handflächen.

Die Wand kam unvermittelt. Sie fuhr mit den Fingern über deren Oberfläche. Nach oben, unten, zu den Seiten, schlug mit den Fäusten dagegen, als könnte sie in die Freiheit durchbrechen, wenn sie bloß noch ein bisschen mehr Kraft hätte; schließlich sackte sie zusammen und schluchzte. *Kay* ... Sie verbat sich zu heulen und tat es trotzdem. Nasses Gesicht, nasse Hände, mit denen sie immer wieder ihre Tränen verschmierte, das salzige Brennen unter den Fingernägeln, die sie bis zum Fleisch abgebrochen haben musste.

Auf den Knien schob sie sich weiter, immer eine Hand an der Wand, um nicht auch noch diesen Halt in der Finsternis zu verlieren, bis die Wand einen Knick machte. Sie ertastete eine Stufe, rutschte ab. Die Kanten bohrten sich in ihren Bauch und ihre

Rippen, ihr Atem ging stoßweise. Sie zog sich hoch, griff nach weiteren Stufen, noch eine und noch eine, heraus aus der Dunkelheit, noch eine und – eine Tür. Ein unüberwindbares Hindernis. Sie zog sich hoch, rüttelte an der Klinke, stieß mit ihrer ganzen Kraft dagegen und fiel nach draußen, in einen Flur, vielleicht auch nur einen Durchgang. Irgendwo glaubte sie, fremden Atem zu hören, tiefe, regelmäßige Züge wie das Auf und Ab der See, die sie mit jedem Stoß vorantrieben.

Hinter mir und vor mir … Der alte Kinderreim hämmerte in ihren Schläfen, wie die Atemgeräusche drängte er sich in ihren Geist, was hinter ihr und vor ihr war, das wusste sie nicht mehr.

Eckstein, Eckstein, alles muss versteckt sein … Sie rappelte sich hoch, befahl sich zu stehen, obwohl ihre Beine wie im Watt versanken und die Übelkeit ihr in die Kehle stieg. Sie durfte nicht aufgeben, sie musste entkommen, solange ihr Peiniger anscheinend dachte, sie stünde noch unter Drogeneinfluss, solange er sie noch nicht überwältigt und wieder gefesselt hatte.

Eckstein, Eckstein … Helle Stimmen, spielende Kinder, Céline und … und jemand anders …

Sie schlurfte voran, das morsche Parkett, die zerbrochenen Fenster, die Treppe, die wie in einer Soap-Kulisse eines Herrenhauses nach oben führte – sie müsste ihn kennen, diesen Ort, der aus Scherben der Vergangenheit in ihrem Verstand klirrte. Eine zarte, wirre Melodie. Ein Windspiel. Doch die Gedanken entglitten ihr.

Sie hörte den Atem.

Nah, näher. Und doch so fern.

Die Tür stand offen. Von draußen wehte die Kälte in das verlassene Gemäuer.

Sie lief, stolperte, ihre Knie schlugen auf das Kopfsteinpflaster, doch sie rappelte sich hoch und lief weiter. Alles floss an ihr vorbei: Die Bäume, in der Morgendämmerung wie in Nebel gehüllt, der Boden, der Himmel, der irgendwo jenseits der nackten Äste auf sie herabsah. Wenn sie fiel und nicht aufstehen konnte, holte der fremde Atem sie ein und trieb sie weiter. Mal sah sie eine verschwommene Silhouette, mal waren es durch das Laub raschelnde Schritte, die sie mit ihren schwindenden Sinnen zu erfassen glaubte, wenn sie sich umdrehte und nach ihrem Verfolger Ausschau hielt. Wie ein Tier trieb er sie an, spielte mit ihr.

Nein.

Nicht. Mit mir.

Sie lief schneller. Alles drehte sich in einem schwindelerregenden Kreis. Baumstämme, Wurzeln, Äste. Sie fiel wieder, rollte einen Hang hinab, blieb liegen. Ihr Kopf schien zu bersten. Sie versuchte, auf alle viere zu kommen, und schaffte es nicht. Ihre Kräfte schwanden. Wie die Wirklichkeit. War es überhaupt die Wirklichkeit? Oder bloß ein Traum, ein böses Verwirrspiel ihres unter Drogen gesetzten Verstandes?

Sie würde nicht entkommen. Wozu noch kämpfen? Nur liegen bleiben und warten.

Nein! Nicht daran denken. Mit einer Hand ertastete sie einen Stein und schloss ihn in der Faust, wartete auf ihren Verfolger. Sie würde sich ihm nicht widerstandslos ergeben.

In der Ferne, am Rande ihrer Wahrnehmung, rauschte etwas. Sie konzentrierte sich darauf. Ein Fluss? Wasser … trinken …

Sie rappelte sich hoch, stand schwankend da und lauschte, bis sie genug Kräfte gesammelt hatte, um in die Richtung zu stolpern. Das Rauschen schwoll an, wurde beinahe greifbar, war kein Rauschen mehr, sondern ein unerträglicher Lärm.

Die Bäume endeten. Sie lief, lief, bis sie gegen eine Planke stieß. Das Licht, viele Lichter, die an ihr vorbeirasten. Der Lärm. Vor ihrem Blick wimmelte alles. Panik stieg erneut in ihr hoch. Fest kniff sie die Augen zusammen und glaubte auf den Lidern das Blitzlicht zu spüren.

Sie sank auf die Knie, vergrub das Gesicht in ihren Händen, wiegte ihren Körper hin und her. Kauerte an der Planke, eine Ewigkeit lang. Ihr Verfolger würde sie finden, sie in den Keller zurückzerren, vorbei das Spiel, das bisschen Freiheit. So kalt. Sie spürte kaum ihre Glieder, zitterte am ganzen Körper, ohne irgendeine Kontrolle darüber zu haben.

Das Rauschen, der Lärm, ein dumpfer Schlag einer Tür irgendwo neben ihr. Sie krümmte sich zusammen, machte sich klein. Wieder im Kofferraum, jeglicher Bewegungsfreiheit beraubt. Sie schrie.

Jemand kam auf sie zu. Der Stein. Wo war der Stein? Hektisch tastete sie umher. Ihre Finger verhedderten sich in den Grasbüscheln. Der Stein, irgendwo musste er doch sein.

Hände packten ihre Schultern. »Leah. Leah! Ich bin's.«

Sie schrie wieder. Schlug um sich.

Schlug so lange, bis die Kräfte sie endgültig verließen.

17

Leah wusste nicht, wie oft sie einschlief und wieder aufwachte. Mal tauchte sie an der Oberfläche auf, mal ging sie unter, strampelte und rang nach Luft, wenn sie den fremden Atem an ihrem Ohr hörte oder das aufflackernde Licht auf den Lidern zucken spürte. Irgendwann konnte sie die Augen aufmachen, ohne dass die Trägheit ihres Geistes sie zurück in den Dämmerzustand zog. Wie in einem Dunst trieb die grellweiße Umgebung vor ihrem Blick. Sie sah rot. Blutrot. Wie unzählige Tupfer eines verrückten Impressionisten. Wo war sie?

Fieberhaft versuchte sie, nach Erinnerungen zu greifen. Katzenhaare. Nicht niesen. Auf keinen Fall niesen. Das wusste sie noch. Ihr steifer, verrenkter Körper in einem Auto, gefesselt. Alles Weitere schien in einem weit entfernten Albtraum zu versinken. Sie wimmerte, verwirrt, verängstigt, sah immer noch rot, sobald sie die Lider aufschlug.

Leah. Leah! Ich bin's.

»… du bist in Sicherheit.«

Irgendwann gelang es ihr endlich, ihren Blick zu fokussieren. Aus dem beängstigenden Blutrot schälten sich Blumen, Unmengen von Rosen mit weißem Schleierkraut. Sie standen in Vasen, wohin sich ihr Blick auch verirrte. Auf dem Nachttisch ihres Krankenhausbettes hockte ein pausbäckiges Porzellanengelchen, stützte seinen Kopf auf die pummeligen Ärmchen und lächelte sie verschmitzt an.

Das Krankenhausbett.

Sie schaute auf ihr Handgelenk mit dem Plastikbändchen,

dann auf die abgebrochenen Nägel und wund gescheuerten Fingerkuppen mit dem verkrusteten Blut. Vorsichtig bewegte sie die Finger, die ihr gehorchten. Sie war in einem Krankenhaus. In Sicherheit.

»Wie fühlst du dich?«, erklang es leise neben ihr, sanft wie ein Celloton.

Kay. Er war bei ihr, auch in Sicherheit. Sie hatte Angst um ihn gehabt, nur wusste sie nicht mehr, warum. Die Entführung, der Keller – das hatte etwas mit ihm zu tun. Ihr Herz schlug schneller und schneller.

Nicht daran denken, nicht jetzt!

Sie wandte sich der Stimme zu, betrachtete ihn stumm. Müde sah er aus, nah und so … wirklich. Sie lächelte. Immer noch schlug ihr Herz viel zu heftig, aber nur, weil in ihr ganze Schwärme von Engelchen eingeschlossen zu sein schienen.

»Leah? Wie geht es dir?«

»Sag ich dir, sobald du mir versichert hast, dass dieser Kitsch-Tsunami nicht von dir stammt.« Sie deutete auf die Rosen.

»Ein junger Mann war hier. Nannte sich Poul und ich bin halt ihr Freund.«

Sie betrachtete den Bartschatten, die kastanienbraunen Haarsträhnen, die ihm in die Stirn fielen, die dunklen Ringe unter seinen Augen. Plötzlich dachte sie daran, wie er von ihr gegangen war. An die Eingangstür, die hinter ihm zugefallen war und sie allein zurückgelassen hatte. *Und ich bin der, der Sex mit ihr hatte?* Wer bist du, Kay, wer willst du in meinem Leben sein?

Sie rief sich zur Vernunft. Trotzdem flatterten die Engelchen rege in ihr umher und pfiffen auf jeglichen Realitätssinn. »Und wie hast du dich ihm vorgestellt?«

»Als jemanden, der froh ist, dich aufwachen zu sehen.«

Ihr fiel auf, wie duftlos die Rosen waren.

»Zur Bekräftigung seiner Worte wollte er dich auf die Wange

küssen, aber du hast auf seine Nähe regelrecht panisch reagiert. Also habe ich ihn aus dem Zimmer geworfen. Wer ist dieser Poul nun wirklich?«

»Eifersüchtig?«

»Sollte ich?«

Sie steckte das Pummel-Engelchen kopfüber in eine der Vasen. Beleidigt rutschte es an den dornlosen Stängeln ins Wasser.

Er lächelte auf seine unscheinbare Art. Nur für sie. »Das akzeptiere ich gern als Antwort.«

»Bring die Blumen weg, bitte! Und … komm zurück.«

»Zu Befehl.«

Während er das Gestrüpp abtransportierte, starrte sie an die Decke, versuchte erneut, die Erinnerungen an ihre Entführung zusammenzuklauben. Sie wurde an einer Haltestelle überfallen. Deutlich sah sie den Fahrplan vor sich. Sie wusste noch, dass der Bus in einer Viertelstunde kommen sollte. Den hatte sie wohl verpasst. Die Dunkelheit und die Kälte des Kellers krochen ihr über die Haut. Wie war sie entkommen? Er hatte sie nicht gefesselt, ihre Sinne waren noch benebelt gewesen von dem Zeug, das er ihr in die Venen gespritzt hatte. Hatte er geglaubt, sie wäre noch bewusstlos? Oder … oder hatte er sie laufen lassen, um …

»Das Schwesternzimmer und der Empfangsbereich haben sich sehr über die Rosen gefreut.« Kay setzte sich zu ihr ans Bett.

Seine Stimme … Sie hatte sie durch das Rauschen, durch den ganzen Lärm und die vorbeirasenden Lichter gehört. Er war da gewesen. Plötzlich hatte sie wieder Angst. »Du warst es. Der mich gefunden und ins Krankenhaus gebracht hat. Nicht wahr?«

Das Lächeln glühte in seinen Augen aus. »Ja. Ich war es.«

»Woher wusstet du, wo du mich findest?«

»Aus den SMS-Nachrichten, die von deinem Handy kamen. Es war … eine grausame Schnitzeljagd.«

Sie schluckte. War sie entkommen oder freigelassen worden?

Was hatte ihr Entführer von Kay gewollt? Die Fragen machten sie schwindelig. Sie legte sich eine Hand über die Augen, spürte unter den Fingern die Tränen, noch warm. In ihrer Nase kribbelte es.

Katzenhaare … Nathalie hatte etwas in der Wohnung dieses Nick Milla gefunden. Was, wenn er das Verschwinden der Dinge bemerkt hatte, wenn er alles zurückhaben wollte und nach der Entführung bei ihr nicht gefunden hatte? Was, wenn er sie freigelassen hatte, damit sie ihn zu seinem gestohlenen Eigentum führte? Und Kay? Lautete die Bedingung für ihn, sicherzustellen, dass sie das Entwendete wiederbeschaffte?

»Wer ist dieser Nick Milla wirklich? Weswegen hast du ihn gefeuert? Hegt er deswegen einen Groll auf dich und will den Verdacht auf dein Studio lenken?«

»Stopp, stopp, stopp. Was hat Nick jetzt damit zu tun?«

»Bei der Trauerfeier meintest du, du könntest mir nicht helfen. Was hat er gegen dich in der Hand?« Sie forschte in seinem Gesicht. Irgendetwas verbarg er vor ihr. Durfte sie ihm wirklich trauen?

»Er hegt keinen Groll. Glaub mir.«

»Glaub mir? Einfach so? Genau das kann ich nicht. Nicht nach all dem, was passiert ist!«

»Okay.« Er lehnte sich ein Stück zurück. Mit einem Mal fühlte sie sich einsam, wollte wieder seine Nähe spüren, trotz allem. »Ich habe ihn gefeuert, weil er es so wollte, und ich habe nicht gefragt, warum. Er ist ein … alter Freund. Ja, ich habe ihn angestellt, weil er mich um diesen Gefallen gebeten hat. Und wenn er mich ab und zu mal fragte, ob ich mir ein Mädchen ansehen könnte, habe ich das gemacht. Wie im Fall deiner Schwester.«

»Wie lange war er mit Céline zusammen?«

»Er war nicht mit ihr zusammen. Zumindest nicht in dem Sinne.«

»In welchem dann?«

»Ich weiß es nicht.« Sein Gesicht wirkte hart. »Er hat mich gebeten, ihm keine Fragen zu stellen. Ich habe ihm keine Fragen gestellt.«

Irgendwo draußen schlug eine Tür zu. Ihre Gedanken irrten zwischen den Pocken der Raufasertapete umher, aber alles, was sie sich zusammenreimte, ergab wenig Sinn. Vielleicht war es noch zu früh, um klar zu denken. Sie musste Geduld haben. Sich selbst etwas mehr Zeit geben, wieder zur Besinnung zu kommen.

»Ich habe deinen Arzt gesprochen. Er meinte, wenn die Laborwerte in Ordnung sind, kannst du in ein paar Tagen nach Hause.«

»Nach Hause. Ja ... Meine Mutter!« Sie stemmte sich hoch. Vor ihren Augen rieselte ein Wirrwarr aus weißen Bläschen die Tapete herab. Sie blinzelte. Sie sollte sich wirklich etwas mehr Zeit geben, auch ihrem Körper. »Ist alles in Ordnung mit ihr? Sie war so verstört, als sie ...« *Dich gesehen hat.* Rasch kämpfte sie den Gedanken nieder. »... überfallen wurde.«

»Ich habe Elinor gebeten, zu euch zu fahren und sich umzusehen.«

»Danke.«

»Ihr hat niemand geöffnet.«

»Ich muss hin. Sie kann nicht allein bleiben in ihrem Zustand. Und nach allem, was passiert ist, würde sie Fremden auch nicht öffnen.«

»Der Arzt hat ›in ein paar Tagen‹ gesagt. Nicht sofort.« Behutsam drückte Kay sie zurück in die Kissen, und sie gab nach, als sie seine Nähe fühlte. Die Sorge in seinen Augen sah, den Schmerz darüber, sie ... so hilflos zu sehen.

Nein, er konnte es nicht sein, unmöglich.

»Ich werde Elinor bitten, noch einmal nachzusehen, okay?

Vielleicht gelingt es ihr, einen Nachbarn zu bitten vorbeizuschauen.«

Sie schloss die Augen. Es war so verwirrend … ihn zu mögen. Und trotzdem irgendwo tief im Herzen diese Zweifel zu haben. Warum konnte es nicht einfach sein? Sie mit einem netten Mann, unbeschwerte Dates, ab und zu Sex – hatte sie je mehr gewollt? Vielleicht nicht. Aber jetzt war alles anders, *sie* war anders. Sie wollte Kay. »Als ich gesagt habe, ich könnte dir nicht glauben, habe ich …«

»Du brauchst mir nichts zu erklären. Versprich mir nur, keine Dummheiten mehr zu machen.«

»Ja.«

»Das bedeutet: keine Detektivambitionen mehr. Klar? Überlass das der Polizei!«

»Kay, ich …«

Seine Finger strichen ihr durch das Haar. »Ich will dich aufwachen sehen. Jeden Tag. Und das nicht in einem Krankenhaus.«

Die Wärme in seiner Stimme – das war etwas, was sie in ihrem Herzen einschließen konnte. Und plötzlich gab es keinen Platz mehr für Zweifel. Ihn zu mögen … konnte manchmal auch sehr einfach sein.

Poul hatte sie nicht besucht, vielleicht war er auch gegangen, als er seine Rosen auf dem Tresen der Eingangshalle entdeckte. Der Polizei, die ihre Aussage aufnehmen wollte, konnte Leah nicht viel berichten – die Erinnerungen an die Entführung waren da und zugleich vollkommen unwirklich. Ein böser Traum, eine Flucht. Ihre Angst. Immer wieder diese Angst.

Manchmal erklang der fremde Atem nachts in ihren Ohren und jagte sie durch den Wald. Der Mörder sah zu, wie sie ihm zu entkommen glaubte. Wenn sie schrie und um sich schlug …

… weckte Kay sie auf.

Am Tag ihrer Entlassung aus dem Krankenhaus holte er sie mit seinem Wagen ab. Den alten Mustang erkannte sie schon von Weitem. Die Umrisse wirkten kantig und eigenwillig, fast wie sein Besitzer. Der Innenraum war gepflegt und roch nach Route 66. Oder zumindest so, wie Leah es sich vorstellte, in einem klapprigen Auto durch die Weiten der USA zu rasen.

Die Fahrt vom Krankenhaus nach Hause war allerdings alles andere als die Route 66 – die Freiheit endete viel zu schnell. Kay parkte und öffnete ihr die Beifahrertür; sie selbst wagte es nicht, die polierte, museumsreife Klinke zu berühren.

Am Gartentor blieben sie stehen. Sahen einander an.

»Danke.« Wie von selbst fuhren ihre Finger seinen Nacken entlang.

Er senkte den Kopf und schmunzelte in ihre Armbeuge. »Gänsehaut.«

»Auch«, hauchte sie. Ein wenig schwach in seiner Nähe. Süchtig danach, schwach bleiben zu können, solange er da war.

»Aber wir müssen aufhören.«

»Warum?«

»Ich glaube, deine Mutter schaut uns aus dem Fenster zu.«

Über seine Schulter hinweg blickte sie zum Haus und bemerkte, wie die Küchengardine an ihren Platz zurückglitt. Sie seufzte, wollte aus seiner Umarmung schlüpfen, als er eine Hand auf ihren Rücken legte und sie daran hinderte. »Was hältst du davon, mit mir ins Kino zu gehen?«

»Ins Kino? Was läuft denn?«

»Lass dich überraschen. Ich hole dich nächsten Donnerstag um 13 Uhr ab, in Ordnung?«

»Ich bin zwar noch krankgeschrieben …«

»Es wird dir guttun, auf andere Gedanken zu kommen.«

»Andere Gedanken als diese?« Sie zog ihn am Mantel noch näher an sich, öffnete leicht die Lippen.

Aus dem Augenwinkel bemerkte sie erneut, wie sich die Gardine bewegte. Ihre Hände glitten an seinen Schultern herab. Sie senkte die Arme. »Abgemacht. Nächsten Donnerstag um 13 Uhr.«

Er hauchte ihr einen Kuss auf die Wange. »Bis dann.«

Als der Motor seines Mustangs ansprang, ging sie zum Haus. Die Tür wurde sofort geöffnet. Fahrige Hände tasteten über ihr Gesicht. »Leah! Mein Mädchen. Geht es dir gut, Kleines? Ich habe dir jeden Tag Hühnerfrikassee gekocht. Jetzt habe ich keine leeren Töpfe mehr. Und alles ist kalt geworden.«

Fest umarmte sie ihre Mutter und führte sie ins Haus. »Es geht mir gut. Komm, lass uns etwas vom Frikassee aufwärmen und essen.«

18

Leah stand über dem Kleiderhaufen, den ihr Schrank hergegeben hatte, und versuchte darin etwas Passendes für die Begriffe *Starfotograf, Dresscode – erstes Date* und sein legeres »Was hältst du davon, mit mir ins Kino zu gehen?« zu entdecken. Etwas weiter lagen das kleine Schwarze und ihr graues Kostüm ausgebreitet, die, wenn schon ein Desaster, dann eines mit Eleganz versprachen. Und eine aufgeschlagene *Cosmopolitan*. Vom letzten Jahr zwar, aber mit wichtigen Ratschlägen.

Als sie zum wiederholten Mal aus dem Fenster blickte und auf der anderen Straßenseite den Mustang entdeckte, entschied sie sich, die Betonung auf »leger« zu legen, und schlüpfte in ein Top und ihre Lieblingsjeans. Beim Anblick ihrer nackten Schultern fror sie bereits jetzt, und so zog sie sich die Jacke des Kostüms über und drehte sich noch einmal vor dem Spiegel. Nicht übel. Elegant mit einem gewissen Etwas und dem Mut zum Kombinieren. Auch wenn Céline sie früher angefleht hatte, jegliche Mode-Experimente lieber der *Vogue* zu überlassen. Oder der *Cosmopolitan*. Aber die schien sich nicht zu sehr zu empören.

Ihre Mutter saß in der Küche und blätterte im Werbeblättchen eines Discounters. Als Leah sich zu ihr beugte, fiel ihr Blick auf die Überschrift, die »Noch mehr Sparangebote ab Mittwoch« versprach, und das Datum des Prospekts – der Tag ihrer Entführung.

»Kleines.« Ihre Mutter bewegte die Schultern. »Du tust mir weh.«

»Sorry.« Sie löste die Finger, die sich verkrampft hatten. Das

Datum flimmerte vor ihren Augen wie die heruntergesetzten Preise für Blumenkohl und Leberwurst auf den grellen, rot-gelben Seiten.

»Sorry?« Ihre Mutter seufzte und raschelte durch die Mega-Sparangebote. »Was ist das für ein neumodischer Ausdruck?«

»Du liest einen alten Prospekt, Mama.«

»Aber das Rindfleisch war da so günstig.«

Leah durchstöberte die Zeitungen und Werbeblättchen auf dem Fenstersims und holte den aktuellen Prospekt hervor. »Schau hier. Sie haben diese Woche Mikrowellenzubehör da. Wir könnten uns eine neue Abdeckhaube besorgen.«

»Ja, schön.« Ihre Mutter warf ihr einen Seitenblick zu und rümpfte die Nase, was dem molligen Gesicht, das noch immer deutliche Spuren der Misshandlung zeigte, etwas von einem verschreckten Kaninchen verlieh. »Du willst los? Wohin denn? Meinst du, das ist eine gute Idee? Nach allem, was passiert ist?«

»Mach dir keine Sorgen. Ich möchte nur den Kopf freibekommen. Nichts Wildes. Irgendwann werde ich eh zur Arbeit gehen und dieses Haus verlassen müssen.« Sie hauchte ihr einen Kuss auf die Wange, der pflichtschuldiger ausfiel, als sie beabsichtigt hatte. »Heute ist ein guter Tag, um mich wieder nach draußen zu trauen.«

»Es wird regnen«, schnaubte ihre Mutter über dem alten Prospekt.

Leah holte ihren Trenchcoat und eilte zum Auto. Kay musste sie schon an der Gartenpforte bemerkt haben. Als sie über die Straße kam, hielt er ihr bereits die Beifahrertür auf. Mit einem letzten Blick aufs Haus registrierte sie die Silhouette ihrer Mutter am Fenster, die sich nicht mehr über die Sonderangebote beugte, sondern zwischen den Gardinen nach draußen spähte. Leah hatte es erfolgreich vermieden, in ihrer Gegenwart Kays

Namen zu erwähnen, sie nicht einmal auf ihre panische Reaktion angesprochen. Das Leben im Hause Winter ging weiter und wollte nicht gestört werden.

»Hast du einen Ausweis bei dir?«, fragte Kay.

»Hm?« Sie beeilte sich, auf den Beifahrersitz zu schlüpfen, damit er die Tür hinter ihr schließen und ins Auto steigen konnte. Zeit genug, um ein entspanntes Grinsen zu üben. »Ist der Film FSK 18? Zugegeben, es schmeichelt mir, wenn du glaubst, jemand würde mein Alter anzweifeln, auch wenn …«

»Hast du ihn nun bei dir oder nicht?«

»Ja. Meine Handtasche ist mir zwar abhandengekommen, aber der Ausweis war nicht drin. Wenigstens den muss ich nicht neu beantragen. Erstaunlich, aus wie vielen Papieren und Plastikkarten ein Menschenleben besteht.«

»Gut.« Er drückte ihre Hände, die am Gürtel des Trenchcoats nestelten, und startete den Motor.

Sie beschloss, sich zu entspannen. Das erste Date? *Wird schon.* Wenigstens musste sie sich nicht die Frage nach Sex – ja oder nein? – stellen, denn den hatten sie schon gehabt. Aus der Musikanlage sang leise Adriano Celentano etwas über *Amore* – anscheinend eine sehr tragische Angelegenheit.

»Magst du italienische Musik?«, fragte Leah, um das Schweigen zu füllen.

»Magst du italienisches Essen?«

»Ähm. Ja. Durchaus.«

»Hast du schon einmal Fegato alla Veneziana con Polenta probiert?«

»Wenn du das sagst, klingt es so … unanständig.«

»Mh!«

Okay, keinen Small Talk also. Leah lehnte sich zurück und beschloss, sich lieber von Celentano unterhalten zu lassen. Der strengte sich wenigstens an. Dass die Fahrt zu Ende ging, bemerkte sie erst, als das Tageslicht verschwand und der Mustang durch eine Tiefgarage kurvte.

Sie folgte Kay aus dem Wagen. Der Aufzug brachte sie nach oben. Leah trat auf die Straße und blieb stehen, als wäre sie sonst in ein vorbeirasendes Auto hineingelaufen.

»Kay. Sag mir, dass du dich verfahren hast. Oder wo genau befindet sich ›Kino‹?«

Langsam dämmerte ihr die Bedeutung der Hinweisschilder auf *Terminal 1* und *Terminal 2*, die sie im Vorbeigehen wahrgenommen, aber nicht weiter beachtet hatte. Und die Flugzeuge, die sie bei der Fahrt hierher aus dem Autofenster registriert hatte.

»In Bella Italia.« Er reichte ihr sein Handy. »Ich glaube, es ist höchste Zeit, deine Mutter anzurufen und ihr zu sagen, dass du heute nicht zum Abendbrot nach Hause kommst.«

»Italien?« Vor Schreck hätte sie sich fast verschluckt.

Er lächelte. »Wenn *du* das sagst, klingt es so … nach Timbuktu.«

»Nein, ich kann nicht. Das ist doch verrückt.«

Er zog sie an sich heran. »Weißt du noch, wie du mir auf der Trauerfeier gesagt hast, du wolltest es oft so machen wie Céline: abhauen und nach Träumen greifen?« Seine Hände lagen auf ihrem Rücken. Sanft, und dennoch erlaubten sie ihr nicht, zurückzuweichen.

»Du … du erinnerst dich noch daran?«

»An jedes Wort.«

Sie sich an die seinen anscheinend weniger. Sonst hätte sie vielleicht schon bei Irgendwas alla Veneziana con Schieß-michtot den Braten gerochen. Oder was auch immer die Speise darstellte.

»Vertrau mir.« Er beugte sich über sie, drückte sie noch etwas fester an sich, sodass sie ihre Wange gegen seine Brust lehnen musste, ganz unbewusst die Augen schloss und seiner Stimme lauschte. »Sei wenigstens für diesen Tag frei. Morgen bist du wieder zurück und kannst dich um deine Mutter kümmern, zur Arbeit eilen, dich von deinem Chef wegen verpasster Termine anblaffen lassen … aber heute gehörst du ihnen nicht. Meinst du, du schaffst es, dieses eine Mal egoistisch zu sein?«

Und alle Fragen und Ängste zu vergessen?

»Ich kann es versuchen.«

»Schön. Dann versuchen wir es.« An der Hand führte er sie zum Gebäude des Flughafens, als befürchtete er, sie würde ihm doch noch entgleiten.

Alles war das erste Mal: Der Schluck italienischer Luft, erfüllt von der sprudelnden Vitalität der Landessprache; die Fahrt mit dem Wassertaxi durch das Grau des Herbstes, in dem alles unnahbar erschien, als wollte der Ort sich ihr nicht sofort offenbaren; der Anblick des Hotels, in dem sogar die ehrwürdigen Gepäckstücke einen längeren Stammbaum vorzuweisen hatten als sie; die prachtvollen Kronleuchter, die Wände, mit kunstvollen Gobelins behängt, die Parkettböden … Allein der Nieselregen draußen schenkte etwas Vertrautheit – ihre Mutter behielt also doch recht: Heute sollte es regnen.

Kay begleitete sie zum Zimmer, fragte, ob eine Stunde ihr reichen würde, um sich vom Flug zu erholen. Sie nickte aus ihrem Stand-by-Modus. Dann ließ er sie allein.

Leah ging ins Bad, in dem ihr ganzes Schlafzimmer Platz gefunden hätte und wo der polierte Marmor und die Armaturen so glänzten, dass sie die Spiegelwand hinter den Waschbecken gar nicht benötigt hätte. Mamma mia! Ihren Mund bekam sie erst beim Duschen wieder zu, und das nur, um kein Wasser zu schlucken.

Auf dem Bett des Schlafzimmers lag ein langes Kleid ausgebreitet, auf dem Teppich stand ein Paar Schuhe – zum Glück mit annehmbaren Absätzen, auf denen sie zumindest keinen Pisaturm mimen müsste. Und neben der Frisierkommode wartete ein regelrechter Schminkkoffer auf sie mit unzähligen Tuben, Fläschchen und anderen Gegenständen, für deren Gebrauch man vermutlich einen eigenen Hochschulabschluss brauchte.

Leah schaute auf die Uhr. Die Stunde neigte sich dem Ende zu und trieb sie zur Eile an. Sie schlüpfte in das Kleid, steckte die Füße in die Schuhe und zwang sich vor den Spiegel. Der schwere cremefarbene Rüschenrock reichte ihr bis zu den Knöcheln. Sie machte ein paar Schritte und musste jedes Mal das Bein anstrengen, um vorwärtszukommen. Was ihrem Gang, zugegebenermaßen mehr Entschiedenheit und Selbstbewusstsein verlieh. Die A-Form des Schnitts betonte ihre Kurven; sie kam nicht umhin, mit den Handflächen über das Material zu streichen und ihre eigene Figur darin zu erfühlen. Chic. *Cosmopolitan* wäre stolz auf sie.

Leah setzte sich vor den Spiegel. Irgendwann hatte Céline ihr das Schminken von Smokey Eyes beigebracht. Unter der Regie ihrer Schwester war die Angelegenheit keine große Sache gewesen. Doch als sie nun einen letzten Blick auf ihr Spiegelbild warf, drängte sich nur ein Gedanke auf: Wer hat das Kriegsbeil ausgegraben?

Es klopfte. Leah stöhnte ein »Herein« hervor und suchte nach etwas, womit sie das Desaster von den Augen wischen könnte, als Kay ins Zimmer trat. Sie richtete eine geöffnete Tube auf ihn. »Ich weiß zwar nicht, was hier drin ist, aber ich werde es beim ersten falschen Kommentar gegen dich einsetzen!«

»Oh, oh. Sollte ich vielleicht vorsichtshalber *Polizia!* rufen?«

»Vermutlich. Denn ich habe das Gefühl, dass die Anklage nicht ›verboten gut aussehen‹ lauten würde. Sondern eher: ›Wer hat den Sprengsatz im Schminkkoffer versteckt?‹«

Er schmunzelte, setzte sich auf den Boden und klopfte mit einer Hand auf den freien Platz an seiner Seite. »Komm her.«

Sie runzelte die Stirn.

»Na komm schon. Ich beiße nicht. Versprochen.«

Leah raffte den Rock und ließ sich neben ihm nieder.

»Schließ die Augen.«

Sie gehorchte.

»Mal sehen, ob wir es ohne Stylisten hinkriegen. Ich hab sonst hauptsächlich zugeguckt.«

Mit dem Handrücken strich er ihr über die Wangenknochen und das Kinn, drehte mit sanftem Druck ihren Kopf etwas zur Seite.

Sie spürte, wie er sie betrachtete. Ihre Lider bebten.

»Nicht schummeln.« Seine Fingerkuppen fuhren über ihre Stirn und die geschlossenen Augen. Sie hörte das leise Geräusch der von ihm hin und her bewegten Döschen und Tuben im Schminkkoffer, lauschte in die Stille des Hotels und stellte sich vor, wie die Bediensteten in ihren schwarzen Uniformen durch diesen Palast huschten, beinahe unsichtbar, wie nur ab und zu das Parkett unter dem leichtfüßigen Gang knarrte und wie Kay in dieser Stille neben ihr auf dem Boden saß.

Die Kühle auf einem Wattepad senkte sich auf ihre Lider, zart, kaum wahrnehmbar wie der Duft der Reinigungsmilch, wie alles hier – weit außerhalb ihrer Sinne und doch irgendwie da. Tupfer um Tupfer befreite Kay ihr Gesicht von der Schwere des Make-ups. Sie fühlte die Luft auf ihrer Haut und atmete die Frische mit jeder Pore ein.

Seine Finger glitten über ihre Stirn, massierten sanft ihre Schläfen. Sie seufzte auf und ließ ihre Wange in seine Hand sinken. Für einige Herzschläge verharrten sie so nebeneinander, bis er ihr Kinn umfasste und einen Hauch von Etwas auf ihre Lider setzte. Strich um Strich. Sie nahm die Wärme seiner Finger wahr, wie er mit den Kuppen über ihr Gesicht fuhr, ihren Kopf zur einen oder zur anderen Seite neigte. Sein Daumen streifte über ihre Lippen. Sie öffnete leicht den Mund und fühlte, wie ein Pinsel Farbe darauf hauchte. Noch ein paar Striche. Ein letztes Zuschnappen eines Döschens im Schminkkoffer. Dann fühlte sie Kay nicht mehr.

»Du kannst die Augen aufmachen.«

Er stand vor ihr und streckte ihr seine Hand entgegen. Sie ergriff sie und wurde auf die Beine gezogen.

»Und, wie findest du es?«

Sie lächelte. »Wunderschön.«

»Du hast gar nicht in den Spiegel gesehen.« Er runzelte die Stirn. »Weißt du was? Ich denke, wir lassen doch lieber einen Visagisten kommen. Ich kann Fotos machen, aber malen – das kann ich nicht.«

»Ich fand es wunderschön. Und glaub mir, ich werde niemanden mehr an mein Gesicht heranlassen.«

Zärtlich strich er ihr das lange Haar aus dem Nacken. »An diese Pracht musst du aber doch noch jemanden ranlassen. Meinst du, das geht in Ordnung?«

»Ich frage mich, was für ein Kino das ist, für das ich solch ein Kleid, einen Visagisten und einen Haarstylisten brauche. Halt! Läuft in Venedig üblicherweise nicht irgendein Filmfestival?«

Er grinste. »Nicht im Moment.«

»Dann bin ich ja beruhigt.«

Eine halbe Stunde später durfte sie ihre Suite verlassen – mit einer Hochsteckfrisur, die einer Sissi würdig gewesen wäre. Der hoteleigene Shuttle-Service brachte Kay und sie über das Wasser direkt ins Herz von Venedig. Sie achtete kaum auf den Weg, zu ergriffen war sie von den Bauten um sie herum, die in der Dämmerung und dem abendlichen Nebel versanken. Der Zauber, der sie gefangen hielt, verflog erst, als sie die Menschenmenge sah, die hinter einer Absperrung wartete. Die Blitzlichter. Ein Paar, das gerade über den roten Teppich stolzierte.

Blitzlichter.

Die ihr Inneres zerrissen.

Sie hielt an. Die angesetzte Korsage des Kleides ließ ihr plötzlich keinen Platz mehr zum Atmen. Der Neckholder schnürte sie ein. »Du hast gesagt, das Filmfestival läuft im Moment nicht.«

»Es ist nur die Premiere eines Films. Nichts wirklich Großes.« Er zeigte jemandem die Einladung, führte sie dem roten Teppich entgegen. Ihre Beine schlugen gegen den schweren Rock, das Selbstbewusste, Entschlossene in jedem Schritt.

Blitzlichter zuckten durch ihren Verstand.

Sie hielt an. Ihr Atem wurde immer flacher.

»Leah? Ist alles in Ordnung?«

Die Umgebung flackerte vor ihren Augen. In dem Stimmengewirr zerflossen ihre Gedanken. Ein bisschen Céline, irgendwo in ihr drin, sie hatte sie doch immer gefühlt. *Sei bei mir. Kleine Schwester. Mein hässliches Entlein. Ich schaff das schon. Das, wovon du immer geträumt hast.*

Kay blieb stehen. Wie an diesem Tag schon einmal drückte er sie sanft an sich und neigte sein Gesicht zu ihr. »Weißt du was? Vergessen wir das Kino. Lass uns einfach spazieren gehen.« Plötzlich zog er sie mit sich, fort von der Menge und dem Blitzlichtgewitter, zurück in den stillen Zauber des abendlichen Venedigs.

Sie folgte ihm, bis ihre Hand aus seinem Griff glitt, sie sich auf irgendeine Stufe sinken ließ und sich die Finger gegen die Schläfen drückte. »Es tut mir leid. Ich glaube, ich habe irgendwie die Nerven verloren. Wir … wir können gleich zurück, ich brauche nur etwas Luft.«

Er setzte sich neben sie. »Quatsch. Ich war es, der sich anders entschieden und dir einen Kinoabend vermasselt hat.«

»Kaum vorstellbar, wie viele Mädchen alles geben würden, um an deiner Seite da durchzustolzieren.«

Er legte einen Arm um ihre Schultern. »Und ich würde alles geben, um heute an deiner Seite durch Venedig zu stolzieren – egal, ob mit oder ohne roten Teppich. Komm, lass uns die Stadt ansehen. Aber ich warne dich: Ich bin ein miserabler Stadtführer.«

Das war er in der Tat, denn er hielt ihre Hand und schwieg, als wären all seine Worte von diesem Abend verschluckt worden. Zusammen schlenderten sie durch die Gassen, die ein verwinkeltes Labyrinth bildeten. Alles schien unter einem Bann zu liegen. Leah spürte die Melancholie, mit der die Stadt sie in ihre Seele einließ. Bei jedem Schritt rätselte sie, was sich ihr hinter der nächsten Biegung offenbaren würde. Ein Platz mit prachtvollen *Palazzi* und wehmütigem Geigenspiel, das aus einem der Restaurants erklang? Eine Brücke über einen der unzähligen Kanäle? Oder ein Gässchen mit billigen Restaurants und Geschäften, die venezianische Masken anboten? Oft endeten ihre Wege am schwarzen Wasser, das leere Gondeln wie Totenbahren schaukelte. Die Bauten ringsherum versanken in dem kalten Nass, die ganze Stadt schien durch den Nebel davonzutreiben, hinaus aus der Lagune, aufs offene Meer – ohne Wiederkehr.

Sie gingen die ganze Nacht hindurch spazieren, ohne ein Wort zu sagen, bis Leah sich auf einem riesigen Platz wiederfand und wusste, dass es vorbei war. Dass ihre Welt sie viel zu schnell zurückhaben würde.

»Piazza San Marco«, flüsterte Kay. Ihr Gesicht lag in seinen Handflächen. Der Himmel über ihnen graute.

Er küsste sie.

19

Den Rückflug über schlief Leah, den Zwischenstopp bekam sie nur vage mit. Genauso wie die Fahrt vom Flughafen nach Hause, als würde der Nebel von Venedig sie noch immer in seinem Bann halten. Erst der Anblick der heimischen Gartenpforte zerstörte den Zauber von Piazza San Marco, den ihre Lippen die ganze Zeit über spürten.

»Ich hoffe sehr, deine Mutter verzeiht mir diesen Überraschungsausflug.«

Sie drehte sich auf dem Sitz zu ihm und zog die Beine an. Es war ein wenig so, als würde sie mit Kay aus einem gemeinsamen Traum aufwachen, als würden sie einander im selben Moment ansehen. »Mom wird sich damit abfinden müssen. Ich hab's getan, bin einfach abgehauen.«

»Aber du bist zurückgekehrt.«

»Ja.« Die Stille am Telefon, als sie verkündet hatte, für die Nacht wegzubleiben, war ihr bekannt vorgekommen. Jetzt wusste sie: Es war die gleiche Stille, mit der die Mutter Célines Entscheidung, auszuziehen und eine Modelkarriere zu beginnen, quittiert hatte. »Wartest du noch ein wenig?«

Falls auf dem Fußabtreter eine Kiste mit ihren Habseligkeiten stehen sollte …

»Natürlich.« Er stieg aus und öffnete ihr die Tür.

Sie gingen zum Vordach und ließen sich auf den Stufen nieder. Das Holz knarzte. Hin und wieder flogen Spatzen und Meisen an ihnen vorbei zum Grundstück des Nachbarn, der seine Sträucher mit Futterbällchen behängt hatte.

Es dämmerte so entsetzlich schnell, dachte sie. Als würde der Tag vor ihr fliehen wollen.

Die Vogelschar stob verschreckt hoch, gefolgt von dem Gebell eines Hundes. Leah stand auf, machte ein, zwei unsichere Schritte dem Gartentor entgegen und spähte zur Straße.

»Was hast du?«

»Nichts.« Sie reckte den Hals, um hinter die Hecke zu linsen, und sah tatsächlich nichts. »Wirklich, es ist alles in Ordnung.«

An der Hand zog er sie zu sich zurück. Sie lachte auf, als sie ihm auf den Schoß fiel, und stellte fest, dass auch er lächelte. »Ich bin froh, dass du ihn nicht bereust, unseren Ausflug.«

Sie nestelte an seinem Haar. »Ich frage mich, wohin du mich nächstes Mal entführen wirst.«

»Wie wäre es mit Paris?«

»Venedig, Paris … du bedienst wohl alle Klischees, oder?«

»Bin eben sehr unkreativ. Aber pst, verrate es keinem. Noch erhalte ich den Schein aufrecht, sonst kann ich meinen Fotoapparat an den Nagel hängen.«

Wieder bellte der Hund. Leah zuckte zusammen. Schon stand sie wieder, den Blick auf die Straße gerichtet. Bäume, Schatten …

Kay erhob sich ebenfalls. »Du hast doch was.«

»Das sind nur meine Nerven.« Erneut lachte sie auf, bemerkte, wie nervös es klang. »Schon seltsam, kaum bin ich zurück, male ich mir sonst was aus. Warum der Hund bellt, warum das Licht am Carport der Nachbarn angeht.« Sie schluckte. »Hoffentlich ist es nicht der Obdachlose …«

»Ein Obdachloser belästigt euch?« Mit einem Mal klang seine Stimme gepresst, alarmiert. Er tauchte eine Hand in die Manteltasche, wühlte darin. Ein paar zerknüllte Zettel fielen auf den dunklen Gehweg und blieben dort liegen wie weiße, leuchtende Insekten. »Wann ist er aufgetaucht?«

»Am Tag der Trauerfeier, schätze ich. Warum? Was …« *Was hast du?* Sie stand so nah neben ihm, dass sich ihre Handrücken fast trafen, doch ihn zu berühren, traute sie sich nicht.

Vorsichtig löste er seine Hand, die er zur Faust geballt hatte. »Mein Rollfilm ist weg«, murmelte er.

»Was war darauf?«

Er sah sie an, atmete tief durch. Seine Finger tasteten nach ihrer Taille. Sie lehnte sich an ihn, strich ihm über die Wangen, den Hals und die Schultern. »Was war denn drauf?«

Er drückte seine Stirn gegen die ihre. »Vielleicht … vielleicht ist es nicht mehr wichtig. Sonst … hätte ich sicher schon viel eher gemerkt, dass er nicht mehr da ist.« Seine Nasenspitze kitzelte sie leicht. Die Lippen formten ein stummes Wort, womöglich war es ein Danke.

Sie antwortete stumm. Ich liebe dich.

Mit einem Scheppern flog das Gartentor auf. Leah fuhr herum.

»Ichhabeuch s-ssehen!«

Eine Gestalt torkelte über den Kiesweg auf sie zu.

»Ichhabeuch ges-sehen! Ja-ha …« Zusammen mit dem Wimmern wehte die Brise eine Alkoholfahne herbei und einen Hauch von Minzschokolade.

»Bleib hinter mir!« Kay zog sie am Arm zurück und ging dem abendlichen Besucher ein paar Schritte entgegen. Die Gestalt schien noch heftiger zu wanken.

Leah packte Kay am Arm. »Nein, warte! Das ist Poul.«

»Poul.«

»Célines Sandkastenfreund und … na ja … die Rosen, weißt du noch?« Sie drängte ihn zurück, wandte sich Poul zu – und spürte im Rücken Kays angespannten Körper. »Was machst du hier?«

»Wassich hier mach-che?« Durch den Alkohol fiel es ihm

sichtlich schwer, die Wörter zu formen. »Was … was machstu hier mit dem da? Ich … ich hab euch halt ge-gesehen.«

»Du bist betrunken.«

»Gesehen hab ich euch! Jawohl.« Er fuchtelte mit den Armen. Der Autoschlüssel, den er in einer Hand hielt, klimperte.

»Du bist doch nicht in diesem Zustand gefahren?«

Poul gluckste. »Du wirst dich wundern, was ich in diesem Zustand noch alles kann!«

»Geh nach Hause.«

»Und der bleibt? Das hättestu wohl geh-erne!« Er torkelte vorwärts und stolperte. Leah hastete zu ihm und stützte ihn, wurde aber mit einer solchen Wucht zur Seite geschleudert, dass sie fiel und sich die Hände am Kies aufschürfte.

Sie rollte sich auf die Seite, sah, wie Kay sich auf Puol stürzen wollte, und rief: »Nein!«

Poul drohte mit der Faust. »Das isssst mein Mädchen! Hörstu?«

»Das glaube ich kaum«, erwiderte Kay.

»Mein Mädchen!« Poul fuhr herum, packte Leah am Oberarm und zog sie hoch. Überrascht schrie sie auf. Fast hätte er ihr die Schulter ausgekugelt. Die Alkoholfahne wehte über ihr Gesicht, als er sie an sich drückte und sich seine feuchten, fiebrigen Lippen ihrem Ohr näherten. »Ich warne dich. Halte dich fern von ihm!«

»Poul!« Sie stemmte sich mit den Händen gegen seine Brust. »Lass mich sofort los! Was ist nur in dich …«

Er brüllte auf. Sie hörte den Schmerz in seiner Stimme. Mit einem Mal wurde er von ihr fortgerissen.

Leah taumelte und sah verstört zu, wie Kay ihn packte und gegen den Pfeiler des Vordachs rammte. Poul winselte auf, als ihm die Arme auf den Rücken gedreht wurden.

»Kay! Kay, hör auf!«, schrie Leah.

Mit Schwung stieß er Poul erneut gegen den Pfosten. Das Gesicht schlug dumpf gegen das Holz.

»Kay!« Sie lief zu den beiden Männern und zerrte an Kays Schulter. »Schluss jetzt! Hört auf! Ihr beide!«

Poul stammelte etwas, gurgelte mit dem eigenen Blut, das ihm aus Mund und Nase lief.

»Bitte! Tu ihm nicht mehr weh. Er ist bloß betrunken!«

Nur langsam entspannte sich seine Haltung. Er ließ von Poul ab, der den Pfeiler umarmte, zu Boden rutschte und dabei mit einer Wange am Holz entlangschrammte.

Kay beugte sich über ihn. »Rühr sie noch einmal an, und ich …«

»Genug, Kay. Bitte.« Am Ärmel seines Mantels zog sie ihn ein paar Schritte weg. »Er wird niemandem etwas tun.«

»Gerade eben sah das anders aus.«

Im Haus quietschten die Dielen. Die Mutter, die herumschlich, sich vermutlich ängstlich an die Tür drückte und dem Gerangel draußen zuhörte. Leah suchte Kays Blick, strich ihm über das Gesicht, über die angespannten Muskeln des Kiefers. »Es ist besser, wenn du jetzt gehst. Mutter soll dich nicht sehen. Sie ist im Moment nicht gut auf Fremde zu sprechen. Du weißt, was beim letzten Mal passiert ist.«

»Ich soll dich mit diesem Kerl allein lassen?«

»Ich werde schon mit ihm fertig. Sieh ihn dir doch an.«

Poul kauerte auf dem Boden und wimmerte, zog ab und zu die Nase hoch und wischte sich immer wieder über das Gesicht.

Das Türschloss rasselte.

»Kay, bitte.«

»In Ordnung. Ich bleibe im Wagen.«

»Die ganze Nacht?«

»Wenn es Schwierigkeiten gibt, ruf mich an. Ich bin in einer Minute bei dir.«

»Okay. Aber es wird keine Schwierigkeiten geben. Das verspreche ich dir.« Sie hauchte ihm einen sanften Kuss auf die Lippen. Er erwiderte ihn nicht, drehte sich um und ging.

Die Tür öffnete sich. Auf der Schwelle stand ihre Mutter im Veilchen-Nachthemd, dessen Saum bis zum Boden reichte. Nur ihre nackten Füße ragten unter dem Stoff hervor. Sie sah Pouls gekrümmte Gestalt, schlug sich eine Hand vor den Mund und begann leise zu weinen.

Leah sank auf die Stufen. Sie war müde. Und ein wenig feige. Weil sie nicht wusste, wie sie auf die Tränen ihrer Mutter reagieren, was sie tun oder sagen sollte.

Die Mutter kniete vor Poul und klopfte ihm sanft auf den Rücken, dann schaute sie auf. »Nun hilf mir doch! Wir bringen ihn ins Haus.«

Leah verzog das Gesicht und rieb ihre schmerzende Schulter. »Mama, ich glaube nicht, dass das eine gute Idee ist.«

»Siehst du nicht, wie schlecht es ihm geht?« Die Mutter streichelte seinen Rücken. Er verkrampfte sich, würgte und erbrach sich in den winterwelken Hortensienbusch.

»Es wird schon wieder.«

»Wie kannst du nur so herzlos sein!«

»Mama …«

Die Mutter holte ein Taschentuch. Poul schüttelte den Kopf und würgte erneut. Sie wartete, bis er sich noch einmal übergeben hatte, und drückte ihm dann das Taschentuch in die Hand. »Besser? Komm, steh auf. Du kannst auf dem Sofa schlafen.«

Leah seufzte. Poul lallte etwas Unverständliches und rollte sich zusammen wie ein Igel im Winterschlaf. Seine Jacke bauschte sich auf und erinnerte tatsächlich an einen Haufen Blätter, in dem es sich ein kleines Tierchen gemütlich gemacht hatte. Ihre Schulter schmerzte. Obwohl Leah kaum noch zu glauben vermochte, dass Poul ihr irgendetwas antun könnte, schaute sie zur Straße. Kay war da. Ihr würde nichts passieren.

Sie legte sich Pouls Arm um den Nacken und versuchte, ihn wenigstens auf die Stufen zu hieven, doch sein schlaffer Körper zog sie unbarmherzig zu Boden. »Na komm, du musst mir schon ein wenig helfen.«

Sie unternahm einen neuen Versuch und richtete ihn zumindest auf, obwohl sie unter seinem Gewicht schwankte. Dann wurde es leichter, und sie bemerkte ihre Mutter, die Poul von der anderen Seite stützte. Mit vereinten Kräften schafften sie ihn ins Wohnzimmer. Er sackte auf dem Sofa in sich zusammen, murmelte etwas und kippte auf die Seite. Leah schälte ihn aus der Jacke, zog seine Füße aus den engen Bikerstiefeln. Er war noch nie ein Bike gefahren, aber inzwischen vielleicht doch? Adieu, Schwiegermutterliebling, hallo, Bad Boy.

Bad Boy schnarchte leise. Sein rechter Mundwinkel zuckte im Schlaf, als versuchte er zu lächeln.

Ihre Mutter kam mit einer Fleecedecke und kuschelte ihn damit ein. Eine Weile stand sie über ihn gebeugt da und schaute seinen Träumen zu.

»Mama?«

Sie rührte sich nicht. In ihrem Nachthemd wirkte sie wie ein Phantom, die Hände vor der Brust gefaltet.

Leah strich ihr über die Schulter. »Mama?«

Ihre Mutter wiegte den Kopf. Die kürzeren, feinen Haare um ihr Gesicht schwebten in der Luft wie Spinnweben. »Er ist ein guter Junge, Leah. Ein so guter Junge.«

»Ja.« Sie tätschelte Mutters Arm.

»Er würde sich so freuen, wenn du ein wenig netter zu ihm wärst. Er ist ein …«

»… so guter Junge. Ich weiß. Komm, lass uns gehen.«

Doch die Mutter blieb.

Leah stieg die Treppe hoch und trat an die Schwelle zu ihrem Zimmer. Die ganze Zeit über hatte sie auf der Couch übernachtet, die Poul gerade belagerte. Ihr Zimmer hatte sie vor Kurzem notdürftig aufgeräumt, aber noch keinen Ersatz für die ruinierte Matratze besorgt. Sie streifte ein Laken darüber, warf ein Kissen ans Bettende und verkroch sich unter die Decke. Mit jedem Zentimeter ihres Körpers spürte sie das Polstermaterial, das sich aus den Schlitzen in der Matratze bauschte. Sie wälzte sich hin und her. Mal dämmerte sie ein, mal starrte sie die Decke an, fast ohne zu blinzeln, bis ihre Augen brannten. Sie war froh, als der Morgen endlich anbrach und sie erlöste.

Poul lag auf der Couch, zusammengesunken, wie sie ihn gestern zurückgelassen hatte. Nur die Decke, in die ihre Mutter ihn gehüllt hatte, war ein Stück zu Boden gerutscht.

Im ersten Stockwerk hörte sie Schritte. Leah verdrückte sich in die Küche, um Frühstück zu machen, doch es war nicht ihre Mutter, die kurze Zeit später auf sie zugeschlurft kam, sondern Poul. Irgendjemand musste ihn in der Nacht auseinandergebaut und falsch zusammengesetzt haben. Er blieb in der Mitte des Raumes stehen, als wüsste er nicht, wohin mit sich, und kratzte sich in den Haaren. Ein wenig erinnerte er sie an ein überfahrenes Eichhörnchen.

»Morgen!« Sie wandte ihm den Rücken zu und schob die Brötchen in den Ofen. Sie waren schon etwas älter, aber mit ein paar Spritzern Wasser und Hitze vielleicht noch genießbar.

Er murmelte etwas Unverständliches, räusperte sich und nahm einen zweiten Anlauf: »Le-ah?«

»Du kannst dich duschen. Ein frisches Handtuch findest du im Badezimmerschrank.«

»Leah, bitte! Ich … ich muss mit dir reden.«

»Dann rede.«

»Gestern … Es … es tut mir leid.« Poul kratzte sich wieder. Sein blondes Haar stand in schmierigen Fransen ab. »Leah. Deine Mutter wurde überfallen, du wurdest entführt … Und dann sehe ich dich halt mit diesem Typen … da bin ich … Leah, es tut mir wirklich leid. Aber der Kerl, mit dem du da …«

»Du solltest duschen gehen. Weißt du was? Am besten bei dir zu Hause.« Sie sah aus dem Fenster. Durch die Vorhänge erkannte sie nur vage die Umrisse des Mustangs auf der anderen Straßenseite. Er war tatsächlich geblieben, um auf sie aufzupassen.

»Halte dich fern von diesem Kerl, das meine ich ernst. Er ist nicht so, wie du denkst. Begreifst du das nicht? Ich will dich warnen. Du hast halt keine Ahnung, wer er ist, was er im Schilde führt.«

»Und dich geht das nichts an.«

»Doch! Ich würde alles, absolut alles tun, um dich zu beschützen.«

»Hör auf! Vor allem mit dem Beschützen.« Sie beugte sich zum Ofen und sah nach den Brötchen.

Plötzlich war er hinter ihr. Blies ihr seinen Atem in den Nacken. »Ich liebe dich.«

Sie fröstelte. *Kay!* Ein erstickter Laut. *Hilf mir* … Poul drehte sie herum, spitzte die Lippen.

»Lass mich!« Sie stemmte sich gegen seine Brust. Sein Blick glitt an ihr vorbei zum Fenster, und tatsächlich ließ er von ihr ab.

Der Mustang! Bestimmt hatte er den Mustang gesehen.

Seine Hände ballten sich, dann streckte er die Finger, ehe sie erneut zu Fäusten wurden.

Auf der Schwelle erschien die Mutter.

Endlich wandte sich Poul vom Fenster ab. »Ich glaube, ich gehe jetzt lieber.«

»Ach, Poul! Guten Morgen. Hast du gut geschlafen?« Die Mutter kam näher, fuhr ihm durchs Haar und drückte ihn auf den Stuhl vor dem Frühstückstisch nieder. »Natürlich kriegst du noch deinen Kaffee. Mit einem Schuss Zitronensaft, nehme ich an? Das Beste gegen einen Kater am Morgen.«

Er sank auf die Sitzfläche und knackte mit den Knöcheln, die Hände waren zwischen seine Schenkel gepresst.

Leah atmete durch. Es war doch nur Poul, ihr Poul, den sie seit Jahren kannte. Unbeholfen, ein klein wenig peinlich mit all dem *Ich liebe dich* und *Ich will dich beschützen*. Harmlos.

Genau, harmlos.

Sie sah den Brötchen beim Anbrennen zu und versuchte, die Geschäftigkeit ihrer Mutter zu ignorieren, die Poul einen Kaffee einschenkte und ihm ein Stück Zitrone abschnitt. »Gut so, mein Junge?«

»Ja. Vielen Dank! Vielen Dank!« Die Küche schien zu schrumpfen mit jedem seiner hastigen, lauten Schlucke. »Jetzt sollte ich wirklich los.«

»So ein Quatsch. Ach, Leah. Der Ofen!« Mit bloßen Händen rettete die Mutter die Brötchen in den Brotkorb und wedelte mit einem Handtuch darüber, damit sie abkühlten. »So. Jetzt brauchst du etwas Herzhaftes für den Magen.«

»Nein, nein. Danke! Danke, wirklich.« Poul schob sich samt Stuhl zurück. »Ich muss jetzt wirklich gehen.«

Er verließ die Küche. Leah hörte ihn im Flur über die Schuhe stolpern und wartete, bis er draußen war. Erst dann kam sie langsam zum Tisch und setzte sich, ihrer Mutter gegenüber.

»Ich finde es nicht schön, wie du mit Poul umgehst.« Eine fließende Bewegung des Messers, das die Marmelade auf die Brötchenhälfte strich, das Knuspern der harten Kruste zwischen den Zähnen, die Krümel, die auf das Kinn, die Rüschenbluse und den Tisch rieselten. »Er kann gut für dich sorgen. Erst letzte Woche stand wieder einmal etwas über seinen Vater im Lokalteil der Zeitung. Ein sehr erfolgreicher Mann, weißt du? Mit einem anständigen Job, einer eigenen Firma, die Poul irgendwann übernehmen wird.« Eine Hand tauchte in ihrem Gesichtsfeld auf. Legte ihr ein Brötchen vor die Nase. »Nun iss endlich was!«

In ihren Ohren klang das monotone Knuspern nach.

»Hörst du mir überhaupt zu?«

»Poul, ja. Aber ich bin schon mit jemand anderem zusammen.«

Das Kaugeräusch erstarb. »Doch nicht etwa mit diesem Fotografen?«

»Kay. Kay Gordon. Was hast du denn, Mama? Wenn du mir etwas sagen möchtest, dann tu es, aber schau mich nicht so an.«

»Was ich habe? Als du der Meinung warst, du müsstest durch die Weltgeschichte reisen, war Poul für mich da.« Das Messer knallte auf den Teller. »Nicht du – Poul!«

Leah zuckte zusammen.

»Ach, jetzt guckst du! Es ging mir richtig schlecht. Mein Herz, die Atemnot, und ich war allein im Haus! Er ist sofort gekommen, als ich ihn angerufen habe. Ist die ganze Zeit hiergeblieben.«

»Mama …«

»Ein Glück, dass nichts Schlimmes passiert ist.«

»Mama, es tut mir leid. Wenn ich gewusst hätte …«

»Aber was belästige ich dich mit meinem Kram.« Ruckartig stand die Mutter auf. Der Tisch wackelte, das Messer auf dem Teller bebte klirrend. »Du hast nicht einmal gefragt, wie es mir geht. Was soll's. Ich … ich glaube, ich habe keinen Appetit mehr.«

Leah senkte den Kopf und drückte ihre Stirn in die Handballen. Die Schritte stampften durch den Flur, dann wurde die Eingangstür geöffnet. Ein metallisches Klappern erklang, als die Mutter die Zeitung aus dem Briefkasten zerrte. Schließlich entfernten sich die Schritte. Im ersten Stock knallte eine Tür.

Und was jetzt? Wieder nur das Schweigen und das Veilchen-Nachthemd jenseits des Schlüssellochs?

Leah wusste nicht, wie lange sie so dasaß, bis sie sich zwang aufzustehen. Aus dem Schrank holte sie einen Becher und goss

Kaffee hinein. Nach einer Nacht im Auto würde Kay einen Muntermacher am Morgen bestimmt nicht ausschlagen. Mit beiden Händen umschloss sie die Wärme und trug die Tasse nach draußen. Bis zur Gartenpforte. Ehe sie bemerkte, dass der Mustang nicht mehr da war.

Gedankenverloren nippte sie an dem Kaffee. Spülte ihre Bitterkeit mit Bitterkeit fort, ging langsam zurück. Erst da bemerkte sie auf dem Fußabtreter ein Handy. Ihr Handy. Das sich in der Handtasche befunden hatte, die sie bei der Entführung verloren hatte.

Sie hob es auf, schaltete es ein. Das Display zeigte ein neues Hintergrundbild. Dunkelheit, ihre Silhouette, auf dem Boden liegend, gefesselt. Dazu eine Überschrift.

Böse Mädchen enden hier.

20

»Zeig mir, dass du es kannst.«

Mach die Wirklichkeit zur Kunst, nicht zum blanken Abbild einer kranken Fantasie. Diese Hände haben die Macht, ein Leben in die Freiheit zu entlassen. Oder es auszulöschen.

Gibt es etwa keine reine Seele mehr, die das Wahre sieht und den gerechten Worten zuhört? Was für eine Welt! Verrat und Lüge sind ihre Begleiter.

Der Blick verirrt sich in den Bildern, in dem einzig Echten. Erschrecken sollen sie, aufwühlen, beschämen. Überall liegen sie verstreut und schreien den Schmerz hinaus. Geben das Leid preis, das von diesen Händen erschaffen wurde. Und doch sind sie nur ein entseelter Abklatsch der wahren Kunst. Die in einem sauberen Stapel auf dem Beifahrersitz wie auf einem Altar ruht, anbetungswürdig.

Kunst kommt von künstlich, von gestellt und unecht. Was haben diese anderen Fotos, was der wahre Schmerz nicht leisten kann? Welcher Funke lässt die Inspiration entflammen, die Seele nach ihnen dürsten?

»Fuck«, flüstert die Schrift auf der Tür, ruft und klagt.

Fuck, Fuck, Fuck. Die Hände zerreißen die Bilder, zerknüllen das Papier, schleudern es umher. Wie müdes Herbstlaub wirbeln die Fetzen und senken sich in den Schoß, auf die Brust, das Gesicht.

Kommt da jemand? In dieser Stunde der größten Verzweiflung? Um diese Hände zu fesseln und den Triumph der Gerechtigkeit aufzuhalten?

Nein, alles still. Es ist bloß ein Wagen, er rollt vorbei und parkt in der Nähe. Der trügerische Glanz des Wohlstands, mit den weichen Lederpolstern der Sicherheit.

Dem Wagen entsteigt eine Dame. Widerstrebend setzt sie den Schuh auf den Gehweg, zupft an ihrem vornehmen Blazer. Zu fein für die Welt, die sie umgibt. Ihr Gentleman folgt ihr, säubert die Schuhsohlen an der Bordsteinkante. Töricht, seine Bemühungen, denn der nächste Hundehaufen wartet nur einen Schritt entfernt auf ihn.

Doch sie sind nicht allein gekommen. Nein, ein Kind, ein Mädchen, entspringt dem Wagen und wird von der Dame zurückgehalten. Gesittet gehen sie hin, klack-klack-klack, wie die feinen Schuhe vorschreiben, und drücken auf den Klingelknopf. Nicht wissend, dass kein Schloss ihnen den Zutritt verwehrt, dass selbiges schon lange kaputt ist.

Was erzürnt die noble Dame? Wen beschimpft bloß ihr Gentleman?

Schnell ist das Wagenfenster heruntergekurbelt, Worte schlüpfen hinein, um ihre Klagen herbeizutragen.

… diese Schlampenbude. Das nennt sich Mutter …

… Was haben wir bloß falsch gemacht? …

Ja, was haben wir falsch gemacht?, möchte man zum Himmel hinaufschreien. Vergebens sind eure Rufe.

Ein hellblondes Wesen, so zart, so verlogen, kommt aus dem Eingang gestürzt, drückt das Mädchen an ihre Brust.

Siehst du, setzt die Dame ihr nach, die Kleine weint doch schon wieder. Du tust ihr nicht gut. Ist es nicht langsam Zeit, zu erwägen, diese Besuche zu untersagen? Zum Wohl des Kindes.

Zum Wohl des Kindes.

Die Blondine schiebt es in den Hauseingang, das Paar fährt davon, und was bleibt?

Im Schoß liegt ein Foto, eines von dieser Kunst, die nachzuahmen dem wahren Schmerz nicht gelungen ist. Es zeigt die Augen eines Jungen, es zeigt ihre Tiefen und ihre Angst.

Der Fotoapparat wiegt schwer in den Händen.

»Zeig mir, dass du es kannst.«

Zum Wohl des Kindes!

21

Die Tür der Mutter blieb verschlossen. Alle Erklärungsversuche wurmten sich in das taube Holz und zerfaserten im Ungewissen. Später brachte Leah das Essen, das sie nach den Anweisungen auf der Dose und mithilfe der Mikrowelle gegart hatte. Die Anleitung für *genießbar* hinzuzufügen, hatten die Hersteller allem Anschein nach vergessen. Das Essen blieb unberührt. Genauso wie der frisch aufgegossene Tee mit der Kirsch-Vanille-Note.

Leah seufzte. Es fiel ihr schwer, sich schuldig zu fühlen.

»Dann sag mir wenigstens, was du gegen Kay hast!« Das Tablett mit dem kalt gewordenen Essen bebte in ihren Händen.

Doch die Mutter sagte nichts.

Abends verzog sich Leah auf ihre zerschundene Matratze. Die Couch im Wohnzimmer mied sie. Das Polster schien noch Pouls Geruch zu beherbergen, die Wärme seines Körpers, seine Nähe. Ein wenig von seinem *Ich liebe dich*, das ihr Angst einjagte.

Auch am nächsten Tag strafte die Mutter sie mit Stummheit.

Irgendwann beschloss Leah, einen Einkauf zu tätigen, etwas Sinnvolles zu tun. Erst vor den dunklen Ladenfenstern fiel ihr auf, dass Sonntag war. Sie ging einfach weiter, spazierte durch die Gegend, ein ganz kleines bisschen wie durch Venedig, immer wieder überrascht, an welche Ecken sie gelangte, bis ihr Spaziergang nach Stunden endete. *Piazza San Marco*, wollte sie im Flüsterton hören. Ihr Gesicht in seinen Händen bergen. Den Kuss auf ihren Lippen spüren.

Doch dies war keine Piazza. Sondern der Kreisel.

An der Tankstelle kaufte sie eine Packung Butter.

Das Klingeln ihres Handys hörte sie schon unter dem Vordach ihres Hauses. Dumpf schellte es aus dem Wohnzimmer, wohin sie das Ding geworfen hatte. Es war nicht kaputt gegangen. Langsam öffnete sie die Haustür, ging in die Küche und legte die von der Wärme ihrer Hände weich gewordene Butter in den Kühlschrank. Das Handy marterte sie mit seinem Schrillen. Warum ausgerechnet dieser sägende Ton? Warum nicht Pinks *So What?* oder wenigstens Beethovens *Für Elise*? Es klingelte sie zurück in die Dunkelheit, auf den staubigen Boden, in den süßlichen Geruch …

Der schrille Ton zerklimperte ihre Gedanken. Sie ging ins Wohnzimmer, warf die Zeitschriften und Kissen auf den Boden, lugte unter die Couch, bis sie das Telefon packte und auf »Auflegen« drückte.

Dieser Geruch …

Es klingelte erneut, vibrierte in ihrer Hand. Sie nahm ab. Führte das Telefon zum Ohr und hauchte »Hallo« in die plötzliche Stille und das krampfhafte Schluchzen am anderen Ende. Vernahm etwas Unverständliches zwischen »H-h-ffe« und »Attie«.

Sie presste das Handy fester ans Ohr. »Hallo?«

Schneller folgten »H-h-ffe« und »Attie« aufeinander, ertränkt in einem Wimmern.

»Thessa? Bist du das? Ist etwas mit Nathalie?«

Das Stottern ging in einem Weinkrampf unter.

»Thessa. Beruhige dich. Du musst dich unbedingt etwas beruhigen. Ich verstehe nicht, was du mir sagen willst.«

»H-h-ffe.« Thessas Atmung beschleunigte sich, bis sie nur noch durch die Leitung röchelte.

»Hilfe. Du brauchst Hilfe, richtig?« Sie redete auf Thessa ein, ohne genau zu überlegen, was sie sagte. Redete einfach nur, damit der Klang ihrer Stimme nicht versiegte. Bis sich die Weinkrämpfe am anderen Ende etwas gelegt hatten. »Thessa, atme noch einmal tief durch. Ja, so ist es gut. Noch einmal. Jetzt versuch mir zu erklären, was passiert ist.«

»I-ich … Als i-ich … nach Hause … K-komm hier… hierher. B-bitte. Ich …«

»Ganz langsam, Thessa. Hörst du mich? Ganz langsam.«

Doch das Stottern wurde schlimmer. Leah seufzte. »Du bist zu Hause, ja? Okay. Bitte beruhige dich. Ich komme. Warte auf mich. Ich lege jetzt auf und mache mich auf den Weg zu dir. Hast du verstanden? Ich werde zu dir kommen. Okay?«

Endlich gelang es ihr, Thessa ein Ja zu entlocken. Sie drückte das Gespräch weg.

Klasse. Sollte sie Nathalie wieder von Dummheiten abhalten? Das hatte sie beim letzten Mal auch prima hingekriegt.

Sie suchte die Schlüssel des Fiats der Mutter und fand sie nicht. Genauso wenig wie das Auto selbst, das die Mutter beim vorletzten Mal im Rosenbeet eines alten Mannes zwei Straßen weiter geparkt hatte. Ein Blick auf die Uhr bestätigte ihr, dass sie den Bus zur U-Bahn noch kriegen würde, wenn sie einen kleinen Sprint zur Haltestelle einlegte.

Einfach wunderbar. Sobald Thessa sie anrief, sprang sie. Und warum rief Thessa ausgerechnet bei ihr an? Sie war doch nicht ihre Seelsorgerin.

Im Flur schob sie ihre Füße in die Turnschuhe, zerrte ihren Trenchcoat aus der Garderobe und zog sich an, ehe sie nach oben eilte und der verschlossenen Tür mitteilte, sie werde bald zurück sein.

Die Eingangstür mit dem inzwischen schon fast vertrauten »Fuck« stand offen. Sobald Leah über die Schwelle trat, vernahm sie ein Flennen, das im Treppenhaus echote.

»Thessa? Ich bin's!«

Für einen Sekundenbruchteil hörte das Wimmern auf, setzte

sich jedoch gleich darauf monoton fort, als hätte Thessa weder die Kraft zu weinen noch damit aufzuhören.

Auf dem letzten Treppenabsatz machte Leah halt.

Thessa kauerte neben dem Geländer, drückte das tränennasse Gesicht zwischen die Stäbe, das unförmig und aufgedunsen wirkte. Mit dem verschmierten Make-up und einem zur Hälfte herabhängenden falschen Wimpernstreifen. Kein Gel – Blut im verklebten Pixie-Cut.

Leah verhedderte sich in der Tasche ihres Trenchcoats, als sie nach dem Handy suchte, zerrte es hervor und rief einen Krankenwagen. Sobald die Zentrale versprochen hatte, gleich jemanden zu schicken, ging sie vor der jungen Frau in die Hocke. Zumindest das Blut schien nicht von ihr zu stammen, sichtbare Verletzungen konnte Leah nicht feststellen. »Wo ist Nathalie? Hast du sie auch angerufen?«

Mühsam hob Thessa den leeren Blick zu ihr, wandte den Kopf der Wohnung zu, deren Tür offen stand.

Leah streichelte Thessa über den Rücken. »Der Arzt kommt jeden Moment. Ich bin gleich wieder bei dir, okay? Schaue nur rein, ob deine Freundin auch Hilfe braucht. In Ordnung?«

Im Flur der Wohnung tastete sie nach dem Lichtschalter, rief Nathalies Namen. Die Deckenlampen gingen an, das Licht spiegelte sich in den glänzenden Fliesen, auf denen blutige Fußabdrücke matte Inseln hinterlassen hatten.

»Nathalie?« Sie hatte den Polizeinotruf eingetippt, nur auf die letzte Taste zu drücken und die Nummer zu wählen, zögerte sie noch.

Die Stehlampe war umgekippt. Durch den zerborstenen Lampenschirm leuchtete grell die Glühbirne. Der Fernseher zeigte das verdunkelte Standbild einer Szene aus *Tinkerbell.*

Nathalie. Die lange Mähne mit den sanften Föhnwellen umhüllte sie wie ein seidenes Tuch. *Weil ich es mir wert bin.* Ihre

Lippen standen halb offen, ein wenig erstaunt und doch verführerisch. Wie in den besten Zeiten, *ich fühle mich schön.* Mit Jade. In ihren starren Augen spiegelte sich das Licht der Glühbirne aus der eingebrochenen Stehlampe.

In der Blutlache lagen Polaroidfotos. Jedes von ihnen zeigte Nathalie, nackt posierend, mit schlecht verborgener Furcht in ihrem Feengesicht. Ein anderes Foto hatte man ihr in die Hand gestopft. Leah zog es aus den schlaffen Fingern, glättete es. Kinderaugen, riesengroß, weit aufgerissen. »Dream Impressions« prangte als Wasserzeichen über die ganze Fläche.

Leahs Blick flog zu Tinkerbell, die ihr aus dem Fernseher zulächelte. *Barbie und die drei Musketiere … Hab ich kürzlich mit meiner Kleinen gesehen.*

In der Dunkelheit, auf dem staubigen Boden, ein kleiner Körper. Gefesselt. Hilflos. Bitte kein Kind!

Sie drehte das Bild um.

»Ausweglos«.

Kays Handschrift.

»Hate me«.

22

Der Notarzt erklärte Thessas Zustand mit einer Reihe von Fachausdrücken und nahm sie ins Krankenhaus mit.

Leah beobachtete die Polizisten, wie sie in der Wohnung ein und aus gingen. Es kam ihr vor, als wären es Dutzende. Zuerst hielt sie sich am Geländer fest, doch bald gaben ihre Beine nach, und sie ließ sich auf der Stufe nieder, auf der Thessa zuletzt gehockt hatte.

Nathalie. Attie.

Wann würde das Licht der Stehlampe in den starren Augen erlöschen? Wie schnell würde sich der Geruch von Zigarettenasche und Zitronenparfüm verflüchtigen?

Ein Mann setzte sich neben sie. »Ich würde Ihnen gern ein paar Fragen stellen.«

Ein paar Fragen, ja. Die in ihrem Kopf herumwirbelten, sie zur Verzweiflung brachten. Was hatte Nathalie aus Nick Millas Wohnung entwendet? Wie waren sie überhaupt auf den Gedanken gekommen, dort einzubrechen? Wer hatte nicht an die Handtasche auf der Fensterbank gedacht?

Sie nickte erschöpft. Also fragte er, und Leah antwortete. Er würde sie aufs Revier mitnehmen, bestimmt, dort stundenlang verhören, bis sie sich in Widersprüche verstrickte. Warum sie Nathalie das Foto aus der Hand genommen hatte. Warum sie nichts über das Motiv, Kay und Dream Impressions gesagt hatte.

Ihr wurde übel von all den Fragen. Sie verzettelte sich endgültig und wusste nicht einmal mehr, was sie gesagt hatte und was nicht.

»Danke schön. Sie können gehen.«

Erst jetzt schaffte sie es, den Mann anzuschauen. »Das war's?«

»Ja.« In ein paar Tagen, meinte er, sollte sie für eine formelle Zeugenvernehmung aufs Revier kommen. Fürs Erste wären sie fertig.

Er ging.

»Warten Sie!« Sie quälte sich auf die Beine. »Die Polaroidfotos, die bei Nathalie lagen … Meinen Sie, das hängt mit dem Mord an meiner Schwester zusammen? Ist es derselbe Täter?«

Wieder folgten Fragen.

Zum Schluss meinte er, er sei vom Kriminaldauerdienst und wäre mit dem Fall nicht vertraut, aber morgen früh würde er die Mordkommission über eventuelle Parallelen informieren.

»War es denn der gleiche Täter?«, rief sie, als er in der Wohnung verschwinden wollte.

Er betrachtete sie eine Weile mit einem fast väterlichen Blick. Vielleicht war er auch nur müde. »Wie bereits erwähnt, das kann ich Ihnen nicht sagen. Gehen Sie nach Hause.«

»Okay«, versprach sie. Ganz das brave Mädchen. Denn wo böse Mädchen landeten, wusste sie nur zu gut.

Leah verließ das Treppenhaus, eilte davon, bis sie die Polizeiautos nicht mehr sehen, das zuckende Blaulicht nicht mehr spüren konnte. Die Straßen waren leer, als würden die Bewohner sie meiden. Ihre Turnschuhe hinterließen weder Geräusche noch Spuren, sie ging dicht an den Hauswänden entlang, winzig, unbedeutend. Aus einer Gasse erscholl Gelächter. Vielleicht ein paar Jugendliche, die eine neue Woche herbeitrinken wollten. Leah beschleunigte ihre Schritte. Ihr Fuß stieß gegen eine Bierflasche, die über den Bürgersteig schepperte. Das Gelächter brach ab. Sie rannte los bis zu einer Haltestelle, und erst als sie sich vergewissert hatte, dass niemand ihr folgte, beruhigte sie sich. Mit der Ruhe kamen erneut die Taubheit, ein Hauch von Nathalie, die Gedanken an das Foto mit den Kinderaugen in ihrer Tasche. Sie hatte es die ganze Zeit in der geballten Faust gehalten, davon überzeugt, dass einer der Polizisten sie danach fragen, das entwendete Beweisstück vermissen würde.

Sie ließ sich auf der Bank nieder und holte das Handy hervor. Ihr Daumen lag auf der Wahltaste. *Kay* – in der spärlichen Liste der gespeicherten Nummern. Wählen.

Er konnte unglaublich gut schweigen, fiel ihr ein. So gut, dass nichts mehr irgendeine Bedeutung hatte. Nur noch er und sie, ohne all jene Zweifel, die erst später über sie herfielen. »Können wir uns sehen?«

»Ja. Natürlich«, sagte er. So einfach. »Wo bist du?«

Sie sollte weglaufen. Sich von ihm fernhalten. Auf ihren gesunden Menschenverstand hören.

»Weiß ich nicht so genau.« Sie sah sich um. Auf einem Stadtplan entzifferte sie den Straßennamen. Sagte ihn Kay.

»Ich komme, so schnell ich kann.«

Sie legte auf, steckte das Handy in die Tasche. Ihre Finger streiften die harten Ecken des verknickten Fotopapiers. *Hate me. Ausweglos.*

Eine Gruppe Jugendlicher kam auf sie zu. Rasch senkte sie den Blick und starrte auf ihre Füße. Das bereits bekannte Gelächter, gemischt mit vulgären Albernheiten, rollte über sie hinweg. Sie zog den Kopf zwischen die Schultern, machte sich klein, als könnte sie nicht nur unbedeutend, sondern unsichtbar werden. Die Gruppe zog vorüber.

Etwa eine Stunde später ließ Kay seinen Mustang direkt vor ihr halten. Er wartete. Sie betrachtete seine dunkle Silhouette hinter der Scheibe, dachte an ihre Mutter, die bei seinem Anblick so entsetzlich aufgeschrien hatte und geflüchtet war. Flüchten sollte sie eigentlich auch, keine Fragen mehr stellen, vor allem nicht: *Wer bist du, Kay? Warum mussten die zwei Mädchen sterben? Was will der Mörder von dir?*

Sie sollte nach Hause zurückkehren, zu ihrer Mutter, und alles vergessen. Ihr geregeltes Leben führen, ohne sich stets über die Schulter schauen zu müssen. Sie war doch zufrieden gewesen. Ihr hatte nichts gefehlt.

Plötzlich dachte sie an die Töpfe voller Hühnerfrikassee. An den Geruch der Route 66. Und stieg ein, entgegen aller Vernunft.

»Nach Hause?«

Sie nickte und wischte sich über die Wangen. Sie hatte noch nie schön weinen können. *Nicht wie du, kleine Schwester.*

Sie vergrub das Gesicht an seiner Schulter, schlang die Arme um seinen Hals und erstickte ihn fast mit ihren Tränen.

Er streichelte ihren Kopf, ihren zuckenden Körper, über den ihr die Kontrolle mehr und mehr entglitt. Sie ließ es zu, sogar mit einer gewissen Erleichterung. Auch wenn sie sich Thessas rotes, verweintes Gesicht vorstellte und daran dachte, dass ihres nicht gerade besser aussehen dürfte. Sicherlich würde Kay auf sie einreden, sagen, sie solle sich beruhigen und ihm erklären, was passiert sei, und endlich aufhören zu heulen.

Aber er sagte nichts. Ließ sie weinen.

Sie wusste nicht, wie lange er sie ertragen musste, bis ihre Weinkrämpfe verebbten, bis sie von ihm abließ und sich mit den Händen über die Wangen fuhr.

»Wieder stark?« Auf seinem Hals glänzten ihre Tränen.

Sie strich das Nass von seiner Haut fort, riss sich zusammen und brachte die drei furchtbaren Worte über die Lippen: »Nathalie wurde ermordet.«

Er beugte sich über das Lenkrad, drückte die Stirn gegen die Fäuste. »Wann? Wie?«

»Ich habe sie vor einigen Stunden gefunden. Und das hier.« Sie zögerte. Holte das Foto hervor, das sie vom Tatort entwendet hatte, dieses zerknüllte Etwas, das sich inzwischen so gut ihrer Hand angepasst hatte mit all seinen Ecken. »Ich habe der Polizei nichts davon gesagt.«

»Das denkst du also?« Er warf ihr einen Seitenblick zu. »Ich schlafe nicht nur mit den Models, die mir vor die Linse geraten, sondern töte sie obendrein?«

»Nein. Ich denke … dass es etwas mit dir zu tun hat. Und falls du wissen möchtest, was ich glaube: Jemand hat es auf dich abgesehen. Ganz eindeutig. Und jetzt sag du mir, wer dafür infrage kommt.«

Er startete den Motor. »Du hast versprochen, dich von der Gefahr fernzuhalten. Keine Detektivambitionen mehr, schon vergessen?«

»Die Wahrheit, Kay. Weich mir nicht aus.«

Durch die Heckscheibe fiel das Licht der Scheinwerfer eines ankommenden Busses. Kay manövrierte den Mustang aus der Bucht der Haltestelle und ließ den Wagen die Fahrbahn entlang ausrollen. »Du wurdest entführt und bist entkommen. Wie weit willst du dein Glück noch strapazieren?«

»Ich will es endlich wissen. Was ist *Hate me*?«

»Du weißt davon. Ich hätte es mir denken können.«

»Du hast es selbst auf der Trauerfeier erwähnt. Ich weiß nur, dass *Hate me* etwas mit Fotos zu tun hat. Vielleicht auch mit denen auf dem Rollfilm? Dem, den du verloren hast?« Sie ließ eine Hand auf seine Schulter sinken. »Kay?«

Er entzog sich ihr nicht. Sie traute sich weiter, berührte mit den Fingern seinen Hals, strich ihm ein paar Haarsträhnen hinter das Ohr zurück. Bis er den Kopf senkte und sie ins Leere griff.

»*Hate me* sollte der Titel meines Bildbandes werden. Ausgewählte Fotos sollten bei der bevorstehenden Vernissage präsentiert werden. Ich wollte der Gewalt ein Gesicht geben und den Hilferufen eine Stimme verleihen. Vor allem der häuslichen Gewalt. Frauen, die verstummen, sobald ihr Partner nach Hause kommt. Kinder …« Seine Stimme brach. »Kinder, die aus ihren Träumen hochschrecken, um sich unter dem Bett zu verkriechen. Und das Schweigen, das keiner bricht. Aber anscheinend habe ich damit einen Mörder inspiriert.«

Sie betrachtete sein Profil, das vom Licht der Straßenlaternen beleuchtet wurde. Als müsste sie sich jede Linie seines Gesichts einprägen. »Wer kannte die *Hate me*-Motive noch außer dir?«

Er griff nach dem Schalthebel. »Wollten wir das nicht … auf sich beruhen lassen?«

»Dann hilf mir, bitte hilf mir, loszulassen. Indem du mir endlich alles erzählst. Wer wusste von den *Hate me*-Fotos?«

»Ich.« Fast rabiat legte er den Gang ein. »Die Models. Mein Team – Elinor und die Assistenten. In das Projekt wurden nur eine Handvoll Leute eingeweiht.«

Auf ihrem Handy suchte sie nach den Schnappschüssen, die sie am Tatort gemacht hatte, bevor die Polizei gekommen war. Ein paar von den Polaroidfotos waren gut zu sehen. »Ist das auch ein nachgestelltes Motiv aus deinem Projekt?«

Er sah kurz hin, um seine Aufmerksamkeit sogleich wieder der Straße zu schenken. »Könnte sein.« Dann betrachtete er die Bilder genauer. »Nur … Céline wurde entführt. Der Mörder hatte genug Zeit, sie zu zwingen, bei den Fotos mitzumachen. Er hat sich Mühe gegeben, auf jedes Detail geachtet. Licht, Posen, Blickwinkel – alles stimmte. Und jetzt – bloß Polaroids? Warum so überstürzt?«

»Vielleicht wollte er, dass sie schnell gefunden wird.« In der einen Faust das Handy, in der anderen das Foto mit den Kinderaugen. »Vielleicht hat er jemand anderen an ihrer Stelle entführt.« Was wohl bedeutete, der Täter hatte bei Nathalie nicht gefunden, wonach er suchte, und brauchte ein anderes Druckmittel.

»Leah, verdammt noch mal, lass es sein! Bevor noch Schlimmeres passiert.«

»Schlimmeres? Kay, wach auf! Wenn der Mörder aus deiner näheren Umgebung kommt, sind wir niemals sicher. Niemand ist es. Es wird weiter passieren, immer wieder. Wir müssen es beenden.«

Sie standen an einer Ampel. Das Grün blendete sie in der Nacht. Hinter ihnen hupte es.

»Egal, was ich sage, ich werde dich nicht davon abhalten weiterzumachen, oder?«

Nicht, wenn es um ein entführtes Kind ging.

Aber wo wollte sie nach diesem Kind suchen? Wenn ihre Erinnerungen versagten. Wenn sie vor ihnen flüchtete.

Der staubige Betonboden, der Geruch ...

Wonach? Nach verbranntem Holz? Parfüm? Etwas hatte in dem fremden Atem gelegen. Dazu diese Worte. *Zeig mir, dass du es fühlst* ...

Noch einmal marterte sie ihren Verstand, suchte nach den Einzelheiten und konnte den Erinnerungen, die zwischen Träumen und Realität schwankten, nicht trauen.

Der Mustang parkte vor ihrem Haus. Der Motor war ausgeschaltet.

Sie saßen nebeneinander. Und doch jeder für sich.

»So still?« Ihre Stimme zitterte.

»Ich musste nachdenken.«

»Worüber?«

»Über uns.«

Sie schluckte. Ihre Stimme gehorchte ihr immer noch nicht. »Ich habe das Gefühl, dass es mir nicht gefallen würde.«

Er beugte sich zu ihr. Sie schloss die Lider, spürte, wie seine Lippen die ihren streiften. Ein Hauch einer Berührung. Sie fühlte ihn nur wenige Millimeter von ihr entfernt, wartete ...

Aber es war vorbei.

»Du musst gehen, nehme ich an«, flüsterte er.

»Ja.« Sie seufzte und schaute zum Haus, das wie ein schwarzer Brocken aus der Dunkelheit ragte. Kein Schattenriss am Küchenfenster. Das Licht am Carport des Nachbarn war an. »Und nach meiner Mutter sehen. Sie hat sich wieder eingeschlossen. Ich mache mir Sorgen um sie. Ich glaube, du hast recht, sie braucht Hilfe, die ich ihr nicht geben kann.«

»Du musst mir nichts erklären.«

»Okay.« Sie versuchte zu lächeln. »Bis dann.«

»Ja. Mach's gut.«

In seinen Augen lag Abschied.

23

Wer hasste Montage nicht? Dieser war dabei, alle Rekorde zu brechen. Die Armbanduhr, die eh ab und zu die Frechheit besaß, der restlichen Welt hinterherzuhinken, bescheinigte Leah hartnäckig, dass es knapp werden könnte. Sie stieg aus dem Bus und lief los, fluchend über die neuen Pumps, in die sie sich, passend zu ihrem Kostüm, gezwängt hatte, und über die Schlüssel des Fiats, die weiterhin unauffindbar waren. Dabei hätte sie den Wagen heute noch besser als sonst gebrauchen können, da sie zu spät aus dem Haus gegangen und ihre Bahn wegen eines Defekts auf halber Strecke stehen geblieben war. Vor lauter Aussichtslosigkeit hatte sie sogar Kay angerufen, in der Hoffnung, er würde sich vielleicht erbarmen und spontan den Chauffeur spielen. Doch unter seiner Nummer meldete sich nur die Mailbox. Und die Pumps drückten wirklich erbärmlich.

Endlich erreichte sie den Haupteingang des Krankenhauses und stürzte in das Vestibül – eine noch wackeligere Angelegenheit auf dem glatten Boden. Sollte das Russische Staatsballett irgendwann »Schwanensee« mit betrunkenem Geflügel aufführen, würde sie ihr Bestes in der ersten Reihe geben. In einem Spiegel erblickte sie ihr rotes Gesicht und das wirre Haar. Obwohl die Wanduhr des Krankenhauses behauptete, es sei noch knapper, als sie gedacht hatte, huschte sie in die Toilette, spritzte sich Wasser ins Gesicht und versuchte, ihre Haare etwas zu glätten.

Der Aufzug ignorierte ihr Trommeln gegen den Rufknopf und kam erst, als es ihm passte. Am Konferenzsaal angelangt, zupfte sie ihre Kleidung zurecht und trat ein; die Wasserflecken auf dem Revers ihrer Kostümjacke bemerkte sie erst danach. Ihre Kollegen, die zur Verhandlungskommission gehörten, saßen bereits auf ihren Plätzen an dem länglichen Tisch, der sich durch die Mitte des Raums zog. Auf der anderen Seite hatten sich die Vertreter des Krankenhauses versammelt: der Geschäftsführer, der Medizin- und Kaufmanagerkontroller und ein Oberarzt, der für diese Sitzung eingeladen worden war, um einige medizinische Prozesse genauer zu erläutern. Der Beamer lief bereits und warf das Logo des Krankenhauses auf die Leinwand.

Leah nahm Platz neben Adrianna, die ihr ein dünnes Lächeln schenkte. »Verschlafen? Mr Big wird gar nicht erfreut sein, davon zu erfahren. Und das, wo Gerüchte über die Fusion und die Stellenkürzungen *am lautesten* werden.«

»Mein Hund hat den Wecker gefressen.«

»Und anscheinend für das Styling deiner Frisur gesorgt.« Provokativ schob sie Leah ein Papiertaschentuch über den Tisch. »Ich bin mir sicher, dass Mr Big dafür Verständnis aufbringen wird.«

»Natürlich. Ich habe *vollstes* Vertrauen in ihn.« Leah breitete ihre Unterlagen aus. Ihr Handy vibrierte. Ohne hinzuschauen, schaltete sie das Gerät aus.

Der Geschäftsführer des Krankenhauses ächzte und erhob sich schwerfällig, obwohl seine drahtige Statur nicht auf Schwierigkeiten in der Auseinandersetzung mit der Schwerkraft hindeutete. »Nun. Da wir jetzt vollzählig sind, können wir beginnen.« Er präsentierte die nächste Folie. Seine Finger, mit denen er die Fernbedienung wie einen Zauberstab umklammerte – und Leah unwillkürlich an etwas wie das Harry Potter'sche Avada Kedavra dachte –, erinnerten an Salami-Würstchen. Auch sonst besaß seine Haut einen seltsam geräucherten Ton. »Wie Ihnen bekannt ist, hat unser Krankenhaus im letzten Jahr einige Veränderungen an seinem medizinischen Angebot vorgenommen …«

Er spulte routiniert seinen Part herunter, Zahlen mit Kostenaufstellungen folgten und schließlich die Forderung nach mehr Geld. Leahs Team hielt sich an die festgelegte Verhandlungsstrategie und unterbreitete sein Angebot, das weit unter den Erwartungen des Krankenhauses lag. Letztendlich wurden sich die beiden Seiten schließlich nur in dem Punkt einig, dass es Zeit war zu essen.

In der Kantine überprüfte Leah ihr Handy. Es zeigte fünf Anrufe ohne eine hinterlassene Nummer oder Nachricht. Ihre Mutter? Das machte sie häufig, wenn sie der Meinung war, Leah weiche ihr aus. Wenigstens würde das bedeuten, das große Schweigen wäre vorüber.

Leah rief zu Hause an, doch niemand nahm ab. Schließlich wählte sie Kays Nummer, ohne recht zu wissen, warum. Fast sofort sprang die Mailbox an. Sie seufzte, stellte den Signalton ihres Handys für die Dauer der Pause auf Vibration und reihte sich mit ihrem Tablett in die Schlange vor der Kasse ein. Direkt vor sich erkannte sie den Oberarzt aus den Verhandlungen. Er lächelte ihr zu, als er nach seinem Portemonnaie griff. Sie lächelte zurück. »Ich bin mir sicher, dass wir einen guten Kompromiss erzielen werden«, sagte sie. »Meine Mutter hat früher hier gearbeitet. Sie war Krankenschwester. Und hat mir nur Gutes über Ihr Krankenhaus erzählt.«

»Tatsächlich?« Er machte ihr Platz und wartete mit seinem Tablett abseits, während sie ihr Essen bezahlte. »Es freut mich außerordentlich, dies zu hören.«

»Lucia Winter. Es ist schon einige Jahre her, vermutlich erinnert sich keiner mehr an sie. Sie war auch nur kurz hier. Wenn ich mich nicht irre, auf der neurologischen Station.«

»Lucia Winter.« Das Lächeln wich aus seinem Gesicht. »In der Tat, der Name ist mir noch präsent. Eine bedauerliche Geschichte, falls es mir erlaubt ist, dies zu sagen.«

»Ja. Eine bedauerliche Geschichte.« Leah senkte den Blick auf ihre gebutterten Kartoffeln. »Meine Mutter hat hier angefangen, als wir glaubten, dass es meinem Stiefvater nach dem Schlaganfall wieder besser ging. Wir haben uns geirrt.«

»Die Umstände sind mir nachdrücklich in Erinnerung geblieben. Eine derart schwierige Krankheit eines geliebten Menschen und die Geldsorgen können jeden zu Taten bewegen, die er im Nachhinein bereuen würde.« Er räusperte sich und schaute sich um. »Wir sehen uns nach der Pause im Konferenzsaal. Guten Appetit wünsche ich Ihnen.«

Er ließ sie stehen.

Jemand in der Schlange murrte, die Kassiererin beugte sich vor und berührte Leah am Arm mit der Bitte weiterzugehen.

Sie eilte dem Oberarzt hinterher und nahm Platz an seinem Tisch. »Taten, die er bereuen würde? Was meinen Sie damit?«

»Dies scheint mir nicht der beste Zeitpunkt zu sein, um alte Geschichten auszugraben. Meinen Sie nicht auch, wir sollten uns lieber auf die Verhandlungen konzentrieren?« Er aß seinen Salat mit einer wahren Hingabe, während Leah ihre Kartoffeln hin und her schob und sich kaum traute, auch nur ein einziges Stück in den Mund zu nehmen.

Der Gedanke daran, etwas davon auf der Zunge zu schmecken, rief einen Würgereflex hervor. Obwohl ihr vor Hunger schwindelte – heute früh hatte sie nicht die Zeit gehabt, etwas zwischen die Zähne zu bekommen. Ihre Mutter war in die Küche heruntergekommen, sagte aber weiterhin kein Wort.

»Erklären Sie mir bitte, was passiert ist.«

Er wiegte den Kopf, legte schließlich die Gabel beiseite und wischte sich den Mund mit einer Serviette ab. »Lucia Winter wurde gebeten, das Krankenhaus zu verlassen. Allem Anschein nach hat sie verschreibungspflichtige Medikamente entwendet, was jedoch nicht zweifelsfrei bewiesen werden konnte. Bitte entschuldigen Sie mich.« Er winkte jemandem, nahm das Tablett und ging, nachdem er sich noch einmal entschuldigt und Leah guten Appetit gewünscht hatte.

Sie starrte die zerlassene Butter auf ihrem Teller an. Stimmungsschwankungen. Die Tabletten. Sie wusste nur, dass ihre Mutter sie nehmen musste. Wann hatte der Arzt sie ihr verschrieben? Hatte er das überhaupt? Sie zwang sich, eine Kartoffel zu zerteilen und ein Stück hinunterzuschlucken. Ihre Mutter brauchte Hilfe. Kay hatte das gesehen, nur sie wollte es nicht wahrhaben. Sie nahm noch ein Stück Kartoffel, das sie mit der Zunge zerdrückte und irgendwie hinunterbekam. Mehr schaffte sie nicht.

Das Handy vibrierte. Keine Nummer auf dem Display. Leah nahm ab. »Mom? Ist etwas passiert?«

Eine Pause. Kurze, gehetzte Atemgeräusche. »Ich bin es. Thessa.«

»Thessa …«

»Ich sollte dich nicht belästigen, ich weiß. Du hast schon genug für mich getan. Aber ich weiß wirklich nicht weiter. Das Krankenhaus hat mich heute entlassen. Wo soll ich hin? Ich kann nicht zurück in die Wohnung, ich kann es nicht, verstehst du?«

Leah hörte, wie Thessa geräuschvoll Luft holte, und nutzte die Pause: »Geht es dir gut? Du darfst nach Hause?«

»Leah! Verstehst du das denn nicht? Bitte! Hol mich ab. Ich kann nicht allein irgendwohin.«

»Was ist mit deiner Familie? Deinen Freunden?« *Warum ich?* Sie fühlte sich feige.

»Meine Familie wohnt sehr weit weg. Und Freunde mit meinem Jetset-Leben als Model … Das ist nicht leicht, Leah.«

»Jetset, ja?«

»Okay, ich habe nie viele Freunde gehabt. Wolltest du das hören? *Nathalie* war meine Freundin. Und *Céline*.« Thessa schluchzte. »Ich dachte, du würdest wissen, wie es ist. Würdest mir helfen.«

»Ich kann jetzt nicht weg. Ich habe noch einen Termin. Keine Ahnung, wie lange das dauern wird und ...«

»Ich warte. Warte, solange es sein muss.« Sie stotterte eine Adresse hervor. »Bitte komm.«

Aufgelegt.

Leah drückte sich die Hände gegen die Stirn. Zu ihrer Übelkeit gesellten sich Kopfschmerzen. Die Pause würde in ein paar Minuten vorbei sein.

Noch einmal versuchte sie, Kay zu erreichen, aber seine reservierte Mailboxstimme meldete sich nur mit seinem Vor- und Nachnamen und wartete auf eine Nachricht.

Die Konferenz dauerte bis zum späten Nachmittag, und am Ende konnte tatsächlich eine Einigung erzielt werden. Auf dem Weg zur Eingangshalle des Krankenhauses redete sie sich ein, dass Thessa unmöglich so lange auf sie warten würde und sich nach der anfänglichen Panikattacke am Telefon sicher längst in der Wohnung ausruhte. Trotzdem fuhr sie zu der genannten Adresse, um ihr Gewissen milde zu stimmen und sich zu beweisen, dass die letzten Ereignisse noch nicht ihre Seele getilgt hatten.

Thessa kauerte auf den Stufen des Krankenhauses. Ihre Silhouette war in der angebrochenen Dämmerung von einer Straßenlaterne beleuchtet und doch nur ein Schatten ihrer selbst. Leah blieb wenige Schritte von ihr entfernt stehen. »Du hast die ganze Zeit hier gesessen?«

Thessa zuckte zusammen, sprang auf die Beine und schloss Leah in ihre Arme. »Ich wusste wirklich nicht, wohin. Ich habe eine solche Angst!«

»Ich bin mir nicht sicher, ob ich dir helfen kann.« Thessas kurzes, zerzaustes Haar stach ihr in den Hals. Zögernd legte sie die Arme um den zitternden Körper, der sich an sie schmiegte. »Ich lebe nicht allein. Meine Mutter macht im Augenblick eine schwere Phase durch. Auf Fremde im Haus könnte sie unberechenbar reagieren.«

»Bitte, nur für diese Nacht. Ich kann nicht in die Wohnung. Nathalie ist noch da, in jedem Atemzug. Die Zimmer sind voll von ihr. Wie sie damals voll von Céline waren. Ich werde das nicht noch einmal durchstehen. Nicht allein.« Thessa schluchzte wieder. »Wer macht nur so etwas? Was habe ich getan, um das zu verdienen? Wie kann jemand so gefühllos sein, mir alle zu nehmen, die mir nahestanden?«

Leah löste sich von ihr und setzte sich auf die Stufen. »Warum hat Nathalie ihn reingelassen?«

Thessa zog die Nase hoch. »Wen?«

Nick Milla. »Den Mörder.«

»Wie kommst du darauf?«

»Die Tür trug keine sichtbaren Einbruchspuren.« Wobei das nicht viel zu bedeuten hatte. »Wer wusste, dass Nathalie allein sein würde?«

»Sie war nicht allein.«

»Genau.« Sie rieb sich über die Schultern, fröstelte. »Ihr Kind war auch da. Ihre Tochter?«

Der Täter hatte die junge Frau dazu gebracht, für die Fotos zu posieren, indem er ihr Kind bedrohte. Aber das, was er tatsächlich wollte, hatte er nicht bekommen und daher das kleine Mädchen entführt … um Kay erneut zu erpressen? War die Kleine vielleicht seine … Nein. Solche Spekulationen gingen eindeutig zu weit.

»Sabine. Es war einer der Tage, an denen Nathalie ihre Kleine sehen konnte. Wir ließen die beiden immer allein. Wir.« Thessa schluchzte wieder, kramte ein Taschentuch hervor und schnäuzte sich. »Wir, Céline und ich. Jetzt nur noch ich. Ich bin in eine

Bar gegangen, hab ein wenig was getrunken. Es war … so einsam … in mir.«

»Der Mörder muss gewusst haben, dass er nicht gestört wird. Ist dir in der letzten Zeit etwas aufgefallen? Ein Auto, eine Person, die euch beobachtet hat?«

»Wir wohnen nicht gerade in einer gut betuchten Gegend, in der jeder jeden kennt. In der man Fremde sofort bemerken würde.«

»Nick hat gewusst, dass Nathalie bei ihm war. Was hat sie aus seiner Wohnung mitgenommen? Was war ihm so wichtig, dass er dafür vielleicht sogar … getötet hätte?«

Thessa rieb das Taschentuch zwischen den Handflächen.

»Du weißt es, nicht wahr? Sag es mir! Was wollte sie dort?«

»Seine Kontakte in der Modebranche. Vor allem ging es um diesen Scout, Voronin, wenn ich mich nicht irre, den Céli für uns drei an Land ziehen sollte. Den mit der Fashion Week in St. Petersburg. Kurz vor Célis Verschwinden hat sich Nattie fürchterlich mit ihr gestritten, meinte, sie solle wenigstens seine Telefonnummer rausrücken. Céli hat alles abgeblockt, nur immerzu wiederholt: ›Ich warne dich, ich warne dich!‹ Oder so ähnlich. Als Céli getötet wurde, war Nattie wie besessen davon, diesen Scout zu finden. Sie glaubte, dass Nick diesen Kontakt hergestellt hatte. Sie hatte die beiden ein paarmal beim Telefonieren belauscht, sein Name war mehrfach dabei gefallen.«

»Sie war so verzweifelt, dass sie für diese Kontaktdaten einen Einbruch riskiert hat? Im Ernst jetzt?«

Langsam zerbröselte das Taschentuch in Thessas Fingern, und flockte auf den Boden. »Ihre Eltern haben das Sorgerecht für die Kleine. Am liebsten hätten sie das Mädchen ganz von ihr ferngehalten. Sie sind ein eingebildetes, selbstsüchtiges Pack. Nattie wollte auf eigenen Beinen stehen, irgendwann mit ihrer Tochter allein leben, das war ihr Traum. Dieser Scout war ihre

Chance! Also ging sie zu Nick. Und fand mehr, als sie erwartet hatte.«

»Was?«

»Die Kontaktdaten natürlich. Aber auch eine Mappe mit Angaben zu diversen Mädchen, lauter angehenden, unbekannten Models. Richtig unheimlich. War unter eine Schublade des Schreibtisches geklebt.«

»Woher wusste sie, wo das ganze Zeug versteckt war?«

»Céli hatte einmal gescherzt, Nick wäre so vorsichtig, dass er überall doppelte Böden hat.« Thessa schnaubte. »Das war noch in der Zeit, als sie noch nicht so eine Angst vor ihm hatte.«

»Wo ist die Mappe jetzt?«

»Müsste noch in unserer Wohnung liegen. Wenn die Polizei sie nicht mitgenommen hat.«

Oder der Mörder. Leah stand auf. »Hör zu, lass uns die Mappe suchen. Und dann … dann nehme ich dich mit zu mir nach Hause, wenn du magst.«

»Wirklich?«

»Wirklich.« Sie hoffte, dass ihr schlechtes Gewissen, das ihr vorwarf, Thessas Notlage auszunutzen und die ohnehin instabile Psyche ihrer Mutter zu gefährden, irgendwann verstummen würde. »Lass uns gehen.«

24

Beim Anblick der Haustür mit dem aufgesprühten »Fuck« weigerte Thessa sich, mit hochzukommen, drückte Leah die Schlüssel in die Hand und ließ sich auf der Bordsteinkante nieder. Die Mappe lag, wie von Thessa beschrieben, von Nathalie einfallsreich unter der Matratze versteckt. Bei näherer Betrachtung handelte es sich um eine Kopie. Offenbar hatte Nathalie auf Nummer sicher gehen wollen. Das Leben hatte es ihr nicht gerettet, aber mit etwas Glück bedeutete es eine Spur, einen Hinweis darauf, was der Mörder tatsächlich wollte.

Nun saß Leah in dem fast leeren Bus, der sie gemächlich ihrem trauten Heim näher brachte, und blätterte in der Mappe. Thessa döste, ihr Kopf schlug regelmäßig gegen die Scheibe, an die sie sich halb lehnte.

Das Papier raschelte unter Leahs Fingern. Namen, Adressen, knappe Notizen in einer kaum leserlichen Schrift. Aber keine Nathalie im Dossier. Und auch keine Céline. Viele der Mädchen schienen Künstlernamen zu haben, daneben standen ihre richtige Identitäten mit der letzten bekannten Adresse und der ihrer Verwandten, knappe Vitas und nicht sonderlich lange Angaben zu ihrer beruflichen Laufbahn.

Der Bus erreichte die Endhaltestelle. Leah klemmte sich die Mappe unter den Arm und rüttelte Thessa an der Schulter. »Aufwachen! Wir sind schon da.«

Thessa streckte die Beine, rekelte sich und kam ungelenk hoch. »Schon?« Verschlafen sah sie sich um. »Du bist gut. Es war nie die Rede davon, das Land zu verlassen.«

»Keine Sorge. Zum Auswandern haben wir noch einen langen Marsch vor uns, betrachte es als einen Zwischenstopp. Kanntest du eins der Mädchen, die hier aufgeführt sind?«

»Die Suzanna. Aber kennen ist zu viel gesagt.«

Unter einer Straßenlaterne verlangsamte Leah den Schritt und schlug die Mappe erneut auf. »Da ist sie. Ihr Vater ist ein Bauer, stimmt's?«

»Die typische Geschichte eben: Ein naives Landei kommt in eine Großstadt und will ganz nach oben. Sie ist vom Hof weggelaufen, meinte einmal, ihr Vater hätte nicht einmal bemerkt, dass es sie nicht mehr gab.«

»Meinst du, sie könnte uns vielleicht ein paar Fragen beantworten?« Leah überflog die Seite. »Aktueller Aufenthaltsort unbekannt, steht hier.«

»Ich habe schon Ewigkeiten nichts mehr von ihr gehört. Vielleicht war das Model-Leben zu hart für sie, und sie ist zu ihren Kühen zurückgekehrt. Ach, und Maria, die kannte ich auch ein bisschen.«

»Maria Rojas?«

»Genau. Ich glaube, sie hat südamerikanische Wurzeln, stammt aus einer großen Flüchtlingsfamilie, die illegal eingewandert ist. Jedenfalls: Sie ist auch schon lange von der Bildfläche verschwunden.«

Leah blätterte zu dem Namen. »Aktueller Aufenthaltsort: unbekannt.«

Doch ein Stück darunter: Chiquita – Fragezeichen. Perles d'Or – Fragezeichen. Und: »evtl. ein leichtes Ziel«. Leah merkte, wie sie zu frieren begann.

»Vielleicht wurde sie von den Behörden ausgewiesen«, fuhr Thessa fort. »Armes Mädchen. Sie hatte immer solch eine schreckliche Angst davor.«

»Was bedeutet ›Perles d'Or‹?«

Thessa blickte ihr über die Schulter. »Perles. Also Perle vielleicht? Ich würde auf eine Modelinie tippen. La Perla ist zum Beispiel eine italienische Dessous-Marke. Hab mich wohl geirrt, sie läuft anscheinend doch nur unter einem anderen Künstlernamen.«

»Hier sind etliche Personen aufgeführt, die unbekannte Aufenthaltsorte haben.«

»Findest du es nicht seltsam, dass der Typ so eine Akte über diese Mädchen führt? Glaubst du, er ist ein Stalker?«

»Jedenfalls muss es einen Grund geben, warum er das hier zu verstecken versucht hat.« Leah schlug die Mappe zu. Über die Sache würde sie später nachdenken müssen. Womöglich würde es ihr gelingen, eine der jungen Frauen aus der Liste ausfindig zu machen und mit ihr über Nick zu reden. Jetzt sollte sie sich nichts anmerken lassen. Sie kam von der Arbeit nach Hause, brachte eine Freundin mit, mehr nicht.

»Wir sind da.« Sie hielt vor der Gartenpforte an. »Ich weiß gar nicht, wie ich es dir erklären soll. Meine Mutter verhält sich manchmal ein wenig seltsam. Das irritiert die Leute, sie merkt es, und irgendwann eskaliert die Situation. Versuch, sie so normal wie möglich zu behandeln, ganz egal, was für Merkwürdigkeiten sie von sich gibt. Okay?«

Sie fühlte, wie Thessa ihr eine Haarsträhne aus der Stirn strich. »Keine Sorge. Sie wird kaum merken, dass ich da bin. Ist sie … nach Célis Tod so geworden?«

»Eigentlich schon nach dem Schlaganfall meines Stiefpapas. Mal geht es besser, mal schlechter. Es ist nicht einfach.«

»Nicht einfach, das verstehe ich gut, glaub mir.« Noch einmal strich Thessa ihr über das Gesicht.

Leah trat zurück, tastete nach dem Riegel und machte das Tor auf. »Ja. Dann … dann komm mit.«

Viel zu hastig stolperte sie den Kiesweg entlang und kramte in ihrer Tasche nach den Schlüsseln. Im Flur angelangt, schaltete sie das Licht an und lauschte. Das Haus antwortete mit der gewohnten Stille. »Vermutlich schläft sie schon.«

Thessa machte die Tür hinter sich zu und senkte die Stimme. »Kann ich mich bei dir vielleicht duschen?« Das Flüstern klang beinahe sinnlich und keinesfalls jugendfrei.

»Klar.« Leah wandte sich ihr zu und taumelte zurück, als sie gegen Thessas Busen stieß. »Ich mache das Bad fertig und organisiere uns etwas zu essen.«

»Du bist so nervös. Keine Sorge, ich komme schon mit deiner Mutter klar.«

»Mir fehlt es eindeutig an ausgiebigen Erfahrungen mit Pyjamapartys.«

Thessa kicherte und rieb ihr über den Oberarm. »Das können wir gern nachholen. Nein, nein, entspann dich. Kissenschlachten und so verschieben wir lieber auf einen anderen Tag. Deine Mutter darf heute ruhig schlafen. Hey, entspann dich, ehrlich. Ich mache doch nur Witze.«

»Tut mir leid.« Leah trat noch ein Stück zurück. »Bin einfach zu müde. Es war ein verdammt langer Tag.«

Im Bad legte sie für Thessa ein frisches Handtuch parat und holte aus dem Tümmler den eigenen Bademantel. Schließlich inspizierte sie den Abfluss und zupfte Mutters Haare aus der Abdeckung. Fertig.

Ihr Blick fiel auf den Medizinschrank. Übelkeit wie beim Anblick von gebutterten Kartoffeln stieg in ihr auf. Sie öffnete die Tür und überflog den Inhalt. Der Schrank war voll mit Medikamenten, bei denen sie größtenteils nicht wusste, wofür sie bestimmt waren. Aspirin gehörte zur Spitze ihrer medizinischen Allgemeinbildung.

Allem Anschein nach … und nicht zweifelsfrei bewiesen … Das hatte der Arzt doch gesagt. Und sie war schon bereit, ihre

Mutter als Süchtige abzustempeln, ohne vorher zumindest ihre Sicht der Dinge zu erfragen. Eine tolle Tochter, ganz klar.

Sie sagte Thessa, das Bad sei fertig, und deckte den Tisch. Der Kühlschrank gab nicht viel Essbares her, aber für zwei, drei Scheiben Brot würde das bisschen Wurst und Käse reichen. Aßen Models überhaupt?

Jedenfalls beanspruchten sie das Bad so lange, als müssten sie sich darin verpuppen.

Im Bademantel betrat Thessa die Küche. Der obere Teil klaffte bis zur Brust auf. Jeden Quadratzentimeter ihrer nackten Haut, die Rundungen des Busens, den man in den verführerischen Tiefen erahnte, präsentierte sie mit Stil und Eleganz, als würde sie den alten Bademantel mit den verblassten orangefarbenen Lilien für ein Werbefoto in Szene setzen.

»Was ist?« Thessa beugte sich vor, was im Ausschnitt ihre festen Brustwarzen erahnen ließ. »Du bist so schrecklich verkrampft.«

Rasch wandte Leah den Blick ab. »Verklemmt trifft es wohl eher«, murmelte sie und spürte eine Hand auf ihrem Knie.

»Na, dann lass mich dich ein wenig auflockern. Eine Nackenmassage vielleicht? Céli hat es genossen.«

»Schon okay.« Sofort war sie auf den Beinen. Der Stuhl kippte um. »Ich … ich mache das Sofa für dich fertig, in Ordnung? Du kannst darauf schlafen.«

Sie beeilte sich, im Wohnzimmer zu verschwinden. Das Sofa klemmte. Erst nach einem heftigen Rütteln und Fluchen gelang es ihr, die Liegefläche nach vorn zu ziehen. Mit einem metallischen Klacken fiel etwas auf den Boden. Ein Schlüssel.

»Meinst du wirklich, nur weil ich lesbisch bin, springe ich jede an?«

Leah fuhr herum. »Nein. Natürlich nicht«, stammelte sie. Doch genau das hatte sie gedacht. Ihre Wangen brannten. Der Schlüssel lag kalt in ihrer Hand.

Thessa kam näher. Ihre Züge wirkten hart, die helle Haut hob sich von dem verwaschenen Stoff des Bademantels deutlich ab. Marmorähnlich, hatte Kay einmal gesagt. Unecht. Die Lippen bildeten eine scharfe Linie. Nur in den feucht schimmernden Augen lag ein weicher, verletzlicher Ausdruck. »Ich bin nicht so, wie du anscheinend denkst. Ich glaube … Ich glaube, es war ein Fehler hierherzukommen.«

»Nein. Warte! Es tut mir ehrlich leid. Du weißt, ich bin einfach nur müde. Und ziemlich neben der Spur.«

»Aha.« Mit Fingerkuppen strich sie Leah über das Handgelenk. »Woher hast du den Schlüssel zu unserer Wohnung?«

»Was?«

»Ach, natürlich. Wie dumm von mir! Das ist bestimmt der von Céli, nicht wahr?«

Leah ballte die Hand. Die Kanten des Schlüssels bohrten sich in ihre Faust. »Ja. Bestimmt.«

Nur dass Célines Schlüsselbund mit den anderen im Kästchen neben der Eingangstür aufbewahrt wurde und vollständig war.

Es musste nichts bedeuten. Es konnte sogar sein, dass ihre Mutter einen Ersatz hatte anfertigen lassen und ihn schließlich verlegt hatte. Was hieß es schon, dass auf diesem Sofa Poul und Kay gesessen hatten.

»Ist alles in Ordnung bei dir? Du bist so blass.«

»Ja. Ja, es ist alles in Ordnung.« Sie ging zum Fenster. Ruckartig zog sie die Gardinen zu und steuerte die Terrassentür an.

Bläulich schimmerte die Insektenschutzlampe in der Nacht. Die Mutter saß auf einem Gartenstuhl, in sich zusammengesunken und von ihrer voluminösen Steppjacke beinahe völlig verschlungen.

Leah zerrte an der Klinke und öffnete die Tür. »Mutter?« Sie trat nach draußen, ging um den Stuhl herum, um sich zu vergewissern, dass es tatsächlich ihre Mutter war und nicht bloß ein

Stillleben. »Mom? Was machst du da? Wie lange sitzt du schon draußen?«

Ihre Mutter ächzte. Es raschelte, die Plastikfüße des Stuhls schabten über die Betonplatten. Ihre Mutter klopfte mit der flachen Hand auf die Sitzfläche der Gartenbank, die über Eck neben ihr stand. »Es ist ein so schöner Abend. Komm, lass uns ein wenig reden. Siehst du den Mond?«

»Nein …«

»Ich auch nicht. Schade, dass es so viele Wolken sind.«

»Ich meine: Nein, lass uns lieber reingehen. Es ist kalt.«

»Zieh dir etwas an.«

»Bitte komm mit mir rein. Ich habe jemanden mitge…«

»Eine Freundin? Ja, ja, ist gut. Setzt dich neben mich. Du bist immer bei der Arbeit oder … sonst wo. Wann haben wir das letzte Mal ein Mutter-Tochter-Gespräch geführt?«

Leah schielte zum Wohnzimmer. Thessa erwiderte ihren Blick und zuckte mit den Schultern.

»Okay. Lass uns ein wenig reden. Aber dann gehen wir rein, in Ordnung?«

»Aber selbstverständlich, Kleines.«

»Na gut.« Sie nahm Platz.

»Hier, nimm wenigstens die. Kuschel dich ein.« Die Mutter zog die Plane vom Tisch. »Ist es nicht ein schöner Abend? Oh! Ich habe dich gar nicht gefragt, wie dein Tag war. Wie war denn dein Tag, Liebes?«

Leah verstaute die Plane neben der Gartenbank. »Ich hatte einen Termin in dem Krankenhaus, in dem du einmal gearbeitet hast. Weißt du noch, kurz vor Stiefpapas Tod? Zufällig habe ich …«

»Poul hat mir erzählt, dass du dich immer noch mit diesem Mann triffst. Kay, richtig?«

»Das geht Poul nichts an.« Sie sah auf die dunklen Umrisse

des Baumes mit der halb abgerissenen Schaukel. *Hoch mit dem Wind …* Mit Kay gab es das »Hoch mit dem Wind« auch für sie und dieses Durcheinander von Gefühlen, zwischen berauschendem Glück und steter Angst. »Jedenfalls habe ich heute jemanden von deiner damaligen Station gesprochen.«

»Dieser Mann ist gefährlich, Leah.«

»Jetzt versuch doch nicht, das Thema zu wechseln!« Die Kälte durchfuhr ihre Brust. »Ich muss mit dir reden. Und es geht um etwas sehr Ernstes. Gestohlene Medikamente? Ist das wahr?«

»Du bist doch diejenige, die das Thema wechselt!«

Der entrüstete Blick der Mutter.

Leah atmete tief durch. *Sei geduldig. Sie ist deine Mutter. Und sie braucht Hilfe.* »Ich habe keine Ahnung, wie ich das vorsichtig angehen soll, ich habe wirklich keine Ahnung.« Sie legte eine Hand auf den aufgebauschten Jackenärmel ihrer Mutter, der jede Berührung pufferte und zurückwies. »Deine Stimmungsschwankungen, diese seltsamen Gefühlsausbrüche – wir brauchen jemanden, der uns sachkundig beistehen kann. Denn allein weiß ich nicht mehr weiter.«

»Einen Psychiater?« Die Mutter zog den Arm von der Lehne. »Lass mich raten. Das hat dir dieser Kay in den Kopf gesetzt, richtig? Nein, sag nichts. Ich sehe schon. Nun, er muss es ja wissen. Erfahrungen mit Seelenflickern hat er zur Genüge gemacht.«

»Bitte?«

»Du wolltest wissen, was ich gegen ihn habe?« Die Mutter kramte in ihrer Jacke und warf Leah ein paar zusammengefaltete Blätter zu. »Das hier!«

»Was ist das?« Ihre Finger fühlten sich steif an, als sie die Zettel glättete und die Überschriften unter der Insektenschutzlampe zu entziffern versuchte. Lauter Kopien von Zeitungs- und Zeitschriftenartikeln.

Jeder Tag, als gäbe es keinen danach: Das Leben eines Modefotografen

Verschwendungssucht oder Leidenschaft? Ein Starfotograf kauft den teuersten Oldtimer

Selbstmordversuch – hat der unglaubliche Erfolg ihn dazu getrieben?

Die Zeilen verschwammen vor ihren Augen. »Mutter, was soll das alles?«

»Das ist das wahre Gesicht deines Kay Gordon.«

»Genug jetzt.«

»Nein, es ist noch lange nicht genug! Er ist psychisch labil, Leah, hörst du mich? Du hast keine Ahnung, was für Abgründe in ihm schlummern, während du in seinen Armen kuschelst. Du kannst dir nicht einmal vorstellen, wozu er fähig ist.«

»Wo hast du das Zeug her? Von Poul?« Ihre Faust verkrampfte sich um die Blätter in ihrem Schoß.

»Poul will dir nur Gutes.«

»Lass mich in Ruhe! Lass mich in Ruhe, und richte Poul dasselbe aus!« Sie sprang auf, stieß die Terrassentür auf und lief ins Wohnzimmer.

Die Mutter kam hinterher.

»Leah!«

In ihrem Rücken hörte sie die schweren Schritte, die in ihrem Kopf mit einem dumpfen Schmerz widerhallten.

»Bleib sofort stehen, junge Dame!«

Sie fuhr herum und warf der Mutter die zerknüllten Blätter vor die Gummistiefel. »Es ist mir egal, was irgendwelche Zeitungen über ihn schreiben, hörst du? Es ist mir egal!«

»Ist dir auch egal, dass er diese Fotos von Céline gemacht hat? Dass er dich vielleicht entführt hat …«

»Das hat er nicht! Ich habe die SMS des Täters auf seinem Handy gesehen.«

»Ach, komm schon! Du weißt selbst, wie leicht es ist, so etwas zu manipulieren. Ja, ich habe nachgeforscht, Leah. Weil ich Angst um dich habe. Was auch immer er im Schilde führt – eine Tochter hat er mir bereits genommen. Ich werde nicht zulassen, dass er mir auch die zweite nimmt.«

»Hör auf!«

»Wusste ich doch, dass du uns nicht glauben würdest. Dass …«

»Schluss jetzt!«, schrie Leah, rannte an Thessa vorbei in den Flur hinaus, die Treppe hoch, in ihr Zimmer. Sie hatte das Gefühl zu ersticken. In den eigenen vier Wänden, die ihr so fremd wie noch nie waren.

Mit zitternder Hand holte sie aus der Tasche ihrer Jeans das Handy. Sie suchte in der Anrufliste nach seinem Namen, bis Tränen ihren Blick verschleierten. Sie konnte nichts mehr erkennen, fuhr sich mit dem Ärmel über die Augen. Sah trotzdem nichts. Weil die Tränen geschwind nachkamen, sobald sie sie fortwischte. Dabei hatte sie so lange nicht in diesem Haus geweint.

Es klopfte. Sie versteckte das Handy in der Tasche. »Ich habe doch gesagt, dass du mich in Ruhe lassen sollst!«

Aber es war nur Thessa, die im Türrahmen lehnte und an der Schlaufe des Bademantels nestelte. »Ich schätze, ich habe tatsächlich den falschen Tag erwischt, um bei euch einzuziehen. Ist alles in Ordnung mit dir?«

»Nein.«

»Geht es um Kay Gordon?« In ihren Händen erschienen die Zeitungskopien. »Den Fotografen? Seid ihr ein Paar?«

»Ich … ich weiß nicht, was wir sind. Kennst du ihn?«

»Kennen? Ach, Leah. Sein Leben spielt sich doch in einer ganz anderen Liga ab als meins. Jedes Mädchen wie ich wäre froh, ihn zu kennen. Seine Empfehlung ist eine Eintrittskarte ins Modebusiness, wer würde da schon Nein sagen?«

»Und die Zeitungsartikel?«

»Ich habe von dem Selbstmordversuch gehört.« Thessa reichte ihr die Kopien. »Eine seltsame Sache. Wie kann jemand ein halbes Vermögen für ein Auto ausgeben, es monatelang mit ganzer Leidenschaft auf Vordermann bringen, um darin einen Selbstmord zu begehen? Das ist doch vollkommen …«

Krank. Leah nahm Thessa die Kopien aus den Händen, sah die restlichen Artikel durch. »Hier steht, dass es eine Reihe von Einbrüchen und Vandalismus gegeben hat. Aber Kay hat nie Anzeige erstattet.« Sie stockte, als eine Schlagzeile sie wie ein Fausthieb traf: *DU hättest tot sein sollen! – Was meint dieser Mann mit seiner Botschaft?* Das grob gekörnte Foto zeigte das verzerrte Gesicht eines Obdachlosen, der von zwei Polizisten abgeführt wurde. »War es denn überhaupt ein Selbstmordversuch?«

»Geld und ein so schneller Aufstieg machen Feinde. Er war – und ist – ein Überflieger. Kam buchstäblich aus dem Nichts, knipste herum, respektlos allen Regeln der Kunst gegenüber, und hatte Erfolg. Einen unglaublichen Erfolg. Was da tatsächlich passiert ist, kann man nur mutmaßen. Ich weiß nur, dass man danach knapp ein Jahr nichts mehr von Kay Gordon gehört hat. Dann tauchte er wieder auf, bestens in Form und verschlossener denn je. Jedenfalls umgibt ihn eine gewisse Aura. Man sagt, dass seine Fotos die nackten Seelen preisgeben. Dass er … auf den wahren Schmerz aus ist.«

»Ich will aber darüber nicht mutmaßen.« Sie holte ihr Handy heraus. Wollte ihn anrufen. Nichts fragen. Nur »Ich brauche dich« wispern.

»Ich schätze, ich sollte dich jetzt lieber allein lassen.«

»Ja.«

»Sei aber trotzdem vorsichtig, okay? Man weiß ja nie. Er ist … Nun ja. Man munkelt eben so einiges.«

»Bitte geh jetzt.«

»Klar. Bin so gut wie weg. Ähm. Ist jetzt ziemlich blöd, aber …

kann ich vielleicht mit, wenn du ihn das nächste Mal triffst? Als deine Freundin oder so?«

»Thessa …«

»Schon gut, schon gut. Lass uns später darüber reden.«

Reglos wartete Leah, bis Thessas Schritte in den Tiefen des Hauses verklungen waren. Schließlich wählte sie seine Nummer. »Nimm ab, Kay. Bitte nimm ab.« Sie hielt inne.

»Kay Gordon.«

»Kay …« Der Signalton der Mailbox unterbrach sie jäh.

Danach folgte Stille.

In die sie hineinschwieg.

25

Er sah ihr Foto als Erstes, wenn er aufwachte. Es stand auf einer Anrichte neben seinem Bett, in einen einfachen Cliprahmen eingefasst. Es hatte etwas Tröstliches und Versöhnliches, die Augen aufzumachen und als Erstes – sie zu sehen. Und wenn er die Lider wieder schloss, um das Aufstehen hinauszuzögern, schmeckte Kay die Wärme ihrer Lippen auf der Piazza San Marco. Ihr Wesen füllte sein Schlafzimmer wie Sonnenlicht, ganz egal, wie trüb ihn der Tag hinter den Fenstern grüßte.

Heute betrachtete er das Foto besonders lange, das die Wärme ihrer Haut und das Licht ihres Gemüts in einem angebissenen Stück Clementine vereinte. Um das Unausweichliche hinauszuzögern, das ihn jedoch so oder so einholen würde.

Er hatte sich gerade rasiert, als das Telefon klingelte und einen internen Anruf meldete. Kaum hatte er abgenommen, prasselten Elinors Worte auf ihn ein: »Er besitzt doch tatsächlich die Frechheit, im Studio aufzukreuzen, mit seinem unverschämten Lächeln, und ich würde ihn zum Teufel jagen, wenn er nicht eisern behaupten würde, er hätte einen Termin mit dir …« Aus dem Hintergrund kam gedämpft Nicks Stimme: »… ein freundschaftliches Gespräch, nur ein freundschaftliches Gespräch …«, und Kay konnte sich bildhaft vorstellen, wie sein Freund sich lässig an den Türrahmen lehnte und vergnügt das Lärmen der Studiomanagerin beobachtete. Die sofort ihren Part aufnahm: »… und jetzt meint er doch allen Ernstes, mir – mir! – zuzuzwinkern, als wäre ich eines seiner *Schätzchen* oder *Mäuschen*, die bei seinem Anblick schwach werden, um ihm nur so zu Füßen zu sinken …«

Kay wartete, bis die biologischen Gesetze sie das nächste Mal zwangen, Luft zu holen. »Lass ihn durch. Ich warte auf ihn.«

Elinor schnaubte, während aus dem Hintergrund ein neckisches »Au revoir, ma chérie« ertönte, was die Studiomanagerin zu einem neuen Ausbruch verleitete: »Dann kannst du ihm bei der Gelegenheit auch sagen, dass er sich seine Origami-Schwäne sonst wohin stecken kann, auf meinem Schreibtisch werden sie nicht geduldet …«

»… Kraniche, meine Herzallerliebste …«

»… meinetwegen auch Frösche mit Flügeln! …«

Kay räusperte sich. »Würde ich mich mit der Bitte, dass er meine Wohnung ohne sichtbare Verletzungen erreicht, zu weit aus dem Fenster lehnen?«

»Und wie!«, schnaufte Elinor und legte auf.

Sie würde den Kranich sorgfältig in einer Schublade aufbewahren, ihn während langwieriger Telefonate bunt anmalen und irgendwann einem Mädchen schenken, das wegen eines bevorstehenden Shootings zu nervös sein würde, damit er ihr ein bisschen Glück brachte. Eine japanische Legende besagte, dass die Götter einem einen Wunsch erfüllten, sobald der tausendste Kranich gefaltet war. Kay hoffte, dass Nick seinem Wunsch schon nahe war.

Als Kay die Wohnungstür öffnete, stand Nick bereits auf der Treppe, die aus dem Studio zu ihr hochführte. Er trug ein schwarzes, auf die ganze Länge aufgeknöpftes Hemd mit den bis zu den Ellbogen hochgerollten Ärmeln. Über seinem muskulösen Oberkörper spannte sich ein weißes T-Shirt, der lose Knoten seiner schmalen schwarzen Krawatte hing auf Höhe seiner Brust. Egal zu welcher Jahreszeit – Nick schien niemals zu frieren. Die Garderobe vervollständigte eine eng anliegende, ebenfalls schwarze Jeans, die es kaum nötig hatte, seine durchtrainierte Figur noch mehr zu betonen. Ein bisschen der Nur-noch-kurz-die-Welt-retten-Typ. »Ich habe deine Nachricht erhalten. Was gibt's, dass du mich so dringend sehen musstest?«

»Gleich zur Sache? Kein Kranich für mich?«

»Du weißt doch, die gibt es nur für meine Herzensdame.«

»Verstehe. Dann komm erst einmal rein.« Er führte Nick ins Wohnzimmer. Die weiße Farbe mit den einzelnen schwarzen Akzenten ließ es größer wirken, die obligatorischen Dekorationselemente kaschierten die leeren Stellen in seinem Leben. Er mochte die Einrichtung vor allem wegen ihrer klaren Linien und weil er all das ohne Kummer hinter sich lassen konnte.

Alles, abgesehen von dem Foto in seinem Schlafzimmer.

»Willst du einen Kaffee?«

Nick nahm auf dem Lounge-Sofa Platz, als wäre er ein Teil der Ausstattung. Zugegeben, sein nordisch blondes Haar und die deutlich dunklere Haut boten genau die Art von Kontrast, mit der auch das ihn umgebende Zimmer punktete. Aber an jedem beliebigen Ort wäre es nicht viel anders gewesen. Nick besaß eine bemerkenswerte Gabe, jeder Umgebung zugehörig zu wirken. »Nein, danke. Wenn ich noch mehr davon trinke, werde ich der beste Kandidat für ADHS-Forschungen. Also, worum geht es?«

»Wirklich keinen Kaffee? Ich kann dir auch etwas anderes anbieten.«

»Und jetzt komm mir nicht noch mit Keksen. So, wie du aussiehst, wird es kein Plausch bei einem Kaffeekränzchen sein. Oder doch? Dann nehme ich die Kekse.«

»Mit Keksen kann ich leider nicht dienen.« Kay lehnte sich an den Sessel, der Nick gegenüberstand, und fuhr sich durchs Haar. Also kein Plausch. Er wünschte sich, sein Freund wäre weniger feinsinnig auf Gefühle anderer gestimmt und die ganze Angelegenheit wäre tatsächlich mit einem zwanglosen Geplänkel eingeleitet worden – oder vielleicht gar nicht angesprochen.

»Weißt du noch, wie du hier aufgetaucht bist und mich gebeten hast, dich als meinen Assistenten einzustellen? Ich habe es getan, ohne Fragen zu stellen …«

»Alles klar. Keine Fragen. Aber komm bitte endlich zur Sache – mich musst du nicht an den Gefallen erinnern.«

»Ich vertraue dir, hörst du?«

»Schön. Dann raus mit der Sprache.«

Es klang irrsinnig. Schon jetzt, in seinem Kopf, während er sich bemühte, sich die passenden Worte zurechtzulegen. »Kannst du mir helfen, herauszufinden, ob jemand, von dem ich bisher angenommen hatte, er sei tot, vielleicht … doch nicht tot ist?« Im Gesicht des Freundes versuchte er irgendeine Regung zu entdecken, die ihm verraten würde, ob er tatsächlich weiter darüber reden sollte.

Nick zupfte an seiner Jeans, streckte die Beine aus und verschränkte sie auf Knöchelhöhe. »Hm. Also, etwas mehr Input brauche ich schon.«

»Du weißt vom Mord an Céline Winter.« Es war keine Frage, trotzdem machte er eine Pause und schaute zur Wohnwand, wo auf einem TV-Lowboard sein Fernseher stand, den er nie einschaltete.

»Ja.«

»Auch von den Fotos, die kurz vor ihrem Tod gemacht wurden und bei der Trauerfeier aufgetaucht sind?«

»Ja.«

»Diesen Fotos liegen Motive aus meinem angedachten Bildband-Projekt zugrunde.«

Nick zögerte. Über sein Gesicht huschte ein Ausdruck, der Kay verunsicherte. »Auch das ist mir bekannt.«

»Was? Woher?« Ob er zu leichtfertig war mit seinem Vertrauen? Aber Nick hatte ihm schon immer geholfen. Besonders bei Fragen, die er nicht jedem stellen konnte.

»Nicht wichtig. Wichtig ist, dass die Polizei deine Aussage überprüft und keine Notwendigkeit gesehen hat, in deine Richtung zu ermitteln.«

»Vor ein paar Tagen wurde Célines Mitbewohnerin umgebracht. Mit Fotos. Und die Spuren führen wieder zu mir.«

»Du warst es aber nicht. Oder?«

Kay löste sich vom Sessel und wandte sich der Wohnwand zu.

»Schon gut«, hörte er Nick sagen, »keine Fragen.« Das Leder des Sofas knarzte, als sein Freund das Gewicht verlagerte. »Aber ich weiß beim besten Willen nicht, worauf du hinauswillst. Kay?«

Hinter der Schiebetür des Lowboards holte er einen Luftpolsterumschlag hervor, der an sein Studio adressiert war. »Dream Impressions« stand auch als Absender darauf und präsentierte sein Logo, einen Raben, von Hand mit einem Kugelschreiber gezeichnet. Er warf das Kuvert Nick in den Schoß. »Heute hat mich das hier erreicht.«

Nick schüttete den Inhalt auf den Couchtisch. Geräusch- und widerstandslos glitten die Bilder über die Glasoberfläche wie eine kleine Lawine der Vergangenheit, die einen unbarmherzig einholte.

»Fotos. Ähm. Urlaubsfotos? Ich fürchte, ich verliere endgültig den Faden.«

Kay kaute auf seiner Unterlippe. »Erinnerst du dich an den Rollfilm?«

Nick grinste und befühlte seine linke Wange. »Natürlich. Unsere erste ausführliche Konversation im Jugendalter. Du wolltest ihn nicht aus der Hand legen, und ich fand es reizvoll, herauszufinden, was passieren würde, wenn ich ihn dir wegnehme. Ich habe festgestellt, dass ich stärker bin, du aber einen beeindruckenden rechten Haken hast. Wenn du jetzt sagst, dass diese

Bilder von dem Rollfilm stammen, werde ich maßlos enttäuscht sein. Meinen Backenzahn waren die nicht wert.«

»Vor einiger Zeit habe ich den Rollfilm verloren. Dachte ich. Er wäre mir aus der Tasche gefallen oder so. Ein Wunder, dass es nicht schon früher passiert war. Und jetzt erreichen mich diese Abzüge.«

Nick beugte sich vor und stützte seine Unterarme auf seine Oberschenkel. »Und das bedeutet – was?«

»Es sind tatsächlich Urlaubsfotos. Ich war dreizehn, zum ersten Mal im Ausland, in Kanada. Mit meiner Familie.«

»Mit deiner …« Nick rieb sich das Gesicht und schnaubte etwas, was sich verdächtig nach »Scheiße!« anhörte.

Kay kniete vor dem Tisch und berührte eines der Fotos in der inzwischen ruhenden Lawine. Es zeigte einen Jungen, der mit so einer Hingabe »Cheese« von sich gab, dass seine Mundwinkel mit noch ein wenig Mühe einen Kreis um seinen Kopf beschreiben würden. »Das ist mein Bruder Nael. Er war acht. Dies sind die ersten Bilder, die ich mit meiner allerersten Kamera gemacht habe, die mir mein Vater zum Geburtstag geschenkt hatte.«

Dieses berauschende Gefühl, durch den Sucher des Fotoapparats zu blicken und die Welt in ihre Grenzen zu weisen. Schönheit dort zu entdecken, wo die meisten sie übersahen. In einem Harztropfen zwischen zwei Schuppen dunkler Rinde. In einer Daunenfeder, die sich an einem Grashalm verfangen hatte.

Schon wieder die Rufe nach ihm.

Es hieß, die Stimmen würde man als Erstes vergessen, doch diese Rufe verfolgten ihn über die Jahre hinweg. Kay, Herrgott noch mal, hör auf, jeden Dreck zu knipsen, mach lieber ein paar schöne Porträts von uns; wie oft soll ich es dir noch sagen: Geh nicht so nah an den Abgrund heran, willst du dir den Hals brechen? Nein. Was er wollte, war ein Stück seiner Welt am Lake Louise, nur für sich allein. Nur für ein paar Stunden diese Ruhe einatmen, die nach frischer Waldluft roch, frei von jeglichen Geräuschen. Nicht einmal Tierlaute wagten es, sie zu stören. Es war keine große Sache, bei Tagesanbruch aus der Blockhaus-Suite zu schleichen und dem Gletscher entgegenzulaufen, der über dem See in den Himmel ragte. Laufen und laufen durch die Natur, ohne jegliche Rufe. Aber die Sonne wanderte viel zu schnell über den Himmel. Er würde nach keiner Ausrede suchen, sondern den Ärger einfach ertragen – nicht zum ersten Mal.

Dann hörte er es. Kaaaay? Ich möchte jetzt bitte nach Hause … bittebittebitte … Eine hohe, bebende Stimme, die Verzweiflung niederzuringen versuchte. Nael stand hinter ihm auf dem schmalen Pfad in seiner an den Knien aufgerissenen Hose und der schief zugeknöpften Jacke. Seine Haut war von Moskitos zerstochen. Daran, sich mit dem Mückenspray zu besprühen, hatte der Kleine natürlich nicht gedacht. Du hättest mir nicht folgen sollen! Du … Klette! Jetzt erwartete ihn ein noch viel größerer Ärger. Missmutig nahm er den Bruder an die Hand. Ist gut. Wir gehen jetzt zurück. Nur wusste er plötzlich nicht, wo das Zurück lag.

»Wir sind bis in den Abend herumgeirrt, auf schmalen Pfaden, die einander alle glichen. Meine Wasserflasche war schnell leer. Wir hatten Hunger. Aber am schlimmsten waren die Moskitos. Und die Blackflies. Ja, die sind richtig fies. Die beißen einem glatt ein Stückchen Haut raus. Und ich habe immer wieder gesagt, dass wir bald da sein würden, obwohl Nael schon lange aufgehört hatte, danach zu fragen. Wusstest du, dass man sich in der Wildnis wie auf dem Mond fühlt – in dieser Einsamkeit und Stille?«

Stille. Er hatte nur einen kurzen Aufschrei gehört. Gleich dem Ruf eines Vogels, der andere eindringlich warnt und in die Höhe hinaufflattert. Mit dem einzigen Unterschied, dass achtjährige Kinder nicht zum Himmel auffliegen, sondern in Schluchten stürzen.

»Ich glaube, ich habe ihn leise wimmern hören. Dort, am Abgrund. Ich konnte nichts sehen. Ich konnte überhaupt nicht begreifen, dass er weg war. Wo er doch gerade eben hinter mir …«
Ein anderes Foto in seiner Hand. Vollkommen schwarz und nur im Vordergrund schattenhafte Umrisse von Felsen. »Man musste ihn unbedingt finden; ich durfte nicht vergessen, wo er war, wo er auf Hilfe wartete.«

Seine eigenen Rufe. In der Wildnis, wie auf dem Mond. Ich hole Hilfe! Ich hole Hilfe. Und immer wieder auf den Auslöser drücken, auch wenn der Rollfilm schon längst zu Ende war. Stille nach dem letzten Klick. Stille, in der keiner wimmerte.

»Ich bin noch anderthalb Tage durch die Gegend gestapft, bis mich irgendwelche Typen gefunden haben. Jäger oder Ranger. Ich weiß es nicht mehr. Meine Eltern haben mich aus dem Krankenhaus abgeholt; davon, dass ich den Unfallort fotografiert hatte, wollten sie nichts hören. Sie wollten überhaupt nichts mehr von mir hören. Nach meinem Bruder wurde mehrere Wochen lang gesucht. Dass keine Leiche gefunden wurde, sei nichts Ungewöhnliches, haben sie uns erklärt, wenn vielleicht ein Grizzly im Spiel war.«

Die Stille. Wie auf dem Mond.

Nick regte sich als Erster, lehnte sich zurück und fuhr sich über das Gesicht, fast wie ein Schwimmer, der nach einer durchkämpften Strecke am Beckenrand auftaucht. »Mann. Ich weiß nicht, was ich sagen soll. Wir hatten ja keine Ahnung.«

»Du bist der Ers… Nein. Der Zweite, dem ich es erzähle.« Er dachte an Leah, wie sie in seinem Arm auf dem Boden eingeschlafen war, und versuchte zu lächeln. Eine kostbare Erinnerung, die nie wieder Wirklichkeit werden würde. Plötzlich fiel ihm das Sprechen schwer. »Die Morde, die auf mich hindeuten. Diese Bilder, die plötzlich auftauchen, um mich an die Vergangenheit zu erinnern …«

»Und deine Frage, ob ich herausfinden kann, ob jemand, von dem du dachtest, er sei tot, vielleicht gar nicht tot ist.«

»Würde ich ihm heute direkt gegenüberstehen, würde ich ihn vielleicht gar nicht mehr erkennen. Ich habe ihn im Stich gelassen. Dort am Abgrund. Meinst du, das weiß ich nicht? Das sage ich mir jeden einzelnen Tag. Aber die Mädchen – Céline, Nathalie –, die haben mit der Sache doch nichts zu tun. Wenn er mich will, dann soll er mich holen. Nur nicht …« Er stockte. »Ich habe so eine schreckliche Angst um Leah. Und ich glaube, er weiß das.« Als sie entführt wurde – war das nicht ein Zeichen für ihn? Kay und Nael. Eine uralte Geschichte, die von Neuem erzählt wird. Kain und Abel.

Nick stand auf. Mehrere Minuten lang starrte er auf die Fotos, die auf dem Glastisch ausgebreitet lagen. Sein Gesicht wirkte undurchdringlicher als je zuvor. »Wer ist Leah?«

»Jemand, von dem ich mich fernhalten sollte.«

Wieder diese Stille.

»Nick? Du kannst mir in dieser Angelegenheit nicht helfen, stimmt's?«

»Ich bin mir nicht sicher, ob …« Nick zögerte und unternahm einen zweiten Versuch. Seine Stimme klang belegt. »Hör zu, im Lauf der Zeit habe ich etwas Wichtiges gelernt. Die meisten Lösungen liegen direkt auf der Hand. Die Sache mit dem tot geglaubten Bruder, der vielleicht doch nicht tot ist und sich rächen will – du wirst mir sicherlich recht geben, dass so etwas ziemlich weit hergeholt klingt.«

»Welche Erklärung liegt denn deiner Meinung nach auf der Hand?«

Nick sah ihn an. Noch nie hatte Kay erlebt, dass der Blick dieser braunen Augen so rau sein konnte. »Wusstest du, dass dein Vater wieder in der Stadt ist?«

Er spürte Übelkeit in sich aufsteigen, ein Gefühl der Leere

fraß sich in seine Magengrube. Der Obdachlose, den Leah einmal erwähnt hatte … Er hatte es verdrängen, nicht mehr daran denken wollen. »Bist du dir sicher?«

»Seit einiger Zeit habe ich ein Auge auf diesen Zweig deiner … eher unrühmlichen Verwandtschaft.«

»Schon seltsam, dass ausgerechnet er mir die Liebe zur Fotografie mitgegeben hat.«

»Hat er das?«

Kay zuckte leicht zusammen. Er hatte nicht bemerkt, es laut ausgesprochen zu haben. »Ja. Hat er. Früher haben wir stundenlang über Zeitschriften gesessen und uns über Licht und Fokus unterhalten. Du hättest sehen sollen, was für atemberaubende Aufnahmen er von meiner Mutter gemacht hat. Man hätte glauben können, sie wäre Greta Garbo und Marlene Dietrich in einem. Wenn man sie auf diesen Porträts ansah, empfand man selbst seine ehrfürchtige, tiefe Liebe zu ihr. Er hatte Talent.«

»Auch wenn ich jetzt weiß, dass er einen Sohn verloren hat – dass er den zweiten fast zugrunde gerichtet hat, werde ich ihm nicht vergessen. Und wenn er bei dir noch nicht aufgetaucht ist, dann lässt das meine Alarmglocken umso eindringlicher schrillen. Ich könnte mir vorstellen, dass er etwas im Schilde führt.«

»Aber doch keinen Mord!«

»Du hast selbst gesagt, er versteht was von Fotografie.«

»Die Raffinesse, die Geduld für solche Morde, überhaupt die Idee, alles so präzise zu arrangieren – nein, die hat er nicht. Er ist zerstörerisch in seiner Wut auf mich, aber jemanden tatsächlich umbringen? Nein.«

»Als er seine ehrfürchtige, tiefe Liebe zu deiner Mutter porträtiert hat, hättest du vermutlich geschworen, dass er keiner Fliege etwas antun könnte. Menschen ändern sich. Das passiert. Häufiger, als dass Totgeglaubte auferstehen.«

»Leah hat Bilder nach dem Überfall auf ihre Mutter und vom

Tatort, als Nathalie gefunden wurde, gemacht. Ich habe sie gebeten, mir alles zu schicken. Meinst du, du könntest sie dir ansehen? Vielleicht entdeckst du darauf mehr als die Polizei.«

»Du setzt aber großes Vertrauen in meine Fähigkeiten.«

»Ich wüsste nicht, an wen ich mich sonst wenden könnte.«

»Schon gut. Leite sie an mich weiter. Ich melde mich, sobald ich etwas erfahre.«

Würde es bis dahin zu spät sein? Für ein anderes Mädchen, das für seine Schuld büßen müsste. Womöglich für die Frau … die er liebte.

Es war Zeit loszulassen, um … sie nicht zu verlieren. »Morgen fahre ich fort.«

»Für wie lange?«

»Für ein paar Tage.«

Vielleicht für immer. Damit seine Gespenster ihm folgten.

26

»Dream Impressions«. Das schnörkellose Schild mit dem Raben-Logo an der schmutzig grauen Wand. Die Treppe, auf der bestimmt schon einige High Heels versagt hatten. Sogar der böige Wind, der jedes Schlupfloch fand, um eiskalt über die Haut zu lecken, schien derselbe zu sein wie damals, als ihre Undercover-Mission von Naivität und Tatendrang geprägt ihren Lauf genommen hatte. Mit dem Unterschied, dass es jetzt regnete; der Weg von der U-Bahn-Station bis hierher hatte ihre Kleidung bis auf die Unterwäsche durchnässt.

Leah holte ihr Handy und wählte Kays Nummer – wie oft inzwischen, hatte sie aufgehört zu zählen. Die Regentropfen benetzten das Display. Auch diesmal würde nur die Mailbox antworten. Ihre Vernunft beteuerte ihr, dass er nichts mehr von ihr wissen wollte. So einfach war das. Mach's gut! Schluss. Aus. Doch die Verlustangst erlaubte ihr nicht, so verlassen zu werden.

Sie stieg die Treppe hinunter, klingelte und wartete, bis der Türdrücker summte. Noch bevor die Verriegelung sich löste, legte sie eine Hand auf die Klinke und stemmte sich dagegen. Als die Tür nachgab, prallte sie gegen Elinor. Doch ehe diese das Hardcore-Kuscheln kommentieren konnte, schob sich Leah an der Managerin vorbei und ging den Korridor entlang.

»Na hören Sie mal …«, erklang es hinter ihr, begleitet von dem hektischen Klappern der Absätze.

»Ich muss Kay sprechen.« Unwillkürlich tastete ihr Blick die Fotos an den Wänden ab, doch es leuchtete ihr keine Clementine entgegen. Wenigstens hatte er sie nicht zwischen die anderen eingereiht; aber vielleicht hatte das auch keine Bedeutung.

Vielleicht hatte *sie* keine Bedeutung.

»Halt, Sie können hier doch nicht so hereinplatzen, ich muss …«

»Ich weiß, ich weiß.« Sie stieß die Türen zu den Büros auf, doch er war nicht da. Die wenigen Mitarbeiter, auf die sie traf, warfen ihr befremdete Blicke zu. Zu Recht, musste sie zugeben, und ihr Selbstbewusstsein schwand. Was, wenn er Auswärtstermine hatte, wenn er beschäftigt war und sie sich wie ein kopfloses Huhn aufführte?

Sie lief die Stufen zu seiner Wohnung hoch und klingelte. Elinor tippelte unten an der Treppe hin und her wie ein Mops an der Leine und schnaubte vor Empörung. »Ich rufe gleich die Polizei! Unerhört, einfach unerhört!« Es hatte schon einmal überzeugender geklungen. Leah klopfte; das milchige Glas vibrierte unter ihren Fingerknöcheln, während Elinor weiter aufbrauste: »Jetzt rufe ich die Polizei, das sage ich Ihnen!«

»Ich muss mit ihm reden.« Leah blickte über die Schulter auf Elinors Gesicht, wo Pflicht, Zweifel und ein klein wenig Hoffnung miteinander rangen.

Hoffnung … worauf?

Ihre Faust fuhr durch die Leere, die Knöchel stießen nicht gegen das kalte Glas, sondern landeten plötzlich deutlich weicher. Leah sah auf. Sie hatte gar nicht gemerkt, wie er die Tür aufgemacht hatte. Ihre Hand öffnete sich, und sie fühlte seinen Atem und den Herzschlag unter ihrer Handfläche. »Kay.« Sie schob ihn einige Schritte zurück in seine Wohnung. Er ließ sie gewähren, nur sein Herz klopfte etwas heftiger gegen ihre Hand.

Wie schön, bei dir zu sein! »Wir müssen reden.«

Er nahm ihre Hand von seiner Brust, hielt ihre Finger, dann ließ er sie los und schloss die Tür. Mit dem Rücken lehnte er sich gegen das Glas. »Du hättest nicht hierherkommen sollen.«

»Du hast nicht auf meine Anrufe reagiert. Es ist wichtig. Ich brauche auch nicht lange.« Aus der Handtasche holte sie die inzwischen ziemlich zerknitterte Mappe hervor. Die Artikel … würden später folgen. Vielleicht auch gar nicht. »Ich glaube, ich habe eine neue Spur. Muss ein bisschen mehr über diese Mädchen erfahren. Hilfst du mir?«

»Und du hast versprochen, die Sache sein zu lassen. Leah, du bringst dich in Gefahr, verstehst du das nicht?«

Sie ließ den Arm sinken. Am liebsten hätte sie ihn an den Schultern gepackt – an seinen kräftigen Schultern, die ihr immer wie eine Stütze vorkamen, um ihre ganze Welt zu tragen – und ihn durchgeschüttelt. »Bitte, sieh dir das an! Kennst du diesen Modelscout? Voronin? Sowohl Céline als auch Nathalie hatten mit dem etwas zu tun.«

»Die beiden hatten bestimmt auch mit jeder Menge anderer Leute zu tun.«

Wie schön begann zu zerbröckeln, zu etwas Hässlichem wie der Fassade des Studios draußen zu werden. Die nasse Kleidung klebte an ihrem Körper. Sie zitterte leicht. »Weißt du, was *Perles d'Or* bedeutet? Viele von den hier erwähnten Mädchen haben das als letzte Notiz dort stehen. Meistens in Verbindung mit einem anderen Künstlernamen. Sagt man das so – Künstlername?«

Er zögerte. »*Perles d'Or* ist Französisch und heißt übersetzt goldene Perlen. Man kann auch Liebesperlen dazu sagen, was zugegebenermaßen etwas doppeldeutig klingt.« Wie zur Bekräftigung glitt sein Blick an ihr herab, und ein warmer Strom folgte ihm durch ihr Inneres, um sich in ihrem Schoß zu sammeln. Ein Schluck Whiskey an einem kalten Tag, der vibrierende Klang eines Cellos in ihrem Bauch – er war so vieles für sie. So nah. Keine Schlagzeile dieser Welt würde sie dessen berauben.

»*Perles d'Or.*« Liebesperlen. Sie musste sich zwingen, den

Faden wieder aufzunehmen und sich nicht in Gedanken an seine Hände, die ihren Bauch entlangglitten, zu verlieren. »Ist das eine Modemarke oder etwas Ähnliches? Eine Werbekampagne vielleicht?«

»Noch nie gehört.«

Sein distanzierter Ton brachte sie zur Verzweiflung. Es lag kaum ein Schritt zwischen ihnen, und doch war er ihr so fern. Sie zitterte deutlicher, fühlte sogar, wie ihr Kinn bebte. »Und der Scout? Hat der etwas mit Nick zu tun? Stecken die beiden unter einer Decke?«

»Ich habe nicht die geringste Ahnung, wovon du sprichst.«

»Verdammt, Kay, was ist nur mit dir los?«, schrie sie ihn an. Noch ein wenig, und sie hätte ihn mit der Mappe geschlagen. Sie stieß den Atem aus und ließ den Arm sinken. Was stimmte nicht mit ihm? Was stimmte nicht mit ihr? Sie starrte zu Boden. »Angeblich sucht er Mädchen für eine Fashion Week in Russland, gibt es die Show wirklich? Kannst du mir sagen, ob die Sache seriös ist?«

Er seufzte. »Ich kenne die Aurora Fashion Week in St. Petersburg, falls du das meinst. Die Veranstaltung ist relativ bedeutungslos – selbst für Osteuropa. Was nicht heißt, dass sich das nicht ändern kann, schließlich gibt es sie erst seit vier Jahren. Es dauert einige Zeit, bis sich eine Stadt als Modemetropole etabliert hat. Da braucht man nur zu sagen: Berlin. Wie auch immer. Ist das alles, was du wissen wolltest?«

Sie hatte nicht geahnt, dass es so wehtun würde. Er machte Schluss mit ihr. Pass auf dich auf und … leb wohl! Auf einmal erschöpft, lehnte sie sich gegen die nächste Wand, versuchte ihren Körper zum Verstummen zu bringen. Die kalte Nässe ihrer Klamotten – mehr sollte sie in seiner Nähe jetzt nicht spüren. »Das war's also?«

Das war's. Sie schloss die Lider. Und spürte es trotzdem. Wie er an sie herantrat und ihr Gesicht in die Hände nahm, wie alles in ihr ihm entgegenfieberte und sie den Mund öffnete, um seinen Kuss zu schmecken, trotz allem.

Aber es waren nur Worte, die sein Atem auf ihre Lippen hauchte. »Du hast mir versprochen, dass du die Sache sein lässt. Was muss denn noch alles passieren, damit du aufhörst, mit dem Feuer zu spielen?«

Lass es … Eine Warnung, in das Fleisch ihrer Mutter eingeritzt. Sie schlug die Augen auf und befreite sich aus seinem Griff. Ihre Stimme vibrierte in ihrer Kehle, überschlug sich, strapazierte die Stimmbänder bis zum Äußersten. »Warum ist dir so wichtig, dass ich das sein lasse? Warum versuchst du mit aller Macht, mich davon abzuhalten, Fragen zu stellen? Was … was führst du im Schilde? Warum hatte meine Mutter solch eine Panik vor dir?«

Warst du es vielleicht doch? Sie hatte es nicht gesagt, aber er musste es so verstanden haben. Sein Blick wurde dunkler. Als würde sie in einen Abgrund, auf ein schäumendes Meer hinuntersehen. In die Tiefen. In die keiner je blicken sollte.

»Ist das so schwer zu verstehen?« Für einen Augenblick biss er die Zähne zusammen. An seinem Kiefer traten die Muskeln hervor, sein ganzer Körper spannte sich an. »Weil ich nicht will, dass dir etwas zustößt. Weil ich dich …«

»Ja, was? Weil du mit mir spielst? Ich brauche doch nur ein paar Antworten!« Sie stieß ihn vor die Brust, stolperte selbst – ihm entgegen. Er fing ihre Handgelenke ab. Eine Sekunde lang starrten sie einander in die Augen. Nur eine Sekunde lang. Und sie bemerkte, dass auch er zitterte.

Unverwandt ließ er ihre Arme los. »Du bist völlig durchnässt. Ich sorge dafür, dass dich jemand nach Hause fährt.«

Ihre Augen brannten, als sie zusah, wie er sich umdrehte und ins Wohnzimmer ging, um nach dem Telefon zu suchen.

»Ich dachte, ich könnte mich auf dich verlassen«, rief sie ihm hinterher. »Ich dachte, wir würden etwas füreinander empfinden! Wie dumm von mir, immer noch an dich zu glauben!«

Das Telefon lag in seiner Hand, aber er hatte nicht gewählt. Er stand einfach nur da. Mitten in seinem gestylten Wohnzimmer, das einem Ambiente für ein Modeshooting glich. »Ich hatte Gelegenheit, über alles nachzudenken. Über uns. Ich bin nicht der Richtige für dich, Leah. Du solltest dich von mir fernhalten.«

Ihre Wut trocknete alle Tränen. »Sagt wer? Die Artikel in irgendwelchen Schmierblättchen?« Sie riss ihm das Telefon aus der Hand und schleuderte es von sich. Das Gerät schlug auf dem Boden auf, der Deckel sprang ab, die Batterien rollten unter einen Sessel. »Ja, jetzt siehst du mich endlich an! Du hast es gehört: Ich weiß davon. Und es ist mir egal.«

»Nein. Du weißt nicht das Geringste darüber. Du weißt nichts über mich!«

Sie zuckte zusammen. Er hatte sie noch nie angeschrien. Jetzt ragte er über ihr auf und ballte die Hände. Sie sah jeden Muskel, der sich unter seinem Hemd abzeichnete – und hatte keine Angst. Als wäre diese Bedrohung ein Tornado, der um sie herumtobte und ganze Häuser entwurzelte, während sie in seinem Zentrum stand und in der Windstille tief einatmete. »Dann erzähl es mir!«

Er irrte sich. Sie kannte ihn, vielleicht nicht seine Geschichte, aber sie wusste, dass er ihr nie wehtun würde. Dass sein Schmerz, woher auch immer dieser kam, dem ihren glich. Dass sie ihn damit nicht allein lassen würde.

Er packte sie an der Hüfte. Mit einem Ruck zog er sie an sich. »Hat dir das nicht gereicht, wie ich deinen angetrunkenen *Freund* fast durch den Pfosten gesiebt habe? Ich dachte, es war anschaulich genug, wozu ich fähig bin!«

»Du gibst dir reichlich Mühe, mich zu vertreiben.« Sie presste ihren Unterleib gegen ihn und merkte, wie in seinen Augen das Begehren aufblitzte. Ein fast animalischer Trieb. Ihre Brustwarzen, durch die Kälte zusammengezogen, schmerzten.

»Du hast keine Ahnung, in welche Gefahr du dich begibst, wenn du bei mir bleibst«, knurrte er ihr ins Gesicht, und sein Griff wurde fester.

»Spiel keine Spielchen mit mir«, raunte sie ihm entgegen.

»Es ist kein Spiel.«

Er drückte seinen Mund auf ihre Lippen. Sie stöhnte auf, legte den Kopf unter seinem Ansturm in den Nacken. Er packte ihr Genick und gewährte ihr keinen Millimeter Rückzug. Aber den wollte sie ohnehin nicht. Den würde sie auch ihm nicht mehr gönnen.

Seine Zunge teilte ihre Lippen. Sie widerstand dem Drang, nachzugeben und sich in seiner Wildheit zu verlieren. Ihre Finger krallten sich in seine Oberarme. An ihrem Schoß spürte sie die feste Ausbuchtung in seiner Hose. Sie ließ ihr Becken kreisen, bedrängte seine Zunge und eroberte seine Mundhöhle. Er seufzte auf, wollte zurück in sie. Sie biss ihm auf die Unterlippe.

Ein Grollen entrang sich seiner Kehle. Seine Hand fuhr unter ihren Po. Er zog sie zu sich hoch. Sie schlang ihre Beine um seine Hüften, presste sich an ihn, während ihre Zungen sich aneinander rieben, zuckten und pulsierten. Sie griff in sein Haar, bog seinen Kopf nach hinten und saugte an seinem Hals. Bis zum ersten Schmerzenslaut. Und darüber hinaus. Er wirbelte sie herum, mit dem Rücken stieß sie gegen eine Wand, ein Spiegel erzitterte. Sie schnappte nach Luft. Er ließ sie so weit herab, dass ihre Füße den Boden berührten, hielt sie aber immer noch zwischen sich und der Wand gefangen. Seine Hände fanden unter ihren Trenchcoat und bahnten sich den Weg zu ihrer Haut.

Sie biss ihm in die Schulter. Er stöhnte auf und taumelte einen Schritt zurück. Erneut griff sie in sein Haar, zog seinen Kopf zu sich, küsste ihn, drängte ihn immer weiter zurück durch das Wohnzimmer, bis sie beide gegen einen Tresen stießen, der die offene Küche vom Wohnbereich abgrenzte. *Hier, gleich* … Sie glaubte, es nicht länger auszuhalten …

… *zu hoch*. Sie spürte die Kante des Tresens kurz unterhalb ihrer Schulterblätter. Kay drehte sie um und schob den Trenchcoat, aufgeknöpft, aber durch einen Gürtel gehalten, an ihren Oberarmen herunter. Sie verfing sich in ihrem eigenen Kleidungsstück. Seine eine Hand glitt über ihren Bauch, mit der anderen hielt er ihr Kinn fest. Sein Daumen fuhr über ihre Lippen, schlüpfte in ihren Mund. Sie knabberte daran, während seine Küsse fordernd und hart ihren Nacken entlangwanderten. Ihr Gesicht schien zu fiebern. An ihrem Hintern fühlte sie seinen Schwanz, der immer noch in der Jeans gefangen war. Sie zappelte in seinem Griff, versuchte den Knoten an ihrem Gürtel zu lösen und den lästigen Mantel, der ihre Arme fesselte, loszuwerden, bis es ihr gelang.

Mit dem Po stemmte sie sich nach hinten, wollte ihre Freiheit und die Oberhand zurückgewinnen, wollte den Daumen, der ihre Lippen massierte, beißen. Kay hielt ihr den Mund zu, küsste ihren Hals und knabberte an ihrem Ohrläppchen. Sie stöhnte unter seiner Handfläche, als er sie mit dem anderen Arm an der Taille packte und um den Tresen herumschob, zum Tisch, der in der Mitte der Küche wie ein schwarz polierter Altar aufragte. Ihr schwirrte der Kopf, wie beinahe ihr ganzes Wesen – als hätte sie keinen Boden unter den Füßen, als wäre sie in der Hitze flirrende Luft.

Sie wurde hochgehoben und auf die Tischplatte gesetzt. Für einen Augenblick ließ er von ihr ab und holte ein Kondom. Sein Atem ging schneller, sein Gesicht war gerötet. In seinen Augen lag ein seltsam verträumter Ausdruck, der trotzdem etwas sehr

Ursprüngliches, Hungriges preisgab. Sie brauchte diesen Hunger, griff nach seinen Schultern, zerrte ihn zurück zwischen ihre Beine. Er stieß gegen die Kante des Tisches, der ein Stück über die Fliesen rutschte.

Sie schob sein Hemd hoch. Ihre Hand fuhr seinen Bauch entlang, doch Kay zuckte zusammen und stieß ihren Arm zurück. Keine Zeit für belanglose Zärtlichkeiten. Auch sie wollte es schnell, hart, eigensüchtig. So zerrte sie an seinem Gürtel und machte die Schnalle auf. Der Reißverschluss surrte. Als sie die Jeans und den Slip von seinen Hüften herunterschob, sprang sein Schwanz ihr entgegen. Sie packte ihn an der Wurzel und drückte fest zu.

Kay umfasste ihre Hand und führte sie etwas höher, ließ sie sich unterhalb der Eichel schließen, die bald dunkelrot aus ihrer Faust ragte und einen klaren, silbrigen Tropfen hervorbrachte. Kay schloss die Augen. Seine Lider bebten, seine Schenkel und sein Po verkrampften sich im Takt ihrer Bewegungen.

Mehr, mehr, noch ein bisschen mehr.

Sie lachte und ließ ihn los. Scharf sog er die Luft ein, sah beinahe verstört zu ihr herunter. In seinen Augen blitzte Rachelust auf. An den Schultern drückte er sie gegen die Tischplatte, machte ihre Hose auf und zerrte sie ihr von den Hüften. Den Slip schob er mit dem Zeigefinger beiseite und ließ die Fingerkuppe über *ihre* Perle d'Or kreisen. Irgendwo am Rande ihres Bewusstseins flackerte der Gedanke empor, dass sie gerade ausgerechnet einen Hello-Kitty-Schlüpfer trug.

Kay verstärkte den Druck. Und plötzlich fuhr sein Glied in sie hinein. Sie keuchte auf. Mit tiefen, schnellen Stößen trieb er ihr den Schweiß aus allen Poren. Seine Hände schoben ihren Pullover hoch und kneteten ihre Brüste. Sie sah zu, wie ihre dunklen Brustwarzen zwischen seinen Fingern hervortraten. Ihre Unterleiber klatschten aneinander. Der Tisch ruckelte, die Beine schabten über die Fliesen. Mit jedem Stoß rutschte der Tisch Stück für Stück weiter, bis er gegen die Wand zu hämmern begann. Sie atmete im Takt ein und aus, ihr Stöhnen ging in rhythmische Schreie über.

Kays Daumen ließ nicht von ihr ab. Ihr Kopf war leer. Sie sah kaum noch etwas, als triebe alles um sie herum in einem wilden Schamanentanz davon. Vor ihrem Blick wirbelten weiß-silbrige Punkte, bis sich ihr Körper wölbte, sie zum letzten Mal aufschrie und auf den Tisch zurücksank. Ihr Schoß fühlte jede seiner Bewegungen. Sie blinzelte und sah, wie er das Gesicht hob und die Zähne zusammenbiss. Die Sehnen an seinem Hals traten hervor. Er rang nach Luft, hielt einen Moment inne und ließ endlich, endlich ein Stöhnen entweichen. Schließlich erschlaffte sein Körper, und er stützte sich rechts und links von ihr auf die Tischplatte.

Einige Sekunden lang waren sie beide still, bis er langsam aus ihr herausglitt.

Leah atmete schwer. Erst später, viel später, fand sie die Sprache wieder. »Wenn das die Gefahr war, in die ich mich begebe, wenn ich bei dir bin, dann nehme ich sie gern in Kauf.«

Er beugte sich zu ihr und küsste sie auf die Lippen. Sie lächelte. Das war's? Nein. Es würde weitergehen. Immer so weitergehen. Mit ihm.

Er nahm sie auf die Arme, und sie glitt durch die Luft, den Kopf an seine Brust gelehnt, bis er sie auf das Bett im Schlafzimmer legte. Ihr Hello-Kitty-Slip saugte sich voll mit den Resten ihrer Leidenschaft, verschmierte das Laken mit dem betörend scharfen Geruch ihrer Liebe. Sie drehte sich zu ihm und klopfte auf die leere Seite des Betts. »Kommst du?«

»Mit dir? Immer.«

Sie knurrte. »Kannst du noch?«

Sie warf sich auf den Rücken. *Du kleine unersättliche Schlam-*

pe. Ihre Scheide brannte noch von seinen Stößen, und doch verlangte sie schon nach mehr.

Ohne sich auszuziehen, glitt er zu ihr unter die Decke. Sie kuschelte sich an ihn. Mit dem Zeigefinger fuhr sie seinen Hals entlang, machte den obersten Knopf seines Hemdes auf, strich über seine Brust – doch er nahm ihre Hand weg und küsste die Innenseite ihres Unterarmes, die Armbeuge, die Handgelenke.

Erschöpft sank sie auf das Kissen. Er deckte sie zu und wischte ihr Haar beiseite. Seine Finger streichelten über ihr Gesicht. Sie spürte die behutsamen Berührungen an ihren Lidern, den Wangen, den Schläfen, stöhnte. Das Zarte spülte das Animalische fort, obwohl die Gedanken an die Wildheit sie schon wieder erregten. Besonders die Vorstellung, dass sie beide im Studio unten kaum zu überhören waren.

Als sie ihn umarmte, sich an ihn drückte und über seine Schulter blickte, lächelte das Clementinenfoto mit Seligkeit zurück.

27

»Zeig mir, dass du noch glaubst.«

Dass der Funke noch nicht erloschen ist, dass der Geist stärker denn je kämpft. Oder sind alle Kämpfe ausgetragen? Alle Schlachten verloren? Was muss noch passieren, damit die Gerechtigkeit triumphiert? Damit die Verführer sich geschlagen geben und die vom falschen Glanz Verblendeten erwachen?

Doch immer wieder entkommen die Schuldigen. Egal, wie fest diese Hände die Schlinge zuziehen. Immer wieder verlieren sich die Verblendeten im Sündenpfuhl der Welt. Egal, wie oft man ihnen den rechten Weg weist.

Hat es noch einen Sinn zu glauben? Gibt es denn noch etwas zu hoffen?

Es weint. Es weint schon wieder. Das kleine Leben im pinkfarbenen Pyjama, dieser »The Beauty and the Beast«-Scheußlichkeit. Widerstandslos gleitet die Bürste durch das dünne Haar. Weine nicht, denn du wirst es verstehen.

»Sag mir deinen Namen.«

Denn Namen machen Leute. Céline – klingt das nicht nach dem Tod, vom Blitzlicht zerrissen? Leah – heißt so nicht die Sanftmut und Liebe, die nur einem gehören kann? Nathalie – hallt darin nicht ein verglühtes Leben, hergegeben, um die Verblendeten zu ermahnen?

Es weint. Bringt ein einziges Wort heraus: »Bine.« Das klingt nach Wiesen. Nach Blumen und Summen. Ganz und gar nicht nach dem, was das Herz sich erhofft.

In den Händen ein Spiegel. Schau! Schau dir dein hübsches

Gesichtchen doch an! So voller Unschuld. Voller Mut, in den Abgrund zu spähen. Siehst du sie, diese schwarzen Tiefen, die dich locken, noch näher zu kommen?

Die Nägel sind abgebrochen. Wie oft hat es versucht, sich durch die Tür in die Freiheit zu kratzen?

»Sag mir, dass du nicht fortgehst.«

Der Wind fegt durch die zerbrochenen Fensterscheiben. Ruinen der Seele. Der Schutt der Vergangenheit. Der Ort, an dem einst alles enden sollte – und es doch nicht konnte.

Der Spiegel zittert in den kleinen Händen.

Sanft fährt das Flüstern durch das Haar: »Sag es mir, sag mir, dass du nicht fortgehst.«

Das Wimmern wird lauter.

Die Bürste poltert zu Boden. Eine Ohrfeige reißt das dumme Ding vom Hocker. Der Spiegel zerbricht, als es fällt. Wohin willst du wegkriechen? Wer soll dich finden? Dir ist es nicht bestimmt.

Die Finger packen es beim Haar. Wie kalt ist die Nacht! Wie kalt das Skalpell.

Es schreit.

Schreit und fleht und beteuert. Wie die Mutter, diese blonde Modelschlampe.

Gehnichtfort, gehnichtfo-ort. Doch zu spät. Die Klinge kennt ihre Bestimmung.

»Zeig mir, dass du mich lieb hast.«

Zuerst das Haar, stoppelig kurz. Strähne um Strähne fällt es zu Boden, entstellt dein rosafarbenes Wesen, ein bisschen, als wärst du ein Junge.

28

Sie wachte in völliger Stille auf. Von der Nacht noch träge, hielt sie die Lider geschlossen und tastete mit einer Hand neben sich. Widerstandslos glitten ihre Finger über den Bettbezug. Leah streckte sich, fühlte den Muskelkater in ihren Oberschenkeln und dachte daran, wie sie sich damit an Kays Hüften geklammert hatte. Ihr Schoß schien immer noch die Härte seines Glieds zu spüren. Erneut fuhr sie mit einer Hand über die andere Seite des Betts, suchte nach der Wärme seines Körpers und fand nichts. Sie war allein.

Sie rief seinen Namen, doch die Wohnung antwortete mit Schweigen. Schließlich zwang sie sich aus dem Bett und ging durch die Zimmer, ohne auch nur eine Spur von ihm zu finden. Im morgendlichen Schein wirkte alles seelenlos, steril. Als hätte hier nie jemand gelebt.

Sie beschloss, erst einmal das Bad zu benutzen. Wenn sie in der Duschkabine den Kopf in den Nacken legte, glaubte sie, in den Nachthimmel zu blicken. In die schwarzen Steinfliesen waren winzige Halogenlichter eingelassen. Sie drehte das Wasser auf, und ein warmer Regen ergoss sich über sie.

Erfrischt und belebt stieg sie aus der Dusche und stülpte ihre Klamotten über. Im Wohnzimmer lauschte sie in die Stille hinein und rief wieder nach ihm. Ein Teil von ihr hatte gehofft, er wäre inzwischen zurück, mit ofenfrischen Brötchen, die sie beide erst einmal liegen lassen würden, um einander zu genießen.

Ihr Blick fiel auf die Uhr. Halb elf.

»Verdammt!« Sie hastete zum Telefonhörer, der immer noch

auf dem Boden lag, wohin sie ihn gestern geschleudert hatte, und setzte die Batterien wieder ein. Die Halterung des Deckels war abgebrochen, also ließ sie ihn weg und schaltete das Telefon an, das sich zu ihrer Erleichterung mit einem Freizeichen meldete. Sie wählte die Nummer ihrer Arbeit und sagte, sie sei krank. Dann kehrte sie ins Schlafzimmer zurück und ließ sich auf der Bettkante nieder.

Das Foto mit der Clementine fehlte. Dort, wo es gestanden hatte, lag ein Zettel. In ihren Gedanken türmten sich die Sprüche, die zu hören ihr schon immer Angst eingejagt hatte.

Es liegt nicht an dir, aber ich brauche meine Freiheit. – Was ungefähr hieß: Melde dich, wenn wir wieder einmal den Tisch an die Wand ficken wollen, aber den Geschirrspüler räum schön allein ein.

Ich möchte dir eine Chance geben, für eine neue Beziehung offen zu sein. – Am besten, du siehst dabei ein wenig von der Welt. Gibt es nicht auch in Neuseeland ganz passable Männer?

Und unschlagbar …

Tschüss!

Sie faltete den Zettel auseinander, der drei Zeilen für sie übrig hatte. *So ist es besser für alle. Bitte verzeih mir! Kay.*

Sie taumelte aus dem Schlafzimmer, hob im Vorbeigehen ihren Trenchcoat vom Boden auf und verließ die Wohnung. Aus dem Augenwinkel registrierte sie Elinor im Büro und beschleunigte den Schritt. Mit Sicherheit hatten Kay und sie gestern das ganze Studio mit ihrem kostenlosen Pornosoundtrack unterhalten.

»Leah?« Das Tackern der Absätze hinter ihr.

Sie lief nach draußen, um das Gebäude herum, immer tiefer in das Labyrinth der Bauten, blickte zurück. Natürlich folgte Elinor ihr nicht. Natürlich …

Sie prallte mit jemandem zusammen, spürte sogleich einen

festen Griff an ihren Oberarmen. Der ranzige Geruch eines ungewaschenen Körpers umnebelte ihren Verstand. Sie keuchte. So nah und bei Tageslicht glaubte sie, in den von verfilztem Haar bedeckten Zügen unter der Kapuze etwas Bekanntes zu erkennen.

»Kannst nich die Finger von ihm lassen, was?« Der säuerliche Atem wehte ihr ins Gesicht. In den wässrigen Augen las sie Hass und Verachtung.

»Wer sind Sie?«

»Gerechtigkeit ist nur ein leeres Wort.« Er drückte sie fester an sich. Sie versuchte, sich aus seinem Griff zu winden, doch er verstärkte den Druck, presste sie gegen einen Maschendrahtzaun und raubte ihr jede Bewegungsfreiheit. »Aber ich werde schon für Gerechtigkeit sorgen.«

Sie stemmte sich gegen ihn – ohne Erfolg. »Was wollen Sie?«

»Ihn für alles büßen lassen. Dass er alles verliert, was er liebt. Ihn zerstören, wie er mich zerstört hat.«

»Meinen Sie Kay?« Bloß nicht die Nerven verlieren. Sie musste mit ihm reden, Zeit gewinnen, irgendetwas würde ihr schon einfallen. Rasch blickte sie sich um. Kein Mensch, niemand, der ihr helfen könnte.

Er bemerkte es, stieß ein krächzendes Lachen hervor und neigte sein rotes, verschwitztes Gesicht zu ihr, sodass seine Lippen fast ihre Wange berührten. »Hier sieht keiner etwas.«

Er zerrte sie weg vom Zaun, schleifte sie fort. Ihr Herz raste. War er der Entführer, der Mörder? Ein Auto hätte er kurzschließen und stehlen können, wenn er als Obdachloser keines besaß. Vielleicht war er auch gar nicht obdachlos …

Sie versuchte erneut, sich von ihm loszureißen. »Lassen Sie mich!«

Er packte sie kräftiger, schüttelte sie durch. »Warst du etwa nicht gewarnt? Du hättest dich von ihm fernhalten sollen, dann wäre dir nichts geschehen. Aber du bist gern seine kleine Nutte, stimmt's?«

»Stimmt.« Sie rammte ihm ein Knie zwischen die Beine. Er keuchte und lockerte den Griff zumindest so weit, dass sie ihn von sich stoßen und losrennen konnte.

Erst in der nächsten U-Bahn-Station wagte sie es, anzuhalten und auf einer Bank zusammenzubrechen. Diese Züge, die Augen ... Es schauderte sie.

Ein bisschen Kay.

Der Schock legte sich erst, als sie durch ihren Vorort mit den friedlichen Einfamilienhäusern ging. Bis sie an ihre Gartenpforte trat. Alle Fenster ihres Hauses standen weit aufgerissen, die schneeweißen Spitzenvorhänge flatterten im Wind, dass es in den Augen nur so flimmerte. Sie lief die letzten Meter, stolperte über die Stufen zum Vordach und stocherte mit dem Schlüssel im Schlüsselloch. Erst nach einer halben Ewigkeit ging die Tür auf, und Leah stürzte in den Flur. Der eisige Wind schien durch das Haus zu fegen, und sie fror noch mehr als draußen. *Mutter?*, zitterte es auf ihren Lippen, doch sie traute sich nicht, auch nur einen Ton hervorzubringen.

Kein Wimmern – ein Kichern. Sie eilte den Stimmen entgegen, die aus dem Wohnzimmer drangen.

Ein Kichern?

Ihre Mutter saß mit Thessa auf dem Sofa, beide in dicke Jacken eingemummelt, dampfende Becher in den Händen. Auf dem Couchtisch standen ein alter Schuhkarton und Teelichter, die gegen den Luftzug kämpften. Es roch nach Glühwein, fröhlicher Besinnlichkeit aus Kindertagen und ein wenig nach Tränen, die sich bei diesem Anblick in ihren Augen sammelten.

»Ich dachte, es wäre etwas passiert«, flüsterte sie atemlos.

Die Mutter drehte sich um und bettete ihr Kinn auf die Sofalehne. »Ach schau, meine verschollene Tochter ist wieder aufgetaucht.«

Thessa kicherte wieder. »Deine Mom hat mir nur gezeigt, wie man köstliche Plätzchen einäschert. Danach mussten wir etwas lüften.«

»Alles klar.« Leah machte einen Rundgang durch das Haus und schloss die Fenster. Als sie zurückkam, kicherten die beiden Frauen auf dem Sofa immer noch, die Köpfe zusammengesteckt wie kleine Mädchen. Die Mutter hatte ein Foto aus dem Karton gezogen und hielt es hoch. »Da, sieh her, unsere Leah. Ist sie nicht hinreißend? Diese Pose, dieses Lächeln, mal ehrlich, Céline hatte nicht einmal die Hälfte von diesem Charme drauf.«

»Mama!« Die Aufnahme zeigte sie in der Badewanne, wie sie den Schaum von ihrer Hand dem Fotografen entgegenblies. Nackt. Im Alter von etwa drei Jahren.

Thessa grinste in ihren Becher. »Entzückend.«

»Nicht wahr? Hat mein Mann gemacht. Schade, dass du ihn nie kennenlernen wirst. Er hätte dir so viele Tipps geben können. Ach, schau hier! Leah bei ihrer ersten Weihnachtsfeier.«

»Süß!«

»Mit ein paar Kollegen von der Krankenkasse. Das hat allerdings Céline geknipst. Die Mädchen sind zusammen dorthin gegangen. Aber das siehst du ja selbst, das Bild ist so furchtbar verwackelt. Mal ehrlich, sogar ich hätte das besser hinbekommen. Aber was soll's!« Die Mutter hob ihren Becher. »Auf Céli!«

Thessa stimmte mit ein. »Ja, auf Céli! Na komm schon Leah, mach mit!«

»Ich glaube, für mich ist es noch zu früh, um Glühwein zu trinken.«

Die Mutter zuckte die Schultern. »Eine kleine Spielverderberin warst du schon immer. Also: auf Céli und ihre High Heels. Könnt ihr euch das vorstellen? Gerade mal dreizehn Jahre alt,

Beinchen wie ein Storch, und schon auf Absätzen stöckeln. Hauptsache Drama, Baby.«

Thessa lachte auf. »Dafür war sie bei den Fotoshootings unschlagbar. Zack!« Ein Fingerschnippen. »Und zu hundert Prozent im Einsatz. Zack, zack, zack! Bei jedem Schnappschuss eine andere. Zack, zack!«

»Aber ihr Grinsen!« Die Mutter verdrehte die Augen, sodass fast nur noch das Weiße zu sehen war. »Wie nach meinem entgleisten Botox-Versuch. Ja, so war sie. Die kleine Giftspritze.«

Thessa nahm einen großen Schluck und fuchtelte mit erhobenem Zeigefinger herum. »Hat's aber nicht gemacht.«

»Was?«, hauchte Leah. Sie ließ sich vor dem Couchtisch nieder und sammelte die verstreuten Fotos in den Karton. Auf keinem von ihnen war Céline.

»Die Lippen wie bei der Jolie. Sie klaute gern, wie eine Kleptomanin, nur keine Sachen, sondern Mimik, Blicke, Nagelpflege.« Thessa streckte ihre Hand mit gespreizten Fingern aus.

»Ihr ist immer alles in den Schoß gefallen.« Die Mutter schnaubte. »Und das mit ihrer blassen Haut. Und diese Augen. Eiskalt. Als die mir im Kreißsaal das Baby in den Arm gedrückt haben, habe ich geschrien. Dieses Wesen konnte unmöglich aus mir hervorgekrochen sein. Ich habe geschrien, geschrien, geschrien … Wo warst du eigentlich heute Nacht, Leah?«

Leah drückte den Deckel auf den Schuhkarton. Die Fotos ohne Céline ertrug sie nicht. »Bei Kay.«

Es war ihr egal, was danach kommen würde.

Aber es kam nichts. Absolut nichts. Nur dieser Blick.

Das Telefon zerklingelte die Stille.

Die Mutter erhob sich schwerfällig und begab sich auf die Suche nach dem Hörer.

Thessas vom Glühwein heiße Handflächen strichen über Leahs Oberschenkel. »Es tut mir leid, was ich über Céli gesagt habe. Das hätte ich nicht tun dürfen. Ich habe sie geliebt. Ich dachte, ich könnte auch ihr etwas von dieser Liebe beibringen, mit meiner Nähe, mit ein wenig Geduld. Aber die Zeit dafür war uns nicht vergönnt. Meinst du, es hätte zwischen uns funktioniert?«

»Ich weiß es nicht.« Leah stand auf. »Sie lief gern fort, um nicht verlassen zu werden. Sie konnte nichts dafür.« *So ist es besser für alle. Bitte verzeih mir!* Zeit, sich ihren eigenen Verlustängsten zu stellen. Sie brachte den Karton weg.

Als sie ins Wohnzimmer zurückkam, reichte die Mutter ihr das Telefon. »Da ist eine Frau für dich. Ich habe ihr gesagt, dass du beschäftigt bist, aber sie ließ sich nicht abwimmeln.«

»Ich bin nicht beschäftigt.« Sie griff zum Hörer und seufzte ein »Hallo?« hinein, das von einer viel zu lauten Stimme sogleich fortgerissen wurde: »Bevor Sie direkt auflegen: Es ist wichtig, ich habe lange überlegt, ob ich das hier tun soll, und bin zu dem Entschluss gekommen, dass wir zwei miteinander reden müssen.«

Die Mutter blieb neben ihr stehen, und Leah wusste, dass die viel zu enthusiastische Stimme bis zu ihr drang.

»Elinor?«, flüsterte sie betont leise. Die Managerin folgte ihrem Beispiel und reduzierte die Lautstärke ebenfalls: »Ja, natürlich, haben Sie jetzt eine Möglichkeit, mit mir zu sprechen? Es ist dringend, und allzu viel Zeit haben wir leider nicht.«

Die Mutter wandte sich demonstrativ ab. Leah machte ein paar Schritte von ihr weg zum Fenster, stützte sich mit einer Hand auf der Fensterbank ab und spähte hinaus. »Wir reden doch schon.«

»Doch nicht am Telefon, kommen Sie raus, ich stehe praktisch vor Ihrer Tür, Sie werden den blauen Mazda nicht übersehen.«

»Ähm …«

»Schön, dann bis gleich!« Elinor legte auf.

Die Mutter nahm ihr den Hörer aus der Hand. »Wer war das?«

»Nur eine Bekannte«, murmelte sie.

»Wer? Die hatte einen komischen Akzent.«

»Niemand, Mama. Niemand.« Sie ging in den Flur, nahm ihren Trenchcoat und zog die Schuhe an.

Die Mutter folgte ihr. »Du willst schon wieder weg?«

»Es dauert nicht lange.« Nach ein paar Schritten hatte sie das Gefühl, mit Elefantenfüßen auf Streichhölzern zu laufen. Die dicken Socken mit den Bommeln an der Seite eigneten sich denkbar schlecht für ein elegantes Stolzieren auf den Absätzen ihrer Büropumps.

»Leah, ich will endlich wissen, was hier vorgeht.«

»Nichts.« Sie schlüpfte aus dem Haus und stöckelte den Kiesweg entlang zur Straße. Während die Bommeln bei jedem Schritt um ihre Waden flogen.

Die azurblaue Farbe des Mazda Cabrios verhöhnte den regenschwangeren Himmel. Elinor hatte sich gegen den Wagen gelehnt und bibberte merklich in ihrem beigefarbenen Kostüm aus dünnem Wildleder, während der Wind gegen ihre glatt gegelte Zuckergussfrisur kämpfte.

»Leah, danke, dass Sie gekommen sind!« Die Managerin streckte eine Hand aus. Leah drückte sie. Einige Sekunden lang sahen sie einander an.

»Eigentlich wollte ich mit Ihnen schon heute früh im Studio reden, aber Sie sind zu schnell weggelaufen, und ich gehöre leider nicht gerade zu den besten Joggern.«

Die nächste Böe stieß Leah einen Schritt vorwärts. Sie zog die Schultern hoch und verschränkte die Arme vor der Brust. »Sie haben gesagt, wir hätten nicht allzu viel Zeit. Worum geht es?«

»Kay musste nach Paris fliegen. Als er wegging …«

»Elinor, ich fürchte, ich habe die letzten Stunden damit verbracht, mir einzureden, dass es mich nicht mehr interessiert, was Kay macht oder nicht. Sagen Sie ihm … Nein. Sagen Sie ihm nichts. Auf Wiedersehen!« Sie wandte sich zum Gehen. Der Wind schnitt ihr ins Gesicht, sie blinzelte, als ihre Augen zu tränen begannen. Dieses Mal zerfloss sie zumindest nicht vor Herzschmerz. Hoffte sie jedenfalls.

Die Managerin hielt sie am Ärmel zurück. »Warten Sie, ach, ich weiß wirklich nicht, wie ich das alles erklären soll. Warten Sie.« Elinor tippelte um den Wagen herum, holte eine Schachtel vom Beifahrersitz und brachte sie her. »Das ist für Sie.«

Instinktiv nahm Lea den Karton an sich, als Elinor ihn ihr energisch gegen den Bauch drückte, und hob den Deckel an. »Schuhe?«

Schuhe. Aus weißem Lackleder, verziert mit einer eleganten Schleife und einer sandgelben Linie bei der Sohle. Ein Anblick, zart und leicht wie Schnee, durch den eine Goldader schimmerte. »Es sind … Schuhe?« Bis jetzt hatte sie sich für resistent genug gehalten, um bei der Betrachtung eines solchen Paares nicht gleich anzufangen zu hecheln.

Aber eben nur bis jetzt.

Elinor beugte sich über den Karton, lächelte den Schuhen zu und flüsterte leise: »Bonjour!« Der Wind trug Leah den Geruch ihres Haarlacks zu. Zum Glück reichte das aus, um sie auf den Boden der Tatsachen zurückzuholen, und sie machte den Deckel zu. »Begrüßen Sie alle Schuhe auf Französisch oder nur diese?«

Elinor lächelte immer noch. »So heißen diese Peeptoes. *Bonjour*. Sie … verstehen?«

»Nicht wirklich.« Sie kämpfte gegen die Versuchung an, noch einmal in den Karton zu spähen. »Von wem sind sie?«

»Von Stuart Weitzmann natürlich.«

»Ich kenne keinen Stuart Weitzmann. Schon gar nicht einen, der mir Schuhe schenken würde.«

»Nein, nein, das ist der Designer – ach, irgendwie rede ich nur Unsinn – Kay hat die Schuhe für Sie gekauft, begreifen Sie es immer noch nicht? *Bonjour!* – Er wollte, dass Sie mit ihm nach Paris kommen.«

Paris ... Paris klang wund und steckte in ihr wie ein Dorn. Entschieden hielt sie Elinor die Schachtel entgegen. »Ich fürchte, Sie haben sich geirrt. Mag sein, dass er kurz tatsächlich daran gedacht hat ...«

»Nein, sagen Sie nichts, bis Sie das hier gesehen haben.« Elinor eilte erneut um den Wagen herum und brachte einen weiteren Karton mit.

»Noch mehr Schuhe?«

»Ein Kleid. Ein absoluter Traum aus weich fließendem Seidenchiffon mit einem Wasserfallausschnitt und einem atemberaubenden Printdruck in Weißer-Tiger-Optik, es würde ausgezeichnet zum dunklen Teint Ihrer Haut passen – ein wahres Kunstwerk von Roberto Cavalli, und bevor Sie fragen ...«

»Ich rate einfach mal darauf los: Er ist der Designer.«

»Er hat unter anderem die Spice Girls für ihre Comeback-Tour ausgestattet.« Elinor stapelte die Schachtel mit dem Kleid in Leahs Arme.

»Nicht gerade die beste Referenz.« Leah bemühte sich, die Präsente auf den Armen zu balancieren und in ihren Pumps das Gleichgewicht zu halten. »Was soll ich mit alldem? Ich habe kaum Anlass, Seidenchiffon und das Bonjour zu tragen.«

»Wie wäre es, wenn Sie beides zu Kays Galerieeröffnung heute Abend tragen würden? Sofern Sie nicht gerade etwas Furchtbares mit Ihrem Haar und dem Make-up anstellen, werden Sie mit der Prominenz dort glatt konkurrieren können. Kay wird ...«

»Elinor, ich versuche es Ihnen doch schon die ganze Zeit zu erklären: Kay und ich sind nicht mehr zusammen. Und ich renne ihm ganz sicher nicht hinterher.« Sie drückte das Kinn auf den Schuhkarton. »Schon gar nicht auf diesen Absätzen.«

Elinors Blick verlor sich in der Ferne. »Ich hatte gehofft, Sie bringen ihn uns zurück.«

»Er hat vor, in Paris zu bleiben?«

»Ich weiß es nicht. Sein Gesicht, als er heute früh fortging, hatte etwas … Endgültiges an sich. Ich habe Angst um ihn.«

Leah spürte, wie ihre Hände zu zittern begannen. Sie stellte die Kartons auf dem Dach des Autos ab. Die schwarzen Buchstaben der kopierten Artikel flimmerten vor ihren Augen. »Sie glauben doch nicht, dass er sich etwas antut?«

»Was ich glaube, ist, dass er vor sich selbst wegläuft.« Wieder einmal war ihr Akzent stärker geworden. Vielleicht etwas Osteuropäisches? Nervös glättete Elinor ihre platinfarbenen, spitz zulaufenden Strähnen an den Schläfen. »Vor seinen Gefühlen. Oder davor, mit Ihnen glücklich zu sein.«

»Warum?«

»Weil er denkt, dieses Glück nicht verdient zu haben. Was weiß ich! Er ist ein Idiot.« Aus der Tasche ihres Kostüms holte die Managerin ein silbernes Etui und steckte sich eine Zigarette zwischen die Lippen. Die Flamme des Feuerzeugs zitterte im Wind und ging mehrmals aus, bevor das Ende erglomm. »Es ist eben nicht leicht, das Leben zu genießen, wenn einem der eigene Vater den Tod wünscht.« Elinor hielt Leah das Etui entgegen.

Benommen schüttelte sie den Kopf. Die Gesichtszüge des Obdachlosen kamen ihr in den Sinn – ein wenig Kay … »Was ist passiert?«

Elinor steckte das Zigarettenetui ein und inhalierte den Rauch. »Ich kenne keine Einzelheiten, er hat noch nie mit jemandem darüber gesprochen.«

Worüber? Ihr wurde eng ums Herz. Als wäre die feuchte Kälte des Winters eine klamme Hand, die nach ihren Eingeweiden griff. »Doch Ihnen ist die Geschichte anscheinend bekannt.«

»Vor einiger Zeit ist Kays biologischer Vater wieder aufgetaucht. Ein ekelhafter Kerl. Ist psychisch labil, wenn Sie mich fragen, streift obdachlos umher, wenn er nicht gerade wieder einmal wegen irgendetwas festgenommen wird.«

Instinktiv blickte Leah sich um. Als trüge der Wind ihr das Quietschen und Klappern eines mit Tüten bepackten Einkaufswagens zu. Das wutverzerrte Gesicht tauchte vor ihrem geistigen Auge auf. Die Finger, die sich in ihre Oberarme bohrten. »DU hättest tot sein sollen« und »Troll dich, ja, troll dich!« im röchelnden Atem.

»Er verfolgt Kay?«

»Ich wollte, dass der Typ ihn in Ruhe lässt, also habe ich ihm Geld angeboten. Viel Geld. Er kam betrunken und redselig an. Wissen Sie, wie oft Kay von zu Hause abgehauen ist? Wie lange er auf der Straße gelebt hat, um diesem Mann zu entkommen?«

Leah schluckte. »Nein. Ich … ich weiß nicht viel über ihn.«

»Die Mutter hat die Familie verlassen, ist einkaufen gegangen und nicht mehr zurückgekommen – ohne ihre Sachen zu packen, als wollte sie nichts aus ihrem Leben mitnehmen. Der Vater hat daraufhin angefangen zu saufen und Kay zu misshandeln.« Elinor sog so heftig an der Zigarette, dass ihre sonst runden Wangen hohl wurden. »Und was glauben Sie, was mir dieser Mistkerl sagt, als ich ihn treffe?« Der Rauch entwich aus ihrem Mund wie aus einem Drachenmaul. »›Ich hätte ihn totschlagen sollen, als ich noch die Kraft dazu hatte.‹ Ich kann mir kaum vorstellen, was Kay durchmachen musste. Ich glaube, die Spuren davon trägt er bis heute.«

»Er … er hat gelernt davonzulaufen. Richtig?« Wie Céline gelernt hatte, andere zu verlassen. *Und ich, allen Beziehungen abzuschwören.* »Aber ich kann ihn nicht zwingen zurückzukommen.«

Oder mit mir zusammen zu sein. Zwei kaputte Seelen. Die zusammen so wunderbar über die Vergangenheit schweigen konnten.

»Reden Sie mit ihm, das ist alles, worum ich Sie bitte. Sie sind die Einzige, die ich kenne, die zu ihm durchdringen kann.« Elinor warf die Zigarette auf den Asphalt, drückte sie mit der Schuhspitze aus und holte aus dem Auto einen Umschlag. »Hier sind ein Flugticket nach Paris, eine Hotelreservierung und die Einladung zur Galerieeröffnung, auf Ihren Namen ausgestellt.«

»Warum machen Sie das? Wir sind nicht gerade die besten Freundinnen.«

»Ich mache das nicht für Sie, ich mache das für Kay, damit er endlich Frieden in seinem Leben findet. Das Flugzeug startet in zwei Stunden.«

»In zwei Stunden? Aber ich habe doch nichts …«

»… gepackt?« Elinors Blick glitt über ihre Kleidung, bis zu den Pumps und den Socken. »Da bin ich aber froh, ehrlich gesagt. Und keine Sorge, für den heutigen Abend braucht Cinderella nur das Kleid und die Schuhe. Am Flughafen müssen Sie bloß Ihren Ausweis vorlegen, keinen Reisepass – ich habe mich erkundigt. Ich bringe Sie hin.«

»Mein Ausweis ist drinnen im Haus«, stammelte Leah. In ihrem Kopf drehte sich alles. Paris. Kay.

Vor allem Kay.

»Dann holen Sie ihn schnell, na los!« Elinor klopfte auf das Dach ihres Autos. »Diese Kürbiskutsche mit ihren Pferdestärken wartet nicht lange. Und ich hoffe, Sie müssen nicht vor Mitternacht zu Hause sein. Oder etwa doch?« Eine von Elinors dünnen Augenbrauen zuckte hoch. Leah folgte Elinors Blick zum Haus und sah ihre Mutter an einem der Fenster.

Vielleicht sollte sie Thessa und ihrer Mutter die Chance geben, noch ein paar Kekse einzuäschern, statt mit trüber Miene eine Spielverderberin zu mimen.

»Nein. Muss ich nicht.«

»Na wunderbar!« Elinor lächelte und hob ihre ausgedrückte Zigarette auf, die geschürten Lippen schienen sogleich loszupfeifen. *Ich war noch niemals in …*

Nun ja.

Paris.

29

»Je suis impressionnée par ton vernissage, Kay! Il ne faut pas souligner que je les trouve phénoménales, tes photographies, n'est-ce pas?« Ihre weißen Zähne strahlten Kay zwischen den bordeauxrot schimmernden Lippen an. Die rauchige Stimme wiegte im Takt der Musik, die eine Liveband auf einer Minibühne am Ende des Saals von sich gab. Alles so samtig-seidig-feierlich wie das Rascheln der teuren Roben um ihn herum, das ihm langsam, aber sicher Kopfschmerzen bescherte.

»Kay?« In den blaugrünen Augen der Dame prickelte es wie in dem filigranen Glas, das sie in ihrer zierlichen Hand schwenkte. Sein Name klang in allen Sprachen gleich, doch aus diesem Mund beinahe sündig – und genauso künstlich wie ihr Augenaufschlag mit den falschen Wimpern und der kecke Schönheitsfleck auf ihrer rechten Wange.

Früher wäre es ihm wenigstens gelungen, ein Lächeln aufzusetzen. Aber sein letztes hatte er bei Leah zurückgelassen, als er heute früh, noch in der Dunkelheit, einen einsamen Kuss auf ihre Wange gehaucht hatte.

»Excusez-moi!« Er schlängelte sich an der Dame vorbei und nahm sich von einem Tablett ein Glas Champagner. Umgeben von seinen Fotografien an den Wänden fühlte er sich wie ein Fremder inmitten der eigenen Gefühle. Er ließ den Blick über die Bilder wandern und sah überall nur das eine, leuchtend orange, das er in seinem Hotelzimmer hütete. Die anderen, im Hier und Jetzt, riesengroß und unzähligen Blicken preisgegeben, schauten ihm wie aus der Ferne zu. Als wäre er einer von diesen ihn umgebenden Damen und Herren, die sich selbst wie wahre Kunstwerke in Szene setzten und nicht die Bilder beäugten, sondern ihresgleichen.

Er schnappte sich noch ein Glas und verzog sich in den hinteren Abschnitt neben der aufgebauten Technik, wo der Projektor die Aufnahmen des heutigen Empfangs auf eine große Leinwand warf. Es war Elinors Idee gewesen, jemanden zu engagieren, der die Veranstaltung mit Fotos live begleiten sollte. Die Gesichter vergnügter Prominenz im Tumult der Party wechselten sich mit Ansichten des Saals aus verschiedenen Perspektiven ab. Er starrte auf die Leinwand und suchte vergeblich nach den vertrauten Zügen, die sein Inneres stumm heraufbeschwor.

Sein Handy kündigte eine SMS an. Er schaute auf das Display, sah Nicks Namen und rief die Nachricht ab. Während sein Freund sich im Gespräch meist sehr wortreich äußerte, waren seine Nachrichten oft eher kryptisch: »Dein vater aus der stadt verschwunden. Sei vorsichtig. Evtl. neue spur. Melde mich. Nick.«

»Ah, Kay, je t'ai déjà cherché.« Neben ihm tauchte eine Frau auf. Ihre zitronengelbe Seidenrobe schimmerte unter den Deckenleuchten, von der großzügig freigelegten Hals- und Brustpartie hob sich der schwere Goldschmuck ab. »Je voulais te dire que je suis enthousiasmée par tes photo…«

»Et bien, merci.« Er steckte das Handy weg, sah über sie hinweg und nippte an seinem Sekt. Vater aus der Stadt verschwunden. Folgten ihm seine Gespenster etwa schon jetzt? Das hatte er doch gewollt, oder etwa nicht?

In seinem Kopf rauschte es – von der Musik, den Stimmen, von mehr und mehr Alkohol. Die weich ineinanderfließenden Projektionen auf der Leinwand lullten seinen Verstand ein. Bei so viel Prominenz durfte die Vernissage als Erfolg gewertet werden, er sollte sich glücklich schätzen, glücklich …

Wie beim Lauschen auf ihren Atem, dem Duft ihres Haars? Oder wie beim sanften Druck ihrer Lippen auf seinem Mund, wenn sie ihn am Nacken packte und ihn über seine Beherrschung hinweg küsste.

Die Frau neben ihm beugte sich ein Stück zu ihm und gurrte ihm etwas vor, aber er fühlte sich zu betäubt, um das Französische auseinanderzuklauben. Die Bilder des Empfangs flossen an ihm vorbei wie ein Traum aus weißem Seidenchiffon mit Tigerstreifen …

Ein halb aufgelöster Chignon, zwei Haarspangen … zwei Plastiklilien …

Er spürte, wie seine Glieder schwach wurden. Wie viele Menschen auf diesem Planeten trugen zu einem Roberto-Cavalli-Kleid Haarschmuck aus der Drogerie um die Ecke?

Die Frau neben ihm japste auf und taumelte zurück, rief wieder, die Gäste ringsum machten ihrer Entrüstung Luft. Kay registrierte Tropfen, die in ihr Dekolleté perlten, den nassen Fleck auf der zitronengelben Robe, seine Hand, die das Sektglas noch immer viel zu schräg hielt. Sein Blick schweifte erneut zur Leinwand, suchte dort nach dem entschwundenen Traum in Seidenchiffon, aber die Aufnahmen zeigten alles Mögliche, nur nicht … sie. Natürlich nicht. Was sollte sie hier auch machen, bei ihm in Paris, wo er sie doch so …

Die Frau machte einen Schritt auf ihn zu, fauchte ihn an, während ihr perfekt manikürter Finger auf ihr Dekolleté zeigte: »C'est une robe de Lars Wallin!«

»Oui.« Aber die Plastiklilien … er konnte sich unmöglich auch nur etwas Annäherndes eingebildet haben. Er sah die Frau an, nickte. »Oui, je vois.«

Im Vorbeigehen, den Blick auf die Leinwand gerichtet, drückte er ihr das Sektglas in die Hand und schlängelte sich zwischen den umherstehenden Menschen hindurch.

Noch kurz zuvor war ihm gar nicht bewusst gewesen, wie groß seine Galerie eigentlich war, wie leicht man sich in der Menge verlor und wie laut sein Herz in die sich ausdehnende Leere pochte.

Leah machte einen Schritt zur Seite, um einem Herrn auszuweichen, der wie ein Donaudampfer durch das Gästemeer pflügte. Ein Pärchen drängte sie weiter zu einer Wand, bis Leah neben einer Fotografie haltmachte. Das Bild, das in ihrem Zimmer die komplette Decke hätte einnehmen können, zeigte eine nackte Frau. Diese saß auf einem kahlen Boden, die Beine angezogen und verschränkt, die Arme um die Knie geschlungen. Den Kopf mit dem kurzen Kraushaar hatte sie zur Brust geneigt. Doch der Fokus lag nicht auf ihrer anmutigen Pose, sondern auf der Gänsehaut, die ihren obsidianschwarzen, ebenmäßigen Körper überzog – ob von den vielen Blicken, welche die Vorbeigehenden ihr zuwarfen?

»Ach, komm schon.« Leah knetete die Clutch, die Elinor ihr vor dem Abflug besorgt hatte. »Du trägst ein Designerkleid, teure Schuhe und ein Täschchen, in das gerade so deine Kreditkarte passt. Die besten Voraussetzungen, um dich unter diese Herrschaften hier zu mischen.« Ihre leicht feuchten Finger hinterließen Flecken auf dem feinen Material der Tasche. Der Hauch von einem Kleid, der ihren Körper umhüllte, ähnelte einem Luftzug – sie spürte seinen Atem auf der Haut, die Seide rieb über ihre Brustwarzen und trieb sie an die Grenze zwischen Erregung und Scham. Leah fuhr sich über die Arme, schaute hoch zu der Frau auf der Fotografie und schüttelte den Kopf. »Nein, nein. Was willst du ihm schon sagen? Eure Zukunftsaussichten hat er deutlich genug definiert.«

Sie griff nach einem Glas Sekt, als eines der Tabletts an ihr vorbeischwebte, und leerte es in einem Zug. Was machte sie hier eigentlich? Eine bemerkenswerte Frage. »Das hättest du dir früher überlegen sollen.

Aber während der Fahrt zum Flughafen hatte Elinor ihr kaum Zeit für einen klaren Gedanken gelassen, in der Maschine selbst war sie viel zu mitgerissen von den Eindrücken der ersten Klasse gewesen und auf dem Aéroport Paris-Charles-de-Gaulle hatte sie der Gedanke überwältigt, dass sie sich gerade in einem Land befand, in dem sie kein Wort – abgesehen von *Bonjour* und *Perles d'Or* – verstand.

Letzteres verstärkte ihre Erregung, ob sie es wollte oder nicht.

Nachzudenken, das hatte sie tatsächlich versäumt. Das Übliche also, wenn es um Kay ging. Im Taxi hatte sie dem dunkelhäutigen Fahrer mit Händen und Füßen erklären müssen, dass er ihr zu Ehren nicht unbedingt Michael Schumacher mimen sollte. Nun stand sie in Kays Galerie, irgendwo zwischen Les Champs, Oper und Louvre, und in ihrem Kopf klopfte hartnäckig *Allô Paris* den Takt, das Lied, das der Taxifahrer mit einem schelmischen Grinsen aufgelegt hatte – ein absolut verrücktes Lied, das klang wie ihre Gedanken.

Die einzige Wohltat: die Peeptoes von Stuart Weitzmann. Sie sollte dem Mann eine Karte zu Weihnachten schicken.

Leah erwischte noch ein Glas Sekt und leerte auch dieses mit wenigen Schlucken. Die Luft, parfümiert von unzähligen Düften, schien in ihrer Kehle zu kleben. »Was willst du ihm auch sagen? Hm? ›Du hast ein Auf Wiedersehen vergessen.‹ – ›Aber natürlich, ich wollte dich auch nicht wiedersehen.‹ Ha!« Ihr Fuß wippte auf dem marmorverdächtigen Boden. »Elinor, ich bringe dich um.«

Noch ein Glas. Der Versuch, sich Mut anzutrinken, zeigte eine enttäuschende Wirkung. Skeptisch beäugte sie eine Platte mit Snacks, die an ihr vorbeigetragen wurde. Ob sie es riskieren sollte, sich Mut anzuessen? Vom Sekt bekam sie jedenfalls nur

Schluckauf. Sie hielt den Atem an und zählte bis zehn; bei sechs angelangt, blickte sie in die Augen, deren Farbe an das unheilvolle Meer erinnerte, bei acht blitzte der Gedanke auf, wie dämlich sie mit zusammengekniffenen Lippen aussehen musste, um ihr Hicksen zu unterdrücken, bei zehn …

»Leah.«

Sie stieß die angehaltene Luft aus. »Du hast mir nicht Auf Wiedersehen gesagt.« Wieder hielt sie den Atem an – mit dem Nachdenken würde es heute anscheinend nicht mehr klappen.

Kay schwieg. Sie wollte in seinen Blicken die Zärtlichkeit entdecken, die nur für sie bestimmt war, die sie beide so hoffnungslos verletzlich machte.

Sie senkte die Lider. »Ich wollte gehen.« Und wollte es nicht, konnte es nicht. Nichts von alldem, was vernünftig schien.

Er hob seine Hand, als ob er nach ihr greifen wollte, seltsam verstört, als sähe er bloß ein Trugbild, ein ätherisches Wesen, das sich bei der kleinsten Berührung auflösen würde. »Bitte bleib.«

»Damit du gehen kannst? Ich glaube, ich bin zu oft geblieben.«

Ohne einen weiteren Hicks hätte das um einiges dramatischer geklungen. Sie biss sich auf die Unterlippe. Ihr war so kalt. So einsam. Sie hätte sich nicht an ihn gewöhnen sollen. War sie in Wirklichkeit hierhergekommen, um ihn zu verlassen? Um das Gefühl, verlassen zu werden, nicht mehr zu ertragen?

Ihre Clutch würde bald erwürgt sein von ihren Fingern. »Was machst du nur? Was willst du eigentlich von mir?«

»Dass dir nichts passiert.«

Zumindest der Schluckauf war vorbei. »Es ist aber etwas passiert. Auch wenn wir uns einig waren, dass der Sex zwischen uns nichts bedeutet.«

»Mir bedeutet er viel.«

In ihrer Nase kribbelte es. Und ausgerechnet ein Taschentuch hatte keinen Platz in ihrer Tasche gefunden. »So viel, dass du nach Paris flüchten musstest?«

»Ich habe es getan, damit du …«

»Ich weiß, warum du es getan hast. Elinor hat mir von deinem Vater erzählt. Aber warum hast du mit mir nicht darüber gesprochen?« *Wir hätten es zusammen durchgestanden.*

»Ich ertrage die Angst nicht, er … oder sonst jemand, der es auf mich abgesehen hat, könnte dir etwas antun.« Mit den Fingerspitzen berührte er ihren Arm. Sie zuckte zurück und hatte wieder Gänsehaut. Was die Frau auf dem Foto unmöglich mitfühlen konnte – der Sommerregen auf dem nackten Körper.

Sie sah ihm in die Augen.

Hoffnungslos verletzlich.

Sie beide.

Zwischen den Tränen.

»Und jetzt?«, flüsterte sie. »Wer von uns wird gehen?«

»Bitte bleib. Ich möchte, dass du alles über mich weißt. Und erst dann die Entscheidung triffst, denn ich kann … nicht. Ohne dich.«

Die Menschen um sie herum schienen einen Sog zu bilden; Leah bemerkte Blicke, die ihnen zugeworfen wurden, hörte ab und zu ein entzücktes »Kay!«, wenn er auch nur zufällig den Kopf in irgendeine Richtung drehte. »Deine Gäste verlangen nach deiner Aufmerksamkeit.«

»Lass uns von hier verschwinden.«

Sie fragte nicht, ob es richtig war, wenn es so einfach klang – von hier zu verschwinden, endlich miteinander zu reden, etwas zu entscheiden, was keiner Entscheidung bedurfte. So einfach – jeder Schritt, zurück zu ihm.

Er holte seinen Mantel und fragte nach dem ihren. Sie schmunzelte. »Im Hotel. Ich wollte nichts falsch machen – bei *dem* Kleid und *den* Schuhen. Trägt man überhaupt einen Trenchcoat dazu?

Der Taxifahrer hatte jedenfalls eine gute Heizung im Wagen.« Sie strich über den Stoff. Noch nie hatte sie etwas getragen, was sich wie Wolken anfühlte. »Und? Was sagst du?«

Er beugte sich zu ihr, seine Lippen berührten beinahe ihr Ohr, aber nur beinahe – Leah spürte ihre Wärme und das zärtliche Nichts, das sie von ihm trennte. »Sofort ausziehen.«

Sie neigte den Kopf zu ihm, um seine Lippen zu spüren, aber er spielte mit ihr. So, so. Sie lächelte. »Der Sex scheint dir tatsächlich viel zu bedeuten. Du denkst nur an das eine.«

»Wetten nicht?« Sein Finger fuhr über den Rand ihres Ausschnitts, doch sie spürte die Berührung so intensiv, als würde er über ihren blanken Busen streicheln, nur Millimeter von den Brustwarzen entfernt. »Denn eigentlich gehört das hier nach hinten.« Er legte seinen Mantel um ihre Schultern. »Aber Hauptsache, du steckst darin. Egal, wie rum. Zumal so etwas Ähnliches auch schon Models passiert ist. Sie sind sehr tückisch, diese Wasserfallausschnitte.«

Mit einem Ellbogen stupste sie ihn an. »Na danke, das beruhigt mich ungemein.«

Zusammen bahnten sie sich einen Weg nach draußen, vorbei an dem Türsteher, der mit der Ausstrahlung der Klitschko-Brüder vor einem Ringkampf die Einladungen prüfte und seinen Charme im leichten Lispeln entfaltete, mit dem er die Gäste begrüßte oder verabschiedete. Der Wind wirbelte ihre Haare durcheinander, die sich in ihrem selbst gebastelten Chignon nicht halten wollten, und brachte die Gerüche eines nahe liegenden Restaurants mit sich, etwas Deftig-Süßes, wie Kays Nähe. Seinen Arm hatte er um ihre Schultern gelegt, als wollte er sicher sein, sie bei sich zu haben.

Sie zog den Mantel an der Brust enger zusammen und kuschelte sich in seinen Arm. »Eigentlich hatte ich hier einen roten Teppich befürchtet. Mit einem Parkservice und Limousinen. Und Paparazzi am laufenden Meter. Es beruhigt mich, dass deine Welt etwas prosaischer ist, als ich sie mir vorgestellt habe. Wobei …« – sie schaute sich um und senkte die Stimme, – »ist da vorn nicht zufällig Dita von Teese?«

Er drückte sie fester an sich. »Ja.«

»Und da drüben …«

»Ja. Gehen wir ein Stück?«

»Mh.« Sie lehnte ihren Kopf an ihn. Seine Nähe schien nicht nur in Gerüchen zu schweben, die zu ihr herüberwehten, nicht nur im Rhythmus der Straßenmusik und der frischen Luft, die sie mit jedem Atemzug trank. Seine Nähe … das war Paris, die Lichter in der Nacht, das berauschende Gefühl, im Herzen der Welt zu sein, das nur für sie allein schlug.

Jemand packte sie am Arm. »Hab ich dich gefunden, du kleine Nutte!«

Mit einem Ruck wurde sie von Kay fortgerissen, herumgedreht und grob durchgeschüttelt, Finger krallten sich in ihr Fleisch. »Hab ich dich nicht gewarnt?« Der ranzige Atem wehte ihr ins Gesicht. Der Obdachlose. Für einen Moment glaubte sie zu träumen, einen bösen Flashback zu haben. Sein strohiges Haar hing ihm bis zu den Schultern, einige Strähnen klebten auf dem verschwitzten Gesicht. Etwas Spitzes drückte sich gegen ihren Bauch. Ein Messer. »Hab ich das? Hab ich das? Aber du, kleine Schlampe, kannst nicht die Finger von ihm lassen, was?«

»Nimm deine Hände von ihr!«

Kay … Sie merkte, wie er versuchte, den Typen von ihr fortzuzerren. Der Mann wirbelte sie herum. Seine Hand packte sie an der Kehle, drückte zu. »Du hättest tot sein sollen! Du!« Aber der Hass galt nicht ihr. Nur das Messer, das sich bei jedem Wort etwas mehr gegen ihre Seite drückte.

Kay wich zurück und hob die Hände. »Lass sie gehen! Du willst doch mich, oder? Lass sie gehen!«

Der Typ keuchte. »Dich … und alles, was du hast.« Sein Griff wurde fester. Leah bekam kaum noch Luft, während der Obdachlose sie zwang, Schritt für Schritt zurückzuweichen. Ihr Atem ging röchelnd. Sie sah, wie in Kays Augen der Schmerz aufstieg.

»Lass sie gehen, und du kannst mich haben.«

Sie wollte den Kopf schütteln und konnte es nicht. Durch die verengte Kehle drang kein Ton. Nur lautlos beschworen ihn ihre Lippen: Tu es nicht … Tu es nicht … Gib ihm keine Gelegenheit, dich umzubringen …

Von allen Seiten kamen aufgeregte Stimmen. Die Galerie war nur wenige Meter entfernt, irgendjemand würde ihnen helfen. Irgendjemand.

»Deine Nutten liegen dir sehr am Herzen, was?«

Sie kämpfte um jeden Schluck Luft. Langsam stieg in ihrem Kopf ein Rauschen auf. Ein diesiger Schleier verhüllte die Lichter, Kays Gestalt. Seine Worte drangen durch die Nacht, die unbeirrbar auf sie zurückte: »Du willst doch nichts von ihr. Ich bin derjenige, der deinen kleinen Jungen getötet hat. Weißt du noch? Er ist allein in einer Schlucht gestorben, als ich weggelaufen bin. Von ihr willst du nichts. Es war mein Anblick, den Mom nicht ertragen konnte. Meinetwegen hat sie dich verlassen. Ich war es, der sterben sollte. Ich bin es, der noch lebt.«

»Monster!«, schnitt es heiser in den Takt der Straßenmusik, die immer dumpfer klang. Leah wurde ein Stück zur Seite gestoßen. Ein Schlag ins Gesicht schleuderte sie zu Boden. Die aufgeschürfte Haut an ihren Händen und Knien brannte. Die Lichter der Stadt jagten um sie herum. Aufgeregte, laute Stimmen. In der Nähe zuckte das Blitzlicht einer Kamera. Angst. Panik. Sie durfte nicht nachgeben, sich von den Blitzlichtern nicht zerreißen lassen.

Sie tastete umher. Versuchte, sich aufzurappeln, kam aber nicht hoch, sondern sackte immer wieder zu Boden. »Kay …«

»Du hättest tot sein sollen! Du! Du und deine Nutten!« Die Schreie bohrten sich in ihr Inneres wie Messerstiche. Durch den Nebel ihrer Gedanken nahm sie den Türsteher wahr, der den Typen von Kay wegzerrte. Wieder ein Blitzlicht, laute Stimmen, Gerangel, als der Obdachlose sich zu befreien versuchte und um sich schlug.

»Kay …« Sie sah ihn nicht mehr, rief nach ihm, bis zur Entkräftung. »Kay …«

Sie spürte eine Hand an ihrer Wange.

»Alles in Ordnung?« Seine Stimme. Nichts mehr, nur seine Stimme. »Hat er dich verletzt?«

Benommen schüttelte sie den Kopf. »Kay.« Als würde sie keine Worte mehr kennen außer seinem Namen.

Er hielt sie an den Schultern fest. »Fehlt dir etwas? Hat er …«

Wieder schüttelte sie den Kopf. Mit zitternder Hand wischte sie sich die Haare aus dem Gesicht. Ihre Finger waren nass vom schmutzigen Pfützenwasser, das Kleid hatte sich mit Dreck vollgesogen. Sie zupfte den Stoff zurecht. Ein Riss an der Seite entblößte ihren Oberschenkel. »Ich habe es ruiniert.«

»Vergiss das Kleid.« Seine Finger tauchten in ihr Haar, immer wieder drückte er sie an sich, als müsste er sich vergewissern, dass sie noch bei ihm war.

Sie versuchte erneut aufzustehen. Er half ihr auf die Beine, doch schon beim ersten Schritt durchfuhr ein Schmerz ihren Knöchel. Sie schaute an sich hinunter. »Und den Absatz habe ich auch kaputt gekriegt.«

Er hielt sie fest. »Es wird alles gut. Alles gut. Das verspreche ich dir.«

Die aufgeregten Stimmen brandeten über sie hinweg, die Menschen sammelten sich um sie herum, und irgendwo brüllte der Obdachlose – doch sie konnte nicht hinsehen, nicht hinhören. Unter den Straßenlaternen wirkte Kay unwirklich, als würde er sich in der Nacht auflösen, sollte sie ihn loslassen.

»Jetzt ist alles gut. Es wird alles gut«, wiederholte er.

Sie glaubte, genickt zu haben.

Während ihr Blick von dem dunklen Fleck gefesselt war, der sich auf seinem Hemd ausbreitete.

30

Krankenhäuser glichen einander überall auf der Welt, und je länger Leah im Warteraum saß, desto mehr verblasste die Umgebung in ihrer Wahrnehmung, wurde zu einem unscharfen Gebilde, durch das gespenstische Silhouetten hin und her streiften. In den Händen drehte sie den abgebrochenen Absatz. Die Schuhe lagen in ihrem Schoß, schmutzig und zerschunden. Auf der freien Sitzfläche neben ihr stand der halb volle Plastikbecher mit dem lauwarmen Kaffee aus dem Automaten im Flur. Achtundsiebzig Schritte hin, achtundsiebzig Schritte zurück. Ihre Finger zuckten krampfhaft bei jeder Bewegung – vermutlich von zu viel Koffein.

Im Krankenwagen hatte er wiederholt, es gehe ihm gut. Dass sie sich keine Sorgen machen müsse. Er hatte sogar gelächelt. Nur schwach, aber sie hatte ihm geglaubt. Jetzt, allein auf dem harten Stuhl, sah sie nur noch sein blasses Gesicht. Die Straßenlaternen, seine Gestalt in der Pariser Nacht – und den Blutfleck an seinem Bauch.

Mit den Fingerspitzen streichelte sie über die Schleifen der Schuhe. »Es wird alles gut. Alles gut«, versicherte sie ihnen.

Nur unscharf tauchte in ihrer Erinnerung das Gesicht des Obdachlosen auf, und wenn sie versuchte, das Erlebte zu rekonstruieren, stieß sie nur auf Scherben, die in ihrem Verstand splitterten.

Hab ich dich nicht gewarnt? Hab ich das? Hab ich das?

Lass es! Schiefe Buchstaben, in die Haut ihrer Mutter geritzt.

Seltsam, wie sich alles zusammenfügte. Céline, Nathalie – zwei junge Models, *Kays Nutten*, wie sein verstörter Vater sie nannte. Leah fröstelte. Er hatte die Trauerfeier beobachtet, jeden ihrer Schritte verfolgt, sie entführt – um Kay noch mehr wehzutun? Aber was war mit Nathalies Tochter? Hegte er womöglich den verrückten Wunsch, seinen verstorbenen Sohn durch ein anderes Kind zu ersetzen?

Sie schloss die Lider. Alles würde gut werden. Sie musste daran glauben, jetzt wie noch nie. Und sah trotzdem nur noch den Blutfleck auf Kays Hemd, der sich ausbreitete wie eine tauende Blüte.

Sie tastete nach dem Becher und nahm einen Schluck von dem Kaffee, ohne etwas zu schmecken, außer dass er endgültig kalt geworden war. Achtundsiebzig Schritte hin, achtundsiebzig Schritte zurück. Das würde sie zwingen, wenigstens etwas zu tun. Sie müsste nur die Kraft finden aufzustehen. Das heiße, aromatische Getränk lockte sie mit seinem verführerischen Duft.

Jemand setzte sich neben sie. Jetzt roch sie tatsächlich frischen Kaffee, spähte zur Seite und sah keine gespenstische Silhouette mehr, sondern Kay, der ihr einen Becher reichte.

Sie sprang auf. Stieß seinen Arm an, und der größte Teil der Flüssigkeit schwappte über den Rand. Ihre Schuhe purzelten von ihrem Schoß auf den Boden. »Was haben die Ärzte gesagt? Wie geht es dir?«

Er lächelte ihr zu, stellte den Becher beiseite und trocknete seine Hand mit einem Taschentuch. »Abgesehen von den Verbrennungen zweiten Grades von eben? Nichts Schlimmes. Es war nur eine oberflächliche Wunde, sie wurde genäht, und wir können gehen.«

»Wirklich?«

Er trug das Jackett, das an einem Ärmel gerissen war, und das befleckte Hemd mit ein paar fehlenden Knöpfen, das lose über seine Anzughose hing. »Wirklich. Alles nur halb so dramatisch. Ist bei dir alles in Ordnung?«

Sein Haar stand wirr ab, unter den Augen lagen dunkle Schatten, doch sein blasses Gesicht trug die Züge eines müden Friedens, der auch Leah zur Ruhe brachte. »Alles gut.«

»Dann lass uns gehen. Vom Kaffee ist eh nicht viel übrig geblieben.«

Er bestellte ein Taxi, und einige Zeit später saßen sie im Auto, das sie durch die Straßen von Paris kutschierte. Ihr Kopf ruhte an seiner Schulter, ihr erschöpftes Schweigen, durch das kaum wahrnehmbar das Radio dudelte, hüllte sie beide ein.

Das Hotel signalisierte bereits mit der Fassade ein historisches Ambiente und noblen Luxus auf jedem Quadratzentimeter. Kays Suite lag im letzten Stockwerk und erlaubte durch eine großzügige Fensterfront einen Blick auf den in der Ferne glitzernden Eiffelturm. Leah schaute dem Funkeln zu, während Kay aus der Bar eine Flasche Cognac holte und in zwei Gläser etwas von der bernsteinfarbenen Flüssigkeit einschenkte. Wortlos reichte er ihr ein Glas. Sie trank alles aus. Ihre Zunge schmeckte immer noch nichts außer Alkohol, der in ihrer Kehle brannte; sie seufzte und legte den Kopf in den Nacken. Für einen Moment war ihr schwindelig, als schwebte sie durch das Zimmer. Blumenranken verwoben sich an der Stuckdecke, Stofftapeten bedeckten die Wände, das barocke Mobiliar verstärkte das Gefühl, in die Gemächer von Ludwig XVI. entschwunden zu sein. Im goldumrahmten Spiegel erspähte sie ihr angeschwollenes Gesicht, und die edle Wirkung des Zimmers verpuffte.

Kay ließ sich auf den Bettrand niedersinken und stellte die Flasche zu seinen Füßen ab. Von dem Getränk hatte er nichts angerührt und rollte das Glas nachdenklich zwischen den Handflächen. Leah setzte sich zu ihm. Jetzt reflektierte der Spiegel ihrer beider Gestalten, die nicht in diese Einrichtung – dafür aber umso mehr zueinander – passten. Sie rutschte noch ein Stück zurück, und ihr Oberschenkel streifte den seinen, eine zaghafte Berührung durch den aufgerissenen Seidenchiffon.

»Ich wollte dich vor ihm schützen«, sagte Kay leise, als ertränke er seine Worte im Cognac, »und war naiv genug, zu glauben, er würde hier nicht so schnell auftauchen. Nicht heute.«

»Elinor hat ihm Geld gegeben, damit er dich in Ruhe lässt. Aber anscheinend hat sie ihm damit ganz im Gegenteil die Möglichkeit verschafft, dir nach Paris zu folgen. – Der Weg zur Hölle ist mit guten Vorsätzen gepflastert.«

»Ja.«

»Die Polizei wird ihn doch nicht so schnell wieder laufen lassen, oder?«

»Nein.« Seine Stimme klang dissonant, als gelänge es ihm nicht, die richtigen Töne zu treffen.

Sie berührte seine Wange. »Warum verschließt du dich wieder vor mir?«

Er wandte ihr den Kopf zu und drückte seine Lippen in ihre Handfläche. »Ich weiß nicht, ob ich mir verzeihen kann, zugelassen zu haben, dass er dir wehtut.«

»Du konntest nicht wissen, was er vorhat.«

»Ich wusste es! Ich wusste, dass er mir folgen würde. Dass du immer in Gefahr bist, wenn du in meiner Nähe bleibst. Ich habe nur nicht geahnt, dass er so schnell in Paris auftauchen würde.« Er küsste ihre Hand noch etwas fester, hielt inne, um sich schon wieder zurückzuziehen. In seinen Augen spiegelte sich die gleiche dunkle Ferne, die sich hinter der Fensterfront erstreckte. Bloß ohne Funkeln.

»Wenn er es auf mich abgesehen hatte, dann war es ein Glück, dass ich dich bei mir hatte. Sonst wäre es mir vermutlich wie Céline ergangen. Oder Nathalie.«

Er schwieg. Etwas um seine Mundwinkel verhärtete sich. Ihr

Trost war zu schwach, um seine Schuld zu durchbrechen. Mit ihrem Daumen strich sie ihm über den Mund. »Wir wollten über alles reden. Weißt du noch?«

Er rang den Cognac die Kehle nieder, sein Adamsapfel bewegte sich beinahe krampfhaft hoch und runter. Er sagte nichts.

»Na gut.« Sie rutschte von der Bettkante zu Boden, schenkte ihm und sich selbst nach und leerte hastig ihr Glas. »Als Céline geboren wurde, hat sie lange keinen Namen gehabt. Meine Mutter nannte sie das kleine Monster.« Er zuckte zusammen. Sie schluckte, fuhr fort. »Und ich dachte, sie wäre tatsächlich ein Monster. Die blasse, fast weiße Haut, die rötlichen Augen – ich war mir sicher, sie loswerden zu müssen, also habe ich sie in unseren Wäschepuff im Keller gesteckt. Céline hat vier Stunden lang geschrien. Stiefpapa war auf einer Geschäftsreise, meine Mutter litt unter Wochenbettdepressionen und konnte oder wollte die Schreie nicht hören. Irgendwann habe auch ich angefangen zu heulen. Ich hielt es nicht mehr aus, holte sie aus der Wäsche und machte ihr ein Fläschchen, trug sie herum, wiegte sie und schwor ihr, dass ihr nie wieder etwas Schlimmes zustoßen würde. Zwanzig Jahre später, an einem Dienstag, habe ich erfahren, dass ich mein Wort nicht halten konnte.« Sie goss sich noch einen Schluck ein. Als sie den Blick vom Glas hob, sah sie in seine Augen, die leicht schimmerten. Die Härte um seine Mundwinkel war verschwunden, seine Züge wirkten weich und verletzlich. Der Knoten in ihrer eigenen Brust, der sich bei jedem Wort immer mehr zugezogen hatte, löste sich etwas. Sie prostete ihm mit dem Glas zu. »Das war ›Wahrheit‹. Jetzt bist du dran. Wahrheit oder Pflicht?«

»Leah, ich … kann es nicht.«

»Ich dachte gerade auch, ich könnte es nicht. Also: Wahrheit oder Pflicht?«

Für einige Sekunden, die für sie eine Ewigkeit währten, schloss er die Augen. »Pflicht. Tut mir leid.«

Sie nickte. »Knöpf dein Hemd auf.«

»Was?« Seine Hände verkrampften sich um das Glas. »Meinst du das jetzt ernst?«

»Glaub mir, ich bin schon betrunken genug, um ganz andere Sachen ernst zu meinen. Ist dir bewusst, dass ich dich noch nie nackt gesehen habe? Ich meine: vollkommen nackt.« Sie forschte in seinem Gesicht. Kurz dachte sie, er würde sie zum Teufel schicken. Dann löste er langsam eine Hand vom Glas und begann einen Knopf nach dem anderen aufzumachen. Bis sie durch den Spalt einen schmalen Streifen seiner Haut erspähte. Es hatte etwas Verbotenes, Sündiges an sich, als würde sie ihn durch ein Schlüsselloch beobachten.

Seine Augen fixierten sie herausfordernd. »Wahrheit oder Pflicht?«

»Wahrheit«, sagte sie, ohne ihren Blick von ihm abzuwenden. Sie würde ihm die Angst vor der Wahrheit nehmen und ihre eigene Furcht davor nicht zeigen.

Mit seinem Schweigen schien er sie zu prüfen.

»Wahrheit«, wiederholte sie verunsichert, und er nickte, ernst und gefasst wie vor einem Sprung zum Skydiving.

»Liebst du mich?«

Es war, als wäre sie zusammen mit ihm gesprungen. Und sie hatte doch noch ihren Blick abgewandt, zu dem gerahmten Foto, das neben dem Bett stand und mit der sonnigen Süße der Südfrüchte lockte.

»Ja.« Ihre Hand lag auf seiner Handfläche. *Und du? Liebst du mich?* Doch ihr fehlte der Mut, ihn das zu fragen.

»Wahrheit«, entschied er, ohne dass sie die Frage stellen musste.

Sie räusperte sich. Noch irritiert von dem, was er gerade gefragt und was sie gesagt hatte. »Was ist an dem Tag passiert, als du fast in deinem Auto umgekommen bist? Als die Zeitungen von einem Selbstmordversuch schrieben?« Sie spürte, wie seine Hand leicht bebte, und drückte seine Finger.

»Ich kann mich nicht mehr erinnern. Nachdem ich in eine Pflegefamilie gekommen war, hatte ich meinen Vater nicht mehr gesehen. Mit der Zeit fühlte es sich an, als hätte ich keine Vergangenheit. Oder als wäre es nicht die meine, sondern etwas, was meiner Fantasie entsprungen war und Jahr für Jahr immer mehr verblasste. Ich hatte mein Leben wieder. An dem Tag jedoch lauerte er mir auf. Es war bei einem Shooting in der Natur, er kam wie aus heiterem Himmel auf uns zugestürzt, hatte eines der Mädchen mit einem Stein am Kopf verletzt. Irgendwie ist es ihm gelungen, danach abzuhauen, aber ich war wie gelähmt, konnte nicht klar denken. Als würde ich mich wie früher vor ihm unter dem Bett verstecken, wohl wissend, dass er mich trotzdem herauszerren wird. Ja, verstecken konnte ich mich gut, nur mich nicht gegen ihn wehren. Am Abend habe ich mich betrunken, wollte nur noch weg, fortlaufen, wie damals. Also bin ich in die Garage gegangen. Was danach geschah, weiß ich nicht. Aufgewacht bin ich im Krankenhaus mit einer CO_2-Vergiftung und einer Gehirnerschütterung.«

»Er hat dich bewusstlos geschlagen.«

»Oder ich habe mir den Kopf gestoßen, mich ins Auto gesetzt und den Motor eingeschaltet, ohne loszufahren. Ich bin wirklich sehr betrunken gewesen. Seitdem hat er mich immer wieder verfolgt, wenn er nicht gerade für irgendwelche Delikte einsaß. Aber dann ist es ruhig um ihn geworden, und ich habe geglaubt, er sei aus meinem Leben verschwunden.«

»Er hat also schon damals eines der Mädchen, mit denen du gearbeitet hast, verletzt.«

»Ein guter Freund hat mir einmal gesagt: Die meisten Lösungen liegen direkt auf der Hand. Ich habe mir weiß Gott was für eine Geschichte zusammengesponnen, aber dass mein Vater hinter alldem steckt, habe ich nicht vermutet. Geduld und Raffinesse – das passt nicht wirklich zu ihm. Aber ich habe mich geirrt. Anscheinend war er damit beschäftigt, einen ausgeklügelten Plan zu entwickeln, statt auf spontane Hassattacken zu setzen. Bis er heute in sein altes Muster zurückgefallen ist.«

»Ich kann mir einfach nicht erklären, was er mit Nathalies Tochter will. Wo ist sie? Wir müssen doch irgendetwas tun.« Ja, sie hätte etwas getan, wenn sie sich bloß genauer an ihre Entführung erinnern könnte. Fest rieb sie sich über die Stirn, als könnten die verlorenen Bilder davon auferstehen. »Wo hast du mich damals gefunden, als ich entführt wurde?«

»Du warst an einer Autobahn. Der letzte Hinweis hat mich zu der Stelle geführt.«

»Was war da in der Nähe? In meinem Zustand kann ich unmöglich weit gelaufen sein.«

Er runzelte die Stirn. »Nichts. Wirklich nichts. Kein Dorf, kein Bauernhof oder Ähnliches. Zumindest weiß ich von keinem. Aber Nick – eventuell könnte er etwas herausfinden. Ich treffe mich mit ihm, sobald wir zurück sind.«

»Meinst du, die Polizei findet die Kleine?«

»Ich weiß es nicht.« Er atmete tief ein. »Jetzt bist du aber längst an der Reihe.«

»Pflicht.«

»Okay.«

Nervös nestelte sie an ihrem Ausschnitt. Auch wenn er sie bereits nackt gesehen und angefasst hatte – die Erinnerung an den Augenblick, als er sich in der Galerie zu ihr gebeugt und »Sofort ausziehen« geflüstert hatte, überkam sie wieder. Als würde seine Stimme auf ihrer Haut prickeln.

Er schien das Spiel ihrer Finger zu beobachten, jede Regung, die ihr Körper zeigte. Ein schwaches Lächeln zeichnete seine Augen mild. »Mach dein Haar auf.«

Sie tastete die Strähnen, die sich aus ihrer Frisur gelöst hatten, der Länge nach ab, langte nach dem Knoten, der halb lose in ihrem Nacken hing.

»Mach es bitte auf. Für mich.«

Mit einem leisen Klacken löste sich die erste Haarspange, dann die zweite. Sie legte die beiden Lilien neben sich auf das Bett, betrachtete das zarte Weiß-Rosa der Blüten, die Stabblätter, die sich ihr wie Fühler entgegenstreckten. Eine nach der anderen zog sie die Haarnadeln heraus, bis ihre schwarze Mähne Kay in die Hände regnete.

»Jetzt du«, wisperte sie. Ihr Blick glitt im Spiegel über den Streifen seiner nackten Haut zwischen der Knopfleiste herab bis zu seinem Hosenbund. *Pflicht.*

»Wahrheit.«

Sie biss sich auf die Unterlippe, als ihr ein enttäuschtes Seufzen entschlüpfen wollte. »Na gut. Also die Wahrheit. Was verbindet dich mit Nick Milla?«

Etwas in seinen Augen entrückte erneut in die Ferne. »Du stellst wirklich schwierige Fragen.«

»Du hättest ›Pflicht‹ wählen können«, flüsterte sie.

»Ja«, flüsterte er zurück. »Also Nick? Tja. Wir waren beide Pflegekinder in einer Familie. Ich habe wenig gesprochen, vermied es, wo ich nur konnte. Er dagegen erfand sich jedes Mal neu. Zu mir meinte er einst, ich könne ihn Luke nennen. Ein wenig sah er tatsächlich wie Luke Skywalker aus, nur mit braunen Augen. Aber der Punkt war, glaube ich, dass er sich insgeheim danach sehnte, irgendjemand würde zu ihm den magischen Satz ›Ich bin dein Vater, Luke‹ sagen.«

Leah senkte die Wimpern. »Ich weiß, wie sich das anfühlt. Darauf zu warten. Und es endlich zu hören.« Sie hatte geweint, ein kleines Mädchen, irgendwo allein, bis ihr Stiefvater sich neben sie gekniet und sie umarmt hatte. »Aber ich bin doch jetzt dein

Papa«, hatte er gesagt. Es klang so einfach. Wie alles, was das Leben verändert. »Hat Nick es je gehört?«

»Ich glaube nicht.«

»Die gemeinsamen Erfahrungen in eurer Pflegefamilie haben euch also zusammengeschweißt?«

»Es verging kein einziger Tag, an dem wir uns nicht geprügelt haben – falls du das unter ›gemeinsamen Erfahrungen‹ verstehst. Nach knapp einem Jahr hat ihn das Jugendamt aus der Familie geholt, und ich habe ihn danach jahrelang nicht mehr gesehen.«

Behutsam kämmte er ihr mit den Fingern durch das Haar. Sie lehnte sich zurück, schloss die Augen und genoss jede einzelne Berührung. »Das verstehe ich nicht. In der Jugend habt ihr euch geschlagen. Du hast ihn danach nicht mehr gesehen. Dann taucht er bei dir auf, und du gibst ihm den Job als dein Assistent?«

»Weißt du, wie es ist, wenn du dich immer tiefer in dich selbst zurückziehst? Wenn du glaubst, die Welt wäre menschenleer und du allein mittendrin? Damals habe ich mich mit jedem geprügelt, der diese Leere stören wollte. Vielleicht war das meine Art, etwas, das mir fehlte, irgendwie zu füllen. Und … zu fühlen. Nick war immer da, wenn ich ihn brauchte. Das hätte er nicht tun müssen, und dann auch noch für mich. Ja, ich konnte mich immer auf ihn verlassen. Und als er weg war … fehlte mir ein bisschen mehr. Verstehst du?«

»Ich denke schon.«

»Jetzt du.« In einer Schlangenlinie fuhr seine Hand von ihrem Nacken bis zum Poansatz. Ein Schauer folgte seinen Fingern über ihren Rücken. »Wahrheit oder Pflicht?«

Sie unterdrückte ein Stöhnen. »Wahrheit.«

»Hast du deinen leiblichen Vater je kennengelernt?«

»Nein.«

Sie spürte, wie er auf mehr wartete. Ließ ihn warten. Denn

mehr gab es nicht zu sagen. Außer vielleicht … »Mein Stiefpapa war meine Familie. Ich glaube, meine Mutter hat ihn nur geduldet, ihn geheiratet, um mir ein gutes Zuhause zu bieten, aber allein dafür bin ich ihr dankbar. Als sie mit Céline schwanger war, hat sich ihr Verhältnis zu ihm verschlechtert, sie konnte ihn nicht einmal mehr ansehen. Mit der Geburt ist alles noch schlimmer geworden – sie waren wie Fremde in einem Haus. Aber für uns – Céline und mich – war er der beste Vater, den man sich vorstellen konnte. Ich glaube, er ließ sich nicht scheiden, weil er Angst hatte, dass man uns ihm wegnehmen würde.«

Aber am Ende wurde er ihnen beiden genommen.

Kay schien es zu verstehen, das Ungesagte, das im Zimmer unter der hohen Decke schwebte. Als seine Hand die Haarsträhne an ihrer Schläfe zurückstreifen wollte, drückte Leah seine Handfläche gegen ihre Wange. »Wahrheit oder Pflicht?«

Nur leicht zuckten seine Finger an ihrer Wange. »Pflicht.«

»Bist du dir sicher?«

»Ja.«

»Dann möchte ich … dich massieren.«

Er spannte sich an. »Was?«

Sie sah ihm in die Augen und schmiegte seine Hand noch fester an ihr Gesicht. »Du hast mir deine Vergangenheit anvertraut. Kannst du mir auch deinen Körper anvertrauen?«

Sie fühlte, wie die Sehnen an seinem Handrücken hervortraten.

»Ja.«

Sie nickte, löste ihren Griff und bettete seine Hände in ihren Schoß. Mit den beiden Daumen streichelte sie über die Herzlinien, die sich wie lose gesponnene Fäden in seine Haut gruben, streichelte von der Handkante zum Zeigefinger und zurück. Hinter der Fensterfront hellte sich der Himmel auf. Die Dunkelheit wich. Leah verstärkte den Druck und umkreiste seine Daumen an den Lebenslinien entlang. Sie hatte irgendwo aufgeschnappt, dass an den Handballen die Angstlinien lagen, konnte diese aber in dem zarten Fältchennetz auf seiner Haut nicht erkennen – und strich alles weg, weit weg.

Sie machte seine Manschettenknöpfe auf und schob die Ärmel bis zum Ellenbogen hoch. Er wirkte gelöst in seinen Empfindungen. Sie neigte den Kopf und lächelte ihm unter den Strähnen, die ihr ins Gesicht fielen, zu. Die Haut an der Innenseite seiner Arme fühlte sich weich an wie das erste Licht draußen, das über die Wolken am Himmel von Paris streifte. Hauchzart fuhren ihre Fingerkuppen seine Sehnen entlang und auf der anderen Seite zurück zu den Handrücken. Sie hob seine Arme etwas an und küsste die Handgelenke, entlockte ihm ein leises Seufzen.

Kay hielt die Augen geschlossen, doch seine Züge verrieten seine Anspannung. Er wartete auf das, was kommen sollte, was er vermutlich noch niemandem erlaubt hatte. Wieder wanderten Leahs Hände seine Arme hoch und weiter über den Stoff zu den Schultern und dem Gesicht.

Seine Stirn, die Wangen, die Lippen – ihre Berührungen erfanden ihn neu. Fort mit den Sorgenfalten, mit der Anspannung der Muskeln am Kiefer, mit den harten Grübchen um die Mundwinkel. Sie strich alles fort, den Nacken entlang zu den Schultern, und bei jedem Mal erlaubte sie ihren Händen, sich ein wenig mehr unter den Stoff des Hemdes vorzuwagen. Und streifte es ihm schließlich von den Schultern.

Sein Körper versteifte sich. Die Muskeln traten hervor und bildeten ein dichtes Relief, das ihre Berührungen trotz seines »Ja« zurückzuweisen schien. Sie schaute zu ihm auf. Er sah sie an, doch sein Blick ging durch sie hindurch.

Sie betrachtete den Verband. Der weiße Mull saß seitlich über den Rippen und haftete mit Pflastern an der Haut. »Tut es sehr weh?«

Er schluckte hart. Seine Stimme klang rau, ein nervöses Lächeln flatterte über seine Lippen. »Ich glaube, ich bin so mit Schmerzmitteln vollgepumpt, dass dieser kleine Schnitt keine Chance hat, mir … unangenehm zu werden.«

Was dann? Langsam ließ sie ihren Blick höher wandern, über die Bauchdecke, die sich etwas schneller hob und senkte, zu der muskulösen, deutlich definierten Brust mit den wohlgeformten, dunklen Brustwarzen, die sich hart hervorhoben, zu … den Malen auf seiner Haut. Kleinen, kreisförmigen Brandnarben, als hätte jemand dort eine Zigarette nach der anderen ausgedrückt.

Leah zuckte zusammen und schaute ihm in die Augen. Der Schmerz. Vergangen, nicht geheilt. Aber nicht heute, nicht heute und nicht mit ihr – die Vergangenheit sollte endgültig Vergangenheit bleiben.

Mit beiden Händen strich sie ihm durch sein Haar, neigte seinen Kopf zu sich, bis ihre Stirn die seine berührte. »Kennst du diesen Roberto Cavalli eigentlich gut?«

Der Schmerz in seinen Zügen wich leiser Verwirrung. »Geht so. Warum?«

»Sag ihm: Es tut mir leid. Es war wirklich ein sehr schönes Kleid.« Mit einem Ruck riss sie einen Stoffstreifen auf Höhe ihres Oberschenkels ab, faltete ihn der Breite nach und verband Kay die Augen, noch bevor dieser begriff, was sie vorhatte.

31

Sein Herz hämmerte gegen seinen Brustkorb. Die Wunde an seiner Seite stimmte mit einem steten Pochen ein, das in seinen Schläfen widerzuhallen schien. Durch den Seidenchiffon nahm er unscharf Leahs Silhouette wahr. Als wäre sie ihm nah und doch nur aus seinen Träumen gewoben. Er versuchte, ihre Bewegungen zu erahnen. Langsam hob sie die Arme, schien jede Sekunde auszukosten, in der sein Verstand sich ausmalte, was seine Sinne ihm verwehrten. Sie fuhr sich durch das Haar, den Hals entlang zum Dekolleté – für einen Moment erstarrte ihr Schattenspiel, bis sie sich zuerst über die eine, dann über die andere Schulter strich. Sie schälte sich aus dem Kleid. Er konnte es nur raten, doch als sie sich etwas zur Seite drehte, nahm er die Kurve ihrer nackten Brust wahr, ihre schmale Taille, den festen Po. In seinem Schritt wurde es eng, er spannte seine Oberschenkel an und wusste dennoch, dass er den wachsenden Druck nicht lindern konnte. Er ahnte ihren entblößten, warmen Körper durch den Hauch von Seide vor seinen Augen … Doch allzu lange war ihm der Anblick nicht vergönnt.

Leah bog ihm ihren Körper noch einmal entgegen, strich ihm mit den Fingerspitzen über das Kinn und verschwand aus seinem Sichtfeld. Ihre weichen Hände legten sich auf seine Schultern. »Und?« Ihr Flüstern hauchte seinen Nacken an. »Fühlt es sich sehr schlimm an?«

Er musste sich räuspern, und dennoch klang seine Stimme verklärt und brüchig. »Nein.«

»Gut«, raunte sie ihm zu, und ihre Lippen fuhren an seinem

Ohr entlang. Er neigte den Kopf, sehnte sich nach mehr, als nur nach diesem Hauch, doch sie biss ihn sanft in das Ohrläppchen und entzog sich ihm.

»Leah?«

»Schsch…«

Mit weit ausholenden, gleitenden Bewegungen strich sie über seine Haut. Die Daumen beschrieben Halbkreise zu seinen Schulterblättern, mal leicht wie Schmetterlingsflügel, mal etwas fester. Wenn sie sich an ihn lehnte, spürte er, wie ihre harten Brustwarzen seinen Rücken streiften. Jedes Mal versuchte er, sich etwas weiter dagegenzulehnen, doch auch sie bog sich zurück – und ihm blieben nur ihre Hände, die über seinen Nacken und die Schultern wanderten. Sie knetete seine Muskeln, seine Haut. Wenn ihre Finger ihn kurz verließen, fühlte er Wärme, die tief in ihn hineinströmte.

Sie schob sein Hemd noch weiter, bis auf seine Unterarme, hinunter, fasste ihn an und zwang ihn, sich nach hinten zu lehnen. Sein Kopf ruhte in ihrem Schoß, er drehte sein Gesicht etwas zur Seite und nahm den Duft ihrer Mitte wahr. War sie tatsächlich vollkommen nackt? Hatte sie unter ihrem Kleid überhaupt Unterwäsche getragen? Unwillkürlich wollte er die Arme heben, sie ertasten, doch er konnte es nicht – mit dem ganzen Gewicht lag er auf dem Hemd, das seinen Händen keinen Spielraum gewährte. Er stöhnte. Ein Schatten legte sich über ihn – sie musste sich zu ihm gebeugt haben. »Rache ist süß.«

»Dein Trenchcoat … der Tresen in meiner Wohnung … verstehe.«

Ihre Haarspitzen kitzelten sein Gesicht. »Ich will deinen Körper, ganz und nur für mich allein.«

»Du glaubst nicht, wie sehr ich deinen will.« Sein Atem ging etwas schneller, er streckte und reckte die Arme und die Finger, um sein angeschwollenes Glied zu erreichen.

»Für mich allein«, belehrte sie ihn. »Für mich allein.«

Ihre Handflächen fuhren über seinen Bauch, strichen am Hosenbund entlang und glitten wieder nach oben, zum Brustkorb, zwischen die Brustwarzen und bis zum Halsansatz. Es störte ihn nicht, dass sie seine Narben anfasste. Und Male, die keiner mehr sah, welche trotzdem bis in die Ewigkeiten in sein Fleisch eingeprügelt worden waren. Ihre Daumen glitten über sein Schlüsselbein, hauchzart fuhren die Finger über seine Haut, um bald wieder zum Bauch zurückzukehren. Er bog sich ihr entgegen, spannte den Bauch an, sobald ihre Hände sich seinem Schoß näherten, und fand keine Erlösung.

»So ungeduldig?«

Er stöhnte. »Du bringst mich um den Verstand.«

»Noch nicht.«

Sie legte seinen Kopf auf die Bettdecke und hockte sich neben ihn, machte seine Hose auf und zog diese samt Slip bis zu seinen Knien herunter. Er spürte, wie sein Glied ihr entgegenzuckte.

»Mhhhhh …«, raunte sie.

Er schmunzelte. »Gefällt dir, was du siehst?«

Sie schwang sich auf seine Oberschenkel, und er spürte ihre warme Feuchtigkeit. »Was würdest du sagen?«

»Ich will dich. Jetzt, sofort.«

Nun durfte er wieder ihre Silhouette betrachten, wie ihr geschmeidiger Körper sich hin und her bog, während sie seine Haut verwöhnte. Mit einer Hand umschloss sie seine Hoden, knetete und drückte sie sanft. Er stöhnte lauter auf, wollte wieder nach ihr greifen, sie auf sein Glied ziehen, doch das Hemd hielt seine Arme fest. Sie drückte seinen Penis gegen seinen Bauch, und nun spürte er selbst, wie hart er sie wollte. Mit der freien Handfläche begann sie die Unterseite seines Schwanzes zu streicheln, während sie weiterhin seine Hoden knetete und mit den Fingern leicht über seinen Damm kreiste. Er atmete heftiger, bewegte sich unter ihr vor und zurück. Als würde sie ihm erlauben, in sie hineinzugleiten!

Sie widerstand seinem Drang, quälte ihn mit ihrer geschickten Zärtlichkeit. Bis ihre Hand ihn fester umschloss, bis das Gleiten schneller und schneller wurde. Fester.

»Fester …«

Sie ließ von ihm ab. Ihr Gewicht auf seinen Beinen. Ihre Hände, die seine Oberschenkel streichelten.

Aber keine Erlösung.

»Nein, bitte, hör nicht auf.«

Sie fuhr ihm über das Gesicht. Sein steifes Glied schmiegte sich an ihren Bauch.

»Hör nicht auf … Leah …«

Sie legte einen Finger auf seine Lippen. Wartete.

»Leah …« Sein Atem wurde gleichmäßiger, die Spannung wich ein Stück zurück. Er fügte sich seinem Schicksal. »Pflicht?«

Er konnte hören, wie sie lächelte.

»Nein. Vergnügen.« Vorsichtig streifte sie ihm ein Kondom über, ehe sie ihn Stück für Stück in sich aufnahm, bis ihre weiche Enge ihn ganz umschloss.

Sie ritt ihn zart und sanft, federleicht. Er passte sich ihren Bewegungen an, ihrem Rhythmus wie stille Musik, ihrem Atem, ihrem Herzschlag – als wäre alles an ihr seins. Seine Gedanken schienen losgelöst, schwebten umher wie im freien Fall und vom Wind verwirbelt. Er durfte doch nicht schon jetzt kommen … Er musste an sie denken, dass sie auch …

Ihre Bewegungen wurden schneller. Der Atem. Der Herzschlag. Seine Muskeln spannten sich an, bis er sich nicht mehr zügeln konnte und seine Leidenschaft sie mit einem heftigen Zucken ausfüllte. Sie schnappte nach Luft, drückte ihr Kreuz durch. Ihr Schoß zog sich um ihn zusammen und schien auch noch den letzten Tropfen aus ihm herauspumpen zu wollen. Dann ent-

33

»Nein, hören Sie … Ja, das verstehe ich … Richtig, aber diese Formulierung können wir im Vertrag nicht akzeptieren.« Leah drückte den Hörer fester ans Ohr und gab sich alle Mühe, das auf dem Tisch vibrierende Handy zu ignorieren. Warum glaubte die Welt, ausgerechnet dann im Chaos versinken zu müssen, wenn Leah ohnehin schon kaum noch wusste, wo ihr der Kopf stand? Das Packen der Umzugskisten zu Hause; ihre Mutter, die stets hyperventilierte und nachfragte, ob sie tatsächlich an alles gedacht und unbedingt auch feuchtes Toilettenpapier eingepackt habe; vereinte Versuche mit Thessa, die Mutter zu beruhigen, dass es kein wirklicher Umzug sei, nur ein paar Sachen, die sie in Kays Wohnung bringen würde, um dort hin und wieder zu übernachten. Und dann kam zu allem Überfluss vor zwei Tagen eine SMS von Kay, er müsse kurz verreisen, sie würde aber bald von ihm hören. »Es wird enden, wo alles angefangen hat.« Was auch immer er damit meinte. Ihr persönliches Chaos schien nie zu enden. Obwohl heute auf der Arbeit ein Päckchen von Kay auf sie gewartet hatte – mit einer winzigen Schmuckschachtel darin. Im ersten Augenblick hatte ihr Herz tatsächlich einen Versuch gemacht, aus ihr herauszuhüpfen. Es ging alles so schnell. Viel zu schnell. Dass er ihr Leben verändern würde, war ihr klar, aber gleich von einem rasenden Zug mitgerissen zu werden? Fast erleichtert hatte sie festgestellt, dass es kein Ring war. Er hatte ihr bloß eine Haarsträhne geschickt. Süß. Ein wenig kitschig.

Aber hatte er sie nicht gewarnt, dass er in Sachen Romantik gern auf Klischees zurückgriff, weil er soooo unkreativ war? Sie schmunzelte, als sie sich dabei ertappte, wie sie die Haarsträhne zwischen den Fingern zwirbelte. Und den Hörer mit dem Dienstgespräch an ihr Ohr drückte. »Ähm, Entschuldigung, könnten Sie wiederholen, was Sie gerade gesagt haben?«

Aus dem Augenwinkel erspähte sie Adrianna, die direkt vor ihrem Schreibtisch eine beeindruckende Nachahmung des Washington Monuments von sich gab und mit beiden Zeigefingern rhythmisch auf die Tischkante klopfte.

»Nein, so lange kann ich leider nicht warten. Mein Abgabetermin ist diesen Freitag, damit ich die Unterlagen pünktlich zur Genehmigung einreichen und die Vereinbarung zum Ersten des kommenden Monats in Kraft treten kann. Ja. In Ordnung, ich warte auf Ihren Rückruf.«

Erst vier Tage zurück im Büro, und sie war schon wieder reif für Paris. Leah steckte den Hörer in die Basisstation und ließ sich gegen die Stuhllehne fallen: »Was ist?«

Adrianna roch nach der Kälte von draußen und Zigarettendunst. Seit im Gebäude Rauchverbot verhängt worden war, sammelten sich die Qualmer unten im Hof am Fuchsienbeet, brachten den Blumen Passivrauchen bei und unterhielten sich über Interna. Interna waren der Nichtraucherin Adrianna heilig.

Die Finger verharrten – der eine auf der Tischkante, der andere in der Luft. Die lackierten Nägel leuchteten wie das Rot einer Ampel. »Was für ein Blick! Nun erschieß doch nicht gleich den Boten. Ich wollte bloß sagen, dass Mr Big dich *augenblicklichst* in seinem Büro erwartet. Viel Spaß!« Kokett zuckte Adrianna mit einer Schulter und verzog sich an ihren Platz.

»Ja, danke!« Leah raffte die Dokumente zusammen und sortierte sie in die Akte ein. Das Handy vibrierte abermals, doch es musste sich gedulden. »Ist bestimmt wegen der Vertragsunterzeichnung.«

»Das glaube ich weniger«, flötete Adrianna, ohne vom Monitor aufzusehen. »Viel Spaß, viel Spaß!«

Die Tür zum Chefbüro stand offen. Mr Big mochte die Nähe zum Volk, das sich meistens in der Küche schräg gegenüber tummelte. Leah klopfte an den Rahmen und wartete, bis er sie herbeiwinkte.

»Hier ist die Akte, die Sie sehen wollten. Beim Vertragsabschluss gibt es ein paar Uneinigkeiten über bestimmte Formulierungen, was die Ausgleichsregelung betrifft. Aber ich bin mir sicher, dass ich termingerecht eine Einigung erzielen kann.« Sie legte die Akte auf seinen Tisch. Auch Mr Big roch nach Kälte und Zigarettenqualm.

Mit einer Hand strich er über den Aktendeckel, als wollte er lästige Krümel wegwischen, und schaute über die Gleitsichtbrille hinweg auf. »Freut mich, Sie wieder bei uns zu haben. Geht es Ihnen schon besser?«

Sie senkte den Blick und tastete sich über das Gesicht. Die Haarsträhnen verbargen die Schwellung, die zwar sichtbar blieb, jedoch deutlich zurückgegangen war. »Ja, danke!«

»Sie sind die Treppe heruntergestürzt, sagten Sie?«

»Ja.«

»Die meisten Unfälle passieren eben im Haushalt.« Ruckartig drehte er seinen Monitor zu ihr, die daran hängenden Kabel schabten über die Tischoberfläche und warfen den Bleistiftbecher um. »Könnte man zumindest meinen.«

Eine schwarze Seite nahm den ganzen Bildschirm ein, oben und an den Rändern zuckten Trailer, in der Mitte wechselte die Werbung, Newsflashs liefen ab. *Deine Meinung zu deinen Promis* als Überschrift, wobei die Meinung zu achtzig Prozent aus »Wer ist das?« und »Muss man den kennen?« bestand, die restlichen zwanzig sich mit der Frage »Wen interessiert's?« beschäftigten. In der Mitte der Seite – ein Foto von Kay, dem Obdachlosen, der von dem Türsteher festgehalten wurde, und ihr selbst, auf dem Boden kauernd, aber unverkennbar. »Messerstecherei bei einer Vernissage. Starfotograf und seine geheimnisvolle Begleiterin verletzt«, dazu ein Artikel.

Mr Big legte die Hände zusammen und fuhr sich mit den Zeigefingern über den Nasenrücken. Seine Augenbrauen-Raupen krochen hoch. »Paris also? Ich dachte, es ging Ihnen so schlecht, dass Sie ein Weilchen zu Hause bleiben mussten.«

In ihren Augen flimmerte es von den Werbeeinblendungen der Seite. *Memory NEU: Welchem Star gehört welcher Popo?* »Ich …«

»Sie bevorzugen französische Ärzte? Ich möchte um diese Angelegenheit nicht lange herumreden. Hiermit haben Sie eine Abmahnung. Machen Sie ruhig weiter so. Ich bin froh, wenn die unangenehmen Personalentscheidungen wegen der bevorstehenden Fusion mir dermaßen erleichtert werden.« Er drehte den Monitor wieder zu sich und machte sich ein paar Notizen.

Memory: Wer hat sich kürzlich von wem getrennt?

»Es tut mir wirklich leid.«

Er sah sie nicht an. »Das wäre alles. Gehen Sie an die Arbeit, und sehen Sie zu, dass Sie Ihren Termin einhalten.«

Festen Schrittes marschierte sie zu ihrem Platz zurück. Die Gerüchteküche brodelte in ihrem Rücken. Im Büro begrüßte Adrianna sie mit einem Grinsen, während auf ihrem Bildschirm eine schwarz-graue Seite blinkte und flimmerte. Leah ließ sich auf den Bürostuhl fallen. Das Handy auf dem Tisch gab gerade die letzten Vibrationen von sich, um sogleich von Neuem anzufangen.

Sie nahm ab, als das Summen zum vierten Mal ansetzte.

»Ach, wie schön, dass ich Sie endlich erreiche«, flötete Elinor ihr entgegen, »ich möchte keineswegs nerven, aber wären Sie so lieb, mir Kay zu geben – ich weiß, wie aufregend junge Liebe ist, aber er versäumt seit zwei Tagen seine Termine, und langsam gehen mir die Ausreden aus.«

»Er wollte doch kurz verreisen. Vermutlich etwas klären, ich weiß es nicht. Er hat mir …«

»Meine Liebe, wenn er verreist wäre, wüsste ich davon, es ist schon eine Leistung, wenn er seinen Wagen selbst auftankt. Ich buche seine Tickets, seine Hotels … Er ist ganz sicher nicht verreist.« Elinor schwieg einen Augenblick. »Was hat er Ihnen über dieses seltsame Verreisen denn genau erzählt?«

Sie erhob sich langsam, taumelte. Seine Haarsträhne, die sie schon wieder festhielt, zitterte in ihren Fingern. »Ich habe eine SMS von ihm bekommen.«

»Aha!« Mehr sagte die Managerin nicht. Und legte auf.

Bestürzt sah Leah die Haarsträhne in ihrer Hand an. Süß. Kitschig. Wie die duftlosen Rosen an ihrem Krankenbett. Übelkeit stieg in ihr hoch. Das Büro begann sich vor ihren Augen zu drehen. Sie stützte sich an einer Wand ab, suchte Kays Namen in der Nummernliste ihres Handys, rief ihn an. Die Mailbox sprang an. Immer und immer wieder.

»Ist alles in Ordnung?«, zwitscherte Adrianna, fast am Rande ihrer Wahrnehmung.

Das Handy vibrierte erneut. Hektisch ging Leah ran. »Tun Sie ihm nichts …«

»Leah! Ich weiß nicht, was ich machen soll. Ich habe ein so ungutes Gefühl! Du musst sofort nach Hause gehen. Leah! Leah, hörst du mich?«

»Thessa?« Kraftlos ließ sie sich auf den Bürostuhl sinken, stützte sich mit einem Ellbogen auf den Tisch und drückte sich den Ballen der freien Hand gegen die Stirn. »Was ist passiert?«

»Ich weiß es nicht. Ich … Ach, Leah, was soll ich nur tun?«

»Durchatmen, wie immer.« Sie biss sich auf die Unterlippe und bemühte sich, weniger Kratzbürstigkeit an den Tag zu legen.

»Entschuldige. Ich habe nur etwas Stress und weiß nicht, wo mir der Kopf steht. Also, ganz von vorn: Was ist los?«

»Ich bin gerade zu euch nach Hause gekommen, hatte vorher einen Termin, weißt du, und die Eingangstür steht offen. Ich habe mich nur bis zur Schwelle getraut … Was ist, wenn bei euch eingebrochen wurde? Wenn es … du weißt schon … der Mörder ist? Wenn er nach mir sucht? Die Tür steht ja offen!«

Nein. Bitte nicht. »Oder meine Mutter hat es wieder einmal mit der Weihnachtsbäckerei versucht. Erinnerst du dich noch? Die eingeäscherten Plätzchen?«

»Ich habe nach ihr gerufen, aber es ist so still hier.«

Still. Wie ein stummer Schrei auf einer Fotografie. Sie presste die Zähne zusammen. Durchatmen – ein guter Rat. »Manchmal legt sie sich nur hin. Schau nach, ob wirklich eingebrochen wurde.«

Sie wartete. Schließlich ertönte aus dem Handy ein Rascheln, eine Stufe quietschte – die zweite von oben, die zum Vordach führte.

»Der Läufer im Flur ist verrutscht.« Eine Pause. Lautlose Schritte, doch Leah glaubte, jeden einzelnen davon zu spüren. Genau zwölf bis zum Wohnzimmer. »Das Telefon liegt auf dem Boden. Das Display hat einen Riss. Ich … ich habe ein wirklich mieses Gefühl.« Etwas klapperte. »Es wird eine neue Nachricht angezeigt.«

»Spiel sie ab.« Die verkrampfte Hand um das Handy tat weh, doch wenn sie ihre Haltung lockerte, würde das kleine Ding ihren feuchten Fingern einfach entgleiten. »Mutter hinterlässt oft Nachrichten, wenn sie weg will. Vielleicht hat sie vergessen, die Eingangstür abzuschließen.«

»Okay.« Mit einem leisen Klicken schaltete Thessa den Anrufbeantworter ein. »Hier. Hörst du?«

Noch nicht. Noch gar nichts. Nur ein Rascheln oder Rauschen, nur … »Wenn du diese Nachricht abhörst, bin ich vielleicht …« Die leicht verzerrte, weit entfernte Stimme ihrer Mutter, zitternd und stotternd, ein bisschen wie die alte Waschmaschine im Keller, die stets Socken schluckte. Ein unverständliches Murmeln, der Atem ging schneller und schneller. »… Hilf mir … nicht! Nein! …« Ein Scheppern, da der Hörer auf den Boden geknallt sein musste, erneut Stille. Ein stummer Schrei vom Speicherchip eines seelenlosen Geräts, das die ihm anvertraute Angst genauso seelenlos abspielte, wie es sie aufgenommen hatte. Leah schluckte.

»Bist du noch da? Leah?«

»Ja. Ja, ich komme heim.«

»Hier ist noch ein Foto, auf der Telefonanrichte, wo die Station gestanden hat, und …«

»Rühr nichts mehr an! Ich bin so schnell wie möglich da.«

Sie rannte in Mr Bigs Büro. Egal, ob er ihr einen halben Tag freigab oder eine weitere Abmahnung reinwürgte – sie musste weg.

Thessa saß auf den Stufen vor dem Haus, ihr Handy lag wie ein Vogelbaby in ihren zu einer Kehle geformten Händen. »Scheißdreck!« Célines Stimme tönte durch den Vorgarten. »Thess, warum nimmst du nicht ab? Oder hast du wieder vergessen, den Akku zu laden? Ich muss mit dir reden. Un-be-dingt!«

Leah kniete nieder, nahm das Handy und schaltete die Mailbox ab. Wie aus einer Trance erwacht, hob Thessa den Kopf. In ihren Augen zitterten die Tränen. »Meinst du, der Mörder zwingt sie alle, ein paar letzte Worte auf den Anrufbeantworter zu sprechen?«

»Ich weiß es nicht.« Sie legte das Telefon zurück in Thessas Hände, stand auf und ging ins Haus. Der verrutschte Läufer im Flur, zwölf Schritte bis zum Wohnzimmer, noch vier bis zur Telefonanrichte. Sie musste auf das gefasst sein, was sie auf dem Foto erblicken würde. Was auch immer es sein mochte. Doch es war ein goldener Zwillingszeichen-Anhänger, den sie als Erstes sah. Ihre Hand glitt ihren Hals entlang bis in die Spalte zwischen ihren Brüsten, wo genau so einer am Ende des goldenen Kettchens baumelte.

»Céline.« Der Anhänger lag auf dem Foto, das ein halb zerstörtes Anwesen zeigte. Die Umrisse ragten in den Himmel wie in einem weit entfernten Albtraum. Der Geruch nach … verbranntem Holz stieg ihr in die Nase. Plötzlich begriff sie. Erinnerte sich. Das Haus von Pouls Eltern, als diese noch zusammen waren, eine Silvesterparty vor unendlich vielen Jahren, als ihr Stiefpapa noch lebte, ein Brand kurz vor dem Morgengrauen, der die oberen Stockwerke vernichtet und sie alle beinahe in den Tod gerissen hätte.

Sie hielt das Foto in den Fingern, ohne sich bewusst zu sein, dass sie es von der Anrichte genommen hatte, drehte das Bild um. Schiefe Buchstaben, in das Weiß des Papiers eingeritzt.

Es wird enden, wo alles angefangen hat.

34

»Wirst du die Polizei rufen?«

Leah zuckte zusammen. Thessa stand auf der Schwelle wie eine Birke in den Wintermonaten – schlank, groß und von grauen Schatten wie von Schleierzweigen umhüllt. Leah fühlte sich von ihnen beobachtet, von ihnen und von Thessa.

»Du wirst doch nicht die Polizei rufen?«

Das Wohnzimmer wurde enger und enger. Wie ihre Brust, in der das Herz keinen Platz mehr zum Schlagen fand. »Warum nicht?«

Thessa zupfte an ihren manikürten Fingern, dann hob sie einen Arm und zeigte zur Seite in den Flur, rührte sich keinen Millimeter, als Leah sich an ihr vorbei in den Korridor zwängte.

»Warum nicht?«, wiederholte Leah und sah nichts. Zumindest nicht, bis sie in das offene Gäste-WC blickte. Ihre Züge reflektierten auf der Spiegeloberfläche hinter dem großflächig dünn verschmierten Blut. »Brave Mädchen können schweigen« prangte quer über ihrem Gesicht.

Die Mutter hatte über das Verschwinden der Klobürste aus dem Gäste-WC geklagt. Die Mikrowellenabdeckhaube! Sie stürzte in die Küche. Auf dem Tisch lag ein Zettel. Die Buchstaben sprangen hoch und runter, die Linien zitterten auf dem Papier. »Es ist noch etwas vom Hühnerfrikassee übrig geblieben. Mach es dir warm. Mama.«

Sie zerrte am Griff des Kühlschranks. Kein Frikassee. Nur das Haar ihrer Mutter, das lange, seidige Haar ihrer Mutter, in dem nur ab und zu das Grau aufschimmerte; an dem nur ab und zu

Blut klebte. Daneben ein Fleischmesser mit rostfarbenen Flecken auf der breiten Klinge, eine Nachricht: »Zeig mir, wen du am meisten liebst.«

Ihre Mutter?

Oder Kay?

Nein. Ich kann nicht mehr. Ich kann einfach nicht mehr. Ihre Beine drohten nachzugeben. Sie knirschte mit den Zähnen, grub die Fingernägel in ihre Handflächen.

Verdammt! Reiß dich zusammen! Deine Mom braucht dich. Kay braucht dich. Du musst alles im Griff haben, vor allem dich selbst. Jetzt wie noch nie.

Sie sah auf das Foto, das sie noch in der Faust hielt. *Es wird enden, wo alles angefangen hat.* Sie ging zurück in den Flur. So kalt. Ein Wunder, dass ihr Atem keine Wölkchen bildete, um ihren Lippen zu entschwinden. »Ja, keine Polizei.«

Sie stolperte aus dem Haus. Der Fiat der Mutter stand nicht in der Einfahrt. Sie lief die Straße entlang, hin und her zwischen den Verkehrsberuhigungsinseln, bis sie das Auto weiter vorn entdeckte, in der Querstraße, hinter der die Felder begannen. Sie presste ihre Hände, ihr Gesicht gegen eine der Scheiben. Der Schlüssel steckte im Zündschloss. Manchmal vergaß ihre Mutter, richtig einzuparken, manchmal vergaß sie, abzuschließen oder die Schlüssel mitzunehmen.

Leah eilte um das Auto herum und schob sich auf den Fahrersitz. Es gelang ihr beim ersten Versuch, den Wagen zu starten, doch beim Anfahren stotterte sich der Motor leer. Sie rüttelte und drehte am Schlüssel, als die Tür aufging und Thessa ihr den Schlüssel wegnahm. »Meinst du nicht, dass ich besser fahren sollte?«

»Nein. Nein, das ist keine gute Idee.«

»Allein dem Mörder in die Arme zu laufen klingt eindeutig nach einem besseren Einfall.« Sie packte Leah am Arm und zog sie aus dem Auto. »Geh auf den Beifahrersitz. Ich fahre. Ich meine, wenn du mir sagst, wohin.«

Leah gehorchte. Sie musste sich zusammenreißen. Reißen … wie Pergament … wie Daunenflaum vom Federkiel … Sie sah ihn zwischen Pouls Fingern, die zarten Fasern, zu grauen Knötchen zusammengerollt. Sie wusste nicht, warum sie es sah. Dieses eine Federbild. Nur dieses Bild. Kay hätte es gewusst und die Kamera darauf gerichtet. Auf den Auslöser gedrückt.

Hatte der Mörder auch auf den Auslöser gedrückt, als er ihrer Mutter das Haar von der Kopfhaut schnitt? Als er Kay … Nein, sie durfte nicht daran denken. Sie würde ihn finden, und er würde am Leben sein. Sie konnte ihn nicht verlieren. Genauso wenig wie ihre Mutter.

Sie fuhren aus der Stadt. Anscheinend hatte sie Thessa tatsächlich die Adresse genannt. Immer wieder versuchte sie, Kay anzurufen.

Du hast ihn *angerufen, als du* mich *entführt hast, verdammter Mistkerl! Also rede auch mit mir! Rede!*

Die Mailbox.

Es wird enden, wo alles angefangen hat. Es wird enden, wo alles angefangen hat. Es wird enden.

»… wo alles angefangen hat.«

»Was hat dort angefangen?«

… wo alles angefangen hat …

»Leah?«

»Ich … ich bin mir nicht sicher.«

»Der Mörder denkt, du weißt es.«

»Ja. Das denkt er wohl. Es ist … Es war schon vor einigen Jahren. Pouls Eltern waren lange mit meinem Stiefpapa befreundet. Ich kannte Poul schon, als er noch in der Pubertät steckte, seine Haare schwarz färbte und sie nicht schneiden ließ. Vor etlichen Jahren haben wir zusammen Silvester gefeiert, in der Villa seiner Eltern.« *Rede. Rede weiter. Gedanken ordnen, den Kopf freibekommen – das brauchst du jetzt.* »Gegen drei oder vier Uhr nachts sind wir zu Bett gegangen, ich und Céline zusammen in einem Zimmer. Wir sind sofort eingeschlafen. Aufgewacht bin ich von einem seltsamen Gefühl, wie kalte Finger mir über die Wange strichen …«

Ihr Handy piepte. Eine SMS. Sie musste das Telefon mit beiden Händen umklammern, um die Nachricht aufzurufen. Sie musste atmen, um vor Entsetzen nicht zu ersticken.

Das Bild zeigte Kays zerschlagenes Gesicht im Licht einer Taschenlampe, eine Messerspitze, die seine Wange aufritzte und ein Blutrinnsal auffing. Seine Lider waren geschlossen. Der Kopf lehnte an einer Wand. War er noch bei Bewusstsein?

Sie schluckte.

Er lebte. Sie würde nichts anderes denken.

»Leah? Was ist danach passiert? Als du aufgewacht bist?«

Sie zuckte zusammen. Thessa war mit irgendwas im Türfach beschäftigt, während das Auto schon seit einer Weile an einer Baustellenampel hielt.

Leah runzelte die Stirn. »Suchst du etwas?«

»Nein. Nichts.« Beim Anfahren schlingerte das Auto leicht. »Ich meine … Kaugummis. Nur eine alte Gewohnheit. In meinem Wagen habe ich sie dort immer liegen.«

»Pass auf die Straße auf!« Leah holte tief Luft, erzählte weiter. »Im Dunkeln erkannte ich Poul, er beugte sich über mich, und gerade als ich die Augen aufschlug, küsste er mich. Ich stieß ihn von mir, dachte, er hätte mich mit Céline verwechselt. Später habe ich ihn noch lange damit aufgezogen. Dann roch ich es. Den Brand. Ich schrie: ›Feuer!‹ Céline wachte auf. Poul … Ich weiß nicht mehr … Ich lief in den Flur, in den Rauch. Seine Eltern waren auch auf. Seine Mutter packte mich und zog mich nach draußen, alles war so durcheinander. Aber niemand ist ernsthaft zu Schaden gekommen. Nur mein Stiefpapa musste für ein paar Tage ins Krankenhaus. Die oberen Stockwerke der Villa brannten ab. Ich glaube, seine Eltern wollten das Grundstück später verkaufen, aber es liegt so weit außerhalb, dass daraus nichts geworden ist. Dann ließen sich seine Eltern scheiden, und alles ist anscheinend so geblieben wie nach dem Brand.«

»Ich war schon wieder weg, als …«

»Du konntest nicht wissen, dass meine Mutter entführt werden würde.«

»Ich war bei diesem Scout, weißt du. Ein netter Mann mit einem süßen Akzent. Als du in Paris … Jedenfalls schien er von mir angetan zu sein. Ich werde in Sankt Petersburg laufen! Ja, das werde ich …«

Vogelfedern. Pouls Finger. Warum Vogelfedern?

Thessas Stimme brach. »Entschuldige. Es ist wohl nicht der passende Moment, um in Karriereträumen zu schwelgen.«

»Schon okay. Es tut gut, wenn du redest. Wenn ich mich ein wenig ablenken kann.«

Vogelfedern. Silvester. Das Haus war nach langen Monaten zum ersten Mal wieder geöffnet worden. Sie hatte in der Küche, auf der Fensterbank, eine tote Meise gefunden.

Thessa redete. Ihre Stimme hatte etwas von einem Bergquell, der unter einer dünnen Eisschicht weiter und weiter sprudelte. Inzwischen fuhren sie eine Waldstraße entlang. Leah hielt nach einer Einfahrt Ausschau, und schließlich rüttelte sie an Thessas Schulter, als sie einen schmalen Weg, der nur aus zwei Fahrrinnen zu bestehen schien, entdeckte. »Stell das Auto irgendwo ab. Wir gehen den Rest zu Fuß.«

Thessa fuhr ein Stück weiter und parkte den Fiat unter den Bäumen. Leah öffnete die Tür, setzte die Füße auf den Boden und schlitterte in den Straßengraben. Der Wagen stand so schief, dass er beim leisesten Regen sicherlich weggespült werden würde. Wie ein Papierschiffchen, bye-bye, alter Freund. Bye-bye.

Leah kam hoch, steuerte die Einfahrt an und duckte sich unter der Stahlkette hindurch, die quer über den Weg gespannt war. Das Schild »Privatweg – Durchgang verboten« rasselte in ihrem Rücken. Der Matsch schmatzte unter ihren Füßen, fand die Ritzen in den Nähten ihrer Schuhe und drang bis ins Innenfutter. Nach einer Viertelstunde lichteten sich die Büsche und gaben die Sicht auf eine moosbewachsene Steinmauer und eine Kirschlorbeerhecke frei. Das schmiedeeiserne Tor stand einen Spalt offen. Dahinter erstreckten sich die Bauten: eine Garage für mindestens fünf Autos, ein Atelier, in dem Pouls Mutter so gern gemalt hatte, ein Bungalow, der als Schuppen diente, und die ehemalige Pracht – die Villa. Von dem vierstöckigen Gebäude war nur das Erdgeschoss geblieben. Die Decke zur zweiten Etage war an mehreren Stellen eingebrochen, die verkohlten Balken ragten in der Dämmerung wie Marterpfähle empor.

»Wow«, wisperte Thessa hinter ihr. »Es ist genau so, wie ich es mir vorgestellt habe. Céli hat einmal von diesem Feuer erzählt. Dein Stiefvater hatte ein paar Brandwunden davongetragen, nicht wahr?«

»Du wusstest von dem Unglück? Von diesem Ort?«

»Ja, ich sagte doch, Céli hat es mal erwähnt. Und was willst du jetzt machen?«

Mit wem hatte ihre Schwester noch darüber gesprochen? Leah schluckte. Wusste sie tatsächlich … wer sie hier erwarten würde? »Ihn suchen.«

»Und dann?«

»Mit ihm reden. Ich kenne ihn schon so lange, vielleicht kann ich ihn zur Vernunft bringen. Und du bringst meine Mutter und Kay in Sicherheit, sobald es geht. Ganz egal, was mit mir ist, verstanden?«

»Kay …?«

»Thessa, hast du mich verstanden?«

»J-ja. Okay.«

Wo würde er sein? Im Atelier seiner Mutter? Die war gern mit einem Fotoapparat auf Inspirationssuche gegangen. Hatte er die Idee mit den Fotos von ihr?

Oder war er am Teich hinter dem Haupthaus? Im Sommer hatten Céline und sie hier einmal gebadet, als Céline ihr kichernd zugeflüstert hatte, Poul würde sie beide von der Gartenlaube aus beobachten. Hatte dort alles angefangen, als Céline ihren Bikini auszog: He, was denkst du, bringen wir das Poul-Hörnchen auch dazu zu wichsen? Na komm schon, sei nicht so spießig! Spie-ßig. Spie-ßig. Spie…

Sie musste wissen, wo er sich versteckte, was er vorhatte. Wie von selbst trugen ihre Beine sie um das Haus herum. Ein morscher Steg, schwarzes Wasser, etwas Helles, das auf der Oberfläche trieb. Ein Körper. Ein Kind.

Sie lief. Ihre Sohlen trommelten gegen das Holz, die Bretter vibrierten, bogen sich, stöhnten. Hart schlugen ihre Knie auf die Planken. Sie griff ins Wasser, in dieses schwarze, flüssige Eis.

Kein Kind – eine Puppe. Das Wasser troff aus dem Stoffkörper, sickerte durch die Kleidung, rann an ihrer verschwitzten Haut herunter, so sehr drückte Leah den kleinen Leib an sich. »Poul!«, brüllte sie, und ihre Stimme erzitterte über der spiegelglatten Oberfläche des Teichs, verfing sich im Schilf, das am anderen Ufer emporwucherte. »Poul, komm endlich raus! Lass diese Spielchen! Ich bin hier.« Nichts regte sich bei der Gartenlaube, die schief und zusammengesunken den Brombeersträuchern trotzte. »Bin hier …«

Taumelnd kam sie auf die Beine und torkelte zum Ufer. *Reiß dich zusammen! Reißen … wie …*

Seine Mutter hatte gern kleine Vögel gemalt. Die lebten, die davonflattern konnten und nicht zerriebene Federn zwischen den Fingern zurückließen.

Die Puppe fester an sich gedrückt, bog sie um die Ecke. Blieb stehen. Ihre Beine schienen zu fließen, in den Boden, der keinen Halt gab.

Thessas Hände gruben sich wie Krallen in dürre Kinderschultern, hielten ein Mädchen in einem pinkfarbenen Pyjama aufrecht. Mit einem Nicken wies die junge Frau auf die Puppe in Leahs Armen. »Ah, du hast sie gefunden! Das wird die Kleine sicherlich freuen.«

Dieser verstörte Blick …

35

»Thessa?« Ihr Atem stieg in die kalte Luft, in einem sinnlosen Versuch, die Welt mit der jungen Frau darin, die das leblose Mädchen gepackt hielt, auch nur einen Augenblick zu verschleiern. »Thessa, was machst du da?«

»Sie sieht nicht gut aus, meinst du nicht auch? Auch wenn sie schon immer blass und still war.« Die junge Frau trat einen Schritt vor und zog das Mädchen mit sich, dessen nackte Füße über das Kopfsteinpflaster des Hofs schleiften. »Ich weiß nicht, was ich tun soll. Ich kann nicht gut mit Kindern umgehen.«

Ich weiß nicht, was ich tun soll … Etwas von der trügerischen Ruhe ringsumher tief in sich hineinzusaugen und kein falsches Wort, keinen falschen Ton von sich zu geben. Das Warum zu vergessen. Das Mädchen, nur das Mädchen war wichtig. »Thessa, lass die Kleine los!«

»Ich kann wirklich nicht gut mit Kindern auskommen, deshalb bin ich immer gegangen, wenn sie bei Nattie zu Besuch war. In der letzten Zeit immer öfter, ganz ehrlich, an manchen Tagen hatte ich das Gefühl, obdachlos zu sein. Verstehst du? Ich … ich wollte nicht, dass … Was soll ich tun?« Sie drückte die Schultern des Kindes noch kräftiger zusammen.

Leah wagte sich einen halben Schritt vor, dann noch einen. Die Stille ringsherum schien sie mit einem schwarzen Maul zu verschlingen. Die Bauten, die ihre Seele schon längst der Leere geopfert hatten, wirkten plötzlich lebendig, als würden sie wie Leah selbst Schritt für Schritt voranrücken, ohne dass jemand es in der sich viel zu schnell aufsteigenden Dunkelheit merkte.

»Thessa, bitte, tu ihr nicht weh! Wir können über alles reden. Das weißt du. Aber tu ihr nicht mehr weh!«

Die junge Frau zuckte zusammen. »Nicht mehr weh, richtig, nicht mehr wehtun.« Vorsichtig ließ sie das Mädchen auf den Boden sinken. Der kleine Körper in dem zerrissenen Pyjama schimmerte in der Dämmerung wie der tote Leib eines Vögelchens.

Das nie zum Himmel emporsteigen würde.

»Ich … es tut mir leid. Ich wollte es nicht.«

Noch ein halber Schritt. Jetzt war sie so nahe, dass sie Thessas verschmierten Lipgloss sah, die zerwühlten Pixie-Strähnen, die getuschten Wimpern, die den Tränen trotzten. »Ja, das glaube ich dir.«

»Es tut mir wirklich leid. Ich kann einfach nicht mit Kindern umgehen. Aber sie lag dort so allein. In dieser Kammer. Ich … ich dachte, ich muss sie rausholen.«

»Rausholen?«

»Aus der Kammer. Im Haus. Ich habe diese Tür gesehen, und da lag sie. Meinst du, ich hätte sie nicht bewegen dürfen? Ich wollte ihr nicht wehtun, ich wollte es wirklich nicht.«

»Du hast sie gefunden …« Geräuschvoll atmete Leah aus. Sie zwang sich, ihre Finger, die sie in die triefnasse Puppe gekrallt hatte, etwas zu lockern. »Du hast sie nur gefunden.«

Thessa blinzelte mit ihren gestylten Wimpern, die plötzlich nicht mehr so künstlich in ihrem Gesicht wirkten, verzog den Mund. »Was hast du denn gedacht?«

»Ich … Schon gut. Entschuldige.« Ja, was hatte sie denn gedacht? Mit klammen Fingern fuhr sie sich über die Stirn. »Meine Nerven liegen im Moment blank.« Sie wich Thessas verständnislosem Blick aus, musste etwas tun, helfen, kniete neben dem Mädchen nieder und tastete nach dem Puls. Die Ader pochte. Unregelmäßig und schwach wie ein Abschied. »Wir müssen sie sofort in ein Krankenhaus bringen. Nein, du musst es tun. Ich werde weiter nach meiner Mutter und Kay suchen.«

Auch Thessa ließ sich nieder, wollte die Kleine anfassen und zog ihre Hand zurück. »Wir können einen Krankenwagen rufen.«

»Ich weiß nicht, wie lange die brauchen würden, um hierher zu finden. Abgesehen davon – wenn … der Mörder hier Fremde sieht, dreht er vielleicht völlig durch.« Dann wäre ihre Mutter im Handumdrehen tot. Und Kay sicher auch.

»Aber wenn die Kleine stirbt, wenn sie vor meinen Augen stirbt, bevor ich … Ich weiß doch gar nicht, wohin ich fahren soll!«

»Hast du die Halterung an der Windschutzscheibe des Fiats gesehen und darin das Ding mit dem Monitor? Das ist ein Navi. Meine Mutter findet sich nicht einmal in unserer Einfahrt zurecht.« Leah griff nach Thessas Hand. »Ich nenne dir die Adresse des nächsten Krankenhauses, du musst die Kleine einfach hinbringen, so schnell du kannst. Das schaffst du.«

»Ja. Ja, okay.«

»Dann los. Du nimmst das hier.« Sie legte Thessa die Puppe in die Hände, wickelte das Mädchen in ihren Trenchcoat ein und hob es hoch. Die Bewusstlosigkeit schien den kleinen Körper schwerer zu machen, unhandlicher.

Nicht denken. Vor allem nicht daran, ob die Kleine in ihren Armen noch atmete. Sie trug sie fort von diesem furchtbaren Ort, Schritt für Schritt, zurück ins Leben.

Schritt für Schritt, während ihre Muskeln vor Anstrengung zitterten, doch sie traute sich nicht, einmal umzugreifen, das zerbrechliche Wesen mehr als notwendig zu bewegen. Sie strauchelte auf dem unebenen Boden, ihre Sohlen rutschten im Matsch des Weges aus.

Thessa lief neben ihr her. Die Puppe hielt sie kopfüber am Bein, der Rumpf schlug ab und zu gegen ihren Oberschenkel und hinterließ einen schmutzigen, nassen Fleck auf ihrer Jeans. In ihrem Blick glaubte Leah eine lautlose Anklage zu erkennen. Thessas Entrüstung schien zu wachsen, je öfter ihre Füße im Matsch versanken und die verwelkten Grasbüschel ihre langen, schlanken Beine zum Straucheln brachten.

»Na, sag es schon«, seufzte Leah. Durch den Trenchcoat fühlte sie die viel zu zarten Rippen des Mädchens, wenn sie es etwas fester an sich drückte, als könnte sie es mit ihrem Körper wärmen.

Thessa schnaubte. »Was?«

»Was immer du willst.«

Thessas weiße Hand, die in der Dämmerung beinahe gespenstisch wirkte, umklammerte das Bein der Puppe. »Hast du wirklich gedacht, ich stecke dahinter?«

»Nein. Ich meine … für einen Moment vielleicht.« Sie senkte den Kopf. Die losen Strähnen fielen ihr ins Gesicht. In ihren Ohren hallte das Schmatzen nach, das ihre Füße im Schlamm verursachten, der eigene Atem, der immer schwerer wurde. Dazwischen – die Stummheit des Waldes. Als wären alle Geräusche der Welt ausgelöscht. Als gäbe es kein Leben mehr, außer dem bisschen in ihr. »Ich weiß auch nicht, was ich gedacht habe. Es ist einfach die Angst.«

»Der Mörder will uns trennen.« Thessas Stimme wurde hektischer. »Deshalb habe ich das Mädchen finden dürfen. Die Geräusche im Haupthaus gehört, Schritte – es waren Schritte. Und dann die Tür zur Abstellkammer, wie für mich geöffnet. Ich wusste sofort, dass dort jemand lag. Es roch ganz seltsam. Benzin? Ich war wie gelähmt. Ich wollte nicht noch eine Leiche finden, verstehst du? Der Mörder hat mich zu der Kleinen geführt, damit du hier allein bleibst. Du glaubst doch nicht, wir hätten sie sonst so leicht entdeckt, oder? Geh nicht zurück, Leah. Irgendwo dort wartet er auf dich.«

»Er wusste, dass ich komme, und er weiß, dass ich bleibe.«

»Wenn du dich nicht alle halbe Stunde bei mir meldest, rufe ich die Polizei.«

»Thessa …« Sie hielt an, als sie die Absperrkette mit dem Schild vor sich entdeckte, und atmete durch. »Wir sind da.«

Zusammen erreichten sie das Auto. Leah setzte das bewusstlose Mädchen nach vorn und schnallte es an. Der winzige Körper wirkte verloren auf dem Beifahrersitz. Sie legte der Kleinen die Puppe in den Schoß und schaute zu Thessa, die sich hinter das Lenkrad klemmte. »Beeil dich« war alles, was sie noch sagte, bevor sie aus dem Handschuhfach eine Taschenlampe fischte, die Beifahrertür vorsichtig schloss und den Weg zurück einschlug.

Die Scheinwerfer ließen die feuchte Erde vor ihr aufglänzen und etwas weiter – die Silhouette eines zweiten Wagens, der zwischen den Bäumen geparkt stand. Die Motorgeräusche des Fiats rumorten, scheuchten die Stille des Waldes jedoch nicht auf, sondern wurden nach einer Weile von ihr verschlungen – das Auto verschwand in der Ferne.

Leah hatte sich immer noch nicht bewegt. Das Licht ihrer Taschenlampe huschte über die Karosserie des anderen Wagens, der von den Bäumen größtenteils verdeckt wurde. Sie traute sich ein Stück vor.

Sie war auf Pouls teuren Schlitten gefasst gewesen, aber wo kam dieser Renault her? Und was bedeutete das für ihr Vorhaben?

Vermutlich nichts.

Sie ging zurück, tauchte unter der Absperrung hindurch und machte sich auf den Weg zur Ruine der einstigen Villa. Der Lichtkegel ihrer Taschenlampe tastete den Boden ab und verfing sich ab und zu im Gebüsch, das zu beiden Seiten des Weges emporwucherte. Das Geräusch ihrer eigenen Schritte ließ sie sich immer wieder umdrehen und nach hinten spähen. Sie ging schneller, obwohl sie niemanden sah, egal, wie oft sie sich umblickte.

Irgendwo knackte ein Ast.

Ein Reh?

Sie lauschte, eilte weiter und hörte wieder ein Knacken, rechts hinter ihr.

Vielleicht nur eine Einbildung.

Sie lief.

Bald sollte das Tor auftauchen, die Mauer, die verlassenen Bauten … Verdammt, wie lange noch? Der Lichtschein hüpfte hektisch vor ihr hin und her. Sie sah kaum noch etwas.

Das Tor?

Der Weg machte eine sanfte Biegung. Sie rannte schneller, stolperte über einen abgebrochenen und in den Matsch getretenen Ast, rappelte sich auf und rannte weiter.

Das Tor.

Starke Arme rissen sie zur Seite. Die Kälte schnitt ihr in die Lunge, als sie den Mund zum Schrei aufriss, ehe sich eine große, kräftige Hand auf ihre Lippen legte und jeden Laut erstickte.

Nicht Pouls Hand.

»Schön, dass wir uns endlich von Angesicht zu Angesicht sehen. Und nicht nur von Angesicht zu meinen … Socken.«

Nick Milla! Daher das fremde Auto.

Ihr Wimmern wurde von seiner Handfläche verschluckt.

36

»Wenn du mir versprichst, nicht zu schreien, lasse ich dich los.« Sein Flüstern tastete sich ihren Hals entlang und bescherte Leah Gänsehaut. Sie biss die Zähne zusammen, um nicht erneut aufzuwimmern, und zwang sich zu einem Nicken.

Sein Griff lockerte sich. Vorsichtig gab er ihren Mund frei, jeden Moment bereit, wieder zuzupacken. Ihre Lippen fühlten sich taub an vom Druck seiner Finger. Auf der Zunge schmeckte sie Blut, anscheinend hatte sie hineingebissen, als er sie überfallen hatte.

Nick. Also doch – Nick. Was führte er im Schilde, er, Kays bester Freund? Worum ging es ihm wirklich? Das Puzzlebild, das sie sich so sorgfältig zurechtgelegt hatte, zersprang. Die einzelnen Teilchen wirbelten in ihrem Verstand umher. Sie begriff absolut nichts mehr, und die Panik machte es ihr nicht gerade einfacher, klarer zu denken.

»Ruhig, ruhig.« Fast gutmütig stieß er sie in den Rücken. »Du kommst erst einmal mit. Keine Dummheiten, ja?«

»Was wollen Sie von mir?« Ihr Wispern kratzte in ihrer Kehle, der metallische Geschmack des Blutes machte sie schwindelig. Sie sah ihn an, als würde es noch etwas bringen, sich seine Züge einzuprägen. Sein hellblondes Haar behauptete sich gegen die Nacht. Sogar in der Dunkelheit fiel ihr auf, dass sein Gesicht zwar männlich definiert, aber nicht grob wirkte. Es imponierte, erweckte Vertrauen. Nur nicht in ihr. Am liebsten hätte sie es ihm zerkratzt. Wenn Thessa ihr nur ihre French-Nägel ausgeliehen hätte. »Was wollen Sie?«, wiederholte sie mit Nachdruck.

»Für dich – nur das Beste. Aber ich fürchte, das wirst du mir nicht glauben, hab ich recht?! Gehen wir ein Stück. Und reden erst dann.«

Seine Hand lag zwischen ihren Schulterblättern und schob sie mit sanftem Nachdruck weiter. Die Taschenlampe, die sie mit der Hand umklammerte, leuchtete auf den Boden vor ihren Füßen. Die Erde klumpte an ihren Schuhen.

Nachdenken … Sie musste nachdenken …

Sie hörte seine Schritte hinter sich, die sie antrieben, und wagte dennoch nicht, ihn anzusehen. Ihr Sichtfeld schien auf das bisschen reduziert zu sein, das von ihrer Taschenlampe beleuchtet wurde. Erneut stolperte sie über den Ast, der ihr schon kurz zuvor zum Verhängnis geworden war. Ein waghalsiger Gedanke jagte ihr den Schweiß auf die Haut.

Sie nahm die Lampe in die linke Hand, stolperte wieder, diesmal mit Absicht, und fiel in den Matsch. Zwischen ihren Fingern quoll eisiger Schlamm hervor. Mit der Rechten tastete sie umher, griff nach dem Ast. Sofort spürte sie ihren Gegner über sich, seinen Griff an ihrem Arm. »Mann, Mann … Du hältst dich ja kaum auf den Beinen.«

Er zog sie hoch. Sobald sie sicher stand, fuhr sie herum und drosch ihm mit dem Ast auf den Kopf. Er stieß einen kurzen Aufschrei aus, ging in die Knie, und sie schlug noch einmal zu, obwohl er seinen Kopf mit den Armen zu schützen versuchte und ihr etwas zurief. Sie schlug wieder und wieder zu, schlug ihm auf die Hände, den Rücken, den Nacken, schlug, bis er auf dem Boden lag. Erst dann schleuderte sie den Ast beiseite und stürzte in den Wald.

Ihre Füße verfingen sich in den Wurzeln und Grasbüscheln, doch sie erlaubte sich nicht, auch nur für eine Sekunde haltzumachen. Ihr Atem rasselte in der Kälte der Nacht. Die Zweige peitschten ihr ins Gesicht und zerrten an ihren Haaren; sie stieß gegen Baumstämme, strauchelte und lief weiter, ohne dass es für sie vorne und hinten, oben und unten gab. Bloß weg.

Der Lichtstrahl der Taschenlampe hüpfte wild hin und her, erhellte hier und da das Gestrüpp, das seine Geisterfinger nach ihr auszustrecken schien. Sie fiel.

Der Atem – ihr eigener, das Rauschen des Blutes in ihren Ohren …

Schritte. Er folgte ihr.

Hastig schaltete sie die Taschenlampe aus. Sehr schlau, als würde das etwas bringen, wenn sie mit der Grazie einer entgleisenden Dampflok durch das Dickicht brach. Er konnte sie zwar nicht mehr sehen, aber immer noch hören.

Ihr Atem. Sie musste still sein.

Die Luft.

Ihre Lunge schmerzte. Sie würde ersticken. Oder sterben, mit abgeschnittenen Lidern, wie Céline – nackte Augen, die in die Welt starrten –, sobald sie ihren Mörder mit ihrem Keuchen angelockt hatte.

»Leah.« Es klang ruhig und nachsichtig, irgendwo ganz nah – viel zu nah.

Nicht atmen. Bloß nicht atmen.

Lieber ersticken.

»Leah. Ich werde dir nichts tun. Ich verspreche es.« Seine Stimme lockte, eine friedliche, Vertrauen einflößende Stimme.

Sie kauerte sich am Boden zusammen, machte sich so klein wie möglich. Er war nicht Poul. Mit ihm würde sie nicht fertig werden.

»Leah. Ich bin hier, um dir zu helfen. Du hast nichts zu befürchten.«

So nah.

Sie biss sich auf die Unterlippe.

Hatte Céline ihm von diesem Ort erzählt? Natürlich, wer

sonst. Der Ort, an dem alles angefangen hatte – aber was genau? Meinte er damit das Geheimnis ihrer kleinen Schwester, die Tatsache, dass sie hier ihre Jungfräulichkeit verloren hatte? Aber nicht mit ihm. Machte ihn das so verrückt?

Céline, Céline … warum hast du nur immer die falschen Typen verführt?

Seine Schritte raschelten durch das Laub. Nur wenige Meter entfernt.

Céline, dachte sie. *Céline* …

Während er immer wieder ihren Namen in die Dunkelheit flüsterte. Leah, Leah … Ich will dir nichts tun … Leah … Er entfernte sich.

Leah …

Sie wartete noch eine Weile, bis sie wirklich nichts mehr von ihm hörte. An einem Baumstamm zog sie sich hoch.

Wie viel Zeit hatte sie, um zur Villa zurückzukehren, ihre Mutter und Kay zu finden und von hier zu verschwinden oder zumindest sich zu verstecken, bis Hilfe kam? Wie lange würde er nach ihr suchen?

Sie sah sich um. Aber es gab nur den Wald, die Nacht und irgendwo – ihren Verfolger. Sie verließ sich auf ihre Intuition und ihren hoffentlich noch vorhandenen Orientierungssinn und bahnte sich einen Weg durch das Dickicht. In der zähen Dunkelheit verlor die Zeit jegliches Maß. Sie wusste nicht, wie lange sie durch den Wald irrte, bis sie gegen die Steinmauer stieß, die das Grundstück von Pouls Eltern umgab. Sie tastete sich daran entlang zum Tor, lauschte. Wartete er bereits auf sie?

Als sich nichts regte, eilte sie zum Haupthaus und betrat die Eingangshalle. Der Keller, natürlich! Dort musste sie hin, durch den leisen Geruch von … Hatte Thessa Benzin erwähnt? Sie ging zum Durchgang in die Küche und blieb vor einer Tür auf der rechten Seite stehen. Eine Treppe, Stufen, die ins Nichts führten, in dem sich sogar das Licht ihrer Taschenlampe verlor. Vielleicht tappte sie in eine Falle. Vielleicht würde die Tür zugeschlagen werden, sobald sie hineinging, und nicht mehr aufgehen, egal, wie lange sie mit den Fäusten dagegentrommeln und um Hilfe rufen sollte, bis die Kälte und die Dunkelheit das letzte Quäntchen Widerstand aus ihr gepresst hatten.

Sie setzte erst einen Fuß auf die oberste Stufe, dann den zweiten. Langsam begann sie den Abstieg.

Alles still.

So still, dass sie hätte schreien mögen.

Sie ließ den Lichtkegel suchend durch den Raum wandern, bis er auf eine Gestalt in einer Ecke fiel.

»Mama!« Leah eilte zu ihr, legte ihr eine Hand auf die Wange, hob den kahl geschorenen Kopf etwas an. »Mama!«

Die Lider erzitterten. Ein Lächeln ließ das auf dem Gesicht angetrocknete Blut zerbröseln. »Du bist gekommen.«

»Ja. Ja, ich bin gekommen.«

Sie hörte ein Stöhnen. Kaum wahrnehmbar. Aber nicht das ihrer Mutter.

Leah schluckte. Der Lichtkegel ihrer Taschenlampe huschte zum anderen Ende des Raums, zu der Tür, die früher zur Werkstatt von Pouls Vater führte.

Ihre Mutter schluchzte. Der wund geschorene Kopf zitterte wie der eines Wackeldackels auf der Ablage eines Autos. »Du bist seinetwegen gekommen. Ich weiß, ich weiß.«

»Kay? Ist er hier?«

Wieder ein Stöhnen, eindringlicher, warnender.

Ihre Mutter schluchzte erneut, zog die Beine an und drückte das Gesicht gegen die Knie. »Na, geh schon! Lauf zu ihm! Du brauchst ihn mehr als mich.«

»Mama …«

»Geh!«

Leah stand auf. Langsam näherte sie sich der Werkstatt und leuchtete hinein. Ihre Kehle wurde eng. Kay!

Sie lief hin und sank vor ihm zu Boden. Seine Hände waren mit einem Kabelbinder, der sich tief in sein Fleisch fraß, an ein Rohr gefesselt.

»Kay …«

Nur mit Mühe schüttelte er den Kopf und stöhnte durch das Klebeband. Mit zittrigen Händen befreite sie seinen Mund.

»Falle …« Seine Stimme wie ein müder Schatten, jedes Wort eine Anstrengung. »Lauf. Es ist eine Falle.«

»Zeig mir, wen du noch liebst.« In ihrem Rücken krachte die Tür zur Werkstatt zu.

37

Leah rannte hin und warf sich mit ihrem ganzen Gewicht gegen die Tür. Deren Unterkante schabte über den Boden. Ein Spalt entstand, bis das, was von der anderen Seite darunter geklemmt sein musste, keinen Millimeter mehr nachgab.

»Mama!«, rief sie und trommelte gegen das Holz. »Mama, bist du da? Was ist passiert? Hilf mir!«

Sie konnte eine Hand in die Schwärze hinter der Tür tauchen wie in den Teich hinter dem Haus, vergeblich bemüht, etwas darin zu erfassen.

»Mom?«

Die Schwärze spuckte ihr bloß ein leises, rhythmisches Kratzgeräusch entgegen, als würde jemand mit einem Streichholz kämpfen, das kein Feuer fangen wollte. Leah trat zurück. Die Tür schabte erneut über den Boden, und der Spalt schloss sich.

Ihre Taschenlampe lag noch bei Kay. Das Licht streifte seine Füße, den Staub auf dem Boden, die Ecke eines Werkzeugschrankes am anderen Ende des Raums, Regale, ein paar Bretter. Sie hob die Lampe auf und durchwühlte die Schubladen, die nichts hergaben außer einer rostigen Zange, die nicht mehr aufging, ein paar Nägeln, Sandpapier und einem abgebrochenen Stück Sägeblatt einer Laubsäge. Mit dem Daumen prüfte sie die Zacken, kniete sich vor Kay und setzte es an dem Kabelbinder an. Die Fessel hatte seine Hände anschwellen lassen, die Finger fühlten sich kalt und schlaff an. Er hob sein Gesicht zu ihr, hielt die Lider jedoch geschlossen. »Sie … sie hat gesagt …« Es machte ihm sichtlich Mühe, seine zerschlagenen Lippen zu bewegen. »Sie wollte, dass ich … vorbeikomme. Zum Kaffeetrinken.«

»Scht, nicht reden.« Das Sägeblatt rutschte ab und riss seine Haut am Arm auf. Er zuckte nicht einmal zusammen, nur sein Kopf schwang gegen die Wand, als wäre er zu müde, um noch Schmerzen zu empfinden.

Blut rann in einem dunklen Rinnsal zu seinem Ellbogen. Leah blinzelte sich die Tränen aus den Augen und setzte die Zacken wieder an. Ihre Hände zitterten. Sie umklammerte das Sägeblatt fester.

»Sie hat gesagt … sie möchte mich näher kennenlernen … da du und ich …« Seine Stimme klang verwaschen, wie unter Wasser. Erneut musste Leah blinzeln, um die Realität zurückzuholen und nicht in der kalten Tiefe zu versinken, alles aufzugeben und einfach nur mit ihm zusammen zu sein.

»Du kannst es mir später erzählen. Erst einmal muss ich sehen, wie ich uns hier rausholen kann.« Der Kabelbinder platzte unter dem letzten Druck. Kraftlos rutschten seine Arme hinunter. Ohne Halt drohte er jeden Moment umzukippen. Sie fing seinen Körper auf und half Kay, sich bequemer hinzusetzen, sodass die Wand ihn im Rücken stützte. Sein Atem ging schwer, stoßweise. Dazwischen – die Worte, der Kampf um jedes einzelne davon: »Sie … sie hat gesagt, Céline hätte …«

»Nein, nicht reden«, flüsterte Leah und strich ihm das Haar aus dem Gesicht. »Bitte, du musst deine Kräfte schonen.«

»Leah?«, kam es gedämpft und leiernd von der anderen Seite der Tür. »Leah, wo bist du, Kleines? Zeig mir … wen du tatsächlich liebst. Oder hat dich sein Glanz so verblendet? Deine Seele gänzlich verdorben?«

»Mama!« Leah sprang auf die Beine. Wieder lief sie zur Tür und stemmte sich mit einer Schulter dagegen. Der entstehende Spalt war nun schmaler, doch die Dunkelheit dahinter nicht mehr so durchdringend wie zuvor. Ein zaghafter, flackernder Schein erhellte die Wand, an der ihre Mutter gehockt hatte. Ein Schatten bewegte sich auf Leah zu.

Sie wich ein Stück von dem Spalt zurück, ohne die Tür loszulassen. Ihr Herz krampfte, als der Schatten näher auf sie zukam.

Die Silhouette ihrer Mutter tauchte auf. In der Hand schwenkte sie eine Gartenlaterne mit einer großen Kerze darin.

»Ja, unsere Céline. Das kleine Monster.« Sie nickte mit ihrem kahlen Schädel. Die Blutspuren hatten eine hässliche Kruste gebildet, die übrig gebliebenen Haarbüschel ragten wie der verdorrte Lavendel hinter der Terrasse empor. »Ich musste es tun. Céline wollte dich mir wegnehmen, dir alles erzählen.«

»Mama?« Sie schob sich noch ein Stück weiter in Richtung Türangel. Ihre Schulter schmerzte, so fest musste sie gegen die Tür drücken, um den Spalt offen zu halten. »Was redest du da?«

»Du hast ihn umgebracht, hat sie geschrien, mir ins Gesicht, du hast ihn umgebracht. Was hätte ich machen sollen, wie nur die Frevler verstummen lassen? Ich wollte doch nur etwas Ruhe für uns.«

»Wen …« … umgebracht? Der Rest wollte ihr nicht über die Lippen kommen.

»Richard.« Die Mutter stellte die Laterne auf den Boden. Das Geräusch, das die Metallfüßchen dabei verursachten, hallte unangenehm hart unter dem Kellergewölbe wider.

»Stiefpapa?« Leah presste sich mit dem Rücken gegen die Tür, ihr Hinterkopf schlug gegen das Holz. Ihr Stiefpapa. Umgebracht.

Sie sah Kay an. Diesmal erwiderte er ihren Blick, versuchte, auf die Beine zu kommen, und glitt kraftlos in die Knie.

Tränen. Nun sank sie endgültig unter Wasser, allein, auf den kalten Grund. »W…warum?« Verschwommen sah sie die Gartenlaterne, die Kerze, die kleine, zittrige Flamme.

In den Tiefen des angrenzenden Raumes plätscherte etwas auf den Boden. Dann tauchte ihre Mutter wieder im Türspalt auf. Dieses Mal trug sie ein bauchiges Einmachglas in den Händen. Es roch nach Benzin. »Ich liebe dich, Leah. Gut solltest du es haben, sodass es dir an nichts mangelt. Und Richard … Er konnte uns alles bieten. Aber du und ich – das reichte ihm nicht.« Sie senkte den Kopf. Ihr Blick schien im Benzin zu schwimmen, während sie die Dämpfe einatmete. »Jede Nacht hat er mich genommen, jede Nacht, bis er endlich bekommen hat, was er wollte. Aber auch das war ihm zu wenig.« Ruckartig warf sie ihren Kopf zurück. »Bald wollte er mich loswerden, sagte, ich bräuchte eine Betreuung … Depressive Störungen, so nannte er es. Ich könnte mich nicht um seine Töchter – seine Töchter! – kümmern. Er wollte mich von dir trennen. Ich musste etwas tun.«

»Der Schlaganfall …«

»Der Brand. Hier. Aber das Feuer wurde zu früh entdeckt.«

Oh Gott! Für einen Moment schloss Leah die Augen. Sie musste schlucken, doch ihr Mund gab keine Spucke her. Ihre Mutter – unmöglich! Das konnte einfach nicht sein. Céline war doch ihre Tochter gewesen, und der Stiefpapa … hatte sie alle geliebt. »Und der Schlaganfall?«

Die Mutter presste das Glas fester an die Brust. Das Benzin darin schwappte fast bis zum Rand. »Der wurde uns vom Schicksal geschickt, Kleines, damit wir, du und ich, von ihm frei sein konnten. Ich musste nur dafür sorgen, dass er sich nicht erholte. Diesmal ließ ich mir Zeit, um alle Eventualitäten zu bedenken und es vorher auszuprobieren. Den Hund, den hatte ich nie gemocht. Es war nicht schade um ihn.«

»Und Céline hat es rausgefunden? Deshalb musste sie sterben? Mama! Wie konntest du? Sie war deine Tochter!«

Meine Schwester … Mein hässliches Entlein, das sich Freiheit wünschte und diese auch mir schenken wollte.

»Er hat mich genommen, jede Nacht hat er mich genommen, bis ich diesem Biest das Leben schenken musste. Vom ersten Augenblick an wusste ich, dass ich ein kleines Monster zur Welt gebracht hatte. Du bist meine Tochter, Leah. Du allein.«

»Nein. Das bin ich nicht.« Die Fotos. Wie ein Wirbel rauschte das Grauen durch ihren Verstand. Sie musste all ihre Kraft aufwenden, um sich noch gegen die Tür zu stemmen und nicht zusammenzubrechen. Um noch imstande zu sein, diese Frau anzusehen. »Wie konntest du ihr nur … all das antun … Die Bilder …«

»Kamen mir gelegen. Sie wollte, dass du mich verlässt. Wie hätte ich das ertragen sollen? Nach ihrem Tod dachte ich, dass alles endlich wieder in Ordnung sei. Ich hatte dich. Du warst bei mir. Bis …« Ihre Finger verkrampften sich um den Rand des Glases. »… der da aufgetaucht ist.«

»Kay.« Leah grub die Zähne in die Unterlippe. Ein Name wie ein bisschen Hoffnung, tief in ihr. Ein Name, auf den sie kein Recht mehr hatte. »Deshalb wolltet du den Verdacht auf ihn lenken? Und der Überfall – das hast du dir selbst angetan?«

»Was sind schon Schmerzen im Namen der Gerechtigkeit? Um dir das Herz für die Liebe deiner Mutter zu öffnen? Du durftest nicht mit ihm zusammen sein. Aber er hat dich umgarnt. Ihr wolltet zusammenziehen!«

»Mama …« Sie musste sich zu diesem Wort zwingen. Auf die Frau einreden, sie zur Vernunft bringen. Sie musste Kay hier rausholen, irgendwie. »Ich hätte dich doch nicht im Stich gelassen. Ich wäre da gewesen, wenn du mich gebraucht hättest …«

»Du hättest mich besucht!« Die Mutter streckte die Arme aus, hob das Glas und goss sich das Benzin über den Kopf. Ihre Lippen standen offen, die Augen hatte sie weit aufgerissen. Die Flüssigkeit füllte ihren Mund, rann das Kinn entlang und tränkte ihre Kleidung. »Du hättest Poul mögen sollen. Poul hätte dich mir nie weggenommen. Besucht! Nein, Leah. Zusammen müssen wir sein. Leah und Lucia. Verstehst du?«

»Was wolltest du mit Nathalies Tochter? Warum dieses Kind?«

»Ein Fehler.«

»Ein Fehler?«

»Weißt du noch, wie wir früher zusammengesessen, wie ich dir stundenlang die Haare gebürstet habe? Ich wollte dich zurückhaben. Aber sie war nicht du.«

»Du brauchst Hilfe«, entfuhr es Leah. Sie biss die Zähne zusammen. Nein. Das war falsch. Wenn sie Kay hier rausbringen wollte, musste sie mitspielen. Diese Frau verstehen, ihr geben, was sie sich wünschte. »Ich hab dich lieb. Ich hätte dich nie verlassen, wenn du es mir bloß gesagt hättest.«

»Ich kann nicht ohne dich. Du bist alles, was ich habe. Wer hat das Recht, sich zwischen uns zu stellen, die Liebe von Mutter und Tochter zu stören?«

»Ich weiß. Ich verstehe das jetzt. Niemand wird sich zwischen uns stellen.«

»Nur du und ich, so wird es sein. Bis in alle Ewigkeit.« Die Haut glänzte von der Flüssigkeit, als ein Lächeln ihre Lippen spannte.

Mit jedem Atemzug sog Leah immer mehr von dem beißenden Geruch ein. »Mach die Tür auf. Bitte.«

»Alles wird gut, Leah. Niemand wird dich mir mehr nehmen können.« Sie beugte sich zu der Laterne hinunter, öffnete die Tür und holte die Kerze heraus.

»Nein!« Mit der flachen Hand schlug Leah gegen das Holz. »Tu es nicht! Du hast gesagt, du möchtest, dass wir zusammen sind. Ich werde bei dir bleiben, hörst du, nur stell diese Kerze wieder hin!« Sie presste die Wange gegen die Tür. *Lass Kay gehen … Lass ihn frei …*

Mit der Kerze vor der Brust näherte die Mutter sich dem Spalt.

»Mama, bitte!« Leah starrte die Flamme an. Auspusten? Zu nah an der benzingetränkten Kleidung. Schon der leiseste Zug konnte ein Feuer entfachen.

»Es wird enden, wo alles angefangen hat, hier und jetzt. Wir werden fortgehen, wo uns niemand mehr finden wird.«

Die Flamme zitterte. Noch ein wenig, und die kleine Zunge würde über den Stoff lecken.

»Mama, bitte! Stell sie zurück!«

»Du und ich, Leah. Für immer. Zeig mir, dass du es willst.« Sie führte die Kerze zum Mund und atmete die Flamme ein.

In Sekundenschnelle erfasste das Feuer ihren Körper. Ihr Mund schrie, schrie die pure Glut aus.

38

Der Luftzug aus geballter Hitze wehte Leahs Haare nach hinten und trocknete ihre Tränen. Das Feuer schien heiß in ihren Augen zu tanzen. Die Glut drohte, ihre Haut zu versengen, als sie von dem Spalt weggezogen wurde. Die Tür ging zu. Leah stürzte. Irgendwohin, als würde alles um sie herum emporlodern, während sie fiel, fiel, fiel …

In Kays Umarmung.

Ihr Kopf schlug auf seine Brust. Leah rollte sich von ihm herunter, tastete umher, um Halt zu finden und zumindest auf alle viere zu kommen. In der Nase – der Geruch nach verbranntem Fleisch, derselbe Geschmack auf der Zunge. Bloß nicht die Lider zumachen, keine Sekunde lang. Nicht sehen, wie ihre Mutter brannte.

Sie kippte doch noch zur Seite und blieb auf dem Boden liegen. Regungslos. Stumm. Vielleicht auch nicht. Vielleicht schrie sie, wie alles in ihr schrie, über die leise Stimme hinweg, die nach ihr rief.

»Leah. Leah …« Kay drückte sie an sich. Schützend deckte er ihren Körper mit seinem und ein klein wenig hilflos – wie ein Schiffbrüchiger, der mit letzter Kraft nach einem Stück Treibholz griff.

Erst jetzt merkte sie, wie sie unter ihm bebte. Fast krampfhaft zuckten ihre Muskeln. Aber sie weinte nicht, keine Tränen spülten den Schmerz aus ihren Augen.

»Leah. Sieh mich an. Leah!«

Im Lichtstrahl der Taschenlampe sah sie die Rauchschwaden,

die durch die Ritze unter der Tür hereinkamen und den Raum mit ihrem Wabern füllten.

»Leah!« Sie zuckte zusammen, obwohl er ihren Namen nur geflüstert hatte. Langsam drehte sie den Kopf und sah ihm ins Gesicht. In das Grauen, das ihre Mutter ihm angetan hatte. Jede Schwellung, jeder Bluterguss klagte sie an, als wäre sie es gewesen, die Hand an ihn gelegt hatte. »Es …« *… tut mir so leid.* Sie konnte es nicht einmal sagen. Als wären die Worte aus Rauch gewoben, der ihre Kehle reizte und sie zum Würgen brachte.

»Nicht doch.« Er legte seine Hand auf ihre Wange, tastete mit steifen Fingern über ihr Gesicht, die Nase, die Lippen, über all die Stellen, die er einst geküsst hatte. In der Dunkelheit konnte sie seine Züge nur erahnen. »Das Fenster über uns – siehst du es?«

Stumm hob sie den Blick. Eine schmale Öffnung in der Wand, mehr nicht. Ihre beiden Leben, die hindurchpassen mussten. Oder von den beißenden Schwaden davongetragen würden.

»Die Zange. Im Werkzeugschrank.« Ihre trockenen, rissigen Lippen schmerzten bei jedem Laut.

Er lehnte seine Stirn gegen die ihre. »Gut.«

Sie versuchte, auf die Beine zu kommen, taumelte. Er stützte sie. Ein Atemzug – und schon schüttelte der Husten sie. Sie hörte, wie das Holz der Tür unter den Flammen knackte und stöhnte, kroch zum Werkzeugschrank, zog sich an der Schublade hoch und wühlte darin herum, bis ihre Finger gegen die Zange stießen. Der Weg zum Fenster kam ihr unendlich weit vor. Die Schwaden füllten den Raum aus, raubten ihr den Sauerstoff.

Mit ganzer Kraft warf Leah die Zange gegen das Glas. Es knirschte, hielt aber stand. Leben. Da draußen. Das Sein ohne Atem hier drin. Sie blickte zu Kay, der auf dem Boden nach Luft rang.

Wieder schleuderte sie die Zange empor. Wieder und wieder. Das Glas splitterte. »Wir schaffen es.«

Der Husten schien ihre Kehle aufzureißen. Sie presste den Saum ihres Pullovers gegen das Gesicht, kniete vor Kay nieder und legte auch ihm einen Teil seines Hemdes über Mund und Nase. »Bitte, gib nicht auf! Du musst jetzt aufstehen.«

»Ja.« Sie hörte ihn kaum, spürte aber die Bewegung seiner Lippen an ihrer Handfläche.

»Du musst dich anstrengen. Ein letztes Mal. Bald ist es vorbei.«

»Ja.« An der Wand zog er sich hoch. »Du zuerst.«

Mit beiden Händen packte er sie an der Hüfte und hob sie dem Fenster entgegen. Seine Arme zitterten vor Anstrengung. Leah griff nach draußen. Die nächtliche Kälte streifte ihre ausgestreckten Finger. Kay taumelte. Sie streckte sich, spannte jeden einzelnen Muskel an. Ihre Fingernägel bohrten sich in die Erde, pflügten durch den Schlamm, vergeblich nach Halt suchend. Noch ein bisschen …

Mit letzter Kraft schob Kay sie höher. Die im Rahmen stecken gebliebenen Scherben rissen ihren Pullover auf und schabten über ihre Haut. Sie wand sich Stück für Stück durch die schmale Öffnung. Die kalte Luft spülte den Geruch des Rauchs aus ihrer Lunge. Ihre Hand griff nach einem Grasbüschel. Sie zerrte daran, zog sich weiter voran, zwängte ihren Oberkörper nach draußen. Fast. Geschafft. Erschöpft presste sie sich mit einer Gesichtshälfte in den Matsch, während ihr Becken noch im Fensterrahmen feststeckte.

Fast.

Sie robbte weiter, bis das Haus sie endlich freigab, sie sich auf den Rücken wälzte, den Himmel über sich sah.

Geschafft.

Sie wandte sich um. Aus dem Fenster stieg der giftige Qualm empor und schraubte sich gen Wolken.

»Kay?« Sie steckte einen Arm in die Öffnung. Atmete wieder den Rauch ein, die brennenden Augen zusammengekniffen. »Kay!«

Die raue Wand. Seine ausgestreckten Finger. Endlich.

Mit seinem Daumen strich er über ihren Handrücken. »Ich liebe dich.«

So klar seine Worte. So erschreckend klar.

»Komm, jetzt du. Ich helfe dir. Ich weiß, dass wir das schaffen!«

»Ich liebe dich.«

Sie wollte es nicht hören. Kein Wort mehr! Nein. Hilflose Wut schnürte ihr die Brust zusammen. »Das kannst du mir auch später sagen, verdammt!« Sie packte sein Handgelenk. »Mach schon!«

»Es wird kein Später geben.«

»Kay, bitte, komm jetzt.«

»Ich werde nicht da durchpassen.«

Sein Handgelenk entglitt ihr.

»Kay!«

Nichts als die raue Wand, Scherben, die ihr den Arm aufschnitten, Rauch … Sie rief nach ihm, tastete umher. Warum antwortete er nicht? Verzweiflung stieg in ihr hoch. Sie durfte ihn nicht verlieren. Nicht so!

Noch fester biss sie sich auf die Unterlippe, kam auf die Beine und torkelte zum Vordereingang. Es gab nur einen einzigen Weg: Sie musste die Tür, die ihre Mutter irgendwie verkeilt hatte, öffnen und Kay über die Treppe aus dem Keller holen. Sie hoffte, sie hätte noch Kräfte dazu.

Der Rauch schlug ihr entgegen, sobald sie die Eingangshalle betrat. Überall loderten Flammen empor, die Hitze presste ihr den Schweiß aus allen Poren, raubte ihr den Atem. Die Mutter hatte anscheinend auch im Erdgeschoss Benzin verschüttet. Sie kniff die Augen zusammen, tastete sich vorwärts. Rauch … in ihrer Kehle, in ihrem Kopf … Er benebelte ihre Sinne, ließ sie die Orientierung verlieren. Blindlings stolperte sie vorwärts, fiel, nur um wieder aufzustehen und weiterzugehen.

Jemand packte sie von hinten. Sie schrie auf, wehrte sich, kam jedoch nicht gegen ihren Angreifer an. Sie spürte, wie sie nach draußen geschleppt wurde, wie ihr Protest schwächer wurde, wie ihre Kräfte sie verließen.

Die frische Luft kühlte ihren Kopf. Schlaff hing sie in den Armen ihres Angreifers und hustete sich den Rauch aus der Lunge, wurde umgedreht, angeschrien.

»… verstehst du mich?«

Sie schüttelte den Kopf, hustete und würgte. Sah vor sich ein Gesicht: feine Züge, besonders die Nase, ein wenig zu perfekt, dazu ein deutlich definiertes Kinn mit einem Grübchen, in dem sich die Schatten der Nacht fingen. Nick. Nick Milla. Was … was machte er hier?

Im Moment schleifte er sie davon und redete auf sie ein. Sie stotterte nur: »Kay … Keller …«, und wieder: »Kay!«

»Bleib hier!«, bellte er ihr ins Gesicht und drückte sie mit dem Rücken gegen das schmiedeeiserne Tor. Die Metallranken bohrten sich schmerzhaft in ihr Fleisch. Sie schlug seine Hände beiseite, doch er packte sie erneut. »Du bleibst hier, verdammt! Oder ich kette dich an. Klar?«

Er rannte zum Haus zurück und verschwand aus ihrem Blick. Das Gebäude ächzte und stöhnte in den Flammen. Ein Balken, der dem letzten Brand noch standgehalten hatte, neigte sich zur Seite. Im Innern der Villa krachte etwas zusammen, und ein weiterer Teil der Ruine sackte ein, während Myriaden von Funken in den schwarzen Himmel stoben.

Leahs Beine gaben nach.

Ewigkeit ist, wenn die Hoffnung stirbt.

Wenn alles stirbt, auch man selbst. Ihre Arme ruhten auf ihren Oberschenkeln. Blut tränkte den zerfetzten Stoff ihres Pullovers, die Fäden und Maschen, die wie aufgewühlte Erde hervorquollen.

Es krachte erneut, doch sie rührte sich nicht, um zuzusehen, wie das einstürzende Haus alles Leben unter sich begrub. Trägheit erfüllte ihren Körper, während der Blutfleck an ihrem Ärmel größer wurde.

Schwere, langsame Schritte ertönten auf dem Kopfsteinpflaster. *Aufschauen. Du musst* … Dass sie den Blick hob, war kaum ihrem Willen geschuldet. Dass sie zwei Gestalten durch die Dunkelheit taumeln sah, spielte sich nur irgendwo am Rande ihres Bewusstseins ab.

Nick. Nick und Kay, der eher geschleppt wurde, als dass er selbst ging, bis Nick seinen Körper neben ihr zu Boden gleiten ließ und selbst auf die Knie fiel.

»Kay …« Sie beugte sich zu ihm, strich ungläubig über sein Gesicht.

»Das wird schon wieder«, flüsterte Nick. Er krümmte sich und schnappte nach Luft. Aus dem Augenwinkel nahm Leah nur die Linie seines Rückens und das blond schimmernde Haar wahr. Eine Brise wehte ihr den Geruch von verbranntem Fleisch entgegen.

Nein, sie musste ihn vergessen. Den brennenden Leib ihrer Mutter.

Restlos aus ihrem Verstand tilgen.

»Das wird schon wieder«, flüsterte Nick noch einmal und drehte sein Gesicht zu ihr. Die Haut war schwarz und rot, an mehreren Stellen aufgeplatzt; das Grübchen am Kinn wie weggeätzt.

Entsetzt starrte sie ihn an. Bis er zur Seite kippte und das Bewusstsein verlor.

39

Leah hatte oft Träume, in denen sie irgendwohin schwamm, schwimmen musste. Rhythmisch mit Armen durch die Tiefen rudern, dazu die Beine gegen die Wassermassen schlagen, bis zu den Krämpfen, bis zur völligen Erschöpfung … bis das Wasser über ihrem Kopf zusammenschlug und die Schwere ihres eigenen Körpers sie gegen den Grund zog.

Wenn sie nach Luft schnappte und die Augen aufriss, war es Kay, der sie festhielt, an den sie sich lehnte, und den Schreck abklingen ließ. Sie drückte ihre Wange gegen seine Brust, und sein regelmäßiger Herzschlag trug sie zurück in die Geborgenheit, in der sie Abend für Abend einschlief. Weiterzuleben war einfach. In seinen Armen.

Heute hatten die Träume sie verschont. Langsam machte sie die Augen auf und stellte fest, dass der Tag längst angebrochen war. Ein Tag mit weitem blauem Himmel hinter dem Fenster, mit viel klarer Luft zum Atmen, viel mehr, als sie je in ihre Brust aufnehmen könnte.

Die Betthälfte neben ihr war zerwühlt, aber leer. Auf der Anrichte leuchtete das Clementinenfoto wie ein erstes Lächeln, das Kay ihr am Morgen schenkte. Der Geruch nach frisch aufgebrühtem Kaffee hatte den Weg ins Schlafzimmer gefunden. Und der warme Duft nach Croissants, sodass der Teig sogleich zwischen ihren Zähnen zu knuspern begann, zumindest in ihrer Vorstellung – auch wenn er hier niemals so buttrig und zart schmeckte wie an jenem Morgen in Paris im Hotel. Sie würde schnell aufstehen müssen, um ein Stück, noch ofenheiß, aus dem

Brotkorb zu stibitzen und dafür einen entrüsteten Blick von Kay zu ernten.

Sie blieb dennoch liegen und genoss den Frieden, den ihr dieser Morgen brachte. Nach einer Weile hörte sie Schritte. Kay erschien auf der Türschwelle, noch im Morgenmantel, ganz gemütlich und glamourfern, mit vom Duschen feuchtem Haar. Er lehnte sich an den Rahmen und zupfte an seinem Croissant, das Stück für Stück zwischen seinen Lippen verschwand. »Auch Hunger?«

Sie stützte sich auf den Ellbogen. Der entrüstete Blick galt nun ihm. »Gib mir sofort etwas ab!«

Er schwenkte das bereits zur Hälfte vertilgte Gebäck vor seiner Nase. »Hol es dir, wenn du kannst.«

»Na warte!« Sie warf die Decke zur Seite und sprang auf die Beine. Statt im Durchgang zum Wohnzimmer zu verschwinden, bewegte er sich an der Wand entlang zum Fenster. So war es ein Leichtes für sie, ihn zum Bett zu treiben und zusammen mit ihm in den Federn zu landen. Lachend streckte er die Hand mit dem Croissant von ihr fort, doch sie warf sich auf ihn und schnappte mit den Zähnen nach der Köstlichkeit.

Buttrig. Knusprig-weich. Wie die Liebe unter dem Pariser Sonnenaufgang, die Kay ihr schenkte, tief in ihr, über ihr; wie der stürmische Sex danach, bei dem die Suite nicht weniger als bei einem Rockband-Auftritt gelitten hatte; wie viele, viele Male, unterbrochen nur von etwas Schlaf, absolut göttlichen Croissants und lästigen Pflichten wie ihrem Besuch bei der Polizei. »Mhhh … das sind doch nicht die echten aus …«

»Aber fast.« Er schob ihre zerzausten Strähnen hinter ihr Ohr. »Ich habe einen französischen Bäcker aufgetrieben, der uns ein Stückchen Paris schenken kann.«

»Mhhh«, murmelte sie wieder, während sie noch an der erkämpften Beute kaute und den Geschmack auskostete. Ihr Kopf ruhte an seiner Schulter. Der Anblick der Brandnarbe, die von seinem Ohr den Hals entlanglief und sich über die Brust ausbreitete, ließ das Croissant plötzlich wie aufgeweichtes Papier schmecken. Krampfhaft würgte sie den Bissen hinunter.

»Ein Glück, dass Nick da war«, flüsterte sie, und der Geruch nach verbranntem Fleisch, der Rauch – alles war wieder da. Sie schnappte nach Luft, sah zum Fenster und dachte an das Atmen. Viel mehr, als je in ihre Brust passen würde. Genug für das Jetzt.

Kay drehte sich auf die Seite und verbarg damit den größten Teil der Spuren, die das Feuer auf seinem Körper hinterlassen hatte. »Mit Glück hatte das wohl weniger zu tun. Er ist dahintergekommen, wusste, was Sache war.«

»Woher?«

»Ich hatte ihm die Fotos vom Überfall auf deine … Mutter … gegeben. Anscheinend war ihm aufgefallen, dass sie die Worte auf ihrer Brust selbst eingeritzt haben musste.«

Mutter … Sie merkte, wie er bei diesem Wort stockte. Nein, daran zu denken, dazu war sie noch nicht bereit … Sie kniff die Augen zusammen, bis die Lider schmerzten und sie in der Schwärze weiße Kreise pulsieren sah. Weiße Kreise. Nicht das wütende Feuer, welches das noch lebendige Fleisch zerfraß. »Aber wie kam er auf die Villa?«

»Er konnte mich nicht erreichen, um mir von seinem Verdacht zu erzählen. Als ich zwei Tage lang verschwunden blieb, hat er wohl jemanden dazu gebracht – einen Freund eines Freundes oder so –, mein Handy zu orten. Das hatte sie mir zwar abgenommen, aber nicht ausgeschaltet.«

Zwei Tage lang … in diesem Keller … Der Gewalt ihrer Mutter ausgeliefert. Auch daran konnte sie noch nicht denken. »Wie geht es ihm?«

»Besser. Behauptet er. Im Moment will er niemanden sehen,

aber ich konnte ihn wenigstens dazu bringen, kurz mit mir zu telefonieren.«

Wie viel wäre ihnen allen erspart geblieben, wenn sie nicht in Panik verfallen wäre und mit dem Ast auf ihn eingeschlagen hätte! Wenn sie sich nur für eine Sekunde daran erinnert hätte, dass Kay ihm vertraute. *Nick war immer da, wenn ich ihn brauchte. Das hätte er nicht tun müssen* … Ohne zu zögern, in ein brennendes Haus zu laufen …

Kay küsste ihre Schläfe, das bisschen Nass, das aus ihren Augenwinkeln über ihre Haut lief. »Was hältst du davon, wenn wir für ein paar Wochen verreisen?«

»Wohin?«

»Malediven. Mir wurde dort ein Job angeboten, du kommst einfach mit, und wir bleiben noch eine oder zwei Wochen länger.«

Sie blinzelte und wischte sich über die Augen. »Das hört sich schön an. Aber wenn ich noch mehr auf der Arbeit fehle, bin ich meinen Job los.«

»Ich glaube, ich bin durchaus in der Lage, für uns beide zu sorgen.«

»Hey!« Sanft boxte sie ihn in die Seite. »Jetzt bloß kein Machogehabe. Eine moderne Frau ist eine unabhängige Frau. Denk jetzt nicht, ich würde alles aufgeben, um vor Leidenschaft seufzend in deine Arme zu sinken.«

»Okay. Bis dahin bleibt ja noch etwas Zeit, die Malediven stehen schließlich nicht gleich heute auf dem Tagesplan.«

»Bei dir weiß man nie. Ich werde schauen, was sich machen lässt.« Sie lächelte. »Ich würde sehr gern mit dir dorthin fliegen.«

»Aber glaub bloß nicht, dass dein Freund, nur weil er Fotograf ist, automatisch das Knipsen der Urlaubsfotos übernimmt.«

»Ach!« Sie packte ihn an seinem Morgenmantel, zog ihn zu sich und schälte ihn aus dem flauschigen Stoff. »Der Herr ist nur gewillt zu knipsen, wenn irgendwelche Topmodels ihm ihre Reize präsentieren.«

Er packte sie am Nacken. Mit einem Knie spreizte er ihre Oberschenkel. Seine Lippen tasteten sich ihren Hals hoch zu ihrem Ohrläppchen. »Vielleicht kannst du mich noch überreden.«

Sie hob ihm ihr Becken entgegen. Ihr Blick glitt über seine Schulter, folgte der Linie seines Rückgrats zum Po, fiel auf seinen Slip. Auf ihm prangte das stilisierte Gesicht einer Katze mit einer roten Schleife am linken Ohr. Daneben die markante Überschrift: »HELLO KITTY«.

Leah verschluckte sich mitten im Kuss. »Okay. Einmal habe ich danebengegriffen. Aber du? Musstest du noch spät einkaufen, als in der Boutique deines Vertrauens das Licht ausgefallen war?«

Sein Lachen kribbelte an ihrem Hals. »Liebe macht blind. Wusstest du das nicht?«

Danksagung

An dieser Stelle möchte ich all denjenigen danken, die mir während der Arbeit an dem Roman mit Informationen, Hinweisen und moralischer Unterstützung geholfen haben.

Vor allem meinem Mann, der so geduldig mit mir ist und mich immer und überall unterstützt.

Für ihr Expertenwissen:

Jeanine Krock, die lange als Model-Bookerin gearbeitet und mir die Modebranche nahegebracht hat;

Henriette Mielke, die nicht nur meine Autorenfotos gemacht, sondern mir auch erklärt hat, dass RAW kein Laut eines verärgerten Hundes ist und was man im Photoshop alles falsch machen kann;

Heike Schulz, der gelernten Bekleidungstechnikerin, die mir sehr genau geschildert hat, bei welchem Ausschnitt man vorne und hinten verwechseln kann;

Angelika Lauriel für ihre Französischkenntnisse und Kreativität bei der Namensfindung mit doppeldeutigen Assoziationen;

Martina Campbell für ihre Schilderungen kanadischer Wildnis.

Und einem ganz lieben Mitarbeiter einer Krankenkasse für sachkundige Infos in Bezug auf den Arbeitsalltag.

Ich danke meiner Agentin Natalja Schmidt, die ein so wunderbares Gespür für Geschichten und Ideen hat, und meiner Lektorin Alexandra Panz, die den Roman von Anfang an begleitet und mir wertvolle Tipps gegeben hat, welche mir an manchen Stellen die Augen geöffnet haben.

Meinen Testlesern:

Simone Kühlewind, die so viel Geduld aufbringt und auch nach dem fünften Roman immer noch bereit ist, meine Texte zu lesen;

Claudia Brendler, die ein unglaubliches Gespür für Stil besitzt und den Finger genau auf den Punkt zu legen vermag, der noch nicht stimmig ist.

Ich danke Fabian Greuel, der meine Nörgelei während meiner Schreibtiefs aushält und mir so gut zuhören kann.

Mary Burton

Mein Wille sei dein Wille

Thriller

Wer Karen Rose liebt, kommt an Mary Burton nicht vorbei

In ihrer Kindheit litt Lindsay O'Neil unter einem gewalttätigen Vater. Nun versucht sie selbst, zerrütteten Familien zu helfen. Eines Tages wird jedoch in der Nähe der Sozialeinrichtung, die sie leitet, eine Leiche gefunden. Und ausgerechnet ihr Ex-Mann, Detective Zach Kier, übernimmt die Ermittlungen in dem Fall. Als weitere Leichen auftauchen, wird deutlich, dass der Mörder eine besondere Verbindung zu Lindsay hat. Er verfolgt sie und schickt ihr grauenhafte Botschaften …

»Fans von Stieg Larsson werden Burtons packend erzählte Romane lieben.«
Publishers Weekly

432 Seiten, kartoniert mit Klappe
€ 9,99 [D]
ISBN 978-3-8025-8654-5

www.egmont-lyx.de

EGMONT Verlagsgesellschaften LYX